海外女作家的人间烟火

海外华文女作家协会2014年文选

张纯瑛　余国英　张 棠　主编

厦门大学出版社
XIAMEN UNIVERSITY PRESS
国家一级出版社
全国百佳图书出版单位

张纯瑛

　　台大外文系学士、美国 Villanova 计算机硕士，现任程序设计师。散文集《情悟，天地宽》荣获华文著述奖散文类第一名，另获《世界日报》极短篇小说奖与旅游文学奖等五项奖。亦著有《那一夜，与文学巨人对话》《天涯何处无芳菲》，撰写莫扎特、莎士比亚、雨果传记，译有泰戈尔的《漂鸟集》。作品经常入选海内外文集。曾任华府书友会会长，创立古典音乐赏析沙龙并出任会长。嗜读《红楼梦》，撰写系列文章，经常应邀到各地做艺文演讲，皆广获好评。

余国英

　　祖籍江苏兴化，生于湖南长沙，长于台湾嘉义。台湾大学毕业，以全额奖学金赴美深造，先后取得美国大学农业经济硕士、生物统计硕士。在纽约州长岛工作，退休后住美国佛罗里达州。著有《家有六千金》《移民家庭纽约洋过招》《我爱棕榈，我爱棕榈》《飞越安全窝》《柿子红了》及《爱好和平的大朋友——诺贝尔》等书。曾得《联合文学》小说组新人奖、世界华文优秀小说奖、小说组盘房杯奖、老人文学一等奖。现专事写作。

张 棠

　　浙江永嘉(现青田)人，生于四川重庆海棠溪。台湾大学商学系国际贸易组毕业，美国洛杉矶南加州大学工商管理硕士(MBA)。曾任美国联邦人口普查局洛杉矶分局主任。著有散文集《蝴蝶之歌》，诗集《海棠集》《在夏日炎炎中写诗》《在秋风瑟瑟时写诗》(合集)。2009 年为父亲张毓中整理出版自传《沧海拾笔》，由台湾传记文学出版。在《世界日报》博客上连载的"张棠随笔"于 2011 年被"台湾本土网络文学暨新文学主义时代"选中，其人被提名成为首批优秀"台湾本土网络散文作家"。2013 年，《蝴蝶之歌》获华文著述散文类佳作奖。

主编的话·百味俱陈的文学飨宴

　　海外华文女作家协会配合每届双年会出版会员文选,已成一项可贵传统。在出版业萧条的现况下,本会荣获厦门大学出版社赞助,2014年会员文选简体字版得以付梓,谨在此致上万分谢意,也感谢陈福郎编审与厦门作协林丹娅主席促成此一美事,王鹭鹏编辑提供的专业指导亦使我们铭感于心。

　　过去几届的文选多次探索"女性"议题,这届文选则以"异国食缘"为主题,着重于会员们的"海外"经历。

　　自六十年代留学生文学开始,海外华文书写大多以"漂泊""失根"为基调,流露深沉故园萦怀,视野多局限于华人圈子。其实,海外作家置身的异国,不少是族裔多元化的"种族大熔炉"或"种族色拉盘",周遭"非我族类"的风俗民情,何尝不是可以培育丰硕文学花果的肥沃文化土壤?本届文选希冀以正面思维,透过女作家们的海外行路,让读者得以一窥大千世界。

　　然则,文化是极其复杂浩瀚的议题,容易流于空泛,因此择一与生活有关的层面切入,以期聚焦视野。还有什么比味蕾的共鸣,更能拉近不同族裔的距离?还有什么生活体验,比饮食,更自然反映一个民族的文化底蕴?再者,一日三餐,花费人生相当比重的时间;生活的轨道是与亲人、朋友、陌生人一再的交集聚散,其间有多少的人情与故事,发生于不同时空的餐桌上,可以追忆书写?

　　《法国乡村的一次晚餐》一文,引用德国哲学家尼采藉笔下人物查拉图斯特拉的口吻说:"我的兄弟啊,吃和喝,的的确确都不是空洞的东西哪!"

　　多数海外华文女作家平素创作属纯文学,多给人"不食人间烟火"的印象,竟要提笔撰写烟熏火烤的饮馔经验,虽已著作等身亦不啻创举。会员们不愧是写作高手,交出了风格与素材缤纷多彩的逾百佳作,透过一食之缘自多种角度观照异国人文风情,为尼采"吃喝不是空洞的东西"之说做了贴切印证。

书中众多作品透过饮食,细述岁月悠悠中,不知不觉对侨居国文化由排斥到接纳的心路历程。《菲律宾的 Halo-halo 文化》里的夫家,移居菲律宾三代仍只吃中国饭菜,直到作者学会烹调菲律宾菜,夫家才愿意品尝在地风味,最末一段的感想发人深省:"菲律宾菜融入西班牙菜的风味,也加了中国菜的元素,饮食文化实为民族文化的一种反映,而菲律宾菜就是一种 Halo-halo 的文化……在一个基调上掺合一些外来文化,不相排斥,熔于一炉……"多篇东南亚作家的来稿中,可以看到当地不同族裔饮食风味的交互影响,是搅动族群融合的大杓。

论及感恩节火鸡大餐的七篇文章,则反映了华人融入美国文化的漫迢长路——初来乍到美国的作者们,不知所措地面对感恩节的火鸡,后续的发展却各见特色,读来便不觉重复。《火鸡在哪里》中的三阶段描述,显现作者由收到火鸡的茫然,到企图推出变通的中式火鸡餐,到移居北京满城找寻火鸡过感恩节,风趣描绘华人旅居国外多年,从饮食到心理遭受"潜移默化"的微妙过程。《免费招待火鸡大餐》的作者,发心效法主流社会感恩节分享福份的精神,出资飨宴小区火鸡大餐,是移民回馈安身立命的社会之典范。

介绍奇风异俗的文章,新奇有趣,是吸睛读者的一个亮点。例如,《哇哈拉天堂盛宴》里叙及丹麦圣诞节,将祖先的异教传统与基督教结合,比世人熟知的圣诞习俗更丰盛有味。《菲律宾的节庆与烤猪》将游行中人扮猪、猪扮人,猪人不分的疯狂节庆气氛火热跳跃纸上。《与京都僧共餐同游》提到日本僧人的待客之道,流露令华人瞠目结舌的另类佛教哲思。

以食物为引子,勾起对一地之地理、历史长远纠葛的回顾,有《突厥之桑》《从食艺看西班牙民族》《斯塔拉斯堡的法德情结》《亚美尼亚美食——苦难民族的快乐基因》《抓到熊再说》《帝都鲭鱼香》等文。《东柏林的"美食"》与《冷冻的龙虾》,则由盘中餐突显当地国势及社会氛围,用的是见微知著的笔法。

本书是一部"异国食缘",对食物细绘着墨的篇章自不少见,从小食、正餐、甜点,到茶、酒饮料,每令读者恨不得插翅飞往文中所叙异国,品尝精致饮馔。美食的最高境界不仅在食材与烹调的圆满结合,也在掌厨者视料理为艺术、为哲学的敬虔之心,读《日本寿司的禅境》一文,岂能不对那位寿司老师傅的襟怀素养肃然起敬?《温馨购食情》中对顾客嘘寒问暖的店家,《我便是这样被"同化"的》中以顾客为尊的餐馆,令人回味的不仅是口感生香,更是心头的温暖春阳。

然而,本书绝非一本止于口感细绘的"美食"书,它也包括了作者们接触到的酸甜苦辣咸种种滋味,甚至怪味,如《南非的健康食物——木盘里毛虫》中非洲民众津津乐食的蠕动活虫,数位菲律宾作者描绘的鸭胎蛋,为西谚"甲的美食,是乙的毒药"做了最佳见证;酸味如《来碗"羊肉泡馍"》作者一贫如洗时尝到的越南三明治;苦味如《一手握笔,一手拿锅铲》作者经商失败后,转业开设餐馆的辛苦交加;《墨西哥的缠绵》里刚烈而缠绵的爱恨辣味;《不尽呛味——生鱼片》内,表姐婚姻生活饱尝的,是催泪直下的辛呛味;《香积饭灾地飘香》,则交织着风灾难民的酸苦味和慈济义工的慈悲人情味。

"人间烟火"四字,是对"一饮一啄,莫非前定"的一份份感念思怀。结缘之人有神交已久的诗人、作家、画家,如罗拔·朋斯、川端康成、杰克·伦敦、普希金、歌德、叶慈、梵高、麦克雷;有给予异国游子温暖接待的美国家庭;因为嗜食同一小吃而结识的印度友人;半生情谊同游共餐的异国知交;努力调适彼此口味的中西联姻……因食结缘,异乡之路行来便不致寂寥。

正如《美国的"锅运气"》一文所言,国外聚餐喜爱采用与会者各带一菜的 potluck 形式,本书正是 117 位海外华文女作家精心烹调,合力推出的一场百味俱陈的文学飨宴,是对她们自己的异国岁月与周遭的异族文化,深浅诸般层次的回顾与探索。

在读者开动享用书中一道道饮馔前,容我感谢秘书长余国英和副秘书长张棠的鼎力协助,花费大量时间与心力转换来稿的正简体字差异,数度校对,邀稿催图,查证释疑……辛劳付出毫无怨言,助我顺利摆出这桌华筵。

海外华文女作家协会副会长兼执行长张纯瑛
写于 2014 年 10 月 24 日厦门双年会前

目　录

拉丁美洲

中 东

美国、加拿大

综　论

异国思乡

南、北非洲

荆棘

本名朱立立,台大园艺系毕业,在美获得医技注册执照,于医院工作多年;后得美国新墨西哥大学教育心理学博士,曾在美国大学教学近三十年。出版《荆棘里的南瓜》《异乡的微笑》《虫及其他》(均由尔雅出版)和《金色的蜘蛛网:非洲蛮荒行》(时报出版社新人间丛书)。近年以本名著作有关身心健康的文章,集成《保健抗老美容快乐》(台北宋氏出版社出版)。《荆棘与南瓜》由中国三联出版社于 2014 年推出。她的文字着重个人心理的叙述,描写人与自然之间的关联。

南非的健康食物——木盘里毛虫

一个春光明媚的清晨,我兴奋地往菜市场走去,一心要尝试一下当地新上市的野味。当时我住在南非史瓦济南王国的东部小镇,此地的春季正是北半球的秋天。

半途几个孩子叫嚷着挡住我,争相把手上的芭蕉叶塞到我脸前,叶子上一堆棕黄毛虫正在奋勇地试着逃脱,好几只已经爬到孩子的手臂、脸颊和卷曲的头发上,此刻开始伸头探脑向我的鼻子爬来。他们嬉皮笑脸地说:"好吃,太太,尝一下,买我的。"一个孩子当场示范抓起手臂上那位"逃脱艺术家"仰首丢进口里,嚼了一下就张开大口,只见稀烂的棕黄色混在一团翠绿的黏液里,虫身还在蠕动挣扎不肯罢休,绿得令人惊悸的涎水从他嘴角垂下来。

我恶心得几乎把整个胃都吐出来。孩子们看到我的样子大笑不止,每个人都戏剧性地表演,嚣张地把毛虫一条条丢进嘴里,让他们在那儿滚动翻腾,然后把嚼了一半的糊糊吐在舌头上伸给我瞧。

这正是毛虫上市的季节。你不要小看它们,这是南非的特产,一年可达百万元的经济,是当地老百姓的重要收入和这个季节村民的主食。木盘里(Mopani or Mopane)是一种豆科丛木,全世界只生长在南非一带如津巴布韦、安哥拉、莫桑比克、林米比亚和史瓦济南。它们需要碱性的沙土和炎热的气候,通常形成4~6呎高的疏散丛林。叶子如蝴蝶展翼般对生,故称蝴蝶树。当地人把枝叶当柴烧,摘下小枝当牙签用。木盘里生长很慢,木质坚实,又有防虫侵害的油脂,可作高级建材和木雕。大王蛾(Emperor Moth)一生环绕木盘里,受精卵黏在叶子下面,春季小虫孵化后,日夜猛啃树叶,长得很快,就是收获毛虫的时候。毛虫有毛有角,3~5时长,头部深褐有啃叶子的尖嘴,身体棕黄色交错如蛇纹;如果侥幸没被人或鸟吃掉,虫子长成后就掉地入土结成茧,再破茧而出成为大王蛾。蛾子不吃不喝以执行择偶交配为唯一任务。有些年代虫产量少,有时丰盛,今年就刚好是个丰收年。

木盘里虫完全有机,可说是标准的天然健康食物。它体内60%是优质蛋白质,还富含铁和钙。如果连绿色肚肠一起吃,还有高量的维他命C、B和纤维素。木盘里虫盛产的时候,这一带的居民没有饿殍,无人营养不良。活虫生吃最营养,之外还可以蒸、煮、炸,空口或是烧来吃。可晒作虫干,也有制成罐头的。目前美国流行自然的健康食物,网站上风行吃虫,好像现代人的种种问题,从身体过胖到情绪紧张,都是因为没有吃虫的关系。不少网站都在大卖木盘里虫干,还有包在巧克力内的精品。

我往菜市场走去,这市场平时萧条没有什么生意,因为此地新鲜的蔬果甚为缺乏,此时却是热闹非凡,前后左右的人都在高声吆喝买卖各式各样的虫。很多小贩蹲在地下兜售篮子里爬动的虫;重重叠叠堆得很满很深的虫,只只都力争上游要作障碍赛的胜者。本地人迷信生猛活蹦的虫是最壮阳的,那些击败众虫的奥林匹克金牌冠军,当然就成了顾客的最爱。有些男士专门选购那些爬到小贩头上和身上的,一边嬉笑地把虫丢进口里,一边斜眼瞄我,瞄得我满身发毛,好像也蜕化成了一只要被人吞食的虫。我预测,九十个月后本地的人口膨胀又要达到新高。

有些小贩用汽油桶当火炉,在煮、蒸、煎和炸虫。我被炸虫的香气吸引着,不由自主地走到一位年轻女孩的炸虫摊边上;虫在滚烫的油里上下浮沉,看来再无还魂的可能。我想起中国人吃的炸蚕蛹,听说又脆又香,这个油炸的我倒不妨一试。摊主用非洲腔的英语告诉我,炸过的虫外皮清脆油酥,内脏柔软滑腻,有一股清凉苦味,一吃保证上瘾。

我食指大动,正预备尝试,不幸旁边一位做虫干的人,正在把一些生猛活蹦竞赛失败者平摊在沙地上曝晒。做成虫干前必需先把内脏除掉,所以他把虫一把抓起,在大手掌中一挤,顿时虫的前后两端同时涌出绿得惊人的内脏,我赶快把目光转过去,不幸竟然见到淌满一地污浊不堪的绿色黏液。

突然,青色的苦味在我嘴里泛滥,但愿这不是我的胆汁才好。我赶紧落荒而逃。

韩秀

出生于纽约市,在台海两岸居住过三十七年。1983 年开始华文文学写作,出版长篇小说《折射》《团扇》《多余的人》;短篇小说集《亲戚》《一个半小时》《长日将尽》;散文集《雪落哈德逊河》《寻回失落的美感》《文学的滋味》,书话《与书同在》《永远的情人》等三十余种。

摩洛哥的库司库司——特法伊阿

初识伊曼尼是在 1988 年的复活节,那时候我们就要离开纽约联合国返回华盛顿国务院总部。伊曼尼和她的先生、女儿却刚刚抵达曼哈顿。

这一天,联合国的女人们在中央公园举办游园会。孩子们欢欢喜喜提着小篮子寻找彩蛋,我们一群女人在大餐桌边互相献宝,将带来的餐点摆放得花团锦簇。

就在这热热闹闹的时分,一位高窕身材穿着宝蓝色长裙,上面镶着黄色绿色精致图案的女子走近我们,她浓密的乌发梳成高耸的发髻,沉甸甸地压在头顶,人便看起来更加修长。这女子双手捧着一只硕大的瓷盆,其色彩和她的衣裙相似,非常的搭配。身边的小女孩几乎就是她的缩小版,手里提着细致的小小竹篮,笑得一脸灿烂。两人肩上长长的宝蓝色纱巾在春风里飘拂,袅袅婷婷。

小姑娘一点不认生,马上加入寻蛋的游戏。万事通席薇尔把这女子介绍给我们,她是伊曼尼,来自卡萨布兰卡。天哪,卡萨布兰卡,那么迷人的地方!

我瞧瞧已经上桌的菜,有点尴尬。人家是穆斯林,我们的菜肴可是有好几样大不合适。转头瞧瞧身边几位朋友，大家都有点不自然。这伊曼尼倒是落落大方："慌着来跟各位姐妹见面，没有事先知会，是我的不周。我们被派驻过许多地方，碰到许多不一样的美食，我们还是很乐意用眼睛欣赏。"这么得体的一位可人儿，一番话说得大家都高兴。我便问伊曼尼："这美丽的大瓷盆里装的是什么佳肴？"

"库司库司——特法伊阿"，伊曼尼笑着回答。特法伊阿？盖子掀开，蓬松的北非小米之上的深色覆盖物想必是牛肉，但是那香味相当刺激，似乎有着提神醒脑的功效。番红花之外，还有另外某种调味料的诡异香氛，绝非肉桂、姜茸之类能够奏效的，一时之间倒是不容易辨识。看我有点困惑的表情，伊曼尼悄悄跟我说："讲出来，实在没有什么了不起，如果同时用芫荽粉和安息茴香来烹煮牛肉，就会出现这样的味道。"哦，果真，地道的摩洛哥美食。"其实，更要紧的是葡萄干的处理与烹制，我们叫作特法伊阿，有了这一道手续，才有摩洛哥特色，不会和中东烹调混为一谈。"伊曼尼伸手入袋，拿出一张手抄食谱，递给了我。席薇尔看到了，叫了起来，我们可不可以影印？伊曼尼微笑，不需要影印，我为每一位都准备了一份。全部是手抄的，一丝不苟的英文手写体，用深咖啡色的墨水写在有毛边的米色手工纸上。大家惊叹不已。

果真，炖得恰到好处、入口即化、有着扑鼻异香的牛肉，果然是用芫荽的果实和叶子磨成的调味料 Coriander 以及俗称孜然、安息茴香、阿拉伯茴香的 Cumin 来炖煮的。芫荽做成粉状调味料之后，没有我们惯常使用的香菜那种清香，闻起来味道清淡些，在汤锅里却有些诡异，让人想到印度舞和阿拉伯舞蹈中的手势。安息茴香却是充满诱惑的辛香调味料，很容易让味蕾兴奋的。我一边尝着那牛肉，一边看着手里的食谱，想象着回家如法炮制的种种乐趣。

"有点咸有点甜，层层叠叠，别致之处在这里。对吧？"伊曼尼微笑着。美丽的大眼睛闪过一丝骄傲。我点点头，将整道菜肴覆盖起来的特法伊阿才是那使牛肉口感丰富的妙品。它的内容包括橄榄油、牛油、洋葱、肉桂、姜茸、番红花、无籽葡萄干、蜂蜜、地中海细盐和现磨黑胡椒。"蜂蜜有讲究吗？"我问伊曼尼。她的长睫毛颤动了一下："我的祖父养蜂……"我微笑，秘诀在此。伊曼尼静静地说，不一样的蜂蜜很可能会产生不一样的效果。我安慰她，尝试不一样的食材，那才是乐趣所在啊。我也告诉她，芫荽与生姜本来是中华美食不可或缺的调味品，很高兴看到它在摩洛哥烹调里展现出完全另类的风格。还有，与地中海细盐有着相同质量的台湾七股细盐也会让我对这道库司库司——特法伊阿产生特别的情感。哦，台湾的盐……伊曼尼睁大了眼睛："你喜欢那块美丽的岛屿？""噢，我深爱那块土地。"我回答。

如今，在这张手抄食谱上，加上了两行中文字，地中海细盐的优质替代物是太平洋细盐与台湾七股细盐。制作特法伊阿的蜂蜜以白色蜂蜜为最佳。当然,很可能,伊曼尼祖父的蜂蜜还是无法超越的。但是,这白蜂蜜的使用可是我在厨房做了多次实验的成果,我很珍惜的。

电话铃响,远在加州的儿子回家过新年,在电话里跟我研究除夕菜单:"我到纳帕谷的酒庄去选了几瓶红酒,请酒庄直接寄回家。纸箱里还有一点空隙,我顺便放了两罐纳帕谷的白蜂蜜在里面。你做特法伊阿常用加拿大产品,其实纳帕谷的蜂蜜非常甜美,而且很香,有鲜花的味道。"儿子如此体贴,我当然开心:"不过呢,这库司库司——特法伊阿很适合户外野餐,天寒地冻的日子,可不知这道菜有没有足够的暖意?"似乎是看到了儿子嘴角上那一抹笑意:"朔风怒号的日子,这道菜带来的可是地中海的阳光、番红花的香氛,应该是很不错的。"何止如此,我想象着纳帕谷的蜂蜜,可不知能不能与伊曼尼祖父的蜂蜜比美? 顺便取过一张美丽、精致的贺年卡,用了深咖啡色的墨水,将炽热的祝福寄往摩洛哥大使馆。希望伊曼尼平安喜乐、甜美如昔。

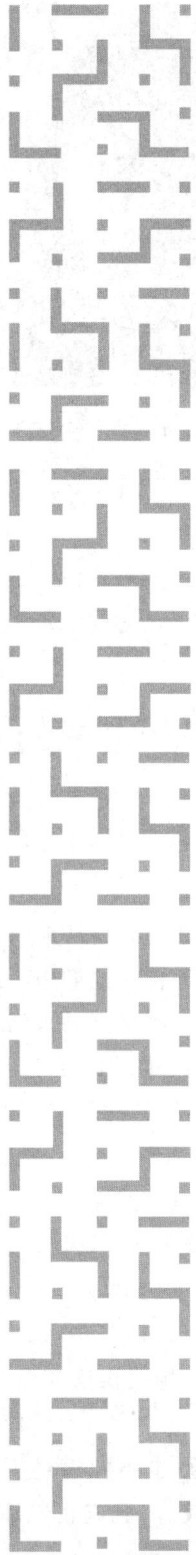

亚

洲

潘碧华

1965 年生于马来西亚吉打州,祖籍广东肇庆高要,1989 年毕业于马大中文系,1993 年获马大中文学硕士,2005 年获北京大学古代文学博士。现执教于马来西亚大学中文系,任马来西亚华文作家协会秘书长,著作散文集多本。

我在北大的大马餐馆

2011 年 9 月,我到北京大学攻读博士,每次回到马来西亚避暑或过冬时,朋友们都以为我饿坏了,纷纷要请我吃大马美食。他们想不到的是,我对大马食物没有想象中那么馋,也没有到处找美食。刚从大马来到北大的新同学,吃了几天食堂的饭菜就食欲不振了,她们问我:"难道你就不会想念马来西亚的食物吗?"我掀开屋里神秘的柜子,里面是各种各样大马风味的食物配料,回答:"我不是把半个马来西亚都带来了吗?"

若不是要出国留学,我想都没想到原来马来西亚市场上有这么多现成的食物配料。单是咖喱,就有印度风味、马来风味、娘惹风味、泰国风味等。我在北大宿舍的右邻也是马来西亚人,听说我要下厨煮咖喱,面有难色,想拔腿就跑。我原以为她不吃辣,后来才知她怕剁辣椒,切蒜头,捣香料,榨椰汁,拔香茅,摘咖喱叶,她担心我会像她妈妈那样使唤她去做童年常担任的角色,从没想过煮咖喱可以这样简单。

喜欢猪肉的人来到北京,简直流连忘返,也不知道是不是吃的人心理作用,都说中国的猪肉比较好吃,不但瘦肉比较香,肥肉也不那么腻。我们在宿舍,百吃不厌的是咖喱排骨马铃薯(土豆),这是一道直叫日本女孩流口水的美食,因为日本咖喱只有颜色,没有香味,比起我们差远了。

在宿舍煮咖喱只能选择酱料式的咖喱配料和超市买回来的现成肉块,远离血肉淋漓。依照背面包装纸的指示,先炒好配料放进鸡块和马铃薯,煮三十分钟,便是整个北京所有餐馆煮不出来的大马咖喱。新来的女生尝出椰浆味道,又捞到咖喱叶子和香茅,觉得神奇。我一不做二不休,索性告诉她,我这里还有马来西亚的小银鱼、虾酱辣椒、班兰香叶,可以煮马来椰浆饭和各种糖水,她听了差点要对着我的冰柜膜拜。

有很多留学欧美的朋友都说在洋人的地方吃饭最苦,每天都在想今天有什么东西可以吃。我一位留学伦敦的朋友说,有一次他从唐人街打包了鸡饭回去宿舍,竟然让陪读的太太感动得落泪,可想而知他们平时吃的都算不得是东西。

要吃鸡饭有何难?超市就有现成的鸡饭调料,不沾油烟就能煮出香遍整栋宿舍的鸡饭。至于鸡肉嘛,可以到饭馆打包"白切鸡",又叫"口水鸡",特别交代不要加任何调料,回来自己洒上麻油和蚝油,配上黄瓜和莞荽,谁说不是海南鸡饭了?

那些来北京旅游的亲友和学生,尤其是想到北大来走走的,都成了我的私人送货员,他们陆续给我带来各种配料,这就是我的餐馆不曾缺货的秘诀。我们还吃过海南鸡饭、海鲜冬炎、粿条汤、炒米粉、槟城虾面、印度煎饼……都是用包装好的配料做成的。

当然少不了巴生肉骨茶。要煮肉骨茶,必须从马来西亚带来特产黑酱油一瓶,因为北京绝对找不到。上个学期我的肉骨茶少下黑酱油,结果煮来煮去,茶汤的色泽像洗碗水,不够香,解不了我们的瘾。新加坡人也会煮肉骨茶,她们礼尚往来请我去吃。但是,她们的肉骨茶很好笑,也没放黑酱油,味道淡淡的,只有胡椒粉的味道。

我们常吃的美食还有马来西亚式炒米粉。除了炒米粉用的调味,其他的配料这里都有。逢年过节,大使馆都设宴招待,大家一看到炒米粉都会欢呼,仪态尽失。我们常吃的米粉在这里叫"米线",来自福建、上海,北方人好像不吃这样细细的东西。有一回我很得意炒了马来西亚米粉请我的哈尔滨同学吃,她吞都吞不下去,她说太干了,像吃头发。

家乡的邻居太太有三个女儿留学外国,对如何解决思乡情结很有经验。据她理解,所谓"思乡",其实是"思念家乡的食物",只要有基本的食物配料,再加上"马来西亚三宝",就可一解乡愁。"马来西亚三宝"指的是香茅、咖喱叶和班兰叶,搁在冰柜冷冻格可以用上三个月也不坏。我就靠这些法宝,让我的马来西亚风味在北大留学生宿舍走廊上飘香,邻居建议把"北大的大马餐馆"招牌挂在门口,我觉得这就有点夸张了。

周芬娜

台大历史系学士、政治大学东亚研究所硕士、Union College 计算机机硕士。海外华文女作家协会第九任会长。创办硅谷紫藤书友会。作品巧妙融合文学、历史、山水、美食,代表作为《品味传奇》系列、《饮馔中国》。三次荣获《亚洲周刊》热门文化指针;另获台湾"中国文艺协会"五四文艺奖章与中国"漂母杯"文学奖最高荣誉奖。

日本文学中的京都美食

　　我每次读川端康成的《古都》,除了沉醉于京都的风花雪月之外,也觉得他必是知味的美食家。

　　《古都》提到许多京都的寺庙和节庆,写一对从小失散的姊妹花长大后重逢相认的故事。中间穿插了平安神宫的时代祭,写了枝丫纷垂、粉粉艳艳的倒垂樱。也提到祇园祭,描绘祇园艺妓袅娜的姿影。女主角千重子的父亲太吉郎是一位布商,对吃特别讲究。当他隐居在嵯峨野的比丘尼庵寻找设计西阵织腰带图案的灵感时,千重子来看他,还特地带了他爱吃的森嘉老店汤豆腐。

　　京都的豆腐本来就有名,做得粉嫩,豆香扑鼻。还有一种叫木棉的老豆腐,做得较硬些。汤豆腐用的大多是嫩豆腐,我曾在京都哲学之道上的一个无名小庙中品尝过。小庙庭园幽雅,餐桌位于园中的露天凉台上,临着一方池塘。塘中鸢尾处处,锦鲤四游。汤豆腐只是在热汤中烫熟的嫩豆腐,顶多加点白菜和香菇调味,吃时再沾点京都特产的酱油,纯是素菜,而且原汤原味。京都料理以清淡闻名,汤豆腐尤为清淡之最,口味重的人恐怕要吃不惯。

京都豆腐源自中国,如今青出于蓝而胜于蓝,有不少新发明。如老店京豆腐藤野除了以黄豆为原料之外,还研发用丹波黑豆制成黑豆腐,以豌豆制作青豆腐,配料是京都名水和海盐。京都嵯峨野的汤豆腐专卖店特多,森嘉老店就在嵯峨野,日本名作家司马辽太郎在《豆腐记》(见《日本之名随笔59》一书)一文中认为汤豆腐是日本饮食文化的代表作,源自嵯峨野的妙智院,具有宗教元素。

另一名作家泉镜花则认为汤豆腐如落花,如初雪,是只有中年人才能领略的滋味。我想大概是因为它形色虽美而味淡,只有饱经世事,自愿由绚烂归于平淡的中年人才能欣赏吧!十几年前我也曾在嵯峨野吃过豆腐大餐,当时我临着桂川,在燠热的夏风中大啖汤豆腐、烧豆腐和煮豆腐,只觉食之无味,真希望有盘红烧肉来换换口味,可能是那时还太年轻的缘故。

《古都》中还提到太吉郎爱吃鲷鱼做的竹叶卷寿司:"伊万里的瓷盘中盛满了竹叶卷寿司,剥开包成三角形的竹叶,就可看到切成薄片的鲷鱼。"佐贺县伊万里港输出的瓷器,玲珑剔透,盛着白中泛红的鲷鱼寿司,真是秀色可餐。

鲷是日本的名贵鱼类,滋味鲜美,肉色晶莹,乳白中透出淡淡的樱色,在视觉上给人无穷的美感,日本人认为它是生鱼片中的极品。京都集日本文化之精华,当然更以它为生鱼片之正宗了!鲷有白、红、黄三个品种,关东人喜红鲷,关西的京都人则以白鲷为贵,以鲜竹叶来包裹白鲷鱼寿司,绿白相映,色泽清雅,质感高贵。

这正是京都料理的特色,有时视觉效果还胜过食物本身的滋味:让你用眼睛欣赏,而不是用口舌品尝。京都洛中的西富家茶屋甚至把绿柚子挖空,将柚皮刻成锯齿状,再盛入白鲷生鱼片,饰以鹅黄的小雏菊和浅紫的萩花,造型更上层楼了!

至于念念不忘肉味,想吃得又香又暖的人,京都大市老店卖的鳖锅绝不会令你失望,《古都》写道:"千重子本已觉得全身暖和,加上几分醉意,从面颊直到脖子都微微泛着红润,雪白而细腻光滑的脖子,染上色彩后更添柔美,她未曾沾一滴酒,但烧鳖锅里的汤汁却有一半是酒。"

鳖就是甲鱼,肉厚味腥,得懂得去腥,才能把它烧成令人食指大动的佳肴。大市的鳖锅里放了大量酒,另外还得放姜,吃来不免全身发热,是适合秋冬的补品。千重子吃鳖锅,也是在京都每年十月底的时代祭之后。

鳖锅价昂,每人份要两万日币以上,大市已由朝北野的六番町搬迁至较热闹的上京区下长者町,似乎高价反为它增添了额外的魅力。东京荻洼也有一家叫四叶的鳖锅专卖店,店主形容它的滋味"有如花开的那一瞬间"那么完美和令人惊艳。

虽然京都人颇以美食自诩,但真正使京都出名的是穿。从《古都》中的太吉郎和秀男（千重子的追求者）愿意旷时废日为千重子设计和编织一条"西阵织"腰带看来，就可窥其大概。

日本俗谚有云"穿倒在京都，吃倒在大阪"，京都人为穿而倾家荡产，大阪人却为吃而散尽家财。这除了为京都人的"好穿"做了最佳脚注之外，也点出大阪才是日本的美食天堂。但口之于味，本来就不同于嗜者，只要自己吃得高兴就好了，何必管别人说啥？

张
慈

美籍云南人，著书三本：《浪迹美国》《美国女人》及《我的西游记》；拍摄
作家影像纪录片一部《哀牢山的信仰》，于北京和上海放映；做过个人剧场
演出，在北京草场地剧场演出《奇异恩典》。

缅甸午餐

从一个洞里钻出来，就到了缅甸。

我要到缅甸木姐镇，去见几个朋友，跟他们吃一顿午餐。但到达这个边境小镇，要经过一座简陋的竹桥，一尺宽，过了桥，才能到达对岸的房子。从房子的后门穿到前门，才真正进入缅甸的镇区。在洼水桥上走时，一个凶相的年轻男人站在临洼水的后门看着我，等我从桥头爬上去，他要收我四千老缅币，才准我穿过他家，进入小镇"木姐"。

我一直不给他钱，等着，朋友老字终于来了，他来接我。另一个光上身，手握烟筒的男人，跟老字要八千老缅币，才让我穿过他家。两人剧烈的手势、复杂的表情、愈来愈高的声音，加上听不懂的缅语，价格又降回到四千元。老字交了钱，终于带着我走出大门，一脚踏上了木姐镇的街道。到了大街上，看见男人都身裹花布长裙，市面破败落后但非常干净。有儿童乞丐、印度教徒、卖变色口红的小店、天然高尔夫球场。老字说，缅甸有金矿、玉山、珍稀木材、鱼、虾、牛，中国要什么，缅甸就有什么，中国一要什么，缅甸的什么就涨价。现在，缅甸荷兰牛是最稀缺的，牛肉并不好吃的荷兰牛就成千上万地站在木姐镇街头雨中。

午餐布置在一个富人家的食堂内。第一道上来的,就是缅甸荷兰牛肉。与世界所有地方不同的,这个牛肉是用大烟果和芝麻炒出来的。老缅人吸大烟、大麻是常事,不料连菜里也放毒品。我尝一口,妈呀,真香!我吃了大半碗并不好吃的荷兰牛肉,其实,加上大烟果,它非常美妙味香。几个朋友都是从中国过去做生意的,是我少年时候的好友,近三十年不见,依然难以相忘。我知道,这样的机会自己很难再碰到,于是喝了小毕朗贡米做的稻子酒,吃了很多牛肉。另外一道菜,更是惊世骇俗,是一碗竹蛹。老字跟我解释,去竹林,有经验的人,用弯刀一砍,竹根会冒出一堆竹蛹。扔在水里,将粪便泡出来,用香油炸一炸,就是现在这样子。我不敢吃,老字说,吃了白给我一万老缅币。我闭上眼睛,吃了一只。它如棉花一样软,又如花生一样脆香。我一口气吃了十五只,没要老字一分钱。

时值翁山素姬已从多年的软禁中出山,在议会已有一席之地,但缅甸仍然是军人执政。过去国家元首穿着军装接待外国首领,现在的军人穿着西装接待外国首领。缅甸是佛教国,僧人多于军人,我在斯坦福大学看过一部从缅甸偷运出去的纪录片,僧人游行反抗军人政府,被杀后扔在河中,血染依罗瓦里江。现在的缅甸变了,也在搞活经济,老字的生意从七十年代的犀牛角、老虎牙、熊掌,到八十年代的金、银,九十年代的玉石、树化石,到 2000 年之后开瑞丽赌场,管鱼库,到现在帮十一个儿子做生意。这个成功的双重国籍老朋友,骄傲地告诉我:我们缅甸人可以娶多妻,我有两个老婆,一个在芒市,一个在仰光。

我在缅甸,刚刚在中午吃了大烟果和芝麻炒出来的缅甸荷兰牛肉、一碗竹蛹,下午又跟着老字向仰光出发,去他的第二个老婆家里,吃到了泼水粑粑、瑞丽江水鱼、沙子鱼和一碗米汤。

深夜,我从同一个洞钻出去,又回到了中国。想想,连签证都没有,就去缅甸耍了一圈,见所未见,还吃到了从未想象过的东西,真像爱丽斯梦游仙境。不过我游的地方开满罂粟花,更是魔境。我的异国食缘如此之奇妙,想起来,不禁出了一身冷汗,又回味无穷。

郁乃

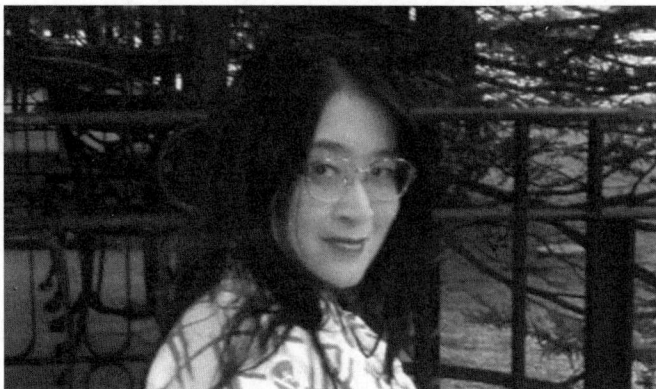

旅日华人作家、诗人。出版散文、诗歌、儿童文学、日本社会文化随笔等多本。获台湾 2008 年好书大家读最佳少儿读物奖；荣登台湾第 28、29 届台湾"行政院"优秀青少年读物好书推荐榜和台湾第 54 届非纯文学类好书榜。先后获得《人民文学》观音山杯散文三等奖、中国作家辛亥百年中山杯诗歌原创奖等各类文学奖。

日本寿司的禅境

　　寿司，是日餐中的一道亮丽主餐，可谓大餐，也可谓小餐；可去名店品尝，也可去街边小店饱腹。据说很多外国人对寿司，先是敬"厌"而远之，然后是勇敢品尝，然后是回味难忘，爱上寿司。我在美国客居时，认识的美国朋友们都是日本寿司迷。

　　说到寿司，很多中国朋友都以为是地道的日餐。其实，生吃鱼片的习俗，来自中国的古代。《礼记》中，曾记载了很多周代当时的生活习俗。据说周代之前，中国人就有生吃的习俗。宋朝梅尧臣的诗中，曾有妻子为家宴操刀庖切鱼片入盘上餐的描写。

　　宋朝后，煤炭的开采使用，不仅使宋瓷的烧制技术得到飞越发展，也使中餐的习俗更向熟食发展。为什么到了现代，吃生鱼等生食习俗会消失？我猜想，不仅是煤的原因，还有卫生上的原因吧。明朝早期瘟疫猖獗，市间的传言是吃鱼生引起，然后，生鱼便从中国餐饮中消失吗？

　　寿司成为一道日餐，也不过是 150 多年的历史。二战后在日本大行其道，一是处理生鱼的冷藏技术大大提高，还有就是日本人顽固不化的食欲吧。

评判一家寿司店的味道,重要是生鱼的鲜度,还有一些副菜和酱汤的味道。评一家够味的寿司店,先去品味其煎蛋卷、大酱汤、蒸鸡蛋羹,若是这三样都入味正好,这家店的寿司也肯定味道鲜美。小菜都做得好吃到味,正餐就不会倦口。我吃寿司,先是看店前的门帘和装饰氛围,这是第一道快乐视觉美感,然后是入座静观店内的食韵感,然后是欣赏端入眼前的精美瓷器盘,与万种风情的寿司凝视刹那,最后是一口了缘。

说到日本寿司,不得不提到一部电影。《寿司之神》是由戴维·贾柏拍摄的关于全球最年长的三星大厨小野次郎的纪录片,影片传递出一种生命之旅中的毅力和信念。做人做事,求精求细,专一执着。美,在所有的平凡中静静开放。在美食的背后,全身心地投入工作和不妥协的认真态度,可贵可传。

我是在看过《寿司之神》后,慕名前往东京的次郎寿司店,得缘走近次郎,品悟他精湛的食艺和安详的面容,深深感慨——食禅一味!那年老人86岁高龄,被称为日本第一寿司师傅。小店也如道场,一生一艺,修行无疆。那天,我按预约的时间,提前十分钟入店。看到次郎和几个弟子正站在寿司台前忙着各自手里的活。落座后接过一杯绿茶漫品一口,唇齿间青山绿水,喉柔心静。老人面容安详,向我们点头微笑,我轻问一声:可以跟您合影留念吗?一次尘缘,遇见是欢喜和小小的执念,是感恩也是美好。没想到次郎一口应愿,他执意走出工作柜台,和我相礼一笑合影留念。那一刻,感觉他像得道高僧。

寿司从制作到入口,分秒有别。三个弟子井然有序为师傅打下手,但正式握捏者只有次郎。小店十多座位,但只会接待六位左右,因为要同时照顾好客人,这是最好状态。视觉之美、味觉之感,无言可述。观赏次郎寿司的握捏过程,让我想起庖丁解牛的典故,有种音韵之美,在空气中流畅。当美食呈现艺术之精华并到达静美之喜悦,已是人与自然无言的拥抱。我从没吃过这么美味的寿司,牵肠挂肚,一目不忘,一食永记,惊叹!

淡极始知味更纯,整个品味中,氛围安静却不拘谨,主客都是眼神交会彼此的感恩之意。小店之素雅,也令人神逸。品过次郎的寿司后,有种登泰山一览众山小之感。在这之后的各处寿司之食,未有超过次郎寿司之食境。

吃是生命的温饱之需,而品则是生命的欢喜之情,悟则是生命的精神归安。能在一次饮食中,得到温饱之需、欢喜之情、精神归安,实是难得尘缘。我在想,难怪全世界的美食家不远万里,竟为一品次郎而至。这不仅是对美食的追恋,更是对艺术的享受和东方禅学的问道求是的执着。

想起一个趣闻,曾经活跃在昭和时期的日本陶艺家鲁山人,据说一生追恋美食,过世后,医生发现他的体内存活着很多寄生虫,估计是他生前吃了太多的生鱼或寿司。这位活了 76 年的男人，从少到老，对美的信仰和追求，执着又单纯地贯彻一生。即使是"人间国宝"的桂冠，也笑而拒之。他说：真正的艺术家，是与世间的名誉地位无关的。食色，性也；美，食色也！

林婷婷

祖籍福建晋江,出生于菲律宾马尼拉,菲律宾大学文学硕士。曾获台湾侨联总会 1993 年华文著述奖散文类首奖,2010 年冰心文学新作奖。1993 年移居加拿大,曾任加拿大华裔作家协会会长,现为加拿大华人文学学会副主任委员,海外华文女作家协会第十二届会长。

菲律宾的节庆与烤猪

  菲律宾华裔诗人谢馨有一首题目叫 Halo Halo 的诗,用这种混杂着多种水果甜食的刨冰(类似八宝冰)来形容菲律宾多元文化,正是最好的写照,诗曰:"混血儿的风姿,便如是/闪过我脑际……融和着西班牙的/美利坚的,中国的/还有茉莉花香/飘扬的吕宋岛的……而混血儿/他们说:都是美丽的。"

  我从小生长在这个位于西太平洋离赤道不远,拥有七千多个岛屿的国家,这种多元文化的特质也一直跟随着我成长。早在 1571 年开始,菲律宾便为西班牙殖民长达四百多年,接着又为美国统治将近五十年,第二次世界大战时,也曾被日本侵占过,一直到 1946 年才成为一个政权独立的国家。基于这样一种历史背景,菲律宾文化也就自然融汇成为东西文化的杂烩冰,进而形成了菲律宾人乐天知命,善于苦中作乐的民族性;他们喜爱热闹,虔诚敬神,多姿多彩的民间节庆活动,展现了融汇各种异国文化的光彩。

  受西班牙的影响,烤猪是菲国节庆传统不可或缺的一道美食,也逐渐形成菲国民间一种独特的"烤猪文化"。有关烤猪来源的民间传说有许多不同版本,但多述说失火后在烧焦的猪身上意外地发现这种又香又脆的肉食,经后人研制而成今天色香味俱全的一道名菜。

菲律宾人受西班牙宗教文化影响甚深，有很多纪念天主教圣徒的节庆日。每逢 Fiesta（西语，意为节庆），小区主管会事先向每户人家募款，作为办节庆的费用。节庆当日，一大早就会有小区雇用的乐队，吹敲起一天的热闹。有时会在街上搭台，请艺人来表演，游行也是一个重要的活动，由小区选出美女酷男盛装参与。而在这整整一天的欢乐中，最尽兴的就是能吃到烤猪这道佳肴。

其实烤猪在我们中国人的菜系里，早在西周时已是一种珍品，现在我们常品尝到的是粤菜的"片皮乳猪"。菲律宾的烤猪叫作 Lechon，源自西班牙语的 Leche，即"奶"的意思，也就是指吃奶的小猪，因此，用小猪烧烤的就叫 Lechon de Leche。上这道菜之前，服务员经常会来一番片切烤猪的表演。另一种用大至五六十公斤的猪来烧烤的，则叫 Lechon Baboy.

烤猪前需要先清除猪的内脏，把剖开的猪用针线缝绑在一根长棍上，里面塞满香蕉叶和香料，然后放在炭火上慢慢烧烤，一般都需烧烤约五个小时才会熟透。烤时一边转动棍子，一边涂上一种叫 Atsuete 的香料和油，使猪皮的颜色呈现焦糖油亮的色泽，吃时佐以由鸡肝、大蒜、胡椒和醋调成的酱料，更是别有风味。节庆或自助餐式的宴席上，一般会让猪嘴巴含着一颗红苹果，将这道全猪主菜陈列在一张小桌上先亮相，令人垂涎，然后由一名厨师或专人片皮切肉，分给客人。吃不完剩下的猪皮猪肉，可加醋和一种特制的酱料，煮成微酸淡甜带汁的另一道叫做 Lechon Paksiw 的下饭菜。

在大马尼拉的 La Loma 区，不但可以吃到最好的烤猪，也可以观赏到该区一年一度的烤猪大游行，每年五月的第三星期定为天主教 Nuestro Senor de Salvacion 纪念日，烤猪就成为这个美食节庆之星。当天该区所有的烤猪商会烧烤将近百只的猪，在当天的烤猪游行中，参加游行的烤猪被装扮成各式各样众人皆知的真实或虚构人物，有戴墨镜的，有叼着烟嘴的，有着女装拿着扩音器者，也有真人扮成烤猪，非常幽默有趣，远望人与猪难分地都被架上花车，配着喧闹的鼓乐队伍环市而游。

在西南岸的 Balayan、Batangas 省，每年 6 月 24 日是纪念为耶稣施洗礼的圣人约翰的节庆，也会举行类似的烤猪游行，不过因为那是一个泼水节，所以装扮好的烤猪都用塑料包裹，以防被水打湿。游行出发前这些装扮好的烤猪都先被带到教堂接受祝福。观赏游行队伍的人群可以随意向花车上的烤猪泼水，为游行增添惊险的情趣。烤猪游行的高峰，就是众人皆可品尝免费的烤猪。

在菲律宾，整只烤猪的售价要上千元菲币，算是不便宜的"上品"，不过现在已很"大众化"了，节庆或宴会外也可吃到，超市或烤猪店随时都可以秤斤零买。移居温哥华初期，每想念菲律宾菜，我就会想吃烤猪，找不到正宗地道的菲律宾烤猪，以港式片皮乳猪取而代之。日子久了，胆固醇直线上升，也就不敢奢望了。

2013 年飓风海燕袭击菲律宾中南部，看电视上那一大片的疮痍，我默默地想，这些无家可归的灾民兄弟姐妹们，何时才能再过一次节庆，吃一盘烤猪？

李惠秀

笔名枚稔,原籍广东台山,菲律宾远东大学教育学学士;热心致力传承及弘扬中华文化。获得的奖项有:"中国语文学会"第十四届中国语文奖、宿雾无名氏(施维鹏)1999至2000年度模范华语教师金奖等。作品有与其先夫许芥子合著之《相印集》;作品收入《菲华文艺》《菲华散文选》《薪传十年》《归雁》《茉莉花串》《菲华教育论文集》《廿世纪菲律宾华文文学图志》《菲中作家作品选》及各届《亚细安华文文艺营文集》等书。

千岛异食奇趣漫谈

在有"千岛之国"美誉的菲律宾定居数十年,生活于这深具多元文化冲击的国度,笔者有幸,曾经结下了不少的食缘,很乐意与读者分享口福。

菲国的气候,到了夏天特别酷热。有一种菲语称为"Halo-halo"的冰凉什锦甜品,老少咸宜,很受欢迎;也是我自幼即百吃不厌的午后小点。有时看到其中盖着大量的刨冰,联想到中国民间的"红豆冰",就会感到很亲切……

说来,菲律宾文(Tagalog)对"Halo-halo"的直译是"组合组合"或"混合混合";英文则是"Mix-mix"之意。食家如果看到小碟上放置的那大口高杯盛着组合成七彩缤纷食材的"Halo-halo",就会暑气全消。

晶亮的大口高玻璃杯内,堆积着好多种什锦蜜饯果子、牛奶、糖汁、刨冰和冰淇淋……水乳交融,自然地形成一段仿佛横跨的美食彩虹;七彩缤纷的食材,一层层地相叠着:深紫的香芋泥,金黄的菠萝蜜片,成熟的香蕉和芒果片,加糖的红豆、鹰嘴豆和绿豆,番薯丁,炒米粒,玉米粒,椰果冻(Nata de coco),椰子酱(Macapuno),棕榈果(Kaong)及香甜的焦糖布丁(Leche Flan);再加上酌量的刨冰、冰淇淋、炼乳及牛奶等聚在一起。

趁着刨冰尚未融化之前,就要用长茶匙搅拌各种食材,使之混合(Halo),混合,再混合到水乳交融……然后才慢慢地品尝这沁凉清甜、滋味无穷的果汁和配料,教人真是一吃难忘;所以有食家认为旅游菲律宾,一定要吃过"Halo-halo"才算是"不虚此行"哩!

说来,这种浓滑可口、营养丰富、水乳交融的甜品,正象征菲国早年深受中华文化的影响;其后又经西班牙、美国和日本的统治,融汇了多元文化,始发展为现在的文明社会,让不同的族群,能和平相处,安居乐业;这就正如"Halo-halo"一样,融合了各种不同性质的食材与配料,组合成色、香、味俱全的民间最爱。

再谈菲律宾另一种街头叫卖的民间零嘴"Balut"。依照菲文的原意,"Balut/Balut"就是"包裹";要"包裹"什么呢?其实就是指鸭蛋壳内所包藏的尚未发育完整的鸭胚胎。

笔者犹记五十多年前,在母校菲律宾中正中学(中正学院前身)念高中时的级任导师庄克昌恩师——当年他是母校图书馆主任,亦是菲华文坛名散文家;曾在他的一篇大作中提到有关"鸭胚胎"的罕有趣闻;他老人家称"Balut"为"鸭馄饨",在闽南名之曰"鸭仔胎",菲人则呼之为"描律"。

庄恩师还很风趣地叙述他旅居菲律宾数十载,常常在夜里听到小贩叫"描——律——律——律"之声起于窗下……"有时三弟(母校教务主任馥冲恩师)闻声蹶然而起,临窗呼购来三两枚,叩碎一端,撒上精盐,低头唧唧有声大嚼。我瞥见他吃得津津有味,又发现其色黯灰,带有茸茸的细毛,且包藏着一条白色的硬韧之物,一时发竖头晕;他却咂舌吮唇,连声叫绝,可见嗜痂有癖……唯对吃'描律'有三折腰(编按:鞠躬致敬意)经验的人来说,此物十分滋补,仿佛有扶元壮阳的奇效"云云。他老人家文笔精练,幽默风趣,真教人钦佩。

笔者不敏,又不是食家,对菲国这种别具风味的"异类"不敢多所领教;但在多年前曾经因好奇,尝试过吸嘬蛋壳中鸭胚胎的肉汤,而感到那真是平凡中又不平凡的食品。

据说有人又称"Balut"为"毛蛋",这或许是因为它包藏了有羽毛的蛋吧?然而,无论如何,这种孵了九天或十多天,尚未发育到有完整的羽毛、喙、爪或骨骼的鸭胚胎,实在是令人不忍煮食;也不能成为气候的一种食品。

有人曾经比喻说以前的华裔(PBC)是"Balut",不成熟,没作为……其意义极为深刻,多期盼我们侨胞有所警惕;要悉心培育后辈为深具中华文化气质而有所贡献的杰出公民。

施纯青

笔名靖竹，祖籍福建省晋江县衙口乡，台北柳公圳、新店溪畔都曾有个家。任教于菲律宾中正学院大学部。曾获"中华民国"国语学会第廿六届中国语文奖、2004 年度全菲模范华文教师奖。为菲律宾《世界日报》"反思集""拾贝篇"两专栏写稿，作品入选于《晨光文选》《菲华文选》《正友文学》《香港文学》《辛垦集》《归雁》及多届海外华文女作家文集。

菲律宾的 Halo-halo 文化

　　菲律宾有一道甜点，本地人叫它 Halo-halo。菲语中的"halo"就是混合的意思，顾名思义这道冰品就是一种混合式美味。怎么 halo 呢？大、小红豆、西贡米、番薯、果冻、紫心芋泥、椰肉丝、Nata de coco（一种透明胶状的椰汁冻）、波罗蜜丝、炒米、玉米片、香蕉⋯⋯依序排列放进玻璃杯，在碎冰上加一球冰淇淋，淋上奶水就可以吃了。Halo-halo 就是这么一个意思，游客来菲都喜欢来上一客，真的好吃！然而，我想说不只是这道冰品，连一般菲律宾菜肴似乎也都具备了 Halo-halo 的气质，这是我执掌锅铲四十年的感想。

　　从我公婆移民来菲，吾家三代以来除早餐的麦片面包外，其余仍然保持中华的饮食文化，因而也让我这个后来加入的成员没机会学做菲律宾菜。有一次和一位菲律宾朋友闲聊，她说我自己掌厨，一定懂得做酥炸猪元蹄（Crispy Pata），可我摇头说不会，却不好意思说家人是不吃菲式菜肴的。有时在宴会上看见人们张口大嚼菲律宾"国菜"烤全猪（Lechon），猪肉须连皮蘸上特制的酱吃，我也只浅尝即止。本地菲人偏爱吃炸鸡，但我不吃鸡鸭；我不喜欢吃肉，摆在长桌上的全猪，也引不起食欲；鸭胎（Balut）入眼教人汗毛直竖，更遑论吃了。因此，每当朋友问起住在菲律宾那么些年，学会做哪几道菲律宾菜，而我竟然无言以对。

直到一次应邀出席一个在菲律宾餐馆举行的宴会，面对清一色的菲式菜肴竟不知该吃什么，拣了个看来是蔬菜的吃吧！吃时不知其名，姑且叫它"大锅菜"，因为它装在陶锅里，热腾腾地端上桌，陶锅里南瓜、茄子、豇豆（Sitaw）、秋葵、苦瓜、猪肉片等混在一锅沸腾着，红葱头的爆香味、虾酱（Bagoong）随着热气冒上来，炆得烂烂黏黏稠稠的，毫无精致的卖相，是一道再家常不过的菜，不过那香香的虾酱味却让我想起老家的"马拉煎"炒肉末，对，就是那个香味！当年那"马拉煎"虾酱还是马来亚侨生送给我们的。于是闻香举匙，怎知入口之后，那所有蔬菜汇煮一处的甘甜居然也十分可口，询问之下才晓得这就是菲律宾人的家常菜 Pinakbet。

于是，我用双眼看，用心眼体会，回家后买齐配料，依样画葫芦，也煮出一锅似模似样的 Pinakbet，那一陶锅的 Pinakbet 摆在餐桌上，竟然突破了吾家中华饮食文化的长城壁垒。此外，还有一道深受家中大小喜爱的汤，就是酸鱼汤（Sinigang na Bangus）。

初尝酸鱼汤的感觉是惊艳，酸味勾起舌尖味蕾的记忆，和七十年代初在台湾溪头林场喝过的笋丝虱目鱼汤有异曲同工之妙。酸入舌根，沁入喉胃！不同的是，笋丝鱼汤清淡，鱼块和雪白的笋丝漂在汤里，和漫山的翠竹搭配得多么清爽！而在菲喝的酸鱼汤仍然是一道较浓的 Halo-halo，主料 Bangus 就是虱目鱼，那汤啊，加入 Samploc（黄槐果实）煮得酸酸的，切片的西红柿、洋葱、尚未变红的辣椒、空心菜叶、鲜虾等一股脑下锅，其酸与鲜，就是教人喝了还想续碗。人们都说鱼汤加入嫩豆腐，更有助于钙的吸收，因此，在酸酸的鱼汤中加入豆腐，真是绝品。再也不敢讥笑本地人华洋杂烹的方式是"五胡乱华"，只因在菲式酸鱼汤中加入中国豆腐并不突兀，竟然呈现着和谐的鲜美。

三十多年前住在计顺市（Quezon City），房东罗佩斯太太待我们极好，逢年过节总会分享美食。一海碗的佳肴中有鸡肉、猪肉，还有牛肉、青椒、红椒、洋葱等撒在表面，不知道还加了些什么作料，总之闻起来香喷喷、黏稠稠的。我想这是菲律宾人吃饭的习惯，白饭上浇一些菜汤、肉汁，或许这样比较下饭，就像老广的烩饭一样吧。

看到菲律宾菜总让人有一种似曾相识的感觉，或许它融入西班牙菜的风味，也加了中国菜的元素，饮食文化实为民族文化的一种反映，菲律宾菜就是一种 Holo-halo 的文化，原先我对那许多菜混成一锅煮的方式嗤之以鼻，毫无技巧、文化可言，但现在习惯了，明白了在一个基调上掺和一些外来文化，不相排斥，熔于一炉，这就是菲律宾人 Halo-halo 的文化。

杜鹭莺

祖籍厦门。自由撰稿人。早年服务华校教育,后从商。曾为报纸撰写纸艺专栏。作品被收入《归雁:东南亚华文女作家选集》《菲华文学》《新世纪文学》《东南亚华文诗刊》等海外华文文选。出版个人文集《一路有景》《黄昏不再来》,翻译诗集《笼》。目前定居于马尼拉、香港两地。

米黏沓时光

"米黏沓"(Mirienta)一词来自西班牙语,意为"轻食",介于午餐和晚餐之间,有点像英式下午茶。被西班牙统治了三百多年的菲律宾,在语言文化和日常习俗上都深深烙着殖民宗主国的印记。

这些菲式米黏沓还真是诱人:香喷喷的"比饼咖"(椰浆烤松糕);带着棕油香的"苏馒"(棕榈叶粽子);软 Q 的"咕津挞""芯其芯其"(木薯软糕);外脆内绵的"吐蓉"(焦糖炸香蕉);上头撒着起司块,像闽南"碗糕"的"普多馒帮"(米浆松糕)等等。

菲律宾盛产大米、椰子、棕油、香蕉,菲人也多以这些特产入菜,日常的米黏沓更以糯米甜食居多。午后的一杯咖啡,外加一小块焦糖米糕或夹着雪糕的"班栗萨"(一种西班牙式餐包),就是最地道的菲式下午点心。

米黏沓自助餐其实也可以当正餐享用。除了甜食,还有外来"菲化"了的咸味菜式,比如源自中菜炒面的米粉混炒面条、炸烧卖、肉包……名称也直接用中文谐音如:Pansit、Siomai、Siopao。

"阿肉兹卡朵"(鸡腿牛杂粥)却是如假包换的"混血儿":源自中式咸粥,却取了个地道的西班牙名。

猪血杂烩羹像极了波兰、捷克的墨汁汤(zomos)。"蒂努谷安"则是欧洲游客比较能接受的"巧克力肉羹",加上雪白松软的米糕,是菲式点心的最佳搭配。

有一次,我贪心地拿了一大碟食物回到桌上。邻座一位很有绅士风度的老先生正小心翼翼地用汤匙敲打一枚立在蛋杯中的鸭蛋。蛋开了个小口,老先生低头对着蛋吸了一口汤汁,咂咂嘴,然后施施然地拿起桌上的餐盐,细细地往蛋里洒,一副很享受的样子。那是鸭胎蛋"芭噜"!

于是想起了三十多年前的一个晌午,外子(那时身份还是男友)带着初来乍到的我去见长辈。

走在静谧的小路上微风习习,椰树的影子被午后的斜阳拉成一条长长的林荫,我们一路絮叨着多年的两地相思和终将举行的婚礼……突然,远处传来一声绵长的吆喝:"芭噜——毕卵——芭噜——",随着声音渐近,小路深处走过来一个提着竹篮的菲人,篮中白花花装满鸭蛋。

"你一定得尝尝。"外子毫不犹豫地买了两颗,塞了一颗给我,然后示范如何小心磕开蛋壳并先吸干汤汁。

"嗯,看起来味道挺鲜美……"我说。

终于剥开蛋壳,却被眼前的景象吓了一跳:蛋中竟是一团带着细茸毛的小鸭雏!我随即摇头摆手,说什么都不肯试了,一旁恶作剧的他,早已笑弯了腰……

那是我唯一的一次浅尝鸭胎蛋,却从此莫名其妙地喜欢上西菲混血歌手茜莉丝蒂·礼嘉士毕。听她轻松俏皮地唱起"芭噜——毕卵",总会在脑海中将三十年前的那个情景和悠扬深长的吆喝声契合成一幅美妙的画面,令我感觉温暖。

转身顺手拿了一块改良自意大利薄饼的蛋挞状"迷你比萨",有蘑菇、火腿、牛肉、鸡肉等多种口味。同时又犹豫着是不是也该来一份裹着香蕉加菠萝蜜的炸春卷?

有近亿人口的岛国菲律宾,殖民地的历史背景造就了这个国家在种族、信仰和文化上的多元和包容。菲裔、西裔、华裔、印裔、欧美裔;天主教、基督教、伊斯兰教、佛教……不同的群体喜好各异,众口难调下造就了菲人在烹饪方面独特的创意和才能。

猜猜看,谁是现今美国白宫的行政主厨?

克莉丝缇沓·坎莫佛,这位三十年前毕业于菲律宾国立大学食品创新科技系的菲裔女子,是布什总统口中"身怀绝技"的第一位女性白宫行政主厨,也是有史以来第一位亚裔主厨。这位至今仍为现任总统奥巴马服务的主厨曾表示:在为白宫主人和访客料理食物时更注重的是顾及不同的口味,而不会刻意推荐菲式料理。"菲式口味原本就是我身上的一部分",克莉丝缇沓说。克莉丝缇沓更强调菲式料理的最大特色是"聚变":亚洲、拉丁原创食谱的聚合和衍变。

当我将最后一口"迷你比萨"放进口中时,有个似曾相识的女孩走过我的身旁。圆圆的脸上挂着天真的笑靥……这不就是夏绿丝,那个刚赢得"美国达人秀"满堂彩,被美国电视名嘴奥普拉称赞为"世界上最会唱歌的女孩"吗?

夏绿丝在众多关注的目光中暂时放下明星身段,开心地和家人一起享受一段美好的"米黏沓"时光。

窗外马尼拉湾畔午后的阳光依然那么明媚。

姚嘉为

台大外文系学士、明尼苏达大学传播硕士、休斯敦大学计算机硕士。现任北美华文作家协会副会长。曾获梁实秋文学奖之散文、译文与译诗奖,北美作家协会散文首奖,"中央日报"海外散文奖。著有《在写作中还乡》《湖畔秋深了》《深情不留白》《放风筝的手》《教养儿女的艺术》等书。

在大马寻觅熟悉滋味

最近重回吉隆坡,站在 Pavilion 购物中心广场前,琉璃喷泉依然耀眼夺目,Bukit Bintung 路上依然车水马龙,想起当年初来此地,凄惶奔走,甚至潸然泪下,不禁失笑,都是为了寻找那熟悉的滋味啊!

迁居前,我以为在这华人众多的城市吃到口味相近的中国菜,绝不是问题,谁知却是一个寻寻觅觅的开始。

人生地不熟,看到中餐馆,就满怀希望地进去。菜单上长达数页的鲍鱼和鱼翅,陌生的口水鸡、官银鸡、鹿肉煲、鸵鸟肉,不知从何点起。浇了一层深褐浓汁,铺满干辣椒的干煸四季豆,缺了碎肉、豆瓣酱和花椒的麻婆豆腐,不论模样、气味、口感,都和熟悉的中国菜有距离。

超市里基本的食材都有,就是不见猪肉,原来在回教国度,猪肉是不洁之物,需躲在小角落里。后来在中国城看到一长列的猪肉摊,肉贩挥动大菜刀又砍又剁,生猛熟悉的景象,令我激动莫名。杂货店里,遍寻不着豆豉辣椒、豆瓣酱和甜面酱,但找到了酸菜和榨菜,总算为家常菜添了滋味。

有一天走进附近新开张的购物中心,食品店中有久违的虾米、枸杞、红枣、木耳,餐厅有小笼包和拉面,小店里有热腾腾的豆花和广东粥,霎时我被无边的幸福感淹没,当下喜极而泣。此后 Pavilion 成了我们消闲购物的所在。

对街的"十号胡同"汇集了著名的华人美食小吃,那里人声鼎沸,锅铲与炒锅齐飞,声声入耳。福建面颜色深褐,油光闪亮,因为用了老抽和猪油,其实味道不重。槟城炒粿条源自潮州,在槟城发扬光大,滋味像广式炒河粉,但粿条较为细长,加了辣椒,在热带特别开胃。

最为脍炙人口的小吃当属肉骨茶,我原以为是茶叶煮的红烧蹄膀,其实是用茴香、丁香等药材熬煮的肉骨头汤,是早期南洋锡矿华工为了祛除风寒而发明的饮食。最正宗的吃法是在路边摊上,冒着溽暑与烟尘,挥汗捧着大骨头猛啃。小摊各自标榜祖传秘方,我们吃过几回,滋味大同小异。

这回旧地重游,友人招待去豪华餐厅吃肉骨茶,才见识了精致的吃法。肉骨头细分为几个小盅,多肉的蹄膀、多筋的骨头、无骨的肉片,另有浸在汤汁里的油豆腐、蘸汤吃的油条,不变的是佐料——酱油、碎红椒和蒜蓉。近年来新马两国争取肉骨茶为文化遗产,观光客趋之若鹜,这家餐厅便是以肉骨茶招徕观光客。

临行前,我到茨场街重温海南鸡饭的滋味。当年买完菜,我们总会到八十年老店"南香"吃海南鸡饭。口味与贵妃鸡差不多,不同的是搭配的鸡饭,微黄有咸味,是用蒸鸡的汤汁和鸡油煮成。马六甲的鸡粒饭也一样,只是把饭揉搓成小球状而已。

华人美食常冠以海南、福建、潮州等地名,正如中国城内众多的会馆都冠以闽粤地名,折射了华人对原乡深厚不移的情感,言行与价值观也比其他华人社会保守。

人对食物的第一印象常来自气味和颜色。娘惹糕颜色艳丽,用糯米与黏米做成,我一见就喜欢。马来菜颜色深褐居多,如咖喱饭、咖喱鱼头,咖喱分褐色、红色和绿色,不是我熟悉的黄色。椰浆饭,以乳白椰浆煮成,气味与中国米饭不同,因为陌生,比较不易挑动味蕾。

我对马来菜的认识,始于对峇峇娘惹族群的好奇。这个族群起源于十五世纪,父系是中国人,母系为马来人,称男士为峇峇,女士为娘惹。说英语,却过中国节;用中国瓷器,却盛装以大量马来香料煮成的食物。以叻沙为例,使用的香料有红葱头、香茅、黄姜、楠姜、芫荽等,口味酸甜又辛辣。

南洋盛产香料,当地人用来保存食物,价格便宜。不幸欧洲人也看上了,老远地前来攻城略地,占领海上信道,南洋沦为西洋殖民地长达数百年。在吉隆坡能吃到世界各地的食物,欧洲人喜欢来此工作或退休,多少基于这样的历史渊源。

马来、中国、印度三大民族的生活方式和信仰，各有坚持，通婚不常见，饮食却逐渐跨界，马来菜有炒粿条，印度菜有炒饭，中餐用椰浆和咖喱，形塑了今日大马的饮食文化，正如同掺杂各族词汇的当地语言，早已分不开了。

董君君

本名黄秀琪。1939 年出生于菲律宾，毕业于菲华培元中学。1985 年获王国栋文艺基金会小说奖。1993 年获菲华文经会菲华小说奖。1996 年获柯俊智文教基金会小说奖。2001 年获台湾侨联总会华文著述奖小说类第一名。出版文集《君君小说集》《油烟世界》。

一手握笔，一手拿锅铲

婚后十年，外子经营的糖果厂，生产的两种品牌糖果畅销，厂门外停泊着多辆"精明"糖果商的车，以现款抢购我厂出产的一种口香糖和一种巧克力花生糖，一再商量多分他们一箱，山顶州府的糖果商函电交加订货，当时我们的生意如日中天，可以说日进万金，不是夸张。

糖果厂需要大量的口香糖原料，因为政府实施入口管制的缘故，美国制的胶基（Gum Base）缺货，改用荷兰出品的胶基。吃错药立见生死，出厂的口香糖几天就受潮，这是糖果的致命伤。退回的糖果，箱箱车载船运，丢在海边堆得如山如坡。因他们是现金抢购，贷款要立刻偿还，突变的情况像倾泻的土石流，掩埋了我家红火的生意，工厂因此倒闭。对这有如山崩的变故，我们夫妇俩，魂飞魄散，从云端摔到谷底，伤重危殆，变卖货车、机器，也有罄尽的时候。

一家人口众多，食指浩繁，而外子放不下身段去打工，当时有家麦芽厂高薪（六十年代两千五百块钱）聘请他去做事，他不点头。我不怕吃苦，但不要儿女跟我一样过穷日子，焦虑如焚，我告诉自己不能坐以待毙。但当时的我一无长技,也毫无积蓄,婚后十年间我不懂用钱,外子什么东西都买齐到家,不用我要钱去买,我要何处去挣一块钱?思绪百转千转,我想到用有限的资金,容易直接赚钱的方法——订做一套不锈钢的"润饼担",准备在菜市场摆摊。

当我和亚蓝用马车载回这套不锈钢的"润饼担"放在厨房里,外子一看见,勃然变脸,暴跳如雷,起脚踢倒润饼担,对我怒吼:"你这是丢我的脸,羞辱我!"我对他的发怒,气得窒息,一口气喘不过来。

"凭劳力赚钱有什么可耻,我赚一百块钱好过你借来的一千块钱,你能向谁借两次钱而不被拒绝?"

争吵多次外子还是不答应。不久我们搬离伤心地,那套不锈钢的"润饼担"丢在海边,替我们凭吊经商失败被迫放弃的一片江山。

一句话"眼见他起高楼,眼见他楼塌了",是我们刻骨铭心的写照。

经营菜馆我是半路出家,被迫鸭子硬上架,我一头栽进油烟世界讨生活,这油烟世界的生态环境,包括传统市场的满地泥泞、污水横流和百味杂陈,我天天冲锋陷阵去采办食材。

肉摊前刀锋斧影,血肉横排;海鲜摊前鱼鳞飞溅,冰块与腥水交融,鱿鱼的黑胆渗入指甲缝很难洗掉……因为不懂所以翻遍食谱恶补炒、烧、煎、焖、炸、烤、烹、卤、蒸、拌等等十多种厨艺。闯入油烟世界讨生活的过程中,我汗流浃背,受刀割、油烫、水浸、冰割,我天天蓬首油脸、布衣胶鞋,在传统菜市场人挤人,像一副无文化的样子,一副邋遢相,还惹来魔掌的抚臀。那人真是无德无行的人渣,欺负我这弱势的角色,我怒极急转身,用手里的竹篮,向他的头脸挥去——一个糟老头,一脚已踩进棺材的老不羞!

向堂大伯借他麻将场的楼下开小食店,惨淡经营,因想多挣一点钱也卖啤酒。一次,一个鸡贩和一个工场的警卫,喝霸王酒不付钱,我客气地对他们说:"你们忘记付账了。"我好言相讨,他们恶脸相向,口出脏话,骂尽中国人,说中国人是猪,应该遣配出境,更说:"我们要试睡 TSINA(华女),看看什么滋味……"我忍无可忍爆发了,抓起玻璃柜里切烧猪(菲律宾名菜烤全猪)的大刀,要砍他们,他们见状吓得脸色死白匆匆夺门而出作鸟兽散,我认识他们,呼警逮捕回来还钱道歉,我岂能善罢甘休,小食店以后岂有立锥之地?

三十多年经营饭馆,油烟世界里赚的血汗钱,在我的生命里,洒满酸甜苦辣的调味品,我负轭深耕于社会的低层,我养大九个子女,让他们受教育,各自嫁娶完毕;我养老送终,不亏为媳之道。我不时数算上帝的恩典,祂赐给我"吗哪"(以色列人出埃及时上帝在旷野赐给他们的粮食),使我生活无缺而有余;通常人在困境多贫病交迫,在我家最困难的十年里,一家十多口,无人大病过,小病也很少,因上帝知道,我家没有医药的预算。

一次，菲华作家们组团到台湾访问，会场中，小四（施柳莺）在台上介绍说："菲华有一位一手拿锅铲，一手握笔的作家……"坐在我旁边的侨务委员会马台珠专员转头问我："是谁？"我微笑以对，不好意思地回答她："我是菲华一手拿锅铲，一手握笔杆的作家——董君君。"

黄娟

旅美资深作家。1968 年来美之前,已在台出版了三本短篇小说集,一本长篇小说。作品以小说为主,曾获吴三连文学奖、台美基金会文学奖等多种重要文学奖项。已有《黄娟作品集》十七册出版。

初尝越南美食

　　那是一条下坡路,路的两旁都是住家。我走在右边的人行道上,眼睛则注意对面的房子。那是白漆的美式殖民式(Colonial)住宅,坐落在坡路的下段。据女儿相告,一家越南人刚刚搬来这里。

　　1975 年西贡沦陷,曾经是电视的热门新闻。惶恐的难民争先恐后地抢搭最后一班飞机的历史镜头,给人留下特别深刻的印象。想到在战乱中逃难,在陌生的异国落脚的越南人,我的心中萌发了关切与同情之心。此番"未请自来"的访问,自是聊表一番慰问之意而已。

　　按了门铃,出来开门的是一个小男孩。"妈妈在吗?"我问。说的是英语,一时弄不清楚应该对这个越南小孩讲什么话。

　　小男孩居然不怕生,对我笑了一下,才往里奔进去,边跑边大声嚷,猜想是通报:"有人来了!"

　　出来的是一个瘦小的女人,一脸的憔悴,但是一身整齐的衣服。

　　"我是台湾来的,住在这附近。"我以华语说。面对着一个肤色、脸孔、体型和自己相似的东方女人,全没有想到对方有听不懂的可能性;何况越南有很多华侨,大部分是从广东去的。

略微舒展了紧蹙的眉头,女人的唇边漾出了笑意,以手势请我进去。

虽然是很普通的美国中产阶级的房子,房间里摆设的家具也很平常,惊人的是全部是买新的,而非二手货。"猜想是有钱人,带了钱出来的吧!"我为他们高兴。

"你会讲华语吗?有什么事要帮忙吗?"我问。女人掏出手帕,按了眼角,似乎我的话又触及了她的悲伤。我有些不安,不知自己是不是唐突了些,不但"不请自来",连对方有没有听懂自己的话,也无由判断。

"等一下!"女人突地站起来,以生硬的华语说,便走进里屋。不一会儿,带了一个白发的老妇人出来。"我的母亲!"女人说。

老太太过来紧握了我的手,我不敢相信自己的眼睛,老太太那身灰色的对襟衣衫和长及膝盖下的半长黑裤,多么像外婆。老太太握着我的手,快口说了些什么,可惜我听不懂她的话。

"我们是广东人,我妈妈只会广东话和越南话,我很久没有讲华语,很多话都忘了。"

"你先生也是广东人吗?"

"不是,他是越南人,他只会讲越南话和法语,还有一点英语……"

看来语言的沟通会有困难,但是我们使用纸笔,交换了姓名,开始了一年半的亲密来往。

他们姓范,先生叫台,太太叫秀,在越南是成功的企业家,带了一些钱出来,希望有东山再起的机会。范先生好客,一见面就邀我们第二天到他家吃饭,妙的是请我们吃早点,说要吃 soup(汤)。

那天早上我们坐在范家的餐厅里,品尝秀端出来的热呼呼的汤,原来是"牛肉汤粉"(Pho):鲜美的汤汁、薄而嫩的牛肉片、鲜而脆的豆芽菜,吃在嘴里,真是天下无双的美味。小碟上两条越式春卷——未经油炸的米纸包裹着虾仁、莴苣叶、豆芽菜,其皮之薄,馅料之香脆,沾着似甜又辣的酱汁,也是令人齿颊留香。

可惜七十年代的美国中西部,没有范家发展的机会,寒冷的气候也教他们难以适应,和加州的一些朋友联络上后,他们决定西迁。

"跟我们一起去加州……"秀执起了我的手说。

"不行!"我轻轻地摇了摇头,也想摇走浓浓的离愁。

没想到一年之后,我们有了东迁的机会。两家之间的空间距离加上时间的推移,我们的联系逐渐地减少了。但是每经过越南饭店,尤其是以"牛肉汤粉"出名的快餐店,我总会想起范家,我也至今没有吃过比秀做的更好吃的"牛肉汤粉"……

艾禺

新加坡作家协会副会长，世界华文微型小说研究会副秘书。创作体裁以微型小说和儿童文学为主，作品包括：短篇小说《困鸟》《海魂》；微型小说《风云再起》《艾禺微型小说》《最后一束康乃馨》；少年小说《妈妈的玻璃鞋》《镜子里的秘密》《天狼星游戏事件簿》。新加坡作家协会刊物《新华文学》编委。曾任华文戏剧故事策划、编审、编剧二十余年，现为新加坡数所中学的驻校作家兼自由撰稿人。

线条的跳跃者与纱丽

"她一定会来这里吃 Putumayan 的。"Rajah 不止一次这样对我说。他是我在这个小贩中心认识的一位印度客工。在这个可以用年岁刻印的小贩中心，贩卖的商品以印度食品、服饰为主，处处充满着浓浓的印度文化气息，是本地印籍人士的购物天堂，更是外地印度客工游子聚会的最佳场所。星期六和星期天都挤得水泄不通，熙攘的人群里，很少会有孤独的身影，但却有着孤独的心。

我是因为常来吃 Putumayan 才认识他的。

一个明媚的星期天早晨，我在人群里穿梭，为买了东西却找不到位子而彷徨懊恼。突然，一个黑瘦的印度小伙子微笑着朝我招手，原来坐在他对面的食客要走了，他示意我过去。我感激地坐下，发现对方盘里的食物竟和我的一样。

"你……也喜欢吃 Putumayan？"他似乎也感到意外，用蹩脚的英语问我。

一个华人喜欢吃印度食物确实有点怪。"我从小就很喜欢吃。"我强调。

卖相普通又没有吸引力的食品能让我对它念念不忘或许是童年的记忆吧！

上个世纪六七十年代，物资匮乏。在清晨的长街，每天等待的就是印度大叔遥远的脚踏车铃声，等着他到来把车后藤篮里的白布一掀，带着竹筒香的米粉圈便如一个个迫不及待的弹跳运动健将，从大叔手里活了过来，再洒上点椰丝和黄糖，便是顿简单又丰富的早餐。

没有人翻译过它的名字，似乎也翻译不来，总是别扭，同样寄居在这里的欧美人士曾经给它取了个很好听的名字叫"线条的跳跃者"（String Hoppers）。Putumayan 看起来只是简单的米粉圈，制作却有一定的程序，要先挑好米，再把米磨好，加入椰浆水和玉米粉一起调配，然后再用特制的器具把米浆挤出线条状，绕成一个个小米圈，蒸的时候要放在竹箩上，让米粉圈吸收竹的香味。小贩在卖出之前还可再蒸一次，保持柔软度。

自从认识 Rajah 后，我们几乎常在老地方碰面，虽然并不每次都坐在一起，却有好朋友见面时那般的熟络感觉。我发现他很多时候都心不在焉地东张西望，好像想在人群里寻找一张熟悉的脸孔，因寻不着而显得忧郁。

"她一定会来这里吃 Putumayan 的。"第一次听到他说时我确实感到很好奇。"我们是因为吃它才认识的……在印度。"

原来 Rajah 在印度已经有了恋爱对象，但因为家贫，家长反对两人在一起。女的来了新加坡帮佣，两人本准备好储够了钱便结婚，没想到等到 Rajah 也来到这里工作时，却与女朋友失去了联系，同处在一个地方却始终见不着。

"所以我要来这里等她，她一定会来的。"

我却觉得这样等待有些渺茫。国家虽只是弹丸，但要从几百万人口里寻找一个人就像大海捞针。

"这摊的 Putumayan 那么出名，我们客工都知道。她那么喜欢吃，一定也会来。"

对于痴情的人总不能泼冷水。

"找到她我们就回家乡结婚，我连纱丽都买了。"说到兴奋处他竟打开自己的背袋把一块包得很好的纸包掏了出来。

"这是我买给拉吉米的纱丽。她说过只要我送她纱丽，她就会嫁给我。"一块长达十五码以上的丝绸布料在纸包中被亮了出来，鲜艳的紫色衬着两侧的传统刺绣滚边，像开屏的孔雀亮丽耀眼。旁边人的目光都被吸引了过来。

"我一定要把纱丽送给她。"我在他眼里读到一种殷切等待的自信，相信自己的坚持一定会有所收获，相信坚贞的爱情一定能感动神明，让他和心爱的人在异地重逢。

于是他每个星期都来，来这里边吃着 Putumayan 边等待希望，细白的米粉圈和着椰丝黄糖，甜甜的，吃在口里尽是甜蜜的味道，或许就是他在期盼爱人出现时的甜蜜感觉吧！

出国小住数月后回来,重临小贩中心,昔日熟悉的身影竟不见了,是终于找到对方,双双回家乡成亲了吗？心里是那么盼望着,希望他能美梦成真。但另一种不好的念头却也闪过脑际,会不会是等到心灰意冷而放弃了呢？

紫色的纱丽等待孔雀般开屏,冀望 Putumayan 的竹香没有变味,让甜不只留在口里,也让有情人的爱得以像花般美丽绽放……

陈谦

生长于广西南宁。广西大学工程类本科毕业。1989年春赴美留学，获电机工程硕士学位。曾长期供职于芯片设计业。现居美国硅谷。自由写作者。作品散见于海内外报刊。代表作有长篇小说《爱在无爱的硅谷》及中短篇小说《繁枝》《莲露》《特蕾莎的流氓犯》《望断南飞雁》和《下楼》。

与京都僧共餐同游

我们在京都车站，从车厢里一出来，就见到月台上的高台寺住持寺前净因师父。

净因桑对中国很有感情。在日本，寺庙在某种意义上就是一种产业，而住持是法人代表，相当于公司的 CEO，要为寺庙生存求发展，所以净因桑因生意上的合作关系，不时会去上海，跟海伦有了联系，此番盛情招待我们在京都期间入住高台寺。

在京都的第一顿饭，是在月真院外小街上的一处日本小馆子里吃的。非常简单的荞麦汤面和天妇罗，真正的日本味道，清淡而爽口。净因桑说好夜里他请客，去吃大餐，看歌舞伎表演。

京都第一夜里，净因桑招待我们的那顿有歌舞伎表演的大餐吃得非常开心。我们几位都是特地换了衣裙前来的，由净因桑领着在东山区的昏暗小巷里穿行。石板路、昏黄的街灯、小巷里一家家门面小小的餐馆酒肆，都安静地垂着素雅的门帘，或挂着月白的灯笼——在日本，绝少中国随处可见的红灯笼，人就总能感到安静。在京都秋夜的深巷里，一个和尚领着四位盛装出行的中国女子,一路说说笑笑,那种情景,大概真是日本才会有的。

净因桑订的是他熟悉的地方。我们被主人迎进榻榻米包间,非常正式。菜色一道道送进来,极其精致绝色,又好味,令人大开眼界。表演的那个十八岁的歌舞伎,还在学校里受训,是餐馆女主人认的干女儿。她是我们在照片上看到的那种典型的歌舞伎的样子,很浓的妆,全是模式化了的,让她们的面孔看不出特色。她给我们唱了歌舞伎最常唱的一支曲子,有点像《四季歌》那样的内容:春天我遇见心爱的人,夏天爱上他,秋天却分开,冬天妈妈就要我嫁给另外的人啦……我听不懂日语,她脸上的表情又变化不多,只能从曲调里去想象。

从奈良回来的当夜,我们如约,到净因桑的庭院里去吃他为我们亲自烧煮的"熬点"。净因桑在门口迎接我们。那是一个非常典型的日本院落,他一个人住在里面。他领我们看过各房间,告诉我们,这些都是他日日亲自收拾整理的,各处一尘不染。我们看过他的经房、茶室,简单洁净,东西很少,都很有年头的样子,配着经书读本和木鱼,让人不禁要轻声屏气。我们最后落座在大厅里,那一桌的菜,已经备好。

所谓熬点,就是我们的火锅。净因桑说他从昨夜就开始炖了锅底,火锅料有鱿鱼、海鲜、菜、肉丸、鱼丸等。这个夜里,我第一次吃了用豆浆作汤底的熬点,非常特别、可口。我回美后,用在京都学到的豆浆火锅招待朋友们,次次都博得满堂彩。仅自己知道,我做的是改良版。正宗的豆浆熬点,下的都该是素食,如豆腐、蘑菇、蔬菜之类。但我领着客人们往无糖豆浆里放各种肉类海鲜,出来的效果也非常特别。这是京都留给我的美好回忆之一。后来在别的日本餐馆里吃过熬点,都未再尝到在净因桑家里吃过的鲜美味道。

那夜,净因桑调暗厅里的灯,拉开通向内院的拉门,激活电源开关,那个美丽的日本庭院在彩灯的打照下,美如梦境。我们欢叫起来,我说了好几遍:我都想出家了呀!净因桑看着我温和地笑,说,你也可以在硅谷开个分寺啊。

我们就在这样的氛围中,开始了长长的晚餐。我太过好奇,竟问净因桑那么多的问题,关于宗教、人生观和净因桑的个人经验。全都得靠海伦帮忙翻译,我太过投入,竟然没有意识到,这让海伦几乎没能安稳地吃饭!

净因桑讲的其实是哲学,而不是我们平日理解的那种"宗教"。他大学原念的就是哲学,所以我能理解他的思路。他说,没有所谓的地狱和天堂,你自己的每一天,全靠自己把握着是上天还是入地——这里面就出了禅的意思了。他还坦诚地跟我们谈到日本宗教界的一些问题,内里的复杂性。说到日本和尚可以有妻室,我们就笑问净因桑对自己的生活有何打算。净因桑笑起来说,别人是可以的,但他的修行、祈告,就是这些都不要发生在他的身上。"都是负担""最好不要有负担才好啊",谁又能说不对呢?

我们四个女人，在那个美好的夜里，在热气腾腾的熬点桌上，和智能又幽默的净因住持把酒谈笑，十分开心。如果有人在墙外路过，一定会很惊异于这日本的特别：夜深深的时刻，寺庙住持的院落里竟有男女谈笑风生喧哗如此。这是多么美好的人间宗教啊！

　　这个夜晚，是我们日本之旅的一道高光。谢谢你，净因桑。

海云 /

原名戴宁，江苏南京人。1987年留学美国，内华达大学酒店管理学士，加州州立大学企业管理硕士。自1991年定居加州硅谷，转供职于硅谷高科技公司，从事金融和财务管理。2010年搬至美国东部的新泽西州居住至今。散文、随笔、小说多篇发表于美国主要中文报纸《世界日报》《星岛日报》《国际日报》和《侨报》上。多篇散文和小说在香港《大公报》，中国《读者》《长篇小说》等刊物上发表。小说和散文数次获得中国和海外文学竞赛奖。创办文学网站海外文轩。

菲律宾风情的红烧肉

　　内华达大学酒店管理系一毕业，我任职加州湾区的 Westin Hotel 前台服务部做领班，前台的女孩子们来自世界各地，有法国金发美女，有德国泼辣女，更有美国豪放女，还有一位菲律宾岛国美女。我因为持着一所还算不错的大学酒店管理的学位，成为众美女的小头头，管理一群叽叽喳喳二十岁左右的女子，其实并不是件容易的事情。

　　一会儿，这个女子因为失恋前一晚没睡好，早晨打电话说头疼欲裂，我急急忙忙找人代班；一会儿，那个女子晚上有约会，需要提前下班，我只好亲自上阵顶她的位置。

　　想想那会儿真是很有趣。都是差不多大的女子，除了在一起谈各自男友就是比哪个漂亮！休息日，几个女子若没男友相陪，会约了出去看电影吃饭喝酒，当然，这样的机会并不多，年轻女子，总有男人在后面紧追不舍。

　　有过几次出外聚餐，因为大家来自不同的地方，总是品尝不同的风味。加上都在酒店里做事,平日里酒店一日三餐是免费的,而且都是酒店大厨的拿手好菜,出去吃相对嘴巴也是满挑剔的。美国的法国菜被法国美女批评得体无完肤,说法国餐馆从来找不到美国人爱喝的洋葱汤;德国菜和德国啤酒在德国泼辣女眼里就更别提了,那所谓的德国猪脚根本不能入口!但是,去过两次菲律宾女子介绍的菲律宾餐馆,大家反倒都赞不绝口。我也就是从那时起爱上菲律宾菜肴。

最初接触菲律宾菜肴是在夏威夷,那时在威基基(Waikiki)的国际商场内,有个 Food Court,有点像中国商业中心顶楼的美食中心,各国风味都有。我曾经在菲律宾食店里转过,看着黑乎红拉的东西,一问,说是猪血和肉烧出来的,我心里就打了结,有了偏见之后就更不会去品尝这个岛国的风味了。

直到酒店工作的菲律宾美女同事为我打开了一扇美食的门,她介绍我们尝了一种西班牙风味的炸墨鱼圈,还有手指头大的虾春卷,正餐上来的几道菜,我最喜欢其中两道——一道叫 Chicken Adobo,还有一道叫 Pork Adobo。那最后深紫色的菲律宾特色芋头椰子冰淇淋更是让一群整天喊着减肥的爱美众女子忘记一切,大呼过瘾!

Adobo 是一道非常普通家常却深受欢迎的菲律宾菜肴。十六世纪西班牙占领菲律宾为殖民地后,出现了一道结合西班牙风味和当地厨艺用醋烹调出来的美味,他们称其为 Adobo。其实,在西班牙殖民过的地方,比如墨西哥、夏威夷还有菲律宾,这道菜名称不同,做法和味道都大同小异。

做法不难,主要原料就是鸡或猪肉,大火煎金黄,小火加酱油、醋、蒜头、月桂叶(Bay Leaf)和黑胡椒炖至酥烂。

我做的这道 Adobo,又经过一个菲律宾同事的指点,那是几年前,我在 Adobe 公司工作,遇到一位菲律宾男同事,估计他是同性恋中作女伴的那一方,他很坦然地和每一位问起他伴侣的人说他是有位男伴侣的,对自己的性趋向毫不隐瞒。就是他教我用鸡和猪肉一起烧出这道鸡和猪肉混合的 Adobo。做法很简单,而且还算健康,因为无糖无添加油。但是味道还真不错,我们家两个孩子还都爱吃,所以,这道菲律宾菜已变成我常常做的家常荤菜。

材料是鸡大腿六个,一磅带皮的那种猪肉切块,蒜头一大把,月桂叶两到三片,姜三片,黑胡椒粒一小勺。

炒锅放大火上,不要用油,直接加入鸡和猪肉煸至变色(略有金黄色),加料酒少许、蒜头、月桂叶、黑胡椒粒、酱油(两勺生抽与两勺老抽)、醋三勺和水一杯。大火煮开之后改小火焖四十分钟至肉酥烂,开大火收干汤汁就可装盘。你可以撇除慢火炖出来的肉中脂肪油(完全在汤汁的上面,很容易去除),就更健康了!

我通常周末烧好 Adobo,放在一边,每天下班回来快炒一个素菜,做个汤,加上周末做好的 Adobo,一热就可以开饭了。

王昭英／

笔名一凡,新加坡出生,砂拉越古晋长大,定居文莱。前新加坡南洋大学中文系毕业。新加坡《新世纪文艺》杂志副总编辑、新加坡新世纪学刊编辑顾问、东盟文艺撰稿人、文莱五属文苑执行编辑、亚洲华文作家协会副会长、亚华文艺基金会董事。著作有《双飞集》《跨越时空的旅程》《洒向人间都是爱》《一凡微型小说及其赏析》。主编新加坡南洋理工大学中华语言文化中心出版的《东南亚华文文学选集·文莱卷》。

闲话南洋万果之王

　　一个周末的下午,住在一公里之遥的儿子打电话来:"妈,我刚从美里(与我们住的文莱小镇邻近的东马来西亚城市)回来,买到一粒上好的榴梿,我们已吃了半粒,味道太好了! 另一半,我现在就送过去。"

　　怎样好法,值得你专程开车送过来? 我在心中嘀咕着……"啊! 真的是太好了。一定是榴梿中的极品。你为什么不多买几粒?"

　　"没打开之前,我哪里知道那么好吃? 难怪榴梿小贩一再推介,说贵是贵一点,但绝对吃得过。"

　　一粒只有七枚果肉的榴梿,儿子一家四口吃了四枚,给我俩老分享的另一半只有三枚。外子吃了较大的一枚,另两枚归我。儿子看着我们一边细细品尝,一边连呼此乃人间极品,露出了满意及满足的笑容。此刻,我俩口中的美味,顿化成一股温馨的暖流,直抵心底深处。分享的喜悦,让午后的阳光更加明亮,更加暖和。

　　我家祖孙三代,加上母亲那一边,都是这被称为万果之王的榴梿的爱好者。母亲在世时,每趟回娘家古晋,都少不了一家人围蹲(不是围坐,吃榴梿不能正经八百地坐着吃)住家走廊大快朵颐的一幕。

榴梿是南洋的水果,它独特的芳香浓郁气味,让喜爱它的人如痴如醉;不接受它的人,避之唯恐不及。中国出生成长的母亲,初接触榴梿时,常掩鼻直呼:"太臭了!太臭了!太受不了了!"曾几何时,一场病,让她逐渐接受这道她认为的怪味,以致后来,成为榴梿的老饕。

母亲患有脚气病,医生劝她要多吃富含唯他命B的食物,医生告诉她,刚上市的水果榴梿,唯他命B十分丰富,可多吃。于是她开始掩鼻品尝,那知多次试吃之后,竟然爱上了此"怪"味。

口味这种东西太奇特,也太主观了!

我们邻居是英国韦尔斯人,初尝榴梿时,大叫太像死老鼠味了!接着呕吐不已。这种情景让我想起第一次试吃蓝色起司(Blue Cheese)的反应。我至今还不能接受它。也许跟某些南来的华人及一些欧美人始终不能接受榴梿一样。

榴梿性温热,不能和烈酒同时服食。犯忌虽不至于如某些人所云会丧命,但胀气不舒服,却是不少人的经验。榴梿的食疗作用,除了对脚气病有一定的好处外,治气虚便秘,百试不爽。中医认为它可以补中益气,对中气不足的便秘或大便溏烂不成形者,有不错的疗效。药疗不如食疗,不少有此烦恼又喜爱榴梿者,榴梿一上市,就趁机大吃一顿。

榴梿的长相不讨喜。硬壳上满满的刺,一不小心就扎手。选榴梿及开榴梿都大有学问。

选榴梿要望、闻、摇三步骤。望是看颜色,看刺的长相,看整粒榴梿的形状。闻,是了解是否有香味以定榴梿的生熟。摇,是摇晃以确定有无声响。内里乾坤是外行人无法判断的。因此打开榴梿那一刻,恰如赌徒等待开彩那样,抱着一种十分期待的心情。一打开,大家迫不及待,伸手就抓。好吃的就顾不了礼仪,一枚接一枚地往嘴里送。不好吃的,就放慢速度,期待下一枚会好些。

开榴梿,也颇考验功夫,如果拿刀胡乱砍,不但开不了,还让榴梿壳上的刺,扎得手出血。懂得开榴梿者,只需找出壳上的纹路,就可轻而易举地剖开。

榴梿有独特的气味,餐馆、酒店都不让人带进去吃。因此,除了买回家大快朵颐外,只能蹲或站在榴梿档口品尝。有一回,誉满中外的新加坡多元表演家陈瑞献请我俩及另一位作家兼出版家吃饭。饭后他建议到餐馆附近的榴梿摊吃榴梿当甜品。我们都是榴梿爱好者,当然接受此建议,只是该女作家穿着赴宴的华服,脚踏高跟鞋,似乎与榴梿档口的风光不协调,更何况要用手抓着吃。衣着向来随便的表演家,脚着拖鞋,倒很能置入此场景。我们衣着中庸,也还可搭配。吃榴梿也要讲究衣着与场所协调呢！

榴梿！留连！去了木字部首，榴梿就成了留连。爱好者对榴梿的情愫，用留连两字来形容蛮恰当的。造字者肯定对榴梿的特殊味道，深有体会。

小
华

原名陈琼华,在菲律宾出生长大,以小说、散文见长。历任亚洲华文作
家文艺基金会董事、亚华作家协会菲分会与耕园文艺社常务理事、《耕园周
刊》主编。陈琼华秉承其先夫王国栋热爱文艺之遗志,创立"王国栋文艺基
金会"并任会长。基金会设文艺奖,资助菲华作家出版个人文集。陈琼华
先后荣获中国文艺协会海外文艺工作奖、台湾文艺作家协会文艺奖、世界
华文作家协会海外华文文学贡献奖。著有《小华文选》《走进别人故事里》。

香积饭灾地飘香

2013 年 11 月 8 日,菲律宾中部地区,遭受了有史以来最强劲的台风海燕
的袭击。

一天狂风暴雨的横扫,卷起海水涌腾淹毁了几个乡镇,但见断垣残壁,数
千尸体横陈,几百顷的椰子林,多数倒塌,没被吹倒傲然挺立的椰树也光秃垂
颓;电线杆与水渠道的破损,导致多数人家没水没电;道路桥梁不是被冲毁就
是被瓦砾、泥沼、铁皮锌板覆盖,造成道路无法通行。贫病、饥寒交迫的灾民,
在悲伤绝望中只能耗等政府机关的救济。哀鸿遍野的惨状,不是我这支秃笔
所能尽述。眼看屋非屋路非路的惨状,流离失所的灾民,克难地蜗居在收容
所,我顿悟人生的渺小,轻微如粉末脆饼,一捏即碎,大自然的超然力量,人怎
能胜天呢?

跟随着慈济赈灾团队在几间破烂的篮球场、教堂或广场举办大型物资发
放、医疗义诊、救助金发放、以工代赈清扫家园等活动,积极协助灾民重建家
园。两万多人的以工代赈,一天日薪五百披索。他们不嫌脏臭卖力地挖、铲、

扛、拖、倒，把垃圾汇集成堆，用推土机、大小山猫铲起倒进大卡车，运到臭气熏天的临时垃圾场。灾民每家分到五百披索，家人就不必挨饿，还有剩余可买日常用品，一家若出动二、三、四人，确实是一笔可观的数目字，可买材料修补破损的家。

两万人以工代赈，曝晒在大太阳下，流汗、口渴、挨饿，虽有偷懒者站边吸烟，闲聊，也谅解他们的辛苦，睁一只眼闭一只眼地予以宽恕。终归一句，这一笔钱是菲律宾、台湾和世界各国爱心人士的捐款，是救济金，给陷入绝境的难民，让人人有工作有收入，一手动时万人动，实现了"愚公移山"不可能的可能。仅仅二十天就把大街小巷堆积的垃圾清理打通，车可通行，路边摊、商店开始营业，可惜，天一黑，大地依然暗沉沉，电力公司尚无可为，求生的路边摊贩，只有点蜡烛，亮油灯，能多赚一元是一元。

证严上人怜惜万人打工的辛苦，吩咐煮香积饭给大家温饱。每天天未亮，香积组就在空地大动厨房干戈，万人的伙食，可想象会多忙碌多辛苦。

香积饭的研发，是为了国际赈灾或急难救助使用。曾经一次冬令发放，一位阿嬷领回白米后，却无力烧柴煮饭，眼看着白米无计可施。上人一念悲心升起，心想若白米可变成冲泡式的干燥饭，阿嬷就有一碗饭可吃，上人告诉常住师父说：看看可否研发一种食物，可以解决以上的问题。

常住师父与研发队发挥静思法门的克勤克难克俭修行功夫，从机器硬设备的设计开发到成品不断的实验，不断的失败，不断的修改制程及配方，终究研发成功，做出营养、美味、健康的香积饭。

香积饭共有六种不同的口味：综合蔬菜、清甜香笋、红豆糙米、香醇咖喱、黄金玉米、沙茶海带芽。成分包括干燥白米饭、油包、调味粉。蔬菜包内有脱水高丽菜、干燥香菇、大豆、菜脯。

冲泡方法是将干燥饭、蔬菜包、油包、调味粉撕开后放入碗中，注入盖过干燥饭的沸腾开水，搅拌后密盖，约25分钟后搅拌均匀，即可食用。增加水量冲泡即可成为粥品。冷开水也可冲泡，时间约50～60分钟。

这次在赈灾地煮万人的香积饭，香积组准备了五个大瓦斯炉、十几个大锅、几个不锈钢的大盆、千万包的香积饭，动用十几个人帮忙。先打开一箱箱的香积饭，再把大包的干燥饭倒进大盆里加入蔬菜包搅拌，加添一瓢菜油和一包调味粉（若大锅要多加一倍），把盆里的米饭倒进锅里，一锅一锅备好，等热水烧开再冲水，小锅加六瓢水，再搅拌均匀后盖上锅盖，焖30分钟后倒入铺满塑料纸的牛皮箱里，几十箱的香积饭运送到发放的地方给以工代赈的工人享用。

香积饭冲泡简易，营养可口，节省煮食人力，提供赈灾人员与灾民温热三餐可吃。菲律宾人天性乐观，能屈能伸，或坐或站地在狼藉的街道吃着色香味齐全的香积饭。他们说:这是有生以来吃到最好吃的米饭,当然,台湾的蓬莱米最好吃,况且这每一粒米饭是以爱与关怀烹饪出来的。

太阳当空,这片受伤的土地飘忽着饭香、道香和法香,这一次有机会跟随慈济人前往灾区救灾,没想到竟尝到这种充满爱心的香积饭,这也是一种食缘啊!

王锦华

祖籍福建晋江,1942 年出生于菲律宾,八十年代开始写作。1987 年《时间之梯》获菲律宾中正学院校友会散文奖第二名,1993 年被收入《中华散文赏析选篇词典》。1989 年《大哥》获海华文艺季散文奖佳作。著有《时间之梯》《异梦同床》《甜的眼泪》。主编《镜内》《你走后》。

学习厨艺趣谈

结婚前,对烹饪一窍不通,结婚后,听到婆婆向小叔怨叹烹饪没接班人,便激发自己在厨艺方面下功夫。外子除了替我购买一些有关烹饪的书籍,还为我到烹饪学校报名。拿到了"结业证书",我便大胆地在家里开班做生意,替人包伙食,做便当,为产妇坐月子等等。后来跟外子"手牵手"地开设两家小食店,以福建润饼为招牌菜。开市不久,经菲律宾一位美食专家在报上推荐介绍,从此小食店畅销闻名,而我也因它时常被邀请上电视或接受报刊采访,让我感受到一举成名为"大众煮妇"的荣耀和喜悦。

1949 年,父亲自大陆来菲教书谋生,娶了中、菲、西班牙混血的母亲(他的学生),把她带到唐山居住三年多,返菲后,母亲不仅福建话说得很流利,生活习惯也很"中国化"。父亲是传统诗人,每个月一次与他的诗友们在我们家聚会,一起喝酒、吟诗、划拳,家里总是充满诗情画意的气氛,而母亲总会做福建润饼招待。做润饼程序繁杂,配料及馅料要切、削、炒、炸……所以需要全家人分工合作去做。每次做润饼,全家人围在一起,边说笑边操作,感觉很温馨,很愉快。福建润饼成了母亲的拿手菜。

后来我学会了烹饪，公公曾叫我做润饼，邀请他的朋友到家尝吃，媳妇会做润饼，公公引以为荣。

母亲另一道拿手菜是菲律宾的红烧肉（Adobo），这是菲律宾很著名很传统的家常菜。菲式红烧肉是把猪肉或鸡肉或海鲜以白醋、蒜蓉、盐（或酱油）、胡椒粒、桂树叶腌浸一个小时，然后倒进锅里焖煮，直到腌浸的汁煮干，再加上油以中火慢慢爆香。此道菜很开胃，每次母亲做此道菜，大家都会争先恐后地到厨房把手洗干净，然后从饭锅里把又热又香的白饭盛在碟上，倒入少许从红烧肉炸出来的油，撒些盐，然后学菲人用手抓起来吃，越吃越津津有味，至少要吃两大碟白饭，吃到盘底朝天。

犹记结婚不久，害喜时最想吃的就是这道菜，所以常常会回娘家"劳动"母亲。害喜对食物很挑剔，也会为它"遐思"，但我想我追寻的是"妈妈的味道"。

后来我也有样学样地在婆家做菲式红烧肉与大家分享。一家人不仅吃得很开心，还一直赞好，而且还学着我用手抓起来吃。如此画面，让我轻松愉快，这是我从美食中得来的乐趣。

此时，让我想起……

第一次上烹饪班，老师教的是新加坡著名的肉骨茶，外子叫我"学以致用"，在家里做给大家尝吃，还兴高采烈地在旁帮忙。那时候，菲律宾还没有卖进口的包装佐料，老师教我们把香料与茶叶放入小袋子里，加酱油、蒜蓉于肉骨汤焖煮。煮好由外子端上桌子。我以"丑媳妇见公婆"的心态面对……

"黑黑的，像四物汤。"

"味道怪怪的。"

"用茶煮菜，第一次听到。"

"苦苦的。"

这都是来自小叔小姑们的评语，只见公公边喝边点头，婆婆一语不发。倒是外子，一直称赞："好喝！美味可口！"他竟然喝下大半锅。可爱的外子，如果不是他的支持，今天怎有我这个"大众煮妇"？

三十多年来，厨房是外子与我打情骂俏的地方，夫妇常为谁的厨艺最佳而争得面红耳赤。如今，外子丢下我走了，每天凌晨五时在厨房左挥右抢锅铲为"小店"做菜时，总觉得他一直在旁支撑我。

以美食与人结缘、交流、生情，使我的生活充满缤纷色彩，也让我感受到"成就感"！

王晓兰

笔名晓兰,从事建筑,喜爱旅行、摄影、音乐。北美圣地亚哥作家协会理事,海外《文学与传承》演讲系列策划召集人,卡内基美隆大学建筑研究所 CBPD Advisory Board Member(建筑研究中心荣誉董事)。著作《千帆外》诗札,获 2013 年海外华文著述奖,散文有《有情天》《走过半世纪的沙克中心》《那一夜,我路过上海》《一粒麦子的故事——Mayo Clinic Center》等。

峇峇娘惹古城风情

对南洋的印象,一直是遥远的,仅止于隐约在纱笼印花间的阳光、椰林和一些传说。

这是我第二次到马来西亚,除了参加在吉隆坡召开的世界华文作家大会外,最大心愿,是想上马六甲老城走走,吹吹那海峡上的风,看看与中国历史相依相系的"峇峇娘惹"文化,尝尝被叮咛再三,不要错过的当地美食,像肉骨茶、娘惹菜、海南鸡球饭、猫山王榴梿、白娘子的黑咖啡等。

学弟妹们百忙中抽空,从吉隆坡相陪到马六甲,在保存完好的古迹酒店 Puri 住一宿,再把我给送上飞机。一路上,他们述说当地习俗、历史,也带我浅尝珍馐美馔。

娘惹菜,是当地公认最好吃的菜肴之一,远远就可闻到独特四溢的香味。它是中国菜内涵和烹煮方法,加上当地丰富香料调配的独特料理。常用香料有柠檬草、胡椒、丁香、玉竹、桂皮、八角、党参、川芎。肉骨茶、海南鸡球饭,是当地普遍的佳肴。飘着椰香、蕉叶香,五颜六色,令人垂涎三尺的糕点,统称娘惹糕。

早年,华人娶当地女子生下的后代,男的称为峇峇,女的称为娘惹。他们多不谙华语,虽接受西方和当地教育,但一直保持传统中华文化和宗教习俗,形成独特"峇峇娘惹"文化,又称"海峡华人"文化。马来西亚自马六甲王朝后,曾受葡萄牙、西班牙、英国及日本人的统治,文化上处处可见其遗留下的痕迹。华人在此地的历史,可直溯至十五世纪明朝航海家郑和下西洋,在此建立基地开始。

开会最后一晚,学弟妹们接我去逛附近夜市,路上,看到杨惠姗的三层琉璃喷泉雕刻,在异国他乡夜色中绽放光芒,心中倍感温馨。在一个贩卖椰子水小摊上,看到有人正吸着水烟,一枝长长的管子,接连到地上一座绘制精美花卉的白色座台,非常优雅悠闲。

来到挂满红色灯笼的夜市,即被路边一串串新鲜龙眼、椰子和各式榴梿吸住了目光。因老师一再叮咛:"到了马国一定要尝猫山王的榴梿啊,那是果中之王。"虽不太喜欢榴梿味道,还是决心一试。看到架上排列整齐,个小如柚的青绿色猫山王榴梿,着实可爱,和泰国如枕之榴梿大不相同。在各式名种中,选了个 D24 种,听说,这是当地最好的品种,有奶油香味。卖家把那只榴梿放在双手中,上下左右摇一摇,又贴近耳边听一听,看他满意地点了头,才确定是个好榴梿。一粒约十五美金左右。我尝了一口,质感绵密像奶酪,就当作一生永远的纪念了。听说,曾有一只狮子路过树下,吃了这种榴梿,从此它就长守那树下,因此得名。

老城街上有许多西式排楼(row house),鹅黄、米白色外墙,墨绿木质百叶窗,巴洛克式浮雕,衬在翠绿蕉叶和蔓延在古墙上的常春藤间,非常葡萄牙,非常异国风采。中西文化在此相会成独特景观,中文对联、匾额,依旧高挂在门窗厅堂上。堂前燕子巢窝依旧在,只是,不知这些"旧时王谢堂前燕",今日飞入何方百姓家?

华灯初上的马六甲河,波光绚丽,树影摇曳,给人多一份思古幽情。一家娘惹店前广场上,有个野戏台,有人正在台上唱歌,台下摆了许多圆凳和椅子,坐满了金发、黑发和白发的观众,让人怀念起小时候台湾乡下,逢年过节锣鼓和麦克风喧天的歌仔戏和布袋戏。

走过老街口,有个三叔公老店,装修得古色古香,角落有一小小茶室,我叫了一杯白娘子的黑咖啡,买了些拉茶(一种印度奶茶)、金橘和当地特产肉豆蔻。当地有两种令人怀念的咖啡,一是黑咖啡,又称 Kopi O,有焦糖香味,另一是白咖啡,是用棕榈油炒过。白咖啡的"白"字并非指白色,而是说没有添加物,像闽南话的 Kopi O 的"O"字,取乌和黑意。

我在市场上买了一颗绿色椰子,一个皮肤黝黑的马来男孩,提起一把刀,在椰壳上打了个孔,插上吸管,递给我一个南海的风,轻轻吹过沙滩椰林的故事。我捧着青绿的椰子,边走边吃,依稀想起邓丽君的《南海姑娘》。

椰风挑动银浪,夕阳躲云偷看,看见金色的沙滩上,独坐一位美丽的姑娘……

庄维敏

写作三十多年，在海内外报刊上发表许多作品。作品《飞梦天涯》《今天星期几?》《依旧深情》荣获侨联总会华文著述佳作奖，曾获《世界日报》征文比赛佳作奖，硅谷母亲节征文第三名，出版有《两代情、一生爱》《依旧深情》两本书。

不尽呛味 ——生鱼片

　　早就听说生鱼片的甘甜佳美，我可是迟迟在表姐的婚宴上才有缘初尝。犹记当年，表姐夫夹着宜兰某镇长二公子的帅哥头衔，风流倜傥的模样，好不威风！他到旅舍来迎娶远从台南而至的表姐时，稀里糊涂地就要掀开新娘的婚纱，在长辈们厉声拦阻下，他还故作幽默地应声说："不好意思，这次没有经验，难免犯错，下次就没问题啦！"在一旁陪伴的我，觉得好刺耳，很不舒坦。

　　小镇风光，非常美丽，我们在露天的办桌酒席中，享尽山珍海味，尤其是一大盘红通通的生鱼片，伴着青绿绿的芥末衬托，的确是秀色可餐。我在镇长亲家公特别强调是渔民刚刚捕来，绝对鲜活的强力推荐下，才开始与生鱼片初次的邂逅。哇！怎么这么刺激啊！那种又呛又辣逼着我眼泪鼻涕齐下的味道，实在并不美丽，然而一阵"折磨"之后，透露出鲜鱼柔嫩细致的甜蜜风味，却让人不舍止箸。那种感觉有如品茗，初入喉舌，苦不堪言，其后愈发甘甜，接着余味无穷，也因此结下了我对它的恋恋深情。

　　蜜月旅行时，和喜食酸辣却不爱海鲜的湖南先生进餐，他看到我如此钟爱这样的日本风味，常常戏谑我爱啖生食，仿若野蛮人。为了取悦于我，他曾勉为其难地皱眉吞进，结果必定全部呕出，久而久之，我也接受了他不是知音的事实。日后，我们外出用餐，不能同乐，难免有些遗憾，但他颇有爱心，心血来潮时，就会陪我到日本餐馆打打牙祭，为我点上一大盘生鱼片，看我这个野蛮动物畅所欲"吃"；而我也常会对他牺牲小我，成就老妻爱好的美德大肆恭维，以报答平"生"未展眉的盛情美意。他通常干笑几声，作为无奈的响应；但至少，不阻挡我和生鱼片藕断丝连地再续前缘的命运。

表姐则不同了，她婚后没多久即怀孕，即便是害喜严重，与公婆、小叔同住的她，还得勉力在教书疲累之余，打理全家烧饭清扫的家务重责，直至临盆。我们几番转车前往探望表姐时，已经是她生儿半年后的事情了。海边的风把她吹黑了，黝黑的肤色下，掩不住无限的倦意，她变得又干又瘦，很是苍老。她的公公，向鱼贩订购的最最新鲜的生鱼及其他海鲜及时送到，我看到表姐背着奶娃快速地处理食材，赶着做饭食，忙碌始终未曾稍歇。即使是自己爹娘在座，乡下规矩是她也不能同席而坐，享受一下短暂的天伦之乐。在父母跟前一向是娇滴滴的宝贝千金，一下子脱胎换骨，成为能干的媳妇，我们本应该为她的蜕变喝彩，可是不知为什么，那一趟兰阳平原之行，我们一行人都觉得食不下咽，心头酸酸的，尤其是姨父母，更是忧心忡忡。

而后几年，表姐接连流产，一心指望多子多孙的夫家，不但不体恤她的孱弱身体，反而指责表姐无力增产报"家"的罪状，内敛的她不堪长年被欺压的痛苦，终于提出离婚的诉求，到底争取到尊严和自由了；只是她不但无法求得儿子的抚养权，竟连与孩子联络及探望都不被允许，她又再次陷入思念儿子的煎熬苦痛中。

岁月匆匆，表姐夫一语成谶，终于"有经验"地适度处理他二度新娘的婚纱了，但是从此臣服于"妻管严"的权威下，处处不能随心所欲，尤其跋扈的太太对公婆非常不敬，可怜他父母晚景凄凉，在八十多岁的风烛残年之际，搬到庙里逃避。当年七岁的髫龄小娃，一晃就长大了，他在自立之后的首要之事，便是南下寻母，亲情割不断，母子重逢的那一刻，就甭提有多感人啦！

去年返台，某日看见表姐在厨房忙进忙出地做着一大堆的海鲜料理，其中生鱼片和红鲟甚是引人垂涎，原来是曾经对她颐指气使的垂垂老家翁，要孙子转达对表姐的无限歉意，话语中更几度提出对表姐厨艺的万分思念；表姐闻后，当下去买了最肥美的海鲜烹调，据说九十高龄的老人家目睹表姐不计前嫌的爱心佳肴，涕泗纵横，愧意连连感激再三，未多久，即客死庙中。

我对表姐大肚能容的气魄，敬佩不已，但是一心投入残障教育的她，却淡然说："积善之家，必有余庆；更何况人在做，天在看，老天总是有眼的。"因为不忍触碰属于宜兰小镇的悲欢岁月，她已不再啖食生鱼片了；而我的舌尖贪恋，依旧不改，只是一样生鱼两样情，想起表姐，面对它时我就有数不尽的呛味翻腾，那呛味好浓好浓，即便是我这饕餮的大胃，一时之间也承受不了……

爱薇

原名苏凤喜,福建南安人,马来西亚资深女作家,先后两届被读者票选为马国十大最受欢迎作家之一。作品有小说、散文、儿童文学等 50 多部。近作是一套为数八本的《爱薇文集》于 2014 年 7 月出版。

二道南洋风味饭

各有独门功夫的海南鸡饭

六十年代初期,我在新加坡一家旅行社担任导游员。当时接待的,大部分是来自国外的旅客。记得有一次,一个来自香港的小团旅客,一抵达后,就对我提出这样的要求:"苏小姐,听说你们这里有一道美食,叫海南鸡饭,不知道能不能带我们去尝一尝?"

"没问题!百闻不如一吃,尝过之后,也请大家回去帮忙做一下义务宣传好吗?美食,也是促进旅游业的重要条件之一呢。"我半认真、半打趣地对大家说。

于是,在入住酒店,放下行李后,立刻带着一行人,前往附近一家以卖海南鸡饭著名的店家。我给他们分别点了一大盘白斩鸡(现在也兼卖烧鸡)、一盘淋上葱油的青菜,店家又送每人一份清甜的免费鸡汤。

"哗,这些鸡肉怎么这样嫩滑?好好吃哦。"有人刚吃了一口鸡肉就说。

"这是什么品种的鸡?从来没吃过这样的鸡肉。"又一个惊呼。

"这种鸡,我们称之为菜园鸡或是甘榜鸡(乡下鸡)。通常这类鸡是不关在笼子里养的,而是圈在一定范围内,任其自由行动,所以肉质非常结实,因此,吃起来口感就特别不同。当然,在供不应求时,一些餐馆也可能会用其他不同的鸡种代替,吃起来的感觉就大不相同了,其中也涉及蒸煮过程的处理方式。"

"能不能告诉一下烹制的方法?我们回去也想试试看。"

"方法大同小异,但巧妙各有不同,问题在拿捏功夫。"我说的是事实。海南人,其实就是广东省的琼籍。在新马一带,他们有两样众口皆碑,广为赞誉的饮食:一是海南咖啡,一是海南鸡饭了。喝咖啡,新马老一辈的人都对海南传统咖啡独沽一味,情有独钟,这与市面上那些咖啡屋冲泡的咖啡有所不同。如果再配上一两片用炭烤的面包,搽上牛油与"加耶"(Kaya,是用椰奶、鸡蛋、糖熬煮而成的酱料),更是相得益彰。这是题外话了。

我有不少琼籍朋友,在请教他们如何制作鸡饭的过程时,众说纷纭,都说有自己的"独门功夫",但我总觉得"万变不离其宗",差别不会很大。其实最考究功夫的,不是鸡肉本身,而是那小碟蘸鸡肉的酱料。原料是一样的,不过是红辣椒、姜茸、蒜茸、柠檬或橘子汁及鸡油等而已。

前些天在新加坡时,老友又带我去一家据说闻名遐迩的海南鸡饭餐馆,吃后问我评级如何?我笑而不答,其实我心里已有数,只是不便宣诸口而已。

新马平民的最爱——椰浆饭

1996 年,特地前往美国中部的阿肯色大学(University Of Arkansas)探望即将拿到研究所学位的小儿子。当时正值冰天雪地,天寒地冻的冬天。儿子看到老娘"大驾光临",喜不自胜地说:"像这种寒冷天气,妈妈您说是不是最好来点辣的食物?简单一点的,没关系。"

知儿莫若母,我心里已经猜到他所指既是辣的,又是简单的,应该就是椰浆饭了。"是不是想吃 Nasi Lemak(有人故意以'辣死你妈'作为谐音)?""哈哈……人家说母子连心,真的一点也没说错。"儿子得意地大笑起来。

椰浆饭原本是马来人普通的早餐,但在今天新马两个国家里,椰浆饭不仅马来人乐享,其他民族,如华人和印度人,也同样喜爱,可以说是一道价廉物美的美食,制作简单,也有人将之喻为马来西亚的"国肴"呢。据说远自 15 世纪开始,就已经出现这道椰浆饭的美食了。

记得有一年我到纽约探访手帕交 W,由于我俩都来自马来西亚,有一天思乡情切,很想做一道最简单的美食解解馋,第一个跳进脑海里的,就是椰浆饭。

　　其实这道饭制作不复杂。先是用椰奶（我们通常谓之椰浆），加上一两片香兰叶，放在米上面一起蒸熟。至于配料，则有炸脆的小鱼干（我们称之为江鱼仔）或鸡肉块、煮熟的白蛋（也可以是荷包煎蛋）、小黄瓜片。最关键的一样配料，就是辣椒酱（Sambal），椰浆饭道不地道，这道辣椒酱是主要的评分标准。

　　马来人的椰浆饭，通常和印度人的煎饼（Roti Channa）和华人的面食一样，都是广受小市民最爱的早餐，相信与其简单、价廉物美，又有饱足感有关。不过，椰浆饭现在不仅作为日常果腹之用，且还上了大厅堂呢。马来人在婚宴上或酒店中，椰浆饭也常是不可或缺的餐点呢。

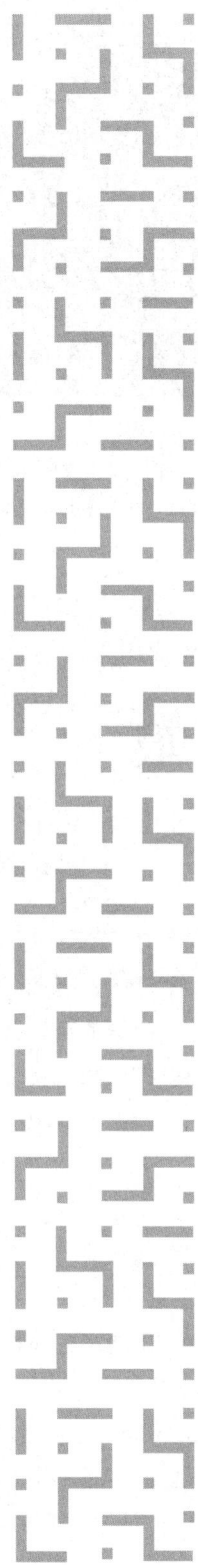

澳大利亚、新西兰

董瑞瑶

1940 年生于湖南长沙,长于重庆,1997 年移民新西兰。自幼喜爱文学,但毕生从事工程技术工作,是正宗的业余作者。曾在新西兰、香港、台湾、菲律宾、美国等地的华文报刊上发表过多篇习作,著有散文集《夕阳无限》。

菜园舞娘

朋友,当你吃久了没有香味的化肥韭菜,吃烦了没有甜味的农药白菜,或者吃怕了形形色色的各种基因改造食品时,你是不是很怀念,很向往几十年前,曾经畅销市场、摆满餐桌的那些无毒无害无污染的纯天然蔬菜、水果、农作物? 我想,答案应该是肯定的。也许你还会说:我更想常常品味那些纯天然的环保食品。这对于侨居海外的华人来说,并非异想天开,因为海外没有"特供食品"之说,只要你自力更生,就有希望收获。

随着外孙们日渐长大,我在新西兰的闲暇时光也多起来了。看着邻家生机勃勃的菜园,吃着超市买回的某些"可疑"蔬菜,我萌生了"学种菜"的念头。因缘际会,2008 年我们买了一幢二手房,虽是 80 年代修建的老房子,但土地面积有 800 多平方米(公尺),除有大片的草地、花园和橘、橙、柚、柿、李、柠檬、斐济果等十几棵果树之外,还有大约五六十平方米的蔬菜地,嗨,真是天从人愿哪。侨居新西兰的华人长者们,大部分都由曾经的专家、学者、医生、教授等等"磨炼"成了当代"新农夫",农艺不凡。于是我四处求教,八方取经,买来种子、菜苗和新西兰特产的羊粪,开始了我的"菜农"生涯。

新西兰是个得天独厚的农牧国家,阳光灿烂,雨水充沛,气候滋润,土肥草茂。沐此福分,"菜农"如我,也能"旗开得胜"。春天,当我把种子播撒到女婿整理好的方块菜地的土壤中之后,大约一个多月嫩绿的小苗就长出来了,看着菜苗们一天一个样地茁壮生长,我好高兴。我给它们用竹竿和树枝搭建了新居——棚架,当它们的藤蔓爬上棚端时就兴高采烈地开花啦。夏天,串串豆荚、条条黄瓜、圆圆的南瓜、大大小小的辣椒挤满了我的菜园,丰收的喜悦溢满心田。呵,"菜农"的日子竟如此开心。不仅心情舒畅,还有实惠多多。从此,我家的餐桌上,天天都有纯天然的绿色蔬菜飘香。

我做的一道"农家菜"——南瓜、四季豆、土豆混煮的清水汤(不加任何调料),沾点儿香辣美味的"农民沾水"(取三四个干红辣椒在炉子上烤焦,碾碎放入小碗,加点盐和味精,再加入原味清汤拌匀即成),特受家人欢迎,连四岁的小外孙也吃得"呼哧、呼哧"地大叫 Yummy(好吃)。

秋天来了,菜园也要"送旧迎新"。吃腻了黄瓜、豆荚,该换上冬天的青菜、萝卜。夏天种菜每天都要浇水,而秋冬两季是新西兰的雨季,只要把种子撒下去,就几乎可以"坐享其成"啦。只需每周施一次小肥,偶尔松松土,那青菜、萝卜就会天天疯长,菜叶可以长到三四十厘米长。我们家天天吃都吃不完,朋友邻舍常常分享我的劳动成果,真的很有"成就感"耶。

我把昆明的小吃"腌萝卜"移植到新西兰,品尝者个个称爽叫好,就连洋人朋友也称"good"!作法非常简单:我是用自己种植的新西兰小红萝卜(Radish)500 克,洗净切片,装入容器内,放上白糖 50 克、白醋 25 毫升,翻拌均匀,加盖放置 24 小时之后,再加盐拌匀即可食用。糖、醋、盐的用量可按自己的口味酌量增减。制作此菜的要点是:炊具、容器都不能沾有油荤;记得务必先放糖、醋,后放盐,这样萝卜才会爽脆。没有小红萝卜,也可用大白萝卜或甘蓝(莲花白)为原料来制作。这道素菜色香味俱佳,既健康又营养,相信你一定会爱上那酸酸甜甜脆脆的美味。不信?你就试试喽。

每当曙光初露,或是夕阳西沉的时候,只要没病痛,我总是怀着喜乐的心情,哼着诗歌,滑着舞步,劳作、穿梭在菜园、花圃、果树之间,或播种,或施肥,或除草,或松土,或剪枝,或浇水……在与大自然的亲密接触中,享受着上帝的恩赐,总有播种的希望,丰收的喜悦与我相伴。这就是年过古稀的"菜园舞娘"——我,在新西兰幸福的田园生活,不错不错!

胡仄佳

四川人，上世纪九十年代初移居澳大利亚与新西兰。热爱美食，喜欢自然和旅游。四川美术学院油画专业，但爱写作，出过三本散文集，散文《梦回黔山》获美国世界日报第一届新世纪文学奖首奖等多项文学奖。

当川胃遇见澳大利亚美食

　　二十多年前偶然到澳大利亚落地生根前，从小胡乱读过那么多西方名著，还是对西方食物基本无概念，几十年生活吃来吃去尽在美妙川菜里游荡，生为川人，做川菜的铁杆粉丝当是天经地义事。不过我地道四川味蕾暗藏开放基因，不大有机会暴露罢了。

　　七十年代末，成都人民商场居然卖过一次意大利食物，玻璃货柜前白纸黑字地标着"意大利汤料"的美食吸引了我。那浅黄偏灰色的粉料，好像有些干燥的蔬菜颗粒。问售货员怎么个用法，回说把粉按什么比例用水调开，煮开就是啦！

　　闻闻散装的汤料有股奶香，好奇也勇敢地买了半斤提回父母家去献宝。自告奋勇下厨，用清水把粉料搅和烧开成一锅浓汤。端上桌给全家人各盛一碗，满屋子狐疑面孔，大家浅尝一口，推碗罢喝。我不服气，哗啦啦喝光，好吃得很嘛！你们怎么都不爱？父母哥哥看我的眼神里面有个小怪物，父亲说四川那么多好吃的东西，哪个要吃啥子意大利汤喔？我大哥天生对牛奶过敏，我、小哥哥还有我妈爱牛奶，可牛奶在那时珍贵，奶酪这种东西听都没听说过。

　　那意大利汤料应该是极大众化的方便汤料，我胡乱煮开落得自己开心过把瘾。做时无师,全不懂意大利汤的具体做法和有什么基本原料,就那简单粉料做出的汤却奇怪得令我欢喜,怪事了。

意大利简装汤料在成都这美食之乡哪里会有市场？四川人的美食口味之顽固挑剔,不仅在那个年代不会有几个人会买会喜欢,开放的今天也未必能打开销路。

隔了段时空距离,就懵懂来到了澳大利亚。

在朋友家借居度过一阵,朋友是地道澳大利亚人但华裔血统,跟我一样热爱美食很有共同语言。她的朋友常有聚会,到达悉尼(雪梨)的第一个周末就随她去参加别人家里的自助午餐聚会。从未尝试过这种餐食法的我,真不知从何下手？红红绿绿的生菜色拉,我敢吃吗？小时候见过一农民模样人在街上生吃莴笋,我们一群城市小孩围观他就像外星人。父母和学校教育都说吃生食要得蛔虫病！四川人的凉拌菜都是要用盐水淖过,再加各种辣椒花椒大佐料调理一番才入口的,没见过人剥皮就大口生吃莴笋。

可眼前的生菜色拉,红的黄的柿子椒、淡翠绿的生菜、红得像宝石的樱桃西红柿、大芹菜、嫩黄瓜、腌橄榄混合一大盆,看上去非常诱人。换个不食人间烟火的人,拒绝不吃这种可疑的外国菜式,很正常,但我是那种见到好看美食就两眼放光的人类,又正好饥饿万分,拿了塑料盘跟在朋友身后,看她拿什么我就跟着从菜盘里择食,拿一个鸡翅几块烧牛肉,再拿两片火腿和一大夹子蔬菜色拉。犹豫一下,从奶酪盘里切下两种我不明其含意的奶酪,一种象牙黄,另一种颜色惨白夹杂着些蓝色斑点,拿了片面包,坐下开始大嚼。

立刻喜欢上这种澳式色拉,我本来就不爱烧得稀烂的蔬菜,生菜清脆多汁自然正合我口味。没放味精的烧牛肉味道不那么精彩但能接受,烤鸡翅那么香脆迷人,仔细啃完鸡翅香味满手,看看左右澳大利亚男女毫不羞涩地自舔手指,没好意思也东施效颦。

留意到我把两块奶酪香甜统统吃掉的朋友满脸惊讶,她不相信我会喜欢奶酪。

我说真喜欢,尤其喜欢那块有蓝色斑点的奶酪。朋友更吃惊了,她认识的绝大多数华人在澳大利亚定居几十年了仍无法接受奶酪;有人勉强要吃,最多尝试那种澳大利亚人给婴儿吃的口味极淡的片状奶酪。我是第一个她见到的爱奶酪的华人。你知道吗？她说,那含有蓝色酶点的奶酪,连惯吃奶酪的澳大利亚人也觉重口味,爱吃的人不算很多。

她惊讶,我也好奇起来,来澳洲英语不会还没吃过几次正经饭菜,一开头却爱上重金属音乐般的蓝奶酪？看来我的味蕾基因有点特别。

其实多年前在四川阿坝藏民家我是尝过奶酪滋味的,藏民递过来一小碗石头般小奶酪块,捡一颗放进嘴里嚼啊嚼,舌头牙齿软硬交集攻坚十来分钟才吃出点味来,那种奶酪有风化坚硬的质感,跟澳大利亚吃到的奶酪完全是风马牛不相及的味道。

这顿轻松随意的自助餐引导我入了今生的美食世界,能吃生菜就敢吃生鱼,新鲜菜肉的天然香味口感渐渐让我脱离了对味精的依赖。喜欢奶酪,广大西方食物对我就不会有食味魔障,今天的我把澳大利亚奶酪看作通向世界美食的重要台阶,这么一想,未见美食也会口舌生香。

欧

洲

王克难

台大外文系学士,纽约大学硕士。从事中英文写作与翻译,曾获"国家创作奖"和文建会赞助四次。荣获海外华文著述诗歌首奖二次,喜绘画及作曲。出版书籍 65 本,主要有小说及散文集《离乡之恋》《初雪》《生日礼物》,诗歌《三千之光》等 11 种,翻译《夏山学校》,Youtube(clairewanglee)160 种。

苏格兰的国菜与国怪

我们的游览车开往苏格兰高地(Scottish Highlands),风景从英格兰湖区的秀美变成壮丽。

苏格兰大诗人罗拔·朋斯(Robert Burns)的《致羊杂布丁》(*Address to a Haggis*),使这道羊杂布丁成为苏格兰国菜,到了苏格兰怎能不一尝他们的国菜? 但在爱丁堡时没机会去吃羊杂布丁,只是赶去了象屋(Elephant House)咖啡馆,《哈利波特》(Harry Potter)的作者罗琳丝(Rawlings)就在这里写下第一本《哈利波特》,我特别摸了她写作的那张桌子一下,希望能给我写作带来好运。

车到尼斯湖镇,神秘、宽广的尼斯湖就在面前。它以尼斯湖水怪闻名天下,到了苏格兰能不来一访他们的国怪吗? 天下着大雨,导游说我们先吃中饭再说。我跟了两个游伴去有羊杂布丁的一家餐馆,专指要吃这道菜,侍者说这是晚餐的菜,我们说来到他们贵国就是想一尝他们的国菜啊,他进去与大厨商量,最后笑眯眯出来说,请等半个钟头就上菜。

我们耐心地等,桌上菜单后面印着朋斯用苏格兰文写的《致羊杂布丁》,还好旁边印了英文翻译:

美哉你憨乐的脸庞，

香肠族伟大的首长！

你的地位高高在上

肚、肠或胃：

你值得的感恩赞赏

长如我臂（注）

老苏格兰不喜汤水

四溅木盘中；

若想讨她的感恩赞美

飨她羊杂布丁！

  我开始饥肠辘辘起来，假如你要得到我感恩赞美的小费，飨我一个羊杂布丁！我心里对侍者说。羊杂布丁终于端上来了，黑黑的颜色，旁边配上黄色的洋芋泥（土豆泥）与橘色的胡萝卜泥，入口似嚼糯米肠，有很重的洋葱和其他不熟悉的香料味，我终于吃到它了！

  羊杂布丁，乃以羊内脏剁碎，混入燕麦，加上羊板油、高汤、洋葱、香料，塞入羊胃袋煮熟而成，其貌不扬，其味很浓，也并不怎么样好吃，但我大口大口地吃，我在吃朋斯毫无保留的一句句对羊杂布丁的赞美、对他家乡的赞美、对苏格兰的赞美，我吞的更是他那天才的、亲切、欢乐、率真的诗人情怀。来自万里以外的我，如今坐在苏格兰的餐馆里，看着印着朋斯诗句的菜单，吃他心爱的羊杂布丁，我是多么幸运啊！

  餐后上船，向导雷克是一位水生动物学博士，生长在尼斯湖畔。尼斯湖湖壳薄，水非常深而浑浊，几百万年前大地震之后，一些上古动物被隔离到几百呎深湖壳之下，就生存了下去。有时它们会从地壳裂缝里游上来，但太多人都想去抓一条来，所以必须加以保护。现在许多世界学术团体给当地资助，对这种史前留下来的上古动物，仔细研究，而不要靠它来做观光生意。

  当然当地居民也需要观光生意，他们昵称这动物为奈西（Nessie），从雷克博士一言一语都可听出他对奈西的深厚感情、对尼斯湖的感情，使我又想到朋斯的诗。

  雷克博士将声呐打开，说屏幕上出现的一些绿点是一群大西洋小鲑鱼，然后又出现了大一些的绿块，他说是本地的大鱼。这时屏幕上出现了一大团绿色，雷克说像是活的东西，但鱼不会有那么大，是奈西吗？大家兴奋地问。这团绿色马上就消失了，雷克继续说，湖下面这种动物已有十八条，有一条150年前已经死亡，有关机构一直考虑是否要捞上它来做研究，但是一捞上来，那尸体就会马上腐烂。

我问雷克:"你亲眼看到过奈西没有?""看到过。"他说。2007年,有一天他一人划着一条独木舟在湖上游荡,奈西从他舟底滑去又滑来,好像跟他捉迷藏一样。

"那我们可以租独木舟去湖上划吗?""湖水太深了,只有工作人员才可以用。"雷克说。

我想聪明的奈西一定等只有保护它的人在的时候才出现吧。我看着深暗的湖水,心里祝福奈西,继续在湖底逍遥地过它们的日子,永远受到像雷克博士这样爱它的人保护。雨已停了,辽阔的湖天一片灰色,突然,在靠近天际的湖上冒出一小黑点,不可能是船,几秒钟前,那水还是平平的,我没有惊动任何人,连雷克博士在内,偷偷地拿出照相机,把它照了下来。

注:《致羊杂布丁》借用诗人黄用《非常朋斯》的中文翻译,在此感谢。

杨秋生

高雄师范大学国文研究所毕业，曾任大专院校讲师，写作外，也作画及教画。散文《心中有爱》获得华文著述奖，《相思也好》获得华文著述奖首奖。短篇小说《折纸鹤的女孩》曾改编为两小时的电视剧。

诱人的西班牙海鲜饭

第一次看到西班牙海鲜饭的照片，还是高中时，让人看了食指大动，恨不得立刻来一盘！

西班牙海鲜饭大锅气派，颜色鲜艳夺目，正如西班牙人阳光、热烈奔放、不拘小节独特的个性。

西班牙海鲜饭与法国蜗牛、意大利面并列西餐三大名菜，原产地是位于地中海东海岸的瓦伦西亚。稻米早在阿拉伯人统治西班牙时期，便经由丝路引进到这里。瓦伦西亚因气候宜人、土壤肥沃，十分适合种植稻米。有了米，就有了米的料理。据说最初的米料理是用米、鸡肉和蔬菜烹饪而成的菜肉饭，叫瓦伦西亚饭，后来的人添上不同的海鲜食材，做成各式海鲜饭。这种以海鲜为主的米饭料理，食材新鲜味美，色泽华丽耀眼，广受食客青睐，自此西班牙海鲜饭声名大噪。

加州湾区早期吃西班牙海鲜饭，多半只能在意大利餐厅吃。原本就大盘大盘的意大利风格，端上桌的西班牙海鲜饭更是大气而豪迈。番红花、海鲜、米、橄榄油的黄金组合，加上各种海鲜和鸡肉，以及少许蔬菜，经过炒、烩、焖三道步骤，让所有配料的味道渗入每颗饭粒中，鲜美香甜，望之令人食指大动，而食之又让人欲罢不能。因为西班牙海鲜饭材料如同西班牙人个性,向来随性而热情,不同的餐厅做的西班牙海鲜饭,风味自然多少有些不同。心想,有一天一定要到西班牙,品尝正宗的西班牙人做出来的海鲜饭。

而当我到了被湛蓝海水环抱的伊比利亚半岛,走进了人文荟萃,集哥特、文艺复兴、巴洛克、伊斯兰各种建筑特色于一身的马德里,在深度旅游之后,不免要一尝西班牙美食。除了每天在马德里的大街小巷,品味下酒的西班牙Tapas小碟菜外,更要在不同的地方,一尝正宗的海鲜饭。

第一家就选在马德里最热闹的大街,旅馆旁不远处的一家餐厅,价位非常贵。上桌的西班牙海鲜饭,整个锅还冒着热气,滋滋作响,独特香气随着轻烟袭来。色泽金黄夺目,海鲜甜美,米香夹生而入味。

中国人比较吃不来夹生的西班牙海鲜饭粒,事实上西班牙人认为美食应品尝原始味道,制作海鲜饭时,烧到汤汁刚好收干为最佳的食用状态。这时米粒是半生的,既能尝到生米原始味道,也可以尝到海鲜汤汁味道。在西班牙的餐馆里,厨房若端出全熟的海鲜饭,客人不但会要求退回厨房,且不再光顾。这家略带夹生的米饭,入味颇具口感,十分地道。色泽艳丽却又大咧咧,一如西班牙人热烈的风格,带着海洋的味道。

第二天转往马德里著名的主广场,选了一家餐厅较大,菜单选择又多的餐厅。依例又点了一份西班牙海鲜饭。这家材料较简,分量也小很多。然而饭粒吸饱了鲜腴的汤汁,香气随之入口,醇厚的滋味丰润了舌尖,有着马德里深厚人文蕴底的深沉与层次。

第三天,找到一处干净宽敞、摊位林立、人声鼎沸的开放式传统市场。在市场里的开放式餐厅里,点了一客平民西班牙海鲜饭。这家材料简单,分量更小,也少了花俏,却有妈妈的味道。市场里的食客大声说话,大口喝酒,喝不完的酒瓶摆到入口桌上,谁想喝,都可取来畅饮。豪放且无拘无束,充分表现出西班牙人特有的民族性。

回到美国,对西班牙海鲜饭还是念念不忘,决定自己动手做。橄榄油将西班牙米炒至金黄,加上切丁的鱼、墨鱼、干贝等,然后加入白葡萄酒和番红花,再分次加入鸡汤,一次一次地慢慢润透米粒,让米饭颜色逐渐加深成金黄色,米粒也饱满滋润。产自西班牙的番红花,特殊的香气为海鲜饭添味,也为食物染上一层金黄的颜色,成就出西班牙海鲜饭独具的特别色泽。最后加上青口、墨鱼圈、青豆及带头大虾,让整锅饭更添上视觉的惊艳。

吃一顿西班牙海鲜饭,回味一下蔚蓝的天空、灿烂的阳光、热情的西班牙风情,回味热烈而不拘小节的民族特质。

任谁也拒绝不了西班牙海鲜饭的诱惑。

池元莲

生于香港,台湾大学外文系学士、美国加州柏克莱大学硕士。中英双语作家,出版作十余种,以《两性风暴》最受读者欢迎。2009 年被《华人世界》杂志遴选为有特殊成就的欧美华裔女"文化先锋"。

哇哈拉天堂盛宴

四十年来,每个圣诞节与丹麦亲戚一起吃圣诞大餐,我总觉得是跟着他们回到北欧神话的天堂,做"哇哈拉"盛宴的座上客。

古时,北欧人的祖先信奉多神教,他们的天堂是哇哈拉(Vahalla)。每次战事结束后,奥丁神会派他手下的女使者,骑着云马,飞到战场去,把那些在沙场英勇丧命的战士英灵接到哇哈拉,让他们在那里永生不死地打斗作乐,夜以继日地大吃大喝。哇哈拉天堂有永远吃不尽的猪肉,饮不竭的啤酒。

从古至今,丹麦人是以吃猪肉为主的民族;啤酒是最受欢迎的酒类。

在丹麦语里,圣诞节并不叫 Christmas,而是叫 Jul,意为欢呼,发音接近"玉尔"。古代的丹麦人在黑夜最长、白昼最短的那个冬夜晚上大吃大喝,通宵达旦欢呼,欢送黑暗的离去,庆祝光明的重来,故有欢呼节之称(即玉尔节)。

公元 1000 年,基督教传入北欧,丹麦人从异教徒变成基督徒,教堂把欢呼节的日期往后移一点,与耶稣的诞辰配合,变成宗教节日,但节日名字仍然沿用原名"玉尔"。对现代丹麦人来说,玉尔节最重要的意义是家庭团聚:十二月二十四日,亲戚从各地赶至,一家人吃一顿团圆大晚餐,与中国人过旧历年的年夜饭完全相似。

玉尔节的家庭团圆大餐一定是在家里吃的。桌上的菜肴丰盛，主菜是烤猪肉，丹麦名称 Flæsksteg。这道烤猪肉是我自己最爱吃的丹麦菜，并且认为它非常适合中国人口味。可是，它与广东烧猪肉是完全不一样的。

丹麦烤猪肉的特色是它的皮，整块猪肉烤好以后，肉上的皮爆高至约半英时左右，颜色金黄，吃起来松脆可口；其肉则松软有汁。把烤肉连皮切片放在碟子上，配上热的甜味红色卷心菜，伴着用黄油及糖煎过的小甜马铃薯吃。最重要的是，此菜肴必有一盘又浓又稠的肉汁，倒一些肉汁在烤肉上，整个菜的味道升华至令吃者进入心醉神迷的境界。

玉尔晚餐的甜点中必有一盘杏仁米糊。米糊用糯米与牛奶煮成，拌着煮热的樱桃果酱吃。一大盘米糊内藏一颗杏仁，谁能在自己杯中找到杏仁，就是好运当头的幸运儿。

不同的菜伴着不同的酒吃，席中 Skaal（丹麦人的干杯）之声响个不停。大家吃吃喝喝，一下就是子夜，吃夜宵的时间到了！

次日早点后，大家到森林去散步，促进消化，准备吃十二月二十五日的玉尔午餐，此顿吃的是开口三明治（Smørrebrød），花样繁多，琳琅满目。

做开口三明治是一门讲究的烹饪艺术，与普通一般用三片面包夹起来的三明治迥然不同。

开口三明治用一块薄薄的黑面包为底层，涂了黄油后，在黑面包上放各式各样的冷肉、香肠、虾、鱼、干酪，然后在肉类上再放不同的配菜及酱料，上面不再覆盖面包，故被称为开口三明治。每一种肉上应放些什么配菜和酱料均有一定的成规，做法多至数百种，每一种都式样富丽堂皇。吃法也有规矩，一定要使用刀叉。

丹麦人爱吃开口三明治，但对中国人来说，可得经过一番学习才能欣赏其味，问题出在那块黑面包。黑面包是用裸麦做的，味道有点酸，质地稍硬且干。丹麦人吃黑面包已有五千年的历史。他们每天都吃黑面包，到外国度假或居住，最怀念的家乡菜就是黑面包。我自己初到丹麦时根本不喜欢吃黑面包，但经过几十年的努力适应，逐渐从不喜欢达到欣赏的程度。

整个玉尔节就是这样马拉松式地吃吃喝喝度过，我觉得相当吃力。但对北欧维京勇士的后裔来说，那是一年一度重回祖先的哇哈啦天堂，其乐无穷。

赵淑敏

依亲美国,前为东吴大学专任教授,大陆数大学客座教授。在台时曾多年出任妇女作协、专栏作协等会理事、常务理事。文艺作品有小说《归根》《离人心上秋》,散文《多情树》《采菊东篱下》《乘着歌声的翅膀》《肖邦旅社》等 23 种。数次获奖,1988 年以长篇小说《松花江的浪》获国家文艺奖。

在英国"入境随食"

也许天生命苦;也许是受胃管制成了习惯,确实太不贪口腹之乐,别人爱不停嘴的东西,不吃绝不感遗憾;不过一定要请我享受,我也能随缘"表现"欣赏,不惹人厌,但是谁也别想让我多吃一口。

一次四妹分了一些零食给我,说:"留着,馋了的时候,就抓几个来吃。"

"我从来不馋什么! 给我万一放坏了,糟蹋了不好。"

"不要扫兴,你会想吃的。"可不,扫兴多没趣,我不该扫人兴。收下了那些吃食,且尽责地吃光了,没有放坏,只因那是妹妹的心意。

人问,什么最好吃? 答曰:应该是不要自己做的最好吃。

好吃! 飞机上的算吗? 1977 年 9 月末,独游天下的欧洲行程将要结束,最后的单飞,从瑞士飞维也纳,在奥航的班机上,我选的主菜是"匈牙利红焖牛肉",因为这次的经验,以后到菜谱上有这道菜的餐馆,我都会点这样似乎很不起眼的菜,但都没那个味道和感觉,吃下去的乃是失望,或许是先入为主的偏见,但就是留下了那样的记忆。可惜奥航不久便因经营不善停业,这道航程主菜自然成了绝响。不过我敢确定,至少在吃过的飞机餐中绝对是第一名。而也是那年的经验，印象深刻，至今想法未改，英国飞机的餐食最难吃。

偏偏旧岁受邀去英国女儿家作客，我既有的成见，让他们为难。后来我说了：“如常，你们吃什么我吃什么，不麻烦不费事的吃得最安心。”

看我是真意，女儿就不再伤脑筋，出去吃饭他们大快朵颐我也好好表演，过后，我都忘了吃些什么，只记得我多半要的是鱼。洋人做鱼，非烤即煎再不然水煮，加上那些无甚变化的浇汁。好吃吗？嘿！嘿！别问了。不出游在家的时候，最受全体欢迎的是萧太太发明的英国新美食“萧家烤饭”。女婿Terry Shaw（萧泰瑞）除了菠萝酥不爱华人食物，女儿便换着花样想点子让他就范。她将牛肉、草菇、洋葱、胡萝卜、花生米加一点简单佐料炒到八分熟，再煮好一锅饭，都倒入大烤盘拌匀，厚厚撒上起司，放入烤箱烤半小时上桌。另切一盘生菜色拉，就是一餐了，还真不赖。只是我很困惑，为什么煮饭，不煮到百分之百熟透，一定要把米保留百分之五的夹生，而且这样才算是“标准”的。顽固的英国佬的习惯不合理也不愿意改，尤其是世居山村注重传统的恋家男。

这两样美食，我更欣赏那盘色拉，不仅色彩悦目，红色甜椒、浅绿脆瓜，还点缀些其他的果果叶叶，很漂亮。我最“爱”的是红色甜椒，微微的清甜，十分爽脆。尤其，是不必洗的，剥开了保鲜膜切了就吃，新鲜到极点。这是跑遍了全世界没有的经验。也难怪，那是 Chatsworth 的达翁夏公爵府（Duke of Devonshire）农场的产品，价昂但质量特优。以致那位萧先生到了纽约买了瓜果葡萄最初也不洗就吃，结果还没返英，已开始腹泻。

公爵府闻名遐迩的除了“太公爵夫人”金头脑的经营智能、府邸及其他观光资源、皇家赛马会的贵妇帽子展览，还有农场出品霸王级的冰淇淋，不是最甜却奶香浓郁，尤其那以球为单位的分量，让很多人连呼过瘾。可不是吗，他们的一球差不多等于一般冰食店的一球半，两球一杯的我已吃得讨饶。那些年轻人买一大杯三四球堆得高高的，全都下肚真有勇气。由羊群担任“剪草机”整理过的，在那看不见边缘的公爵府物业世界最美的草地上，不分男女老少，排过长长的队，终于买到霸王冰淇淋，晒着难见的灿烂阳光，大家一起舔的趣味，应该已超越醇香甜美。那样单纯的快乐，在很多地方的确已成奢侈的愿望。

杜丹莉

笔名丹黎。生长在台湾台北。辅仁大学图书管理系毕业。著有散文小说集《忧伤时买一束花》。圣地亚哥中华艺术文化学会及妇女联盟理事。喜欢阅读，观影，听乐，赏剧，游泳，旅游，海边散步，发呆做梦，品尝美食，与友闲谈，打抱不平。

翡冷翠夜宴

我们家是典型的民以食为天的家庭，和孩子们在一起欢乐温暖的记忆中，每一件都脱离不了吃。有一年圣诞节全家玩游戏，问到一题"最难忘的旅行"，一家四口不约而同写在纸上的居然都是"翡冷翠（Firenze 或 Florence）之旅"。为什么？我想除了欣赏到了他们想看的大卫雕像及一些文艺复兴时代的画作之外，八成是因为其中有一晚的庄园夜宴。

那一晚，在翡冷翠的初夏薄暮中，导游带着旅行团中想要尝试当地食物的二十几个人，来到一个郊外的庄园。我们坐在户外枝叶繁茂的大树下，树上挂满闪烁的小灯泡，和天上的繁星相辉映着；铺着浅粉色桌布的圆桌，上面是插着一大把不知名野花的玻璃花瓶和酒杯。店家拿来红葡萄酒、撒着起司的脆饼、烤得松软的面包、茄子豆酱、橄榄油、意大利甜醋……有几个人开始出来弹着吉他，慵懒地唱着意大利情歌。

庄园主人带着大家来到一个长桌旁，指着桌上一大排的食物，告诉我们那是今晚的头台及色拉。那薄薄的腌牛肉、那浸在橄榄油中的烤芦笋、紫茄、红椒、碧瓜、各式各样的起司、塞满蟹肉的香菇、龙虾馅方块饺、鲔鱼领结意大利通心粉、凉拌章鱼香芹……大家都惊艳于那些美丽润实又散发着田园呼唤的食物，不顾导游的警告，吃了一盘又一盘。而且奇怪的是，觉得十分饱足的肠胃，后来竟然还可以塞下一堆脂润膏腴的主菜碳烤牛小排和最后上来入口即化的甜点提拉米苏。

一顿饭吃了几个钟头，夏日单薄的衣衫挡不住如水的凉夜，只见店家拿出一叠浅粉桌布，每人发了一条，示意大家围在肩上。园中不知何时生起了营火，弹吉他的歌手们拉起挺着肚子的众食客，大家围着火绕着圈又唱又跳地欢乐到不行。不知是红酒还是月光，一行人都醉倒在那么一个奇妙的夜中。至今回想起来，还觉得似幻似真。回美国后还常常上意大利餐馆，也试着点过一些与那晚类似的菜肴，却再也找不回那夜一般魔幻的滋味。

海明威曾说："如果你有幸在年轻时住过巴黎，它会一生跟着你，有如一场可带走的盛宴。"人生又何尝不是？从一个厨房到另一个厨房，里面的柴米油盐是大同小异的，但是烹煮出来的食物却是依各家的调理有那么多不同。重要的是，你在品尝时的人地时事。美味是需要用心来品尝的，心随人走，到哪里都可以是一场流动的盛宴。只是有时美味也许可以复制，但伴着美味的一些记忆，可能只有在梦中去追寻了。

张纯瑛

台大外文系学士、美国 Villanova 计算机硕士,现任程序设计师。散文集《情悟,天地宽》荣获华文著述奖散文类第一名,另获《世界日报》极短篇小说奖与旅游文学奖等五项奖。亦著有《那一夜,与文学巨人对话》《天涯何处无芳菲》,撰写莫扎特、莎士比亚、雨果传记,译有泰戈尔的《漂鸟集》。作品经常入选海内外文集。曾任华府书友会会长,创立古典音乐赏析沙龙并出任会长。嗜读《红楼梦》,撰写系列文章,经常应邀到各地做艺文演讲,皆广获好评。

帝都鲭鱼香

　　去伊斯坦堡前,我们研究过当地颇受好评的餐馆;抵达后也上过几家餐厅;不料竟疯狂迷上路边摊的鲭鱼三明治,光顾再四。

　　第一次是在金角湾码头,靠岸的一列小艇炭烤着鲭鱼叫卖。四人瓜分两分量大厚实的鲭鱼三明治,边走边吃,脆香肥腴的鲭鱼肉入口即难罢嘴,没等踱完上层行车走人,下层店家林立的嘉拉他桥,各人已吃完分到的半个三明治。

　　在 1348 年兴建的嘉拉他塔看完落日,我们再过嘉拉他桥,打算回到码头购买刚才未吃过瘾的鲭鱼三明治。走到桥心,看到一个干瘦的小老头站在薄寒的晚风里煎烤鲭鱼,决定光顾他的小摊。他在烤熟的鱼肉上洒柠檬汁,与西红柿、洋葱、青椒一同夹入面包。这次我们决定一人一份,同样鲜香可口,边吃边赞,带着暖呼呼的胃、香滋滋的齿颊,快乐地走回旅馆。

　　次日晚间,四人不与其他团员一同前往食评家推荐的星级餐厅用餐,因为我们忘不了鲭鱼三明治。在嘉拉他桥前看到卖同式三明治的小店,想试试这家。味道不差,可惜店家不像桥上小贩将面包烘暖,冷面包令三明治总体的香气与口感为之逊色。

第四晚,想到次日黄昏将登上邮轮离开伊斯坦堡,我们再度拒绝与其他团员去验证食评,立意将古城的最后晚餐献给桥上小贩。咀嚼着各种食材与温度配合得圆满无缺的鲭鱼三明治,心中升起对伊斯坦堡浓烈的留恋。别笑我们贪吃,苏轼不是为了日啖荔枝三百而愿"长做岭南人"吗?

我们也在餐厅尝过博斯普鲁斯青鱼,体积不大然肉质细嫩。伊斯坦堡的鱼所以鲜美非凡,乃因当天捕捉即烹调。烤鱼配上秋日盛产的石榴榨汁,或清芬氤氲的苹果茶,餐后来几颗掺杂不同果干或坚果的土耳其软糖,戋戋花费,但让人感觉十足幸福!

古城渔产富饶,实拜诸海环抱之赐:北端黑海、南端玛尔玛拉海、和衔接两海,将古城隔断为欧、亚两部分的博斯普鲁斯海峡及末端的金角湾。我们在历史悠久的苏丹阿魅旧市区先后住过两间客栈,清晨于屋顶阳台享用早点,皆可看到星罗棋布的渔船和跳动着白花花阳光的靛蓝海水,仿佛浮在一片纷杂民房屋顶上,美得如在梦中。嘉拉他桥无论丽日高照还是夜风如水,总见两侧钓客挥杆频频,成为古城殊景。

诸海,造就了伊斯坦堡傲视群城的历史地位。公元前657年,希腊殖民者拜占斯浮海来此建立拜占庭城。公元324年,君士坦丁大帝在博斯普鲁斯海峡获胜,结束罗马帝国内战,鉴于拜占庭坐镇欧亚,遂定为新都,后人因此称为君士坦丁堡。尔后1600年,古城历经罗马帝国、东罗马帝国(拜占庭)、拉丁帝国、奥斯曼帝国权力嬗替,连续成为四大帝国的首都。直到1923年土耳其共和国成立,首都才迁往国土中心的安卡拉。1930年土耳其要求国际弃称君士坦丁堡,而以土耳其语的伊斯坦堡为正式名称。

各大帝国声势鼎盛时,好大喜功的一众皇帝与苏丹延揽一流巧匠、艺术家、建筑师,打造宫殿、教堂、清真寺,精雕细琢,堆金砌玉,争竞奢华之能事。爱尔兰诗人叶慈(W.B.Yeats 1865—1939)在《一个景象》(A Vision)里就说:"假若神力能让我回到古代一个月,我愿回到查士丁尼大帝启用圣苏菲亚大教堂与关闭柏拉图学院稍早前的拜占庭……当时可说是史上空前绝后,宗教、美学和实际生活合而为一,建筑师与艺匠以金雕银饰向群众倾诉……"

叶慈对拜占庭的痴恋,也流露于著名的《航向拜占庭》(Sailing to Byzantium)一诗中。刚逾花甲之年的诗人感叹,年轻的爱尔兰令老人感到世代快速交替,甚至爱尔兰"挤满鲭鱼的诸海"都让他感到万物皆难逃生老病死之宿命,他因而向往永恒的拜占庭,时光在金雕银饰的艺术品中停格。

纵然历经兵燹与地震,今日伊斯坦堡仍见处处巍峨古迹,展现不同帝国的眩目丰姿,比起叶慈心仪的六世纪拜占庭,风华只有更茂。流连在罗马战车竞技场、圣苏菲亚大教堂、蓝色清真寺、皇宫、博物馆间,震慑于帝国故都举世难匹的大气泱泱,在阴冷的历史阴影下,风中飘荡的煎烤鲭鱼香,似乎在响应叶慈的感慨,提醒诗人:即使在六世纪的拜占庭,当地的"诸海同样挤满鲭鱼",同样更迭着世代的生老病死。

杨翠屏

政大外交系毕业,巴黎第七大学文学博士。著有《看婚姻如何影响女人》《活得更快乐》《名女作家的背后》《谁说法国只有浪漫》《忘了我是谁:阿兹海默症的世纪危机》《你一定爱读的西班牙史:现代西班牙的塑造》。

淡菜淡菜我爱你

生长在台湾,从小就很喜欢吃鱼与海鲜,家里一餐四菜一汤,必有一道鱼,一星期中,母亲会多做一两次虾及贝壳类。大学时代,一次到同寝室同学家中作客,她妈妈特别为我做了毛豆炒虾仁,至今难忘。周末到二姐家营养补给,那时她新婚不久,与房东同住一栋公寓,当房东看到吾姐在厨房蒸虾及煮蛤蜊汤,不禁笑道:你政大的那位妹妹今天要来啦!

到法国留学,结婚生子,有了自己的厨房,终于可以随心所欲做些自己爱吃的菜肴,结束大学食堂每星期五才供应一次鱼的集体伙食。

七十年代末八十年代初,我们住家附近有一个小型的露天市场,有卖淡菜,喜出望外,马上购买。淡菜是贝类不是蔬菜,名不符实,不知是谁取的中文名字?

2004年7月,我们一家人去比利时港都安特卫普旅游,旅馆介绍附近一家以淡菜为招牌菜的餐厅。三次光临,我品尝三道淡菜,其中加九层塔那一道,用的是九层塔干屑,有点失望。

淡菜配薯条在比利时及法国北部极受欢迎。离边境不远的法国大城里耳(Lille),每年九月的第一个星期日举办周末旧货市集,此市集历史悠久,可追溯到十二世纪,是欧洲规模最大的旧货市集,慕名而来的游客每年高达两三百万人。摩肩接踵的闲逛者，在闲逛之余，总会到路边餐馆叫一客现煮的淡菜配薯条来大快朵颐。各家餐馆也竞相比赛，看谁家的淡菜空贝壳堆得最高。据2009年的报道，这市集在两天之内就消耗了一百吨的淡菜及五吨的薯条，数字相当惊人。

炸薯条被美国人称为 French fries。当过驻法大使的美国总统杰弗逊，对薯条念念不忘。回国后请家中法国厨师做此美味，据说这是 French fries 之由来。另外，法国美食闻名于世，"薯条"被冠上"法国"，可能提高香醇滋味，更启动味蕾。马铃薯（土豆）是从南美洲传入欧洲，据传西班牙的圣德瑞莎首先辟地种植，由于西班牙很多食物是炸的，炸薯条就从此开始。

为何淡菜配薯条？就像西班牙的菜肴都爱配薯条。为何不搭配花椰菜、菠菜、四季豆、青豆？我不敢奢望吃到包心菜、大白菜、青江菜，这些是在欧洲不易觅得的蔬菜，但前面提到的那些蔬菜并不难买啊！爱博览科学期刊的外子莞尔解释道：古早人类为了生存，爱吃淀粉类、油腻、咸、甜等容易撑饱的食物。虽然人类进化，但大脑还残留原始本能，与黑猩猩（Chimpanzee）相似。在大自然中，绿色植物味苦涩，含丹宁酸（Tannin），猴子避免采食绿叶，因不易消化。我们自然而然地遗传了此一本能，例如把青菜和薯条让小孩挑选，他们毫无疑问会选择后者。

我家附近有一家自助餐馆（Caféteria），七八月时他们会在餐馆外系上广告大布条，以淡菜配薯条吃到饱来招徕顾客。八月底我去光顾，配菜除了薯条外，还有西葫芦（Zucchini）、四季豆、胡萝卜等，我环顾四周，大多数顾客还是喜欢吃淡菜配薯条。这家店的白色浇汁也太淡，没我自煮的入味。

法国公婆以前住在法国西部港口拉罗契（La Rochelle），去探望他们时，我常陪伴婆婆去市中心有棚的鱼市场，购买小龙虾（Langoustines）及淡菜。婆婆的"红葱蒜香淡菜"让我齿颊留香，回味无穷。

法国亚洲饭店自助餐供应的是较大的西班牙淡菜。通常在超市可买到布修淡菜（moules de bouchot）、科得淡菜（de corde）及进口的荷兰淡菜。2013年5月欧盟的官方报，指名布修淡菜具有"传统特色保证"。此种淡菜在尊重环境、自然、质量的原则下养殖生长，贝壳不大，肉质丰满。

我个人较喜爱贝壳中等的荷兰淡菜。先炒蒜泥、姜末，然后加淡菜与白葡萄酒煮熟；或炒红葱头（亦可加蒜泥），淡菜快煮熟时放九层塔，煮时要翻搅两三次。这两种做法皆很简单，第二道宴客时可当开胃菜或主菜。自己食用时，春夏季则配上色拉加番茄、黄瓜、玉蜀黍、鳄梨（罐头），再加薄荷叶、细香葱（ciboulette）、芫荽、蒜泥。色拉酱是橄榄油、醋、加胡椒粉、盐调成。

味道鲜美、卡路里含量不高，品尝美食而不需顾虑腰围。

淡菜淡菜我爱你！

林烨

农民的女儿，出生在中国湖南天门山下。吸天地之灵气、日月之精华长大成人。自幼酷爱读书写作，但命运不济，养老抚幼疲于奔命，九死一生，无缘笔墨。本世纪初移民美国加州开始写作。着力用睿智的目光、平和的心态、白描的手法剖析人性。出版的作品有长篇小说《武陵之花》《跳马车舞的姑娘们》；短篇小说集《新拍案惊奇》等。

西班牙火腿

　　我家去欧洲旅行之前，到过欧洲的朋友们都纷纷向我们介绍，到了西班牙，一定要吃吃那儿的火腿，千万不要错过。讲起火腿使我想起家乡的腊肘子。家乡的腊肘子是用黄豆喂养的黑毛猪，长到一百公斤左右，宰杀后趁热抹上盐，放在大缸里腌一个月左右，再挂在屋梁上，用榨了糖的甘蔗渣、槐树叶、花生壳、柚子皮烧的冷烟熏成。不管是蒸煮煲汤都十分可口，难道西班牙火腿比家乡的腊肘子更好吃？

　　欧洲之旅的第一站就是西班牙的第二大城市巴塞罗那。一下飞机就被西班牙国花石榴花和康乃馨怒放的美景迷住了。住下来后去晚餐，到了餐馆还没坐下，又被餐馆前台挂得琳琅满目的火腿吸引，一桌子上一个特别的架子架着一条几公斤重的火腿。一位切火腿的大师傅正在手工切火腿片。我们坐下后，看到周围的食客都在用手抓着火腿，就着哈密瓜吃，才知道西班牙火腿是生吃的。心里想，我们家乡的火腿都要蒸煮煲汤了才能吃，这火腿怎么能生吃呢？

　　正想着，侍者也给我们送来了一盘火腿和一盘哈密瓜。大孙子抓了几片火腿放到我面前的餐盘里说："奶奶，在家就说吃西班牙火腿，多吃点吧。"我看到周围的人都在吃，也鼓足勇气拿起一片放进嘴里。还没咀嚼，就被那浓郁的咸香味深深地吸引，我慢慢地咀嚼着，那薄薄的肉片还不失咬劲，感觉滑滑的，味道鲜嫩咸香，真是美味佳肴，比家乡的腊肘子更加可口。学着周围的人用这火腿就着哈密瓜，还真是美味非常啊。我边吃边看着盘中的火腿片，薄如纸，半透明如红玉，夹杂着大理石般的脂肪花纹，肉质细腻肥腴，还真的与众不同。晚餐后在街上看看，这儿的街道两边多是卖食品的店铺和餐馆，都挂满了琳琅满目的火腿，满城都是火腿，满城到处是来自世界各国的游客。

我喜欢美食，常学烹饪，从吃第一口起，就想做这样的火腿。要懂西班牙文的孙子拿了一份说明书译成中文。原来这火腿做起来并不容易，是用在野外自然放养的伊比利亚黑猪的后腿制成。黑猪每天以富含油酸的橡果为食，这种油酸可以降低肉中的脂肪含量，使肉细嫩醇香。这种火腿用优质的粗海盐腌制，不使用任何人工化学添加剂。腌制后放到恒温的地窖里用两到三年的时间风干。切火腿更是一门高深莫测的学问，火腿师傅通过大学培养，要充分了解猪的骨骼、肌肉的生长情况和掌握刀具的使用技巧。

看来，我是没条件学习做这种火腿了。但是西班牙火腿带领我初识了西班牙的饮食文化，带领我初识了西班牙这个国家。西班牙火腿是西班牙饮食文化的国粹，从养猪到产出火腿约需四年，野外喂养，吃特定的饲料，特定的腌制方法，连切片的人员都要精心地培养。在喂养和制作的过程中不喂任何激素，不添加任何人工化学剂，体现了西班牙人不急功近利，不饮鸩止渴的长远产业思想。所以西班牙的火腿产业长盛不衰。优美的饮食文化，再加上优越的旅游资源，二者相辅相成，真是如虎添翼。

西班牙是世界文化重要的发源地之一，早在十五世纪中期就成为影响世界的全球帝国。现在世上有五亿多人说西班牙语，是使用人数第二多的母语。西班牙孕育了名作家塞万提斯，他的代表作《堂吉诃德》虽写于十六世纪，至今还在世界文学宝库里占有一席之地。还有航海家哥伦布四次横渡大西洋，发现新大陆，为人类做出伟大的贡献。西班牙还有历史悠久，灿烂的天主教文化，有很多著名的教堂。西班牙的国家格言是"超越极限"，祝愿西班牙永远超越极限，更加繁荣昌盛，石榴花、康乃馨更加美丽地绽放，火腿更加美味。

濮青

毕业于台湾大学与美国明尼苏达大学,是旅美数学教授、诗人作家和五洲民族舞者,为筹款救助灾病者义演。四行英诗《女儿行》与桂冠诗人惠特曼等十一位诗人作品同列于曼哈顿宾州火车站石壁。著有英文诗集《东风西雨》,中英诗集《诗之塔》《水晶诗集》。英译蔡文姬《悲愤诗》及《胡笳十八拍》,入选《古今世界女作家论战争文集》(纽约大学出版社)。即将出版散文集《三毛启示录》。

突厥之桑

　　西方有个古老的神话:"在彩虹的尽头,有一坛闪烁的金子。"如今请听我说:"在荒废的丝路尽头,有一亩亩碧绿的桑田。"这是由一枚伊斯坦堡的"桑葚蛋塔"和一条街头买的丝巾引出来的佳话。

　　抵达土耳其伊斯坦堡的第一晚,我徜徉于名城的中心广场。浓郁暮色中,它以万钧雄伟、千种妩媚招呼远客。我快活得像游鱼荡漾在金角湾内,乘着它的晚潮,深入市区心窝。这座古今名城,横跨欧亚两大洲,由博斯普鲁斯海峡连通黑海及玛尔玛拉海。它背上扛的是石器时代已存的历史,怀里拥的是瑰丽的多元文化,心里藏的是多方神明的隽智。历经古希腊、波斯、亚历山大、罗马与东罗马、蒙古及奥斯曼帝国之统治,至英法殖民。每一异族的统治均融合同化,交织成瑰丽无比,但已不再神秘的伊斯坦堡文化。我们刚进城,已被秀丽的山海、宏伟的寺庙包揽,为它深奥的历史与错综人文而振奋了。

　　飘来一阵烤羊肉的香味,正巧肚子也饿了,就以美味的羊肉片烙饼果腹。甜点是小巧玲珑的桑葚蛋塔(Mulberry Tart)。一顿异国风味,折合美金仅二元五角钱,还不收小费,真是游客的乐园了!

放眼街市,满街满巷出售丝巾,悬如帐幔,斑斓如彩虹,轻得像云,柔得似水,握在手中,缩成荔枝大小,展开来拂在面上,如神秘之网,飘在空中半天落不下来。我喜滋滋买了三条,十元而已。心想这些丝巾价廉物美,想必是中国苏杭出品,海运过来的。定睛再看标签,却是 Bursa 出产。追查经典,Bursa是奥斯曼帝国的第一首府,今是冬日滑雪胜地,有著名丝绸市场,当地出产的魔术丝巾是舞蹈者的最爱。土国丝织地毯不同于波斯羊毛地毯,极像中国的织锦缎,却又不同,因它有茸茸短絮,闪着丝绸特有的宝光,巧夺天工。

丝与蚕是离不开的,而蚕与桑叶更朝夕相依,桑葚自然是天赐珍果。

伊斯坦堡路旁夹道的浓荫,全是青翠欲滴的桑树。翠叶呈鸡心形,屏迭有致,主干挺拔,华盖竟有两层楼高。曾几何时中国乡野的村姑,竟变成繁华都苑的贵妇了。连桑葚也上了精致糕点的皇冠之巅,使我有扬眉吐气之快。卖丝巾的小贩见我怔怔地瞻仰桑树,就搭讪问:“你是中国人吗?我们的丝绸都是从中国来的。”又来了,我刚刚才搞清楚,那是 Bursa 来的,不是吗?“不是,不是!最早是你们中国公主带来的呀!”

文成公主和番之地是西藏,王昭君去的是内蒙古。原来,古时突厥人一支脉自阿尔泰山西行,建花剌子模,亡于蒙古人,往后建立奥斯曼帝国。苏丹王宫Topkapi Palace 现已开放成博物馆,御厨房展览的全是中国青花瓷器。今日全世界共有三百多件中国青花瓷器,竟有两百多件在此宫内!然而却无人知晓是那位“和平公主”带来的?她又是如何把活蚕茧带出家乡的呢?

“你真的不知道吗?”“是中国公主把蚕茧藏在她的头发里面,偷带过来的呀!”我不得不惊叹了!亏她想得出这样的妙方!如此做是为了治疗乡愁,或是为了怀念儿时养蚕宝宝之乐?到小亚细亚的突厥之邦来植桑、养蚕、缫丝,造福新夫婿的百姓福祉?她是一位多元文化传播者。

> 当年突厥皇宫的筵席上,定有汉家的珍馐佳肴!
> 青花瓷器呈上了家乡的美食,乡愁与新生活就有了联系。
> 丝绸的种子也在异乡的新世界里,播下了新希望。
> 我曾在伊斯坦堡尝到甜蜜的桑葚蛋塔,看见满街美丽的丝巾丝地毯。
> 我嗅到历史的馨香和爱情。
> 伊斯坦堡浓荫大道的桑树梢头,激起我的诗情!
> 谁能说历史是死的?谁又能说地理是遥远冷漠的呢!

中国之桑,在我记忆中,却是流浪者的眠床。

抗日战争中,父亲在湘西舞水之滨,创办中学,招收孤儿及流亡学生,师生千里迢迢颠簸,有一天进驻了废弃的养蚕室。父母亲看见数百个弃置的养蚕大簸箕,又平又软,正好给学生做眠床。孩子们将如紫水晶的浆果塞满嘴,当晚笑声与鼾声,交织成一曲美丽的《桑园交响乐》。后来很多学生参加青年军,也有参加飞虎队的。中国桑园里有欢笑有甜蜜,有父母的爱心与坚毅,在苦难的大时代保育了两千名国家未来的主人翁。明日清晨我将泊访塞浦路斯岛,我还会看见满山遍野翡翠闪亮的突厥之桑,源于我们的华夏之种!

陈若曦

本名陈秀美,1938 年生于今新北市。读台大外文系时参与创办《现代文学杂志》,作品多反映乡土。赴美留学,1966 年偕夫投奔中国大陆,适逢"文化大革命",1973 年举家迁居香港,开始撰写《尹县长》等一系列反映"文革"的小说和散文,为中国"伤痕文学"之始。1974 年移居加拿大温哥华,1979 年移居美国加州柏克莱,以华人社会的人情世故为题材,鼓吹华侨"落地生根",《纸婚》为代表作。1995 年返台定居,关注妇运、环保和老人福利,为荒野保护协会和台湾银发族协会终身志工。著作包括长短篇小说和散文约共四十部。短篇小说集《尹县长》有七国译本,与长篇小说《慧心莲》均获中山文艺奖。2011 年荣获"国家"文艺奖。

东柏林的"美食"

上世纪八十年代中叶,具体年代和月份已不记得,但时令应是夏天吧!我和美国的文友白先勇、李欧梵等,以及来自香港的钟玲和郑树森,应邀到柏林参加一个文学盛会。台湾来了几位作家和学者如李昂、齐邦媛,中国大陆则有舒婷等。其时台湾和大陆还处于冷战对峙中,两岸文人能在海外把手言欢,用母语交流,心情之舒畅,思过半矣。

主办单位包括西德的作家和学者,只安排了一天的学术交流,第二天让大家自由活动。由于德国尚未统一,柏林也分属东、西德。东德签证很难拿,但听说东柏林很欢迎一日游的旅客,凭护照就能通关。会议结束时,我向几位老友建议:"机会难得,我们明天去东柏林玩一天如何?"

白、李、钟、齐等人都同意,约好次日早餐后出发。到火车站买票时才知,购票外,我们还必须另换东德钱币,每人至少十美元。

"要我们消费啦!"我安慰大家,"总不好意思空手回来嘛!"六人都觉得合情合理,于是换了钱后,开开心心上了火车。

可惜东柏林没啥可买,比起西柏林显得老旧、刻板,人潮也远不如它的邻居。店铺不算少,但陈列的货品了无新意,让人下不了手。不知谁提议回去。我赶紧建议吃了午饭再走。理由很正当:海关规定,这十美元不能换回去,那就把它吃掉吧。于是我们找了家模样还不错的餐馆进去,挑了张长方桌子坐下。

点菜时,大家望着德文菜单,让懂德文的人翻译,研究要点什么菜。我率先点了猪脚,不忘赞美它:"德国猪脚是世界闻名的美食耶!"大家跟着点猪脚。最后轮到出身回教徒家庭的白先勇,他合上菜单,一副随大流的模样。

我赶紧劝他:"你点鸭子吧! 波兰鸭也很有名喔!"

"好,好。"他满口答应,即吩咐女服务员:"我要波兰鸭。"

不久,猪脚一盘盘端上桌。钟玲一看,先娇呼一声:"天呀,怎么吃得完?"这确是我生平见过最大号的猪蹄膀,昂然占据大盘中,水煮的肉色,一幅原汁原味、饱满到你吃不了还可以兜着走;蹄膀四周塞满了酸白菜,整盘呈现丰盛到满溢的态势。德国是有名的产猪国家,果然名不虚传。

我们都顾不上面包和啤酒,拿起刀叉,努力切割猪脚。什么风味? 相当一般。后来我返台长居,发现台湾的西餐厅都有烤德国猪脚这道菜。先用作料腌浸数小时,然后炭火烧烤,端出来油光红艳,香脆可口,真叫美不胜收。东柏林的猪脚,颇像如今的农家菜,"物实"价廉。

最终,我只吃掉三分之一只蹄膀;李欧梵好些,但也没能扫光盘子;钟玲最差,十有八九留下来。吃到一半时,我发现先勇的烤鸭有点怪,颜色嫩黄,颇像是鸡胸。

他不相信:"不会吧,我明明点的是鸭。"

"味道呢?"

"嗯,是有点像鸡。"

出于好奇,我举手招来女服务员。指着先勇餐盘,我微笑并柔声提问:"这是鸭,还是鸡呢?"

她坦言:"鸡。"

举座愕然。我不死心:"可他点的是鸭呀!"

"鸭卖完了,所以给鸡。"她一脸坦然,毫无愧色。

先勇连忙打圆场:"行,行,我就吃鸡。"

步行回火车站时,我对同行的文友摇头叹气。"对外来的顾客都这么随便,那对本国人民会好到哪里去呢?"我没说出的话是:"这种国家,早日关门的好。"

　　进了回程的火车,我们都坐下来,但齐邦媛站在车门前,满脸专注和期待。我提醒她:"齐老师,你不坐下来呀?"

　　"等一下就座。"她解释说,想要印证三毛一篇文章的虚实。原来三毛前不久也来东柏林一日游,邂逅了一位在地英俊青年,短短几小时就陷入热恋,要分离了还难舍难分;在车厢里外两人互握着手不放,等着车门徐徐关上,直到闭合的刹那间,两人的手才分开。齐老师刚说到这儿,警笛响起,五秒不到,车门"咔嚓"一声,瞬间关上。幸好她没伸出手,否则不骨折才怪!

　　文学嘛,难免夸张一点。大家当作笑话,也很高兴它为这趟东柏林一日游画下愉快的句点。

张
凤

台湾师范大学学士，密歇根州大硕士。著有繁简版《哈佛心影录》《哈佛缘》《域外著名华文女作家散文自选集——哈佛采微》《哈佛哈佛》《一头栽进哈佛》等。任哈佛中国文化工作坊主持人，主持过上百场文学会议，曾任职哈佛燕京图书馆编目组 25 年，也研究历史。持续应邀往北大、台大等名校演讲。现任北美华文作家协会秘书长、分会会长。曾任海外华人女作家协会审核委员，作品入选《世界(纪)华人学者散文大系》，千万博客(部落格)，获两届文学类博客百杰奖。

俄国普希金咖啡馆的魅力

秋风咋起，朋友从加州、维州来哈佛和本地文友萍聚，然后解缆凌空赴法兰克福，奔赴莫斯科。西出阳关难免有些惴惴不安，车载船行而过，明亮亮的黄绿，鲜拂满眼，秋风里已有寒意……

游轮尚未到圣彼得堡之前的幽昧水域，经历黛绿河中可滋等岛屿奇诡凛冽的天风海雨，我们就先俯仰俄都，穿行过契诃夫、果戈理等的长眠地新圣母修道院斯摩棱斯克大教堂、毁坏复修的救世主大教堂，看有社会、时代风格的特列季亚科夫艺术馆……

又迎着莫斯科两日金阳坐地铁，有的站里悬吊灯、大理石地、壁画、雕塑，如殿堂……再度漫步红色的，意味"美丽的"红场，品赏象征俄罗斯的异国浪漫。砖红的克里姆林宫、塑蓝塔的列宁之墓和历史博物馆，都暖人冷眼。早晨11点梦幻似的游着五彩穹顶的圣巴索教堂，多雅致的拼花玻璃镶嵌，幸逢男声四人浑声合唱传统歌曲，和音穿透无声有情共振极高的金盏洋葱头，歌声回荡分外精彩悠扬。

东红场是百货商场古牧（GUM），三排三层差参游廊式拱顶商场占地宽，19世纪到现代，仍领欧美时尚风骚：路易维唐，第凡内……画廊及电影院应有尽有。

逍遥群游红场，拍摄婚纱照者此起彼落，可亲的新婚中国留学生，也大拍其甜蜜喜照，不知是否已去艺术馆边的锁心桥上系一份同心锁，作过永恒不渝情痴的盟誓？凌晨到黄昏都有世界各国的旅客在感受温馨，反倒是难以想象曾有戎马坦克列阵，或偶有飞机闯关风云的红场……

现代俄国文学的奠基者普希金，据说早慧多情，艳遇不绝，竟与妻子追求者决斗而了结短短37年生命，幸无损不朽之文名，仍随处可见其文学影响。

我们与普希金艺术博物馆缘悭，但有幸造访灿亮的普希金广场和坐落在特威斯科大道26A的普希金咖啡馆。这内透贵气的三层豪宅餐厅，落成于1999年，为纪念普希金诞辰200年。步入正午几乎满座的餐厅，这位讴歌民主，写浪漫叙事诗的贵族诗人，仿佛仍然腻在其中，正在撰写着金声玉振的旷世《自由颂》。

餐馆二楼，宾客在号称的图书馆中坐拥书城，餐饮美食。周遭似博物馆，木质厚重的陈列柜绕满室边，典藏煞费设计的古董，有竖琴、钟表、烛台、地球仪……穿着前两世纪优雅男装的侍者环立。二十八格的古雅落地窗棂可算是雕梁画栋。餐馆上层是露天咖啡厅。

底层的主咖啡店和酒吧，侍者全着红背心、白衬衣、长白围裙，亲切周到地解说美食和伏特加，我等不胜酒兴酡然的饮者，只能听侍者讲伏特加品种或选葡萄酒香槟，每杯50美元价格不菲。边间靠街中庭自成天地，上下养着藤蔓式绿色植物，温柔的太阳流淌桌间，开放舒适的氛围，愉悦可人。无愧为旅行者的最佳饮馔餐馆。

点选颇受欢迎的希意（Schi）汤，是典型的俄国浓汤，以卷心菜为主料，加入牛肉块、菠菜、西红柿、酸菜、洋菇、大荨麻叶、洋葱、洋芋，也有加熏肉骨，甚至鲑鱼等熬煮，千奇百变让主厨自由发挥。成汤后置入大碗杯，预烤的面包就是个香盖，热腾腾地端来，汤并不酸，富野趣兼祖母式的佳肴魅力，难不令人齿颊留香之外，也牵出俄国丰美的底蕴文化。

好友陈忠实曾开车载我探访白鹿原，上"日暖玉生烟的蓝田"吃名厨料理；贾平凹引领去吃西安蝎子等大餐，纵非异域，所给予心灵与感官的双重震撼，均浓郁铭刻。

好山好水，随处可见。一程又一程的总有归宿，犹沾着胜景的尘土，血脉中似留有行船走马的波动。回寄寓在美的家，中夜时醒，难免重重迷惘：梦里不知身是客……亦幻似真。

　　普希金在诗中写"一切都是暂时的,都会消逝;让失去的变为可爱",人世变异难测起落,深情理性演绎起来也算不了啥?毋须执着探索智能。

伊犁

浙江温州人，1948年生于家乡，在香港完成中小学教育，1967年远赴巴黎，次年往英国修读护理。1973年移居美国，进波士顿麻州大学修读英文系。1977年起定居南加州，曾在旧金山州立大学写作班进修，在洛城华人小区工作。作品题材广泛，反映华裔移民在美国社会生存的挣扎与心态、中西文化的冲突等。曾出版《十万美金》《杀婴》《美金的代价》等多部小说与散文集。

怀念意大利饮馔人情

　　玛利亚是我的大学同学，多年以后我们又相聚了，她安排我们畅游意大利，跟她去小城 Rappalla 的一座别墅住了几晚。Liguria 海岸是意大利与法国南部共同拥有的地中海岸，风景极美。她还租车，载我们去 Tuscany 北部的 Carrara 与 Lucca 古城。

　　在意大利每天晚上吃饭，玛利亚总预先打听一番，找一间声誉特好的饭店。她是本地人，对饮食也很讲究。

　　她点的菜要分四道程序上菜，先是面条（pasta），再来色拉或汤，主菜，另加一些蔬菜。她每顿点不一样的面条，美味又不油腻。主菜有不同的鱼或肉，分量不多，我们常常分着来吃，否则吃足四道菜，可能会不胜负荷。每次吃一顿晚饭都要两个多小时，边吃边聊天。饭后又有精美的甜点、咖啡，最后还来一小杯甜酒，有柠檬甜酒（Lemoncello）、黑山（Montenegro），据说能帮助饭后消化。意大利人吃得晚又讲究，很多餐厅七点以后始开门，到半夜才打烊，怪不得意大利也有不少胖子。

我记得几次吃鱼的经验很有趣。第一次在米兰一家餐厅,是我们进过的最高贵的一家,全白的桌布餐巾、暗色油亮的盘子、闪光的酒杯,侍者黑礼服白衬衫黑领结,如塑像直立旁边。餐厅内灯光朦胧,也很安静,我们讲话都压低声浪,仿佛进了剧院预备听音乐。

玛利亚看菜牌后,与侍者斟酌一番,便介绍我们吃炭烧鱼。来了两条细长的白鱼,干巴巴的上面什么都没有,侍者很熟练地用刀叉扒皮,把中间雪白的肉搁在各人的盘里,竟然立刻撤走大盘,我们眼巴巴地看着鱼身上还有很多肉,鱼头也很香嘛,很不舍得却有口难开,害怕被人家笑话。那晚的鱼鲜美无比,后来我们吃鱼时就学聪明了,对侍者说让我们自己来分,几个人把鱼头与鱼骨都吃得干干净净。

有一次我们点了一条大概有一公斤重的烤鱼,结果账单要 68 欧元,玛利亚问女侍这鱼为什么那么贵,她进厨房打听后跟我们说,这鱼是用钩钓的,所以比较贵。如果用渔网捞的会比较便宜,她减掉 8 元,我们只好乖乖地埋单。

意大利人的餐桌上是不能少酒的,意大利红酒、白酒种类繁多,尤其我们去的地方,是他们的酒乡,玛利亚的品酒能力也很高,在米兰我们去一间埃及人开的餐馆吃过两次,对食物与价钱都满意。回程时我们又去,年轻英俊的侍者殷勤招待。玛利亚叫了一瓶白酒,大家碰杯后我尝不出异样,玛利亚与侍者讲了一些话,他不断道歉,立刻拿了一瓶新酒来开,她浅浅品了一口,才满意地点头。原来起先的一瓶并非她点的牌子,老板用次等货来代替。我这门外汉一直在旁边看着,被骗了也不知不觉。过后老板还送了两份甜点,表示道歉。

印象最深的是在一个山村里吃白肥肉。玛利亚开车带我们去观看米开朗·基罗五百年前采石的地方。他需要硬度最高又极光滑的大理石做雕刻材料,在佛罗伦萨高贵如天神的大卫雕像便来自这个山村。大师在高山上选好大理石,画上他的记号,听说要运到山下的港口,用船运回罗马,起码得需 6个月。

我们先开到 Carrara 市,直奔山脚,山路又窄又陡,只容许一辆车走过,来往汽车走走停停,惊险万分,幸好玛利亚是开车老手,终于把我们带到山上的小村 Colonata。远看这座山如被白雪覆盖,原来都是被切割的大理石痕迹。经过一道很深很长的山洞,是石头挖空后的信道。看到山坡上有机器、卡车、工人,上下道路弯曲,经过几千年的切割,大理石还源源不断可开采,真是一座宝山。小村里住的都是割石矿工,家族职业世代流传。

这山村除了出产大理石,还出产白肥肉。我们先参观了一家小店,看了图片说明制造方法,把白肥肉腌了很多的盐、胡椒、各类香料,搁在阴凉地库里的大理石瓦缸内,上面压上十七块大理石平板,过了至少大半年,或者两三年后,才取出来吃。我们找到一间不起眼的小饭店,女侍先端来红酒、一盘切得如白纸般薄的白肥肉、烤暖的脆薄面包、一小碟酸甜的小洋葱加了小的咸橄榄，还有当地著名的奶酪与蜜糖。我们学着玛利亚，在面包上涂了蜂蜜，加一片白肉，吃着不觉腻，喝一点红酒，吃两口橄榄与小洋葱，觉得别有滋味，把盘里的东西都扫光。

安琪

本名李安,曾任职上海社会科学院,参与浦东开发政策研究和咨询。九十年代留学加拿大,随后到美国加州硅谷(矽谷),长期从事计算器研发工作。因喜爱文学,特别是随着对北美社会、历史、文化生活的了解,近年来以笔名"安琪"在海外中文报刊及网站发表文章。内容涉及各世代留学生、移民之生活、社会现象及旅游风光,把对生活和社会的感知转换成精彩的文字与读者分享,从而寻觅生活的真谛。

瑞士火锅

　　欧洲行,盼望久矣!在所有的传奇、美食和诗意的联想上,欧洲别具魅力。不去身临其境体察一下千变万化、丰富多彩的人间真相,实在有愧此生!

　　车经瑞士,游兴正酣。游完静谧和谐、心旷神怡的琉森湖,我们几个不想去登铁力士大雪山,愿意花些时间逛街看风景,想沿着古城墙走一走,看看上面九个城堡;想登上琉森的地标——湖上那座浴火重生,挂满鲜艳花朵的卡贝尔桥……还有一个最重要的愿望:"在瑞士,一定要尝一尝远近驰名的瑞士火锅!"导游的再三叮咛勾起了大伙儿的馋虫和好奇心。

　　一个小时很快过去了,大部分愿望也都实现了,唯独瑞士火锅没尝到!我们这批"聪明"的游客性太急,听到"瑞士火锅"有名,就匆匆而至,却忽略了最关键的一点,那就是,不知道瑞士语怎么说,所以根本无从问起。只好沿着餐馆门前一排排像鲜花般盛开的遮阳伞转悠,时不时偷偷瞟一眼餐桌上的精美佳肴,满心希望能看到那种煮着不是水或油,而是奶酪的火锅……

　　转了整条街,还是没有找到远近驰名的所谓"瑞士火锅"!失望至极,只能悻悻然来到我们北美人最熟悉的麦当劳快餐店,花了十个瑞士法郎(相当于十加元)要了一份汉堡组合。

回到车上,几位有经验的老年团友,津津有味地告诉我们"瑞士火锅"是多么的特别,多么的美味,怎么用面包沾着奶酪吃,真是馋死了我们,别提有多失望了!

欧洲行,美好的记忆令人终生回味无穷,唯独"瑞士火锅"情结耿耿于怀。好在居住在温哥华地球村,这个世界上最适合居住的多元文化城市,食客们可以找到任何一个国家和地区的美食。终于,在温哥华著名的煤气镇,我们寻到了久仰大名的"瑞士火锅"(Swiss Fondue)。

Fondue这个词来自法语,意思是"融化"。最典型的瑞士奶酪火锅,通常佐以面包,逐渐衍生到各类蔬菜和肉类。传统奶酪瑞士火锅用的是陶制锅,将奶酪、酒、大蒜和奶油,调制成浓浓的炼乳状,以文火慢慢加热。吃的时候用面包沾着热奶酪吃。

可是,慕名而来的我们吃过几口就嫌腻了,奶酪不仅有股浓浓的咸臭味,而且特别肥人。不好意思地看着旁桌老外一家人津津有味一口气吃个锅底朝天,我们却面面相觑,捂着鼻子,用细长的特制的小叉子将沾着奶酪的面包努力往嘴里送……

请想象一下,在那白色雪花漫天飞舞的夜晚,茂密的大森林里坐落着一幢幢姿态万千、风格别致的小木屋。在浪漫的烛光映照下,一家人亲亲热热围坐在火炉边,吃着热腾腾的奶酪火锅……一幅多么令人动容的温馨景致?

后来,时常把我们"瑞士火锅"的故事当饭后茶余的笑话和朋友分享。有一个被称为"老饕"的朋友告诉我们:比较适合中国人口味的其实是法国勃艮第火锅(Burgundy Fondue)。品尝这种火锅时,需要把牛肉、虾、鸡肉切块,用红椒粉稍腌一下,以叉子放到小铜锅里炸,这样外表微黄,内里初熟,鲜嫩可口。吃时沾上各种用奶酪调制的佐料,红红黄黄的十分诱人。除此之外,还有一种巧克力火锅(Chocolate Fondue),算是一种甜点。把大块的巧克力熔在锅里,放入白兰地酒和鲜奶油,均匀搅拌直至所有原料柔软、丝滑般融合在一起。然后将叉子插上火锅料——香蕉、奇异果、杨桃、苹果、草莓等水果,以及切块蛋糕,沾着浓浓的巧克力吃。味道奇异,香浓可口,可是怕吃甜品的人恐怕受不了超高热量。

人们其实可以创意性的方式,使瑞士火锅成为一个完整的三道菜的家庭聚餐或款待客人。

西式火锅不同于东方,最大的差别是没有汤汁,吃法也有很多讲究,例如,瑞士奶酪火锅要配白酒,法国勃艮第火锅则配红酒最好。吃西式火锅,并没有天气冷不冷的顾虑,春夏秋冬皆可享受,特别是勃艮第火锅炸肉的响声和香味,就会诱惑很多客人。

丘彦明

原籍福建,生于台湾,现居荷兰从事写作、绘画。曾任《中国时报》记者、编辑,《联合报·副刊》编辑,《联合文学》杂志总编辑等。现为《深圳商报》文化副刊专栏作家,艺术家杂志、艺术收藏＋设计杂志海外特约撰述。1987年获台湾金鼎奖最佳杂志编辑奖。著有《人情之美》《家住圣安哈塔村》《荷兰牧歌》《在荷兰过日子》《踏寻梵谷的足迹》《翻开梵谷的时代》等书。2000年获《联合报》十大好书奖及《中国时报》十大好书奖。

伊比利亚生火腿

　　过完12月5日吃茴香饼的圣尼可拉节,荷兰商店摇身一变充满圣诞气氛,大卖圣诞礼物及圣诞大餐的食材,迎接这西方传统的大节日。丈夫一眼就相中渴望了数年的整条伊比利亚生火腿(Paleta Ibérica de Cebo)。

　　中国的火腿向来熟食,三大火腿(金华火腿称南腿、宣威火腿名云腿、如皋火腿叫北腿),不论炖汤、蒸、炒、蜜汁,风味鲜美独特。初到欧洲见火腿生食,不免毛骨悚然,认为外国人野蛮。久而久之见怪不怪,继而勉强尝试少许,居然立刻着迷,从此冰箱总有生火腿片存放,时常当成零食解馋。

　　长居欧洲,丈夫与我既然嗜爱生火腿肉,每回进超级市场,一定在火腿柜台前停留许久,除了购买已知的美味火腿片,同时观看有无新品可挑选尝试。出外旅行,不论去意大利、西班牙、法国、德国、瑞士、比利时、英国,必定要吃到当地被称道的生火腿,品头论足一番方才尽兴。

　　西班牙生火腿世界闻名。旅行马德里、巴塞罗那时,几乎每日踏进火腿专卖店,切一些顶级的萨拉那火腿和伊比利亚生火腿肉片解馋。萨拉那火腿是

海外女作家的人间烟火

西班牙山区白脚猪的肉制成的风干火腿,与伊比利亚生火腿具有不同风味。相较起来,我们更推崇后者,入口后咸味不像前者有些嫌重。

美食家们认为伊比利亚生火腿是腌制火腿中的极品,推崇为有生之年必吃的食品之一。

西班牙西部德埃萨地区,拥有受到保护的多样化生态系统,木栓树、橡树、野生香草与各种芳香植物散布超过 80 万公顷,覆盖阿拉塞纳—马恩省和埃斯特雷马杜拉山区的牧场,放养伊比利亚血统,毛发短硬、四蹄呈黑色的黑蹄猪,它们终日以橡树果实为食,肉味不凡;新鲜肉不论煎炒炸皆肉嫩而香甜,制成火腿,更是肉味、质感别致,口中留香余味无穷。

迷恋伊比利亚生火腿的美味,我并不赞成购买整条生火腿,那么多的肉,一家两口人怎么吃呀!丈夫却打定主意非买不可。念及他一年辛劳的份上,我让步了。捧着四五公斤火腿回家的他神采飞扬,我则一路出主意,建议拿去公司与同事分享,或分切成几大块馈赠好友。

盒装的伊比利亚生火腿非常讲究,真空包装再以黑绒布包裹,还配置木架与长刀。丈夫依图标装妥木架,把整条火腿拴紧后,立马取刀片肉。

火腿瘦肉深红、脂肪黄白,互相穿梭形成大理石般美丽多变化的纹路。食用说明:常温下单吃火腿肉,方能品尝出它真正的绝妙美味。仔细回味,除了脂肪入口即化,瘦肉咀嚼时确实能感受到精细的坚果香气,存留独特的绵长余甜。

伊比利亚生火腿肉几片下肚,丈夫心花怒放,练起刀功,去除火腿上半部的外皮与油脂,尽量将火腿肉片得薄至透亮自然翻卷。肉片味道实在鲜美,你一口我一口,才第一回合整条火腿已很快被吃去二十分之一;估量提去办公室请客,或许只能剩回腿骨,遂仅削下一批肉片,以 200 公克分装赠送友人。后在商店发现 100 公克售价约十欧元,大为得意我们对待朋友的慷慨大方。

为了维护身体健康,我身手矫捷把切除下的脂肪当垃圾丢了。一周后阅读一段相关数据,特别提及伊比利亚黑蹄猪屠宰前养膘期间,猪群进圈调整进食,只喂食橡树果实和草料拌成的饲料,让体重增长 1/3 达到一定标准。生出的脂肪层渗透入肌肉纤维里,一半转化为单一不饱和脂肪。这种脂肪常见于最佳质量的橄榄油里,和造成血栓的普通猪油完全不同。

这下我不但羞愧更多懊恼,竟把这般好油弃之为垃圾,浪费掉绝好食材。所幸还剩半条火腿尚未去油,遂收取下来炒菜,做猪油拌饭,果然绝妙;熬出肉臊的美味,则非言语所能描述了。

伊比利亚生火腿架势十足地摆在我家餐桌上,来回厨房总会闻到甜美的火腿香。这一来家庭气氛全变,特别丰衣足食似的。

丈夫每日下班回家,第一桩事当然是片火腿来吃。见他笑容幸福,思及买回的火腿开封后,若立即全只涂抹橄榄油,在室温下最佳状态的保质期能够长达一年;我讨好地询问:"要不要多买两条回来存放?"

他知足地笑答:"等下一个圣诞季节吧!"

周
密

现任圣路易艺术博物馆亚洲艺术处研究员,兼北美《世界日报》记者。著有《海上大学一百天》《庄子的世界》及《小龙游艺术世界》等书。曾任"中央"图书馆助理员,教育厅儿童读物编辑小组特聘编辑,《国语日报》儿童版编辑。曾获台湾《新生报》及新闻处合办之《关怀》征文比赛佳作奖,《天下文化与 30 杂志》主办的《星云模式的人间佛教》百万征文比赛社会组参奖。近来钟情于陈式太极拳和制作纪录短片。

欢乐西班牙"小吃"

马拉卡港(Malaga)濒临地中海,位于西班牙东南部的安达鲁西亚区。十二月的太阳散发着温煦的光芒,离开港边美丽的摩尔宫殿,远离遍布黄澄澄橘子树的山坡,我们往越来越荒瘠的郊外走。马谛欧的白色旅行车停下来,停在四下无人的地方,没有一个乡民在眼前。

跟着好友辛迪和她的西班牙朋友马谛欧一起下车,走在路边,斜坡上竟然冒出一间低矮的小屋,有着此间传统的白墙与红瓦。我先前怎么没看到呢!往里面一走,昏黄的灯光迎面而来,老板一看是马谛欧带着朋友来,手脚利落地马上端出一些我叫不出名的菜式,像腌肉、奶酪等,加上坚实的面包。

既然马谛欧说这是个酒馆,老板当然也送上一瓶葡萄酒。长条腌肉几乎呈正方形,切成薄片,肉色粉红细嫩,配上隐隐透着水果香甜味的白葡萄酒,滋味好极了!

听马谛欧说,这里是乡村居民最喜欢来的地方,打打扑克牌,喝点美酒,天南地北地聊聊,尤其是上了年纪的人,田地留给年轻人种,自己到小酒馆享福喝酒。

像这样的小酒馆,顶多容得下十个人,马谛欧赞叹这是西班牙最传统的酒馆。

这家小酒馆貌不惊人,配酒小菜却着实可口,我们站着,边吃边聊,看到不少村民进进出出热烈拥抱亲切交谈。对当时仍是研究生的我而言,是一种奇特的文化经验,一场西班牙乡间美食的奇遇。

多年后某一天,收到密苏里大学圣路易校区校长的邀请函,典雅的白纸黑字,写着敬邀参加 Tapas Style 欢迎晚宴的字眼。来美二十多年,见识过不同的场面,却不知那是什么。

上网查阅念着,雪利(Sherry)饮者在浅斟低酌时,将切薄的肉片或面包,暂搁在酒杯上面。这在安达鲁西亚酒店可非常实际,免得甜蜜蜜的雪利酒将果蝇招惹过来。雪利,是西班牙南部所产白葡萄酒的特定酒名。

这般描述,瞬间带出二十多年前的我,很巧合地与辛迪在摩尔宫殿外碰面,很懊恼地发现宫殿于二时至五时午休不开,然后很随缘地往马拉卡乡下一游。原来,那天我吃过的美味确实有个亲切的名称——"小吃"(Tapas)。这让我对校长官邸的欢迎会又多一份期待。

密苏里大学圣路易校区校长托马斯·乔治热情地介绍当天来自南京的贵宾,乔治博士是蜚声国际的化学及物理学家,却不忘情爵士钢琴,在大钢琴前展露一手高超的琴艺,校长夫人芭芭拉更是一位音乐系教授,好个风雅的校长官邸。为了让大家无拘无束地交谈,餐厅里放满一桌西班牙式小吃,随客人取用,两位侍者不时走动添食加酒。眼前的西班牙式小吃颇具特色,像是酥炸鱿鱼圈、蒜汁明虾、炸丸子、菜肉小馅饼、烤小马铃薯(土豆)配酱汁、辣味肉串、酒汁香肠(Chorizo)、蒜香鲜蘑菇、慢火炖牛肉、面包、奶酪、水果及色拉等。

夏末夜晚的美酒佳肴,让我想起前些时日在芝加哥密西根大道上所吃的晚餐,应该也是西班牙式小吃。

在参加 2009 年"超越金云:日本屏风展"开幕酒会后,合办的两个单位圣路易艺术博物馆和芝加哥艺术博物馆的有关同仁,又走进一家叫 Mercat 的餐厅继续庆祝,就在我们下榻的文艺复兴黑石旅馆外面。每人点一样菜,有烤虾、洋蓟番茄大饼、酥炸小鱿鱼、油炸牡蛎饼、羊肉丸等。我点的是我最爱的焦糖布丁(Spanish flan),金黄色的圆形蛋奶甜点,口感既细腻又香嫩清滑,为当晚画上完美的句点。美国餐饮界引进西班牙烹饪和小吃,听说从 2000 年左右开始风行起来,很多大城市现在都能吃到正统西班牙小吃。

现在想来我曾吃过多次不同的异国风味"小吃",只是不知道她的芳名罢了。每次都在美好的气氛下,享受了西班牙式欢乐的美食佳酿。若讲装潢,西班牙马拉卡的不知名小酒馆根本谈不上,然而我对她始终念念不忘,不只是因为她有地中海的蔚蓝,也是毕加索的出生地,深究其因,那儿是我第一次体会到西班牙热情文化的地方,也有我年少漫游的足迹。

张
琴

西班牙作家艺术家协会、欧洲作家协会、文心社、世界诗歌协会终身会员。代表作为《地中海的梦》《浪迹天涯》《北京香山脚下旗人的命运》《西方视觉看中国和中国人》《中国文化在西班牙》,与米格尔合著《中西文化差异》《人物专访:西班牙副首相罗德里戈·拉托·费加雷多》,均发表在《今日中国》西语版上。近年来参加多场中西文化交流会议。

从食艺看西班牙民族

不知何时,吾的中国胃彻底被西班牙美食颠覆。每每谈起伊比利亚半岛饮食文化,总是情不自禁!

西班牙美食不胜枚举,最值得垂青的是 Paella(海鲜饭),亦被称为"国饭",是西餐三大名菜之一,与法国蜗牛、意大利面齐名。到了西班牙不吃海鲜饭,多少都会留下一点遗憾。

海鲜饭,起源于九世纪后的伊比利亚半岛,渊源于阿拉伯的穆斯林。不过当时的材料并非米饭而是小麦,原产地为西班牙第三大城市瓦伦西亚。阿拉伯人统治西班牙时期,通过丝绸之路将东方的稻米、火药、橙子等传入西班牙。瓦伦西亚是西班牙通往地中海的门户,战略位置十分重要,加上这里气候宜人、土壤肥沃,非常适合种植水稻和橙子。而如今,瓦伦西亚海鲜饭以及鲜橙都是当地标志性特产。

根据文字记载:瓦伦西亚人做海鲜饭的习惯能追溯到一百多年前,当时海鲜鱼类无法保存,并不是家常菜。因此最早的瓦伦西亚海鲜饭是用大米、鸡肉(或兔肉)和蔬菜烹饪而成的菜肉焖饭,西语叫作 Paella Valenciana,做饭用的锅叫双耳平底锅。后来人们又用各种不同的食材做成焖饭、墨鱼汁饭或黑饭等等。由于以海鲜为原料的焖饭最受欢迎,点菜率最高,因此中国人便将种类繁多的焖饭统称为西班牙海鲜饭。

海鲜饭还有一大特色,就是使用了番红花(Zafran,又称西红花)。它原产于小亚细亚,埃及艳后时代这种香料被用于祭祀。阿拉伯人开发了番红花的药用价值,并于公元十世纪将番红花的种植传入西班牙。后来番红花经西藏传入中国,被称为藏红花,有通经活络之功效,是一味名贵的中药材。海鲜饭集瓦伦西亚鱼米之乡的美名,佐以曼查地区的调味料番红花,是一道任何国度的人都不会排斥的美食,也成为西班牙美食的标志。因为使用番红花,烹煮出来的饭粒呈现金黄的色泽,加上各式各样当日的海鲜,铺满在金黄色的饭粒上,让人很难拒绝这份人间美味。

以前海鲜饭不过是瓦伦西亚很普通的一道农家菜,它的正宗诞生地是地中海岸边的小镇阿尔武费拉(Albufera)。十九世纪初,海鲜饭开始流行于整个西班牙,在它的故乡瓦伦西亚,人们对海鲜饭更是痴迷。

平底锅大小根据食客多寡取之,用微火油炒大蒜、火腿、豆角、青椒、红椒(长条形状)、鸡、鱿鱼、淡菜、开启的贝壳,置入少许番红花,最后放进大米搅拌入水即可。上等材料制作的海鲜饭要使用上好新鲜的鱼杂骨熬汤作为底料,里面再配上螃蟹、龙虾、鲍鱼、扇贝等及上好的蔬菜。当一锅热气腾腾的海鲜饭端上桌,那橙色美味早已令你垂涎三尺。

来西班牙的游客没有人不知道海鲜饭,但对另外一座港口城市巴塞罗那的黑色海鲜饭,不是所有旅行者都耳熟能详的。黑色海鲜饭配料大同小异,但里面置有墨鱼汁,色彩、口感及味觉胜过其他海鲜饭!

西班牙美食呈现出浓郁的地方特色和鲜明的民族情调,和它的民族文化一样,需要长时间的了解与品尝,了解这个民族的特性可以助长对其美食的鉴赏。它虽不若法国、意大利、美国饮食著名,但内涵丰富不亚于任何欧式美食。我们再透过西班牙的足球、斗牛、佛朗明戈舞回味西班牙海鲜饭,无不展示着这个拉丁民族的热情豪迈奔放。如果你生活在西班牙时间久了,你会发现中国文化与西班牙文化有许多相似之处。无论是千年前的东方文化东渡西欧所致,还是十六世纪欧洲传教士把华夏文化引渡西班牙所致,总之,通过对西班牙文化的深入习知与西班牙朋友的交往,更能了解到西班牙是最能包容外来移民和外来文化的西方国度(亦是多民族关系)。

如果说海鲜饭独树一帜引领着西班牙美食声誉世界,那么西班牙大街小巷的餐馆,尤其是酒吧丰富多彩的小吃,让人们活力焕发地享受夜生活,不少餐厅凌晨才打烊。你可以来一杯啤酒,侍者免费为你递上一碟小吃;或点菜来顿大餐,从街头小店到高档餐厅,从传统菜肴到外国美食,每一座城市乃至小村庄,总能让你胃口大开。这样的感受,无不令人感染到西班牙饮食文化的深邃内涵。

异国他乡滔滔不绝话美食,一个外国人如此贪恋异乡美食,更何况它的国民是如何沉醉在斯国的美食文化中了。

冰清

食品营养学硕士,现任生物公司高级管理人员,自幼喜爱文学创作,中学时代就开始向报刊投稿,作品曾在《北京晚报》《世界日报》《星岛日报》等传统媒体上发表,多次在广播电台、电视台的征文比赛中获奖。为多家杂志专栏撰稿。作品被收录进《白纸黑字》《硅谷浮生》《他乡星辰》等。出版个人专辑《美味人生》和《美国生活大爆炸》。

亚美尼亚美食
——苦难民族的快乐基因

我似乎和亚美尼亚人有缘分,几次和他们偶遇。

那一天,我去加油站给汽车做尾气检测,意外地结识一名亚美尼亚移民,他邀请我去他的小店坐坐,又热情地端出亚美尼亚咖啡,告诉我说,亚美尼亚的咖啡是全世界最好喝的,就连意大利的蒸汽咖啡也比不上,因为不如他们的浓烈,他们煮咖啡是一小杯咖啡粉配一小杯水,浓度极高。我一尝,那咖啡显然放了很久,都有股霉味了。他却把家乡咖啡喝得津津有味,他说这是托人特意从家乡带过来的。那时候,他家乡附近正在打仗。我能想象,这咖啡经历了怎样的辗转坎坷才到他手中,难怪他那么珍惜。我开始对这个民族的文化感兴趣了。

我所住的地方附近就有一座亚美尼亚人的教堂,每年夏季,他们都会举办亚美尼亚文化节,邀请各族裔的人参加他们的活动。我听说之后就自告奋勇地来到教堂采访,教堂神父热情地请我品尝亚美尼亚美食。

大致看了一下,亚美尼亚美食和土耳其、希腊、中东等地有点像,比如都有用葡萄叶包着米饭的小吃,都喜欢吃羊肉和牛肉,都有类似的甜品,都喜欢用坚果和葡萄、枣子、石榴等水果做菜。

之前看了一些数据：亚美尼亚这个民族其实起源很早，早在公元前十六世纪就存在了。辉煌时期，疆土延伸到里海、黑海和地中海。但随后的两千多年里先后遭受罗马人、拜占庭人、波斯人、阿拉伯人、突厥—塞尔柱人、蒙古—鞑靼人等的入侵，战争连绵不断，国土面积日益缩小，最后成为没有任何入海口，西接土耳其，南与伊朗交界，北临格鲁吉亚，东临阿塞拜疆的内陆国家。亚美尼亚曾经是苏联加盟共和国的一员，在苏联解体后独立。1915年，奥斯曼帝国对亚美尼亚人实施了惨无人道的种族灭绝政策，前后杀了一百多万亚美尼亚人。天灾和人祸，让六百万的亚美尼亚人一大半定居在海外，但是这些经历了血与火的洗礼的人们不曾被苦难打倒，他们顽强而乐观地活着。

亚美尼亚人喜欢用各种香辛料腌制牛羊肉，在炭火上烧烤，这跟周边其他国家类似。所以在亚美尼亚饭桌上，你可以很容易见到烤全羊、烤肉串、烤肉饼。他们的主食喜欢用碎的小麦加坚果仁和橄榄油，用蒜粉调味，做成类似炒饭的食物。这种小麦做成的饭非常有韧性，口感相当不错。他们也有鹰嘴豆泥做的丸子——库夫塔（Kyufta），只不过不是像其他国家是纯素的实心丸子，而是外包豆泥，里面是洋葱炒香的肉末，炸成一个个小丸子模样，吃时蘸融化的奶油。比起素丸子，味道丰富了许多。色拉跟伊朗菜很像，用黄瓜片和生菜、西红柿，加柠檬汁调味，或者用无糖原味酸奶（Yogurt）当调料。他们也有馕饼，圆形的，跟印度面饼有得一比。亚美尼亚比萨卡玛朱（Khamaju）是薄薄的圆饼上面铺一层加了各种香料和西红柿、香菜做的肉糜。他们还有一种小吃很受欢迎，就是用酥皮饼包着奶酪，烤得金黄酥脆的时候吃。一口咬下去，奶香馥郁，口感酥脆，非常美味。他们也有地中海国家都有的小吃多尔玛（Dolma），只是他们的不是素的，而是小牛肉糜混合洋葱、香料，再加进大米，用腌葡萄叶包起来，放入锅中加水煮熟，吃时蘸酸奶和茴香做的蘸料。

亚美尼亚的甜品不少是用坚果和水果做的，很健康。比如他们的名产——甜香肠酥久哈（Suchush），是将李子捣碎，和香料一起熬至胶状，然后将用线穿起的核桃仁放进去，滚上这种胶，重复多次，直到裹满厚厚的李子胶，吊起风干后，就可以食用了。这是他们很出名的茶点。亚美尼亚人喜欢烘焙食品，还有各种酥皮甜品巴卡拉瓦，那些炸得酥脆的面皮，浸透糖浆和蜂蜜，中间夹上碎核桃仁或者其他坚果仁，吃完满口留香。

临走的时候，广场上满是跳舞的人。看到他们脸上洋溢着的快乐，我想，虽然这个民族几经磨难，却一次次从战火和鲜血中站起来，乐观而坚强地活着。我再一次被深深感动了。

麦胜梅

台湾师范大学教育学士,德国阿亨理工大学社会学硕士。现任欧洲华文作家协会秘书长,德国联邦政府翻译员。著有《千山万水话德国》;主编《欧洲华文作家文选》《欧洲不再是传说》;编辑《文学游》《在欧洲天空下》《欧洲绿生活》,撰写游记和散文《我的城市》专栏。

歌德的法兰克福七香绿汁

初到德国,总觉得在吃的方面德国人特别节约简单。德国主妇的每一天,往往只忙着张罗一餐热食,然后把厨房洗刷得干干净净,不沾半点油烟味。一天中最丰富的一餐应该是午餐,午餐分别有汤、色拉、主菜和餐后甜点;至于早晚两餐,面包涂涂黄油、果酱便可以打发掉。

我很多时候被德国朋友盛情邀请吃晚餐,往往被餐盘的精致装饰所吸引,却并未真正享受到德国菜的精髓,不是酱汁偏咸就是色拉太酸,回到家还要下碗面填饱肚子。

直到一次吃到马铃薯(土豆)配法兰克福七香绿汁,我的想法才有了大大的改观。

记得那次是和一群朋友去一家德国餐馆吃饭,大家都点了菜,只有我还犹豫不决要点什么菜。因为大家一直看着我,立刻觉得不好意思起来,我连忙解释:"德国猪蹄太油腻,牛排又怕肉太大块,吃不完太浪费,所以不知选择什么菜。"

"谁不知你'楚腰纤细掌中轻',呵呵,尽管点吧,吃不完由我来包办!"大个子的阿森笑着说。他话一出,引起大家莞尔一笑,于是餐馆老板开始给我介绍一些黑森州的名菜,但是并未帮上忙。忽然我发现一道叫绿汁拌烤马铃薯的菜肴,因为喜欢绿汁这个菜名,我便点了它。

"噢!绿汁是我家乡菜呢!我妈妈每两周必做这道菜。绿汁又叫法兰克福七香绿汁,是既好吃又健康的一道菜。"来自法兰克福的苏姗娜说。

菜终于在我期待中端上桌了,热腾腾的烤马铃薯中间切开,浇上嫩绿色的蘸汁,看样子比吃咱们熟悉的甜番薯来得精致,马铃薯本没啥味道,沾了绿汁吃却变得很美味,我把盘子上所有遗下的绿蘸汁都吃得干干净净。

哇!营养、口感和饱足感都兼顾到了,据说每家餐馆里都有他们独一无二的蘸汁,黑森州人在吃方面果真很讲究。我从此不但爱上德国菜,还想学做德国菜。第一道德国菜当然是学做法兰克福七香绿汁,要调出味美的七香绿汁当然要拜师学艺,我把我学艺的愿望告诉苏姗娜。

她说,法兰克福七香绿汁其实并不难做,只要买到材料便可动手做。在超市可买到用白纸包好的七种新鲜香菜,冷冻柜里也有配好的七香绿汁酱料。之后,我一有空闲,或者她有乡愁的时候,我们便一起做七香绿汁。

学会了做七香绿汁,慢慢也学会了变通,除了配搭马铃薯的食法,还可以配搭煎猪扒、鸡扒、鱼扒或牛扒各式的大餐,之后,我的七香绿汁堂堂正正地登上筵席。

据说七香绿汁有数百年的历史,相传最早是由 17 世纪从法国迁徙流离的胡戈诺教徒传入德意志,黑森州人就用当地食材炮制,以法兰克福地区最为经典。在黑森州,人人爱吃七香绿汁,每年的 5 月初,在法兰克福城市中心的罗斯市场都会举办绿汁节,有厨艺大赛,热闹非常。有关七香绿汁的传说很多,相传大文豪歌德酷爱吃七香绿汁,所以每当春天来临,市集上包香菜的白纸上总爱印着"歌德最爱的七香原汁原味食谱"。作为法兰克福市歌德博物图书馆馆长的杜丽丝·霍伯女士是资深的歌德生平研究学者,对这传说深信不疑,认为诗人歌德生于斯长于斯,当然喜爱这道"七香酱汁配马铃薯牛肉",不由你不信,这可追溯到歌德的母亲的食谱,她曾经记下各式各样的绿汁作法。

但有好事者却说,自 1850 年才有七香绿汁,歌德和他母亲那个年代还没这种吃法,七香绿汁怎能是歌德爱吃的菜呢?

毋庸置疑,这道营养够、口感好又有饱足感的绿汁马铃薯,正适合现代人崇尚健康的饮食之道。来到法兰克福做客,一定不能错过当地原汁原味的传统菜喔!

七香绿汁的做法是先把由琉璃苣、雪维菜、水芹苗、皱叶欧芹、茴芹(地榆)、酸模、小香葱等七种香草洗干净,然后切碎(或放入果汁机中,加 1 大匙水打至细碎），与优格酪、凝乳、乳油搅拌，用少许盐、糖、胡椒粉和柠檬汁调味，做好的绿色酱料置放于冰箱中备用。马铃薯洗干净后连皮放入水煮熟，端上盘子破开，浇上七香绿汁酱料即成。

卓以玉

曾就读伊利诺大学建筑系,圣地亚哥州立大学室内设计学士和艺术史硕士,旧金山大学博士。任教圣地亚哥州立大学三十余年,任亚洲研究中心主任,中国研究所所长,获杰出教授奖及最高学术奖 Distinguished Professor Of Chinese。任圣地亚哥市文化艺术委员六年、美国国家文艺委员六年,现任文化艺术大使,获 Humanitarian of the Year 最杰出人道奖,圣地亚哥亚裔文化传承奖,文学、艺术、哲学杰出成就奖,珠海北京师大名誉文学院院长。

一九八一年六月巴黎

一九八一年的五月,顺利地写完博士论文《中国美学与齐白石》,通过各项口试,拿到学位。六月去巴黎,在友人司徒夫妇家中住了六个星期。跟着两位学长,天天用橘卡乘地铁,遍走巴黎各大小博物馆,必须去的卢浮宫(Louvre)最有名,去了几次慢慢看。还有前门外面一大堆似烟囱的现代艺术馆庞毕杜中心(Pompidou Center)。

在优美难忘的凡尔赛宫(Palace of Versailles),目睹了多少世界珍藏。莫内(Monet)、毕加索(Picasso)、蒙德里安(Mondrian)……念艺术史时,书上占一整页的《蒙娜莉莎》(Mona Lisa),只是小小的一张画。在艺术史书上同样占一整页的名画《夜巡》(Night Watch)却有一整片墙那么大! 我们也去访问了许多位住在巴黎的中国艺术家。

那六星期,我差不多每天都去居住的大学区附近的面包店,买一条法式金棍面包(Baguette)。离面包店半条街,你就可闻到面包的香味。跟着这面包香,越近越浓。店里永远塞满了人。那刚出炉的金棍面包,插了一大篮。棕黄的皮,烤得又香又脆,里面又白又软……交到我手上尚有余温。只用一张薄薄的小方纸裹着手拿的地方。真是要有很强的控制力,才没马上咬一口。街上,人手一条,笑着拿回家。手中拿着这又香又热的面包,真是不能不开心地笑!

在巴黎最讲究的馆子,面包篮白布裹着的是它,路旁小店夹 Prosciutto 火腿片的也是它。三十多年后的今晚,我还可以看到一整墙大的《夜巡》,那农妇红红底双颊,闻到面包香及手中温热的一条金棍面包。下次,我不会等回到家,我会马上就吃一口!

张

翎

浙江温州人。九十年代中后期开始在海外写作并发表,主要作品有
《余震》《金山》《邮购新娘》《雁过藻溪》。作品多次入选年度精选本,获得过
包括《时报》开卷好书奖、华语传媒年度小说家奖、红楼梦世界华语长篇小
说专家推荐奖在内的华人社会文学奖项,六次进入中国小说学会年度排行
榜。其小说《余震》被冯小刚导演改编为灾难巨片《唐山大地震》,获得包括
亚太电影节最佳影片和中国电影百花奖最佳影片在内的多个奖项。

斯塔拉斯堡的法德情结

斯塔拉斯堡这个地名对我来说印象模糊,大概是因为暗地里总觉得欧洲
以"某某堡"为名的城市多如牛毛,这个"堡"并不比别的"堡"更为出名——直
到我听说它是阿尔萨斯大区的首府。

阿尔萨斯最初进入我的认知经验,是因为一个叫都德的法国作家和一篇
名为"最后一课"的小说。读这篇小说是很久以前的事了,隔着几十年的时空,
当初那些与民族和国家概念相关联的激越情绪已经如尘埃渐渐落地,剩下的
只是一些边界模糊的同情:对人被强行从熟悉的文化土壤里剥离出来的那种
痛楚的同情。作为战败者的赎金和征服者的战利品,阿尔萨斯在法国皇帝和
普鲁士以及后来的德意志皇帝的袖筒里,换过一次又一次的手。那段历史对
我的直接影响是:当我日后也成为一位作家时,我不止一次在小说中使用"多
变如欧洲某些区域的边界线"这样的比喻。

进入斯塔拉斯堡的时候,天正下着零星的太阳雨,横贯全城的伊尔运河,
在秋和冬之间那一阵阵力度多变的风里,泛着一波又一波深幽的光。导游引

领我们走进一个名为"小法兰西"的街区,那里的建筑是一排排矮小整齐的房子,一家挨一家,白色的外墙上镶着一条条褐色的木头,它们铺排成几何图案,像梁,却不是梁。这些如积木般规整的房子都是战后重建的,怎么看也像是赝品,那层白并不是原先的白,那些梁木也并不是初时的木头。走到桥头时,我的相机突然忽闪着睁大了眼睛,因为它发现了一块极有意思的牌子,上面写着两行字——是路名。一行是法语,一行是德语,法语在上,德语在下。两种同样强悍同样丰富的文化,在经历了几个世纪的激烈抗争之后,终于以这种方式在斯塔拉斯堡的街头达成了它们之间的艰难妥协。

走着走着,天就暗了,饥肠开始发出令人难堪的鸣叫。导游给我们推荐了一家路边的餐馆,据说这家饭馆的主打菜肴是正宗的德国猪肘。猪肘终于端上来的时候,样子很凶,站在一个农家样式的大盘子里,仿佛是一个愤怒的拳头,上面插着一把威风凛冽的尖刀。我小心翼翼地用刀刮去表皮的鬃毛,切开来,露出里头粉红色的肉。肉是一丝一丝的,有些干,带着明显的炭火熏味。和传统中餐里的蹄膀相比,它清淡得几乎不像是肉。那天的配菜是德国香肠和烤猪排。猪排和世上任何一个角落的猪排差别不大,倒是香肠有些特色,颜色和质地都和豆腐相仿,只是中间夹杂着切得细细碎碎的香菜。一刀下去,柔软无比,入口的味道和猪肘一样,清淡如菜蔬。真正浓烈的是杯里的黑啤酒——那暗褐色的汁液流过唇舌喉咙时,让人无法不想起巴伐利亚的阳光和泥土在麦粒身上啃下的齿痕,倒叫我恍惚间忘却了我正身处一个叫法兰西的国度。

走出餐馆的时候,天已经彻底黑了,从古城堡和拱桥洞里投射出来的灯光,在伊尔河面上铺下一层厚腻的紫罗兰。游客已经散去,街市空了,夜风里传来古教堂悠远的钟声。最近的一场战争也已经过去了六七十年,我却依旧战战兢兢,总觉得脚下的土地里还游走着无数尚未安息的亡灵。这个意为"街道城堡"的地方,是日耳曼血液和法兰西文化的混血儿。在过去的几个世纪里,一朝又一朝的皇帝未经公投便决定了它的归属。于是它的市民,就像一个既爱母亲也爱父亲的孩子,却被迫选择单亲,从而割舍了生命中原本不可割舍的那一部分。当年粗砺的伤口终于被时光渐渐抚平,疤痕便化成今日桥边的双语路标、端在女侍手里的德国猪肘,还有街市人流的法语里夹带着的浓重德国口音。

希望再也不会有另外一场战争,将斯塔拉斯堡又一次划给对岸的那个国家。不是我偏待法兰西,我只是愿意所有途经这个城市的人,都能太太平平地坐在伊尔河边,一边听着法国音乐,一边悠悠地享用着德国猪肘和黑啤酒;所有在这片土地上生活的孩子,再也不会因为最后一堂母语课而过早地丢失他们的童年;所有世世代代在这里居住的人们,再也不会被一纸合约一夜之间连根拔起,懵懵懂懂地成为另一个国家的臣民。

杜
杜

原名杜湛青。1990 年毕业于中国山西大学法学专业,后来于欧洲、北美接受社会心理学、计算机等高等教育及美容专业训练。于平面纸媒发表文字逾百万字。作品被收入多种文集。《昭雨的脚》入围台湾林语堂故居文学奖,《家有小女初长成》获中国散文年会华语创作文学奖,诗歌《一叶书签》、散文《腋下与杰雷米》获加华文学奖,诗歌《你啊你》、散文《夜伴吗啡女》获美国汉新文学奖。长篇小说代表作有《东方那个家》等。出版散文小说集《青草地》、诗集《玻璃墙里的四季歌》,有随笔散文集《杜杜在天涯》等多部。

巴黎食趣两则

生牛肉

飞离渥太华前,先生已在巴黎著名的蓝色列车(Le Train Bleu)餐厅订了座位,算是我生日的一份款待。餐厅以气派的壁画和烫金雕塑在巴黎众多餐厅里独占一席之地,《宾先生的假期》(Bean's Holiday)中生吃海鲜的片段就是在这里拍摄的。

生日女郎点了蓝色列车的招牌菜 Beef Tartar 来感谢老公的一片苦心,英俊侍者拽着浓重的法式英文问:"以前吃过吗?"

"没有。"我坦白。侍者的脸就被一层诙谐的笑意笼罩了:"等等,我拿个样品来让您看看。"说着,笑嘻嘻地走了。

什么菜还得先看样品才能点?

等到侍者捧着那盘菜站在我们面前的时候，全家的面孔都变了形状，眼睛圆了，嘴巴也圆了。只见方方正正一块棱角齐整的生牛肉馅，红是红、白是白地在几朵小花和菜叶点缀下端坐在盘子中央，绞肉机搅出的几溜拐弯的模样丝毫没有人工烹饪痕迹。

"这是我们的法式寿司，想尝尝吗？"侍者笑着问。

"完全生的？"我半信半疑地问。

"完全生的！"侍者毫不留情地说。

我，我能做到茹毛饮血吗？"还是，还是换个别的吧！"我对自己的勇气深感失望。

那顿饭，对瑞奇·司提夫（Rick Steve）写的旅行指南里，指出欧洲人不大明白北美人偏爱肉类全熟（well cooked）的描写，有了切身体会。除了法国蜗牛熟透了极为鲜香，鸭肝、鸭肉、牛排、鱼肉都有半生嫌疑，"嫩"啊！您大可不必细嚼慢咽，咀嚼品尝，对于盘中泛着红光血色的佳肴，您多半只想闭着眼睛囫囵吞枣，来体会原汁原味的妙处。饭吃完了，除了价钱扎根在头脑里，味道基本上就是一个"生"字，这才明白宾先生选择这家饭店的愉快用意。

"生"的东西总是接近原始和自然，法国人的浪漫和洒脱是不是和他们的胃肠经常与"原始和自然"如此亲密，有些关系呢？

水比酒贵

在巴黎游览，老觉得渴。

北美随处可见的饮水机，巴黎没有，只好不停地买水！早知道欧洲有"水比酒贵"的名声，真正见识，还是吃惊。三欧元一小瓶矿泉水，喝不喝？不喝你就干旱！干旱着逛博物馆，看名画，艺术品里水光潋滟的柔情、水深火热的激情就全都大打折扣，柔情柔不起来，激情更激不起来。口干舌燥之际，赶紧急着走马观花，赶紧急着找路找门，赶紧急着冲向水源。"三欧元"是大救星，尽管"三欧元"通常两秒钟就消失得无影无踪！

常常劝朋友多喝水，养颜排毒。感觉口渴时，人体已经在缺水。如果尿液颜色深浊，更说明毒素内滞，体液循环处于警报状态。在巴黎那些日子，却不得不常常处于警报状态！

在巴黎的饭店吃饭，好一点的饭店，瓶装水的价钱和啤酒不分上下。差一点的餐馆，水是装在宽底窄口的玻璃凉杯里上桌来的，虽然免费，我却对这一大瓶清凉之水的出处大感怀疑。如果是过滤水，为什么见不到饮水机？如果是矿泉水，为什么不直接摆瓶子上来？结论是这是水龙头里的水！喝着，不免有点儿嘀嘀咕咕。老公安慰说："听说没有？有研究表明，瓶装矿泉水和水龙头里的水没区别,那个 Evian 牌子的矿泉水就有趣得很,你把那牌子倒过来念念,是什么？ Naïve(天真)！ 对了,谁信矿泉水谁天真！"

更有趣的是巴黎的餐馆,无论中西餐馆,水都是用葡萄酒杯来喝的。看来这里的人习惯把水当酒对待。喝酒要小口小口地品,咕咚咕咚灌进肚的还是酒吗(酒鬼例外)？ 我还是没能学会入乡随俗,葡萄酒杯就葡萄酒杯,照样不文不雅地大口咕咚,喝的原本就是水,何必矫揉造作？

喝了多日"三欧元"和"葡萄酒杯水",临离开巴黎,竟在酒店附近发现了一个小门面的便利店,1.5 升的矿泉水只要三毛钱！ 嘴巴又圆了,原来巴黎的水并不比酒贵嘛！ 讹传啊！ 旅游景点的水比超市贵出十倍,走到全世界都一样。

看来欧洲"水比酒贵"之说,一来必然出自游客之嘴,二来夸奖欧洲"酒便宜"的成分一定多过强调"水贵"的成分吧？

嘉霖

原名鲍家麟,台湾大学历史系毕业。印第安那大学历史学博士。曾任台湾大学历史系副教授与教授多年。亚利桑那大学东亚系终身教授。现系该校荣誉退休教授。2003 年,荣获亚洲学会西部分会终身成就奖。著作有散文集《妇女问题随想录》《妇女问题随想录之二——沙漠甘霖》《嘉霖散文集》,编著《中国妇女史论集》共八集。与陈三井、张玉法等合写《近代中国妇女运动史》,参与"中央研究院"近代史研究所编纂《近代中国妇女史中文数据目录》,参与香港中文大学共编 *Excursions in Chinese Culture*,参与孙康宜教授的 *Women Writers of Traditional China* 诗词英译。出版有关中国妇女和近代史研究的中、英、日文论文与书评约九十篇。

海外女作家的人间烟火

罗德欣美酒加咖啡

罗德欣(Rudesheim)是德国莱茵河边的一座小城,附近有中世纪的城堡,也有绿油油的葡萄园。这里盛产多种酒类,市中心的街道上,有许多啤酒屋和咖啡馆,门口牌子上往往推介一种罗德欣咖啡,这是带有酒味的咖啡,可见当地特产的酒已经渗进咖啡里面了。

西方人的咖啡文化非常发达,美国最有名的星巴克咖啡,早已把生意扩展到北京故宫里了。以美食文化著称的中国人,有时会将西方食物汉化,如葡式蛋塔,港澳的人就比葡萄牙人还做得更好。又如裹上西方美乃滋(Mayonnaise)的虾,佐以香脆的核桃,就成了非常受欢迎的核桃虾。咖啡这种饮料居然也能被汉化一番。咖啡早已传到香港,近年忽然冒出一个新品种,即许多咖啡馆在出售的"鸳鸯"饮品,这是一半西式咖啡和一半茶的混合体。

罗德欣咖啡则是我闻所未闻的。据识途老马的朋友说,游客们到此,都要来品尝一下罗德欣咖啡,这种有当地特产酒味的咖啡,味道特别香浓,而且用手工制作,确实与众不同。

正好有人为游客们示范制作罗德欣咖啡,我就赶快加入观摩的人群。只见桌上放着一壶煮好的咖啡、一个小小的点了火的酒精灯、一个不锈钢的汤匙、一瓶酒,还有几个咖啡杯。示范者将酒倒入汤匙,开始在火上加热。

有人问这是什么酒,示范者回答说,这是当地产的德国白兰地,由于法国人认为白兰地是他们的专利,不许德国人用这个名词,所以卷标上都没印白兰地字样。

还有观众问为什么要用酒精灯,用微波炉不是更方便吗?答案是:绝对不能用微波炉,会影响味道。他们一问一答之际,我就想起一个听来的故事:微波炉发明后,有护士用微波炉来解冻血浆,结果输入病人血管后,病人马上一命呜呼。有几种食物也是不能使用微波炉来烹饪的,鸡蛋即其一。

汤匙中的酒热到冒气时就加进咖啡里,这就成了罗德欣咖啡。我尝了一口,咖啡香中夹着酒香,让我想起以前流行的一首中文歌曲《美酒加咖啡》。

异国美食常会给中国人一些灵感。罗德欣的德国人曾尝试将各种酒类加进咖啡里,结果发现还是加白兰地最为味美。作为拥有同样酒文化的中国人,我不禁想:不知道有没有人尝试过茅台咖啡、米酒咖啡、金门高粱咖啡、绍兴花雕咖啡等等,看看那一种中国酒最能使咖啡更美味,最能使世界各国来的观光客着迷。

李彦

北京人。1987 年赴加拿大。主要作品包括英文长篇小说《红浮萍》
《雪百合》,中文长篇小说《海底》《嫁得西风》《红浮萍》,散文作品集《羊群》,
译作《白宫生活》等。

罂粟花下藏兵洞

　　中秋前夕,赴法国北部小城阿拉斯出差。小城人引以为豪的游览胜地,当
属城下星罗棋布的"藏兵洞"。步入古色古香的市政厅大厦,绕过前堂,便钻进
一条乱石林立、阴暗潮湿的隧道。隧道始建于公元九世纪,入地二十公尺之
深,长达数十公里,纵横交错,四通八达,俨然一座地下城。担任导游的法国女
郎笑着考问,小城的象征物是什么? 无人响应。谜底是"老鼠"。

　　开凿隧道的初始目的是取石料作建材。几百年后,人口渐多,为防城市塌
陷,12 世纪时停止了开采。隧道改作商家的储藏室。第一次大战爆发时,这
座边陲小城,恰恰处于兵戎相见的主战场中心。于是,隧道的使命再次变迁。

　　战火燃烧了两年之后,小城里出现了一批来自新西兰的岩洞开凿者,声称
要把古老的隧道改建为艺术品陈列馆。犬牙交错的隧道被凿通,连接为一体,
并秘密地延伸到德军阵地之下。在夜幕的掩饰下,一列列火车源源驰入小城,
从世界各地悄悄运来了数不清的士兵。遍布城下的古老隧道,就变成神秘的
藏兵洞,隐蔽了三万多名在暗中摩拳擦掌的英军。

　　1917 年 4 月 9 日凌晨,数万名英军从几米开外的地下突然冒出,奇袭德
军阵地,打响了著名的阿拉斯战役。该次战役持续了三十九天之久。其惨烈

状况,从双方军队高达十六万的伤亡人数,到小城 80％的建筑物均遭战火焚毁,便知端倪。

如无导游带领大家上攀下旋,峰回路转,恐怕就如入迷宫,进去容易出来难了。隧道里的灯泡泛着幽幽的青光,照亮了渗着水滴的岩壁,还有残留着战地炊烟的灶坑遗迹,也照亮了悬挂在玻璃框中的几幅陈年旧影。一张张英俊稚气的脸庞,似乎浑然不觉,死神的翅膀已在头顶无声地盘旋。

半页发黄的英文剪报吸引了我的目光:小城人欢欣雀跃,感谢援军从天而降,其中还有整整四个师的加拿大士兵,击溃敌军,胜利在望。

蓦地,我脑中闪过了一片鲜艳欲滴的罂粟花,伴随着朗朗的吟诵声,在隧道里嗡嗡回响:

> 在弗兰德斯的战场上,罂粟花随风飘荡,
> 妆点着坟前的十字架,一排排,一行行。
> 这里,是我们长眠的地方。
> 云雀依旧在蓝天下勇敢地飞翔,
> 尽管枪炮声淹没了它们的歌唱。
> 我们是阵亡者。可瞬息前还活着,
> 感受过黎明初露,观望过日落时的霞光。
> 曾经热爱,也被人爱过,然而此刻,却静静地躺在大地上。
> 挺身而出吧,从我们僵冷的手中接过火炬,让它继续燃烧、发亮。
> 倘若你违背了誓言,我们将难以瞑目,
> 纵使弗兰德斯的田野里,罂粟花遍地开放。

此诗写于 1915 年,在枫叶国家喻户晓。作者是以军医身份前往欧陆参战的加拿大学者麦克雷。在一次战役结束后,他亲手埋葬了朝夕相处的伙伴,凝视着盛开在十字架间一丛丛野生的罂粟花,随手写下这首不朽的诗篇。

三年后,麦克雷也永远地长眠于异国他乡这片土地上了。此后每年深秋,万木萧疏的日子里,大洋彼岸的街头,便可见到胸佩鲜红罂粟花的人们走过,默默祭奠那些在战火中凋殇的英魂。

麦克雷的家乡离我居住的地方近在咫尺,他浴血捐躯的战场,与我此刻身处的小城也仅百里之遥。今日的阿拉斯,人口不过五万之众。阡陌田野上,却密密麻麻坐落着成片的坟茔,埋葬了近四万名英联邦士兵。

罂粟花在我眼前纷纷飘落,我读出了诗人厌恶战争、渴望和平的悲凉与苦衷。位于边陲的小城并未成为旅游热点,街上几乎不见华人踪影。中餐馆倒是有两三家,皆为温州人所开。接连吃了几日西餐,浑身不适,傍晚寻到中餐

馆里,请老板做碗汤面,嘱他多加青菜,不要肉。答曰,此处青菜比肉贵。便说,只管用罢了,多加银两。结果,一碗青菜汤面十二欧元。

在小城见到罗伯斯庇尔的故居,也在博物馆里见过他年轻时的肖像,出乎意料地温文尔雅,目光中蕴含着几分憧憬、几分羞涩,一派通情达理的书生模样。这位燃起法国大革命烽烟的政治家,曾带领群众处死上万名革命的对象,最终自己也惨死于断头台上。后世的人们依旧对他的历史功过莫衷一是。

恍然间想起了鲁迅的警句:"革命,反革命,不革命。革命的被杀于反革命的。反革命的被杀于革命的。不革命的或当作革命的而被杀于反革命的,或当作反革命的而被杀于革命的,或并不当作什么而被杀于革命的或反革命的……"

为战争奉献出宝贵生命的人们,都能给大家幸福。君不见罂粟花鲜红似血,年年秋风四起时穿街过巷地飘荡。后世的人们,也才能坐于小巷深处,安闲地品味青菜汤面。

张菊如

1985 年毕业于上海华东师范大学,获文学硕士学位。毕业之后就职于上海古籍出版社,任明清文学编辑。1987 年自费留学美国,先后就读于明尼苏达大学和旧金山州立大学。1991 年获美国工商管理硕士学位。1995—2013 年,先后担任硅谷高科技公司的财务总监和半导体公司的金融副总裁。2013 年 6 月开始,独立从事加州三谷地区房地产业务,是加州执照经纪人。

希腊起司派

　　第一次到我小镇朋友、希腊人劳拉家参加圣诞派对的时候,劳拉正将一篮食物传送给大家:"起司派,新鲜出炉哦。"我从前吃到过苹果派、樱桃派、菠菜派、西红柿派,但是第一次在劳拉家尝到传说中的希腊起司派。派的材料很简单,只是面粉、黄油而已,再加点盐和胡椒这两样百搭调料。派的馅则是具有希腊风味的希腊 Feta 起司。当时吃着只觉得淡而无味,没有吃出它的好。

　　作为麻省理工的硕士毕业生,劳拉当年的第一份工作是国家实验室的女工程师。所谓的凤毛麟角,所谓的天之骄子,就是用来形容她那种极其漂亮、极其聪明、极其有运气的人。正当事业做得风生水起的时候,她结婚生子了。然后就是十几年赋闲在家相夫教子,变成一个地地道道的家庭妇女。

　　后来在她家,特地谈起了希腊的旅行和风景。可是劳拉似乎说不出什么来。东一句西一句,无非是希腊很乱,经济很差,老百姓热衷上街游行抗议。其实这些都是美国无线电视台最近一直关注和播报的新闻。一般说来,人们对于自己家乡的特点除了"如数家珍"般的熟悉,还会有偏执的痴迷的执着的喜爱,更何况希腊那样曾经辉煌过灿烂过,至今还是辉煌着灿烂着的文明古国。可是,劳拉没有。最后,她塞给我一盘希腊起司派:"拿着拿着,我上午做的。回去烤一烤,晚餐可以吃。"

总之,我后来的希腊之行变成跟所有旅行者经历过的一样,飞机汽车地铁是主要的交通工具,旅馆饭店咖啡店是主要的就餐就寝的地方。不过,在希腊的旅行中,我尽量和当地的普通人接触,餐馆的服务生、街上叫卖的小贩,还和在政府大楼前站岗的女警卫一起摆个姿势合影。我希望在希腊的古代文明和现代的普通老百姓之间找到一些蛛丝马迹般的联系。那些绚丽而孤寂的古迹、那些独特和宏伟的建筑、那些流传悠久的神话故事、那些栩栩如生的塑像雕画,对每天在这座城市中为生存而奔波的服务生、小贩、警卫到底有什么特殊的意义呢?

最后一个早晨,因为要赶飞机,我们很早就出门了。门外的广场笼罩在一片薄雾之中。凌晨的寒风透过毛衣,钻到骨子里,冻得人发抖,肚子因此而觉得更饿了。我们寻觅许久,终于看到广场一角的灯光。这家早早就开门的咖啡店亮着橘黄色的灯光,很温暖很温和很温馨,灯光下的食物显得很特别很新鲜很诱人。

"起司派! 希腊派!"我惊喜地叫了起来。在希腊的最后一个早晨,我偶然在这家咖啡店里与希腊起司派邂逅,犹如好友重逢。我兴奋地站在橘黄色的灯光下观赏各种各样形状不同做法各异的希腊起司派。原来,希腊起司派还有如此之多的变化。

店老板为我挑选了一个椭圆的派,原料也是最原始的,起司也是一样的希腊Feta起司,味道跟劳拉家的一模一样。可是这一次,我却吃出了它的好:酥酥的表皮烤得恰到好处,不太硬不太软,起司馅软软的充满奶香。和热腾腾的咖啡配合一起,希腊的起司派如此好吃。原来,世界各地的希腊人通过他们共同的起司派找到共同的爱好、共同的兴趣、共同的语言、共同的食物、共同的祖先、共同的遗产。

这,是不是希腊文化中一脉相承的东西呢? 是不是和希腊普通老百姓的生活密切相连的遗产呢? 有些东西从来也不变,从来没有花头,从来都是最原始的,从来就是最简单的。这,是不是所有文化中最精粹的核心呢? 我们身边千奇百怪的东西层出不穷,却常常转瞬即辞,大浪淘沙之后所剩无几;反而是那些最本地最传统的东西能够长长久久世代流传,成为最闻名最国际的东西。

希腊起司派就是这样的一种食物吧。

我的希腊朋友劳拉每天还是一如既往地忙忙碌碌,做饭洗衣送孩子上学,为丈夫准备丰盛的晚餐,为家里餐桌做温暖的希腊起司派。对于她而言,做个本分的传统的地道的纯粹的希腊女人,就是王道。这,是她的选择也是她的幸福。

赵
淑
侠

原任美术设计师，1970 年始专业写作。旅欧三十余年后移民美国。著有长短篇小说与散文《翡翠戒指》《我们的歌》，有德语译本小说《梦痕》等。出版作品三十余种。为欧洲华文作家协会创会会长。现为世界华文作家协会荣誉副会长。曾获台湾中国文协小说奖、中山文艺奖、世界华文作协"终身成就奖"。大陆于 1983 年出版其作品，先后受聘为人民大学、浙江大学、华中师范大学、南昌大学等六所院校的客座教授。

布达佩斯的火烧鲤鱼

有那么一段时间，我的日子过得颇逍遥：六零年代，在山光水色的瑞士，腻在调色盘里，做美术设计师，还没开始写文章。先生是搞科学的，两人世界的生活很安定。他常到不同的国家去出公差或开科学会议，我年轻好玩，总能忙里抽闲跟着去游逛。去了不少国家，看新奇事物，吃各式各样的风味美食。

印象深刻的是去布达佩斯的那一次。那时东欧仍属苏联阵营，匈牙利算是其中最开明的国家，有幸承办大会，显得非常卖力。但入境时的一番盘查，也够让人提心吊胆。

时间太久远，记不清是暮春还是初夏，会期仿佛四五天，瑞士的出席者六人，除我之外，另一位女士是艾泰莎。那个年代搞科学的女性不多，艾泰莎青春正盛，白肤金发，据说离过婚。同来的尤斯仿佛十分倾倒，跟前跟后，显得很是亲密。我不免有些困惑：尤斯是原籍波兰的流亡学生，和外子是工业大学的同学，两年前娶了瑞士女子为妻，两家平日有些往还。

"他们俩属同个部门，又都是东欧人，谈得来嘛！"先生为我解释。我想：对呀！艾泰莎是匈牙利人，不是说要带我们去吃她家乡传统名菜"火烧多瑙河鲤鱼"吗？"小时候父母带我去吃过，外焦里嫩，味道独特。"她说。我忙问："这么多年，社会变迁，餐馆还在吗？""她堂兄说还在。"尤斯笑眯眯地代为回答。于是大家决定：一定要吃那味道独特的名菜。

大会结束的前一天，一行八人同去吃火烧鲤鱼。黄昏前的薄暮中，走过一条窄长的石子路，在一条相当冷清的马路上，终于找到那家门面毫不起眼的餐馆。

想不到里面人声沸腾，三四十张桌子坐满一大半，香味扑鼻火光熊熊，几张桌上正在"火烧"。气氛令我甚喜，几天来的戒备之心大为放松。坐定后由艾泰莎做主点菜。那头发花白的侍者推荐："吃火烧鲤鱼不能少了皇帝煎饼。""皇帝煎饼？以前没听过！"艾泰莎问。"新添的，前年才上市。"侍者笑眯眯地说。

正菜之前先喝鱼汤，匈牙利鱼汤是出名的，卖相就不平凡，红艳艳的一碗浓汤，喝到嘴里又酸又辣，配着洋山芋粉烘烤的小面包，甚是开胃。不一会鲤鱼也来了：肥肥的一大条，眼睛睁得直愣愣的，鱼身上浇了些佐料，颜色悦目。艾泰莎解释："鱼已经半熟，经过火烧更入味。"

那热心的侍者一边端来色拉和皇帝煎饼之类，嘴也不闲着："多瑙河在欧洲第二长，仅次于伏尔加河。流经九个国家，数匈牙利的鲤鱼最肥美。火烧，是我们老祖宗传下的秘方，除了这里没处能吃到。"他挺骄傲地说着，打火机"啪"的一响，桌子中央的大鲤鱼已浑身着火。

火苗足有两尺高，鱼身发出低微的爆裂声，鱼头鱼尾渐渐往上翘，火势由盛而衰，终至熄灭。被火烧过的大鲤鱼眼珠瞪得更大，鼓溜溜的通红，看上去有点恐怖。侍者已摩拳擦掌地给大家分鱼。火烧鲤鱼名不虚传，果然外焦里嫩，香喷喷的爽辣可口。

匈牙利啤酒味道不错，一桌人吃着喝着，说着幽默笑话，甚是愉悦。只是同来的皮尔显得太安静。且见他摘下眼镜，放下刀叉。大家忙问那里不适？皮尔腼腆的用手帕擦去额头上的汗珠："太辣！"

"啊！真抱歉！匈牙利菜重辣，忘了问哪位不能吃。"艾泰莎满面歉意。尤斯道："给皮尔叫点别的吧！"皮尔是法国人，大学毕业不久的青年，在会场认识尤斯的。于是给他叫了一份水煮香肠、酸菜配洋山芋。

后来事实证明，我的感觉并没错。尤斯和他的妻子离了婚，据说理由是"已失去相互了解，爱情不复存在"。接着他便与艾泰莎结婚，还请些亲近朋友吃喜宴，包括我和先生在内。

艾泰莎穿着名牌的高贵套装，左边坐着春风满面的尤斯，右边是她六岁的儿子。新婚夫妇坦言已相恋两年。有情人终成眷属，我本该替他们高兴，但不知为什么,心里竟总像堵塞了什么似的别扭。特别是偶尔在街上遇到尤斯的前妻,便会忆起在布达佩斯吃火烧多瑙河鲤鱼的事。最忘不了的是那鱼被火烧后,瞪得又鼓又大的红眼珠。

程明铮

出生于法国巴黎,回国后在中国大陆、香港、台湾成长受教。台大中文
系学士及硕士、耶鲁文学硕士,先后执教于州立马利兰大学及私立乔治华
盛顿大学。七十年代开始华文写作,著有散文集及诗集共十余种。

法国乡村的一次晚餐

在法国南方的一个乡村吃一顿晚餐,听起来不过是旅途歇脚觅食的小事;其实不然。虽然长话可以短说,但四十多年的时间背景中,两对朋友的相识、相知、相念、相聚的岁月过程仍然显得漫长。

四十多年前郝尔、玛瑞和我们同住在美国马利兰州的郊区,我们各有一个幼龄女儿,又是紧邻,于是两个丈夫互搭便车,两个年轻的妈妈互相照顾两个幼女。过着平淡的郊区岁月,两对年轻父母从此成为挚友。

一转瞬四十多年过去了,两个幼小女儿,各自成长,立业成家。而两对父母,地球村里,各自天涯。我们由华府而东南亚而台湾而美国西岸。他们,则由华府而非洲而法国南方。我们从每年一度的互换年卡中,追踪彼此的行迹。

有一年,他们在年卡中透露,在巴黎处理父母的遗产后,想回美国在女儿住处购屋定居,但又改变了原有计划。原因是他们在法国南部的小城无色思(Uzes)度假,在小城广场午餐时,看到一座上下四层的楼屋张贴着出售广告,郝尔当即打电话询问,二十来分钟后,他决定购下那座楼屋作为退休定居之地。那以后,郝尔每年的年卡中,都会提及无色思那座小城,也会顺便邀请我们去那里度假。

一晃，十年。

然后年卡中传来近况，郝尔因腿疾坐上轮椅，玛瑞意外摔倒裂伤臀骨。这才意识到，大家都走到皓首迟步的老年阶段。同样的不幸也可能发生在我们的生活里，聚首欢谈的机会只有愈来愈少。于是，2009年6月，我们捎信告诉他们，九月中旬我们会去看望他们。于是，我们终于欢聚，在无色思。

无色思是法国南方的一座中古小城，有古老的教堂，仍沿古习每日敲钟报时；有宏大的古堡，森严耸峙；有石砌窄街，蜒蜿转折；还有那林荫泉池间的集市广场。是法国南方的一处旅游中心地。

郝尔和玛瑞那时都复健未久，但郝尔开起车来仍是高手。他带我们去艾尔城（Arles），梵高画出星光灯光交辉的街头咖啡座，仍然营业如昨。还有圣瑞密城（Saint Remy），那里有梵高绘画馆，但午餐桌上我们谈的却是梵高出入精神病院期间绘作的《星夜》（*Starry Night*）。谁能忘记画面上的旋星和虬柏？还有阿维尼昂（Avignon），原来《两只老虎跑得快》的儿歌调子，就出源此地。

还有……还有……我们同游聚谈欢笑了十天。最不能忘记的是离开无色思前夕的饯行宴。郝尔说为我们饯行的小餐馆是在附近的一个小乡村。他特别强调餐馆的"小"和"大"。"小"是因为餐馆只有十来个席位，"大"是因为厨师声名远传，必须三个月前就预订座位。

黄昏时分，郝尔开车，行经大片大片秋收后显得荒旷的田野，进入村庄石砌小街，车子在房舍墙边停下，并不见餐馆门面或入口，只见一方平台延伸屋外，台上放着三席桌椅，雪白的台布、晶亮的酒具、玻璃罩中烛光摇曳。平台上方搭着的旧棚，野蔓垂垂，仍带着夏天的绿意。

我们坐下闲谈之际，女侍出来，在桌边架起一方黑板，黑板上用粉笔写下当晚的三种主食、配菜和甜点。客人可就黑板上所书自行调配组合质材及选择烹制方式，最后由大厨定下价格。我选了鹅肝、米饭、芦笋和酸奶调制的奶糕。

候餐之际，没有音乐，只有街边杂草间秋虫的微鸣。俄而乡村教堂敲钟报时，已是晚间九时了。法国一般正式晚餐大都迟至这样的时刻。钟声尽处，侍者送上晚餐，我们在烛光、夜色、虫鸣揉成的异国情调中进餐。

我将鹅肝送入口中，那种难以言传的酥软鲜嫩，才知入口即化是怎样一种口感。除了对美味的惊艳外，也感动于烹调艺术的造极。食物竟可以转化为灵粮，让生命聚焦于舌尖来感知。

还记得《芭贝特的盛宴》（*Babette's Feast*）那部丹麦电影吗？原是法国名厨的芭贝特，用尽她中彩券的一万法郎，调制出一席美食盛宴，也调理出一个冷漠海滨小村人心中的温情善美。

还记得尼采藉查拉图斯特拉的口吻所说的话吗？"我的兄弟啊，吃和喝，的的确确都不是空洞的东西哪！"何止不是空洞！吃喝就是推动生命创建的东西。

你一定知道，"美"这个重要的中国会意字，是从"羊"从"大"，小羊长大了，才膏腴丰美。韵味、品味……不都是美学名词吗？而那，是从味觉上的美感开其源的啊！

法国的一次乡村晚餐，是一次人生经历的再丰富。我们吃着的，原是对艺术创造的怀想，原是回味了四十多年的友谊欢情，原是法国繁华人文中的美食传统。

无色思已远，乡村美食已成追忆，而友情，仍在年卡中年年持续。

海
伦

本名王咏虹,曾任北京群众出版社《啄木鸟》文学双月刊编辑室副主任。1987 年移民加拿大温哥华,出任《女友》北美版主编、北美多元文化交流基金会副会长,在当地报刊出版小说、游记和人物采访等,制作小型影视纪录片《华裔母亲的心》等。退休后曾任第十二届海外华文女作家协会副秘书长。

碧绿悠久的爱尔兰

飞机在都柏林(Dublin)上空盘旋,爱尔兰的绿野尽收眼底。那轻柔甜美、不同层次的青翠,颇惹人爱怜。广袤的大地由周边镶着墨绿色边框,大小不一的长方绿地拼成,像是被巨幅绿格子绒毯覆盖着,只是鲜有树木。

我的旅行伴侣,早年从爱尔兰移民北美的 E 说:"那墨绿色条框,应该是种在地界的灌木。记得小时候我们家乡有很多树,后来恐怕是被砍光用作取暖了。我们的冬天很冷。"

是吗?网上说爱尔兰岛的气候温和,夏不热冬不寒呀。E 苦笑着说:"当人们衣不裹体,食不果腹的时候,多雨的冬天就冷入骨髓了。"

这次旅行是即兴的,没有做研究功课,因而旅途中常有出乎意外的惊喜。首先是没料到 19 世纪中叶大饥荒及失业,迫使大量人口离乡背井,移民他国的爱尔兰,百年前的造船业竟非常发达。众所周知的泰坦尼克巨型邮轮,就是北爱尔兰贝尔法斯(Belfast)的 H&W 造船公司建造的。

第二个惊奇,是位于北爱尔兰海岸的世界奇观"巨人之路"(Giant's Causeway)。它是由流淌进海水的火山熔岩,经海水缓慢冷却而出现均匀分布的裂纹,成为巨大蜂窝状八角形的结晶。当人们迎着海风,站在数以千计的巨大八角石上,无一不在海浪拍岸的涛声中,惊叹赞美大自然的异曲神工。

最令人惊异的是古代爱尔兰人在建筑中使用的高深星象学。Frank Delaney 在美国 2005 年的畅销小说《爱尔兰》中,对纽格兰奇墓(Newgrange Tomb)神奇建筑的描述,令人以为是神话传说。当我在占地一英亩的纽格兰奇墓前倾听讲解员的解说时,心底的敬畏无以言喻。

纽格兰奇墓位于南爱尔兰,建于史前新石器时期末期,约公元前 3200 年,比埃及吉萨大金字塔早 500 年,比英国的巨石阵(Stonehenge)早 1000 年。它外观像个巨大的肾形坟包,是埋葬政要、宗教崇拜和礼仪祭祀的圣地,有内道通往古墓的心脏腔室。东面信道入口处的石门上边,有一个长方形的石框,被称为顶盒。每年冬至,即一年白昼最短的那天早上,一束狭窄的阳光,会不偏不斜地穿过那长方形的顶盒石框,照射在信道的地面,然后逐渐延伸到墓中心的腔室。当太阳缓缓升起时,阳光会注满整条信道,最后照亮腔室。这样的时刻一般从上午 9 点开始,持续 17 分钟,千百年来如此。可见那时古爱尔兰人由于农耕的需要,掌握的星象学有多么惊人!

在沿海边狭窄的公路环岛驾车出游时,人们会穿过许多由路两侧古老树木繁密的枝叶交错而成的"绿色隧道",颇富诗意。路旁的交通示意牌除了英文,还有很少有人懂的爱尔兰土话盖尔语。路边还有很多热食和酒吧广告,爱尔兰无处不有酒吧。

海边公路旁 B&B(Bed and Breakfast 家庭旅馆)的指示牌比比皆是,是环岛旅行最好的住处,干净且舒适。有的有精美的庭院,有的就坐落在黑白相间的乳牛们低头吃草的碧绿农场上。B&B 包早餐,费用每人 35 欧元左右,大都有无线上网的服务,且基本都由家庭主妇经营。她们接待旅客就像招待亲戚朋友,颇有宾至如归的亲切感。

爱尔兰的传统早餐非常丰富且热量高,是典型的农夫早餐,连午餐的热量都可涵盖。在喜欢吃热食方面,他们跟中国人很有共同语言。为了保温,早餐的盘子是在烤箱里烘过的。在讲究食物的色香味俱全上,跟我们也很相似。早餐盘的中间是一两个像团在白云里的太阳般的煎蛋,周围摆着玫瑰色的煎培根、焦黄的煎香肠、深红的烤西红柿、黑色和白色的布丁、新出炉的淡褐色谷物面包、色泽柔润的黄油和各种五颜六色的果酱,仅看看就令人食欲大振。

爱尔兰的培根可不像北美,用猪肚囊的五花肉腌制,很肥。他们的培根是用猪背部的肉腌制的,很瘦,只有边儿上一点点肥肉。而且腌制时间很短,口感喷香。他们的早餐布丁可不是甜品,看起来像大香肠,吃起来面面的,说不清什么味道。原来那里面有燕麦等谷物,还有剁碎的动物内脏及香料等。黑色的布丁是因放了猪血,而白色的是放了牛奶。

都说西方人不像我们中国人，什么都敢吃，原来他们跟我们不过是五十步笑百步。不过吃猪血可以排毒，西红柿要加热后才能释放防癌的功能，这些是我们因近几年注重养生才了解到的健康理念，经历过战乱和大饥荒的勤劳智能的爱尔兰人，却早已落实在他们的传统早餐中。

郭凤西

海外女作家的 人间烟火

笔名凤西,生于陕西西安。1949 年随父亲及家人迁居台湾。1968 年台湾文化大学商学系毕业。旅居比利时已 40 多年,如今退休。曾任旅比华侨中山学校校长,现任比利时比京长青会会长。1991 年参加欧洲华文作协,是创会会员及理事,2001 年起任秘书长达 12 年,现任欧洲华文作协会长。兴趣广泛,爱交朋友、唱歌、旅行、文艺活动、画油画。文章以散文、游记、杂文、名人传记为主,自 1974 年起在海内外各大报刊发表著作《旅比书简》《黄金年代的震撼岁月》《欧洲剪影》并曾获台湾"中央日报"创作奖。新作《牵手天下行》已于 2011 年 9 月出版。共出版六本书,两本与人合写,平顺自在是生活目标。

美食王国比利时

　　走在比国古典狭窄的巷道中,常被飘在空中特别重的香味四溢所迷惑,忍不住想弄清楚是什么好吃的东西——这么香,时间久了,已能分辨是哪种比国美食。而且在比利时可吃到世界各国名菜,种类复杂做法迥异,口味变化十分丰富,当地百姓都能接受并欣赏,所以称"美食王国"绝不为过。

　　比利时人以热爱和讲究生活情趣出名,美食仅次于法国,加上有荷兰及法国两种文化熏陶,历史上和其他国家来往很早,在中国造铁路,在刚果建殖民地,所以在饮食方面也多元化,能接受不同美食。

　　有名的饮馔分别说明如下:

　　巧克力:以 Pierre Marcolini 最有名,称世界第一,用亚曼尼黑白装饰手法,非常严肃传统,价位也高,其他 Godiva、Cote Dor 比较普通。

啤酒：有两百多种，和德、荷兰并列为啤酒王国。酿法不同，分为 Pils、Lambic、Gueuze、Trappist(修道院酿造，味道比较强)、Kriek(水果原料口味较淡)。著名产牌有 Stella、Maes、Jupiler、Orval、Chimy。啤酒学问之深，绝非三言两语可以言尽，特点是 70％低发酵。

淡菜(Moule)：每年淡菜季节(9 月到来年 4 月)，活鲜淡菜满街飘香，黑色搪瓷锅，一锅锅端上来(有原味、白酒、西红柿、蒜味)。打开锅盖热气香味扑鼻，加上白酒及外脆内软的薯条，真是金不换，每年要吃掉几百吨。近年因海水污染产量减少，价格上升不止一倍。

松饼(Waffle)：是在街角卖的，新鲜做，拿在手上边走边吃的长方形、成格子状的甜松饼，严冬寒风刺骨，拿个热乎乎的松饼，一面走一面吃，吃完里外都热了。

北海灰虾配西红柿：比国只有十几公里海岸线，产灰皮小虾，鲜美红嫩，配啤酒当前菜。

黑啤酒炖牛肉(Carbonnade a la Flamandes)：牛腱肉用两种啤酒泡，煸炒小火慢炖，是比国传统菜肴，入嘴即化。

奶油烩鱼(鸡)(Waterzooi de Poissons)、(Valaille)：一锅有很多蔬菜，加奶油清香好吃。

菠菜鳗鱼(Angilles au Vert)：鳗鱼用绞碎菠菜去炖，属传统菜。

生火腿配甜瓜(Janbon d'Ardenne)：生火腿切薄片配甜瓜，是前菜。

总之，比利时的餐食价格比巴黎要便宜，分量也较多。一般名菜都有相配的葡萄酒，啤酒是国民最普遍的饮科，种类很多。

其实，讲究的比利时人饮啤酒的习惯，与法国人喝红酒的要求差不多，不同品牌的啤酒，要搭配不同的杯子，目的是加强啤酒在杯子里散发出来的香味。另外比国啤酒通常有三至五年保存期，各式形状的啤酒瓶也特吸引人。比利时是全世界唯一保存古老啤酒文化的国家，考古学家发现，1400 年前，比国已有酿造啤酒处方，当时若有民众能酿出好啤酒，可以免除服兵役。全盛时期，全国酿酒厂有 3000 多家。

旅居比利时已近半个世纪，从初出校门雄心万丈的年轻女孩，到白发苍苍的退休老人，其间经过人生的成长、安定，承受过生、老、病、死各种经历，住在西欧风光明媚、景色如画的文化古国比利时，艺术、绘画、人文历史和欧洲其他国家一样。仅美食这一项，就远比英国等国强很多；又因民族没有长远传统的历史包袱，适应新的事物力强，所以虽面积和台湾一般大，而能跻入高度开发强国行列，跟民族性很有关系。

中国人来比国的人数，和周围国家比并不算多，但一般人对比国美食很能接受，甚至颇为喜爱。例如，我离比国外出旅行，就常想念比国菜。中餐虽是最不能割舍的至爱,但因长年住西欧,有时会感到中国菜太油,煮太久,太精细,吃不到原味,结果因情况制宜,时间长了会发明出中西混合的一种菜,比如说想吃牛排,就煎一块牛排五分熟,炒个白菜加碗白饭,筷子刀叉齐用,不亦快哉。

谭绿屏

风雨追阻中自学成才。德中文化交流协会会长。南京市美协、江苏省
花鸟画研究会海外会员、世界微型小说研究会欧洲理事。出国前为江苏省
旅游品销售公司外宾部现场画师。1984 年游学西德，1990 年第三篇作品
获"中央日报"文学奖；2002 年出版文集《扬子江的鱼，易北河的水》；2004
年应邀为第十三届世界华文文学国际学术研讨会讲演；2005 年于江苏省
美术馆举办个人画展，南京市作协举办个人作品座谈会，江苏省花鸟画研
究月报刊载个人专页；2011 年获海内外当代华文爱情散文大典二等奖和
第九届中国全国微型小说年度评选三等奖；2012 年获《欧洲新报》"金凤凰
杯"一等奖，接受《人民日报》记者专访；2013 年获太仓市文联、作协举办文
学征文大赛二等奖。

酪梨虾仁加辣酱的绝配

　　尽管德国的多家电视台每天都定时开课教老百姓烧菜做饭，苦口婆心煞
费了心机；可是洁癖深重的德国百姓家一日三餐仍不外他们传统的生、煮、烤，
绝对不敢做大火热油的快炒。这"生"是冰凉的生菜加调料搅拌即上桌；这
"煮"则将花菜、芦笋等素菜煮得像稀粥一样的烂糊浆；而"烤"呢，虽然烤得挺
香，却经常烤得焦黑。我总要小心剔掉那些烧烤上的黑炭才敢入口。

　　三十年前，从物质贫乏的中国来到德国，由衷感叹德国天堂般的富裕。每
每应邀在德国友人家中作客，对着桌面琳琅满目的杯盘刀叉，衬着漂亮的餐
巾、艳丽的鲜花、飘香的烛火，不由得沉醉于如梦如幻迷人的气氛之中。可是
当我终于打算破坏眼前餐桌上的美丽布置，鼓足勇气拿起刀叉寻找食品时，故
国家乡的青菜豆腐、曾经每日不可或缺的小炒菜肴，甚至工作单位食堂免费的

清汤素水都会在脑海中顽固地膨胀开来。面对丰盛的生、煮、烤竟难以下咽，常是宁愿饿着肚子回家，煮个菜叶子汤下意大利面或者方便面更觉着合口味。

正当吃之艰难"山重水复疑无路"之时，不期而然"柳暗花明又一村"，一位向我请教中国书画笔墨的德国女画家请我参加她的生日派对。男主人经商有成，家大业大，居室华美，来宾众多，少不得又是琳琅满目的生、煮、烤。然而这回却因缘际会接触一道菜，竟令我至今历历在目，二十多年不曾忘怀。

依次入座，我面前的镶金边细瓷碟中平躺着半个晶莹欲滴的酪梨，中央去核铺着粉嫩的虾仁，虾仁上盖着朱红色柔丽的辣酱汁。

我是不吃辣的，特别是经常熬夜上火更是不适宜吃辣。那酪梨出国前还没见过，来到德国才在超市见到，叫 Avocado（读音：阿佛咖朵），读起来像是佛家的法号，其价格不菲。

我盯着面前这尊"带着佛家法号"、碧翠般鲜嫩的艺术品，拿着小勺犹豫着该不该食那看起来挺诱人的辣酱汁。但见旁坐的客人们都有滋有味地大吃起来，我也壮胆用小勺挖出一口试着尝一尝。未料这一尝竟齿颊留香，烙下了我二十多年经久不忘的记忆。那些许的辣味提鲜了酪梨原本奶酪般润滑的清香，成就舌尖味觉的美味绝配，顿时令我食指大动，胃口大开，直至酒酣耳热方归。

后来家父从南京来德探亲，我特地如法炮制了一顿加虾仁辣酱的酪梨。父亲戏剧化丰富的表情仍活现眼前：从眉头紧蹙、目光疑虑，到小心翼翼、舌尖一试，转而瞬间眉目舒展、大为惊讶，最后赞不绝口、再来一个！

那时节酪梨尚属珍稀食品。如何珍稀法？并不了解，仅因看起来供应稀少而定论它物以稀为贵。目前德国市场一年四季都有得供应，热销时节很便宜，网络上渐现很多介绍。简要地说，酪梨又有牛油果、乐天果、油梨、鳄梨等许多别号，原产于中美洲和墨西哥，后台湾、广东、福建、云南等地相继引进栽培。据说素食者以酪梨代替肉食。酪梨营养要素高达二十多种，具有抗发炎、抗老化、助燃脂、止咳、化痰、清燥功能，能预防疾病，促进血液循环，增加肌肤和头发的光泽，是女性的专爱；预防前列腺疾病则是男人家的良药；降低眼睛黄斑病变的风险，是老人的防护；保持精力充沛，提供运动所需的能量，又是年轻人的圣果；增加体内好的胆固醇，预防动脉硬化，避免心血管疾病，维持正常血糖值，人人适宜……酪梨好处简直无穷无尽，以致被金氏世界纪录认定为水果营养之最高者。

再说酪梨的大果核极具生命力，浸水置透明容器中会萌根发芽，成就窗前一道既绿色环保且化忧解愁的快乐观赏盆景！

看看酪梨如此保健，吃起来既美味又省厨工，真是造福了我们忙碌的现代人。我已经变得宁可吃酪梨而不起油锅炒菜了。

石丽东

高雄女中、政大新闻系所毕业,曾任职"中央"通讯社、美国《休斯敦邮报》。2004 年以《行者无疆》获华侨文教基金会华文著述奖新闻写作首奖,1998 年获"中央日报"海外华文创作奖第二名,曾任美南作协首任会长,海外华文女作协第十一届会长。著有《当代新闻报导》(正中出版社)、《成功立业在美国》、《谁与争锋:美国华人杰出人物》(商务书局)等书。主编:《全球华文女作家散文选》(九歌)、《全球华文女作家小传及作品目录》(秀威)。与赵淑敏共同主编《采玉华章:美国华文作家选集》(商务书局)。

欣见布达佩斯风采亮丽

生活在二十一世纪的现代人,你会发现"异国美食"竟然不动声色地进驻城区餐厅或夜市摊位。由于今下交通工具便利,旅游业兴盛,一般人的生活条件较前富裕的客观事实,餐饮业者在"远来的和尚会念经"的着眼点上,引进异国美食,竞相追逐你我之味蕾。

我对异国美食增加更深一层的体验是 2013 年秋天参加一个东欧五国的旅游团;沿途在东柏林吃到平生所见最大的猪脚,在维也纳享用俄国大餐和台湾菜……到了终点站匈牙利,当天中午进入布达佩斯市区之前,游览车停泊在绿野的大湖边,让团员午膳。根据旅行社准备的数据,大家在车上温习匈牙利的历史和地理,知道它曾是一个游牧民族,八世纪左右仍然逐水草而居,后来定居在这片黑色沃土,学做耕稼农事。

餐馆的招牌菜是湖里捞起的新鲜炸鱼,有搭配主食的牛肉汤,铁质的汤碗,吊在一个袖珍木架上,好似野地露营风味。带团的朱琦教授获有北大古典文学博士学位,原先在斯坦福和柏克莱校园教过中国诗词,有位团员在饭菜上来之前,请求朱老师讲解一首李白的诗。

坐定餐桌旁,脑海里不由然浮现旅途上的原野和山头古堡,不知十三世纪成吉思汗率领他的铁骑兵团,横扫亚欧大陆,直达里海之滨,是否也在我们经过的地方造成一片风声鹤唳?倘若谈谈唐朝的边塞诗似乎比较对景。此时朱老师被导游找去接洽事务,唐诗的话题也就没有下文,女侍端上一盘盘弯弓形的黄色炸鱼,带头的鱼在美国西式餐馆十分少见,线条漂亮,好似鲤鱼跃龙门的姿态,不仅卖相好,且肉质细嫩、鲜香可口,堪称旅途上最美味的鱼鲜。

待游览市区行至渔人堡,导游说自中古世纪起该地就有渔民交易的市集,更由于面临多瑙河,地势险要,渔人组成的队伍多次在此击退入侵的敌兵;二战后重修的渔人堡位于古堡区的核心地带,河对岸矗立着匈牙利国会大厦,气象宏伟,风景如画。联合国文教组织于 1988 年将渔人堡列入人类文化遗产,游客们纷纷用脚投赞同票,形成布达佩斯的热门景点。

当晚团员前往一处可鸟瞰多瑙河的山丘古堡进餐,饭后自高临下观赏沿河七座大桥借着灯光、水波雕琢而成的灿烂奇景,仿佛梦幻中的童话世界,那是贝多芬交响乐最动人心弦的完结篇,当时餐桌上的佳肴滋味已不复存在舌上,但确是一生"异国美食"之最!毕竟食物是人类文化生活之一环,单单味觉享受只是舌尖有限时刻的感受,若要好滋味长驻心田,还须良辰美景帮衬,才能构成一道完美的"异国美食"!

2013 年东欧之旅中最意外的惊喜是,布达佩斯的风景比起维也纳和捷克的布拉格毫不逊色,其实《纽约时报》记者 Rick Layman 早在 2006 年就点评说布达佩斯正逐渐抢去布拉格的光芒;回顾匈牙利过去两百年的历史,战祸频仍,每每受制于强邻,二战后苏联进驻疆域,1956 年爆发匈牙利革命事件,复被苏军弥平,1989 年 5 月匈牙利政府决定撤去与奥地利边界的铁丝网,据说这是苏联集团瓦解的有形前兆。匈牙利此后记取前车之鉴,积极从事经济和政治改革,1996 年申请加入世贸组织 WTO,2004 年正式成为欧盟的一员,譬如 2014 年年初所发生乌克兰的政变,再也无由在匈牙利上演。如果了解这段从冷战时期一路辛苦走来的历史,愈发觉得布达佩斯的风景亮丽,乃缘于自助而后天助,自立奋发之故。

廖书兰

博士,祖籍江苏武进,出生台湾台北,定居香港。香港珠海大学亚洲研究中心副研究员,国际笔会香港中国笔会会长,香港新界乡议局议员,台湾中华侨联总会常务理事。2006年荣获台湾广兴文教基金会奖学金。其名获入选《华侨华人风云录——名人堂》。新诗《海恋》入选第六十届香港学校朗诵节诵材,散文《不一样的母子情》入选第五届中国青少年(香港)才艺比赛朗诵组诵材。被称为自1949年后,第一位在《大公报》撰写专栏的台湾作家。著作有《黄花岗外》(商务印书馆)、《烟雨十八伴》(兰窗出版社)、《书兰中英短诗选》(银河出版社),《放飞月亮》(兰窗出版社)、《新界地方文化与乡议局关系研究》付梓中。

爱上异国食

所谓乡愁,是对家乡的人与食物的连锁感情吧!回忆起三十二年前第一次坐上国泰班机,飞往英国,从台北起飞,经香港转机,再飞往中东杜拜,停机两小时后再起程,辗转抵达目的地伦敦。二十多个钟头的飞行,我只饮橙子汁,挨着饥肠辘辘,三番两次拿起刀叉,只想填填肚子,咬了一口却咽不下去那些空中服务员递来的三餐食物。后来听说,英国餐是出名的淡而无味,我想,难怪我食不下咽。

我开始担心此行赴英求学,漫漫岁月我怎么生活下去,我想念台湾的烧肉粽、炒米粉、鲁肉饭、蚵仔面线、鱿鱼羹、猪血糕等等。往后将如何在这冰天雪地的异国好好地学习英国经验,如何体验英国的风土人情?我不希望自己虽然跳出了井,最后还是只蛙。

于是我选择，主动融入英国当地社会，积极尝试英国食物，从又霉又臭的起司开始，当我咬下第一口时，真是难吃得想吐出来，想起老外到我们台湾吃的第一口臭豆腐！既然臭豆腐是我的至爱，为什么我不能异地而处，欣赏老外的臭豆腐呢？如是，在窗外白雪飘飘，炉火熊熊的屋内，一口一口地尝试，渐而欣赏，而今我是真正爱上了那柔韧美味的起司了，还有那些平平淡淡中带着属于它们原味的菜肴，例如，水煮的马铃薯带着无味的甘香，水煮的菠菜带着无味的清甜。我爱上英伦的美食啦！

记得在台北学习茶道时，当教授茶道的师傅说，英国人将奶和糖加入红茶时，我认为简直是不可思议的味道，一定难喝极了！但自从我到了伦敦，"cup of tea"已成为我日常生活的一部分，早餐要杯茶，下午茶要茶，晚饭后也需要一杯茶，而今不管我在不在英国，"cup of tea"已杯不离手了。

英国是一个十分尊重传统文化的国家，每年花在维修古旧建筑物的经费，远比重新建一个新厦要高。我不能不提成立于 1798 年的伦敦某家餐厅，一推门进去，古色古香的装潢，绅士般的服务员，让你顿时感觉进入时光隧道，回到维多利亚时代。楼上隔有几间小房，每个房间门上挂着英国著名诗人、作家遗像，下面有几行小字，谁曾在此写作，谁曾在此朗诵诗歌等等。菜单上有兔子肉、马肉、鸟肉……原是昔日王公贵族打猎带回来的战利品，这些美食并没不因为进入二十一世纪，注重环保、不可虐杀野生动物而废除，因为这亦是传统美食的一部分。

回想当年初出台湾，以为只有台湾的食物才是世界上最好的美食；今天的我，已懂得欣赏异国美食了。离台三十二年，已胸罗万象美食，诸如法国的鹅肝、鸭胸肉、红酒与起司，西班牙的火腿、墨汁饭、橄榄与烟熏鱼等等，懂得欣赏异国美食，不见得放下了乡愁，那抚育我长大的故乡美食，一直藏在我情感的深深处。

拉丁美洲

顾月华

海外女作家的 人间烟火

上海出生,1963 年上海戏剧学院舞台美术系毕业。1982 年起定居纽约。在中、美、港、台、新等地均发表过小说、散文、诗歌及评论,出版《半张信笺》散文集和《天边的星》小说集,在郑州、纽约、上海等地举办过个人画展及群展。

墨西哥的缠绵

　　苏荷画廊区街角,有一家著名的墨西哥餐馆 Gonzalez y Gonzalez,餐馆常在热闹时段载歌载舞;我喜欢找有情趣的地方休息,这时并无音乐喧嚣,于是我便盘踞一角,叫了杯龙舌兰酒(Tequila)。这酒微辣而香甜,进入口腔至咽喉,便有一段爱恨交加欲迎还拒的缠绵,墨西哥食物,不就以辣为主吗?

　　墨西哥的玉米塔果(Taco)最有名,用玉米粉煎出脆脆的薄饼,在荷包形状的饼内加了肉类及蔬菜,如西红柿、生菜丝及不同口味调料,香辣酸甜混淆,我却并不喜欢。虽然饭后不久,被往事中的一段记忆勾起食欲,于是召来一侍者,告诉他要吃 Pollo Burrito。不多时便端了上来,三条白色鸡卷旁放了黑色的豆、红色西红柿丁、绿色青椒泥、黄色炒饭和白色的奶酪,色香味俱佳。本来不饿,只为可以坐一会,也为寻一段回忆点了这点心,结果吃得蛮开心。

　　侍者走来问我味道可好,我赞扬了一番,看我顶精通墨西哥食物,他问我以前是否来吃过,我说是一个墨西哥女子引导我爱吃这一份朴实的点心。

　　法斯塔是墨西哥女子,每周日上午来我家打扫清洁,有些年头了。有时她带着女儿,女儿乖乖地坐着,非常安静听话,母女俩没有别的亲人,有一天来向我告辞,她要结婚了,男人是长途车司机,她们要跟他走。

走前，她向我吐露了她的故事。

她父母在墨西哥死于瘟疫，她便跟人从墨西哥翻山越岭偷渡到加州。她带了不少银子饰物，听说纽约夜市旺，就摸到纽约来了。夜市里的旺区，同性恋特别多，时髦的男人扎马尾辫，戴耳环，时髦的女人剃光头，不戴首饰。法斯塔的银饰中，以供男人戴的耳环最好卖，当她这样天天盯着人看来看去的时候，总感到有人也在盯着她，四处环顾，却不见人。

有一天，越过行人，她无意看到一辆黄色出租车停在路边，一个黑黑的青年正咧着嘴朝她笑，见她看到了他，才扬扬手把车开走，过不久又回来，才看清他也是墨西哥人。以后他若开车经过，就会揿喇叭向她打招呼。两人四目相视日久生情，他有一次下车给她递去一盒点心，说他叫米鲁，车子不能停太久，但他总想法停下来看她，笑嘻嘻的也没话说。

纽约的夏天溽热难当，有一天十分闷热，乌云压下来，天像要坍下来一样。果然，在行人完全没有准备的情况下，如洪水压顶的暴雨倾泻下来，不一会水已掩过脚面。正在她寸步难行时，一辆出租车疾驰而至，冲出一个人奔过来把她抱进车内，半天，她呛出气来，就在他把她送回住处的这一夜，使她怀上了他的孩子。

腹部以无法遮掩的速度膨胀起来。满街黄色出租车，就从第二天起，却再没有一部停下来揿喇叭找她，多少声喇叭惊起她的注意及探寻，米鲁的踪影再没有出现。

法斯塔的心中充满了人世间最深的爱和恨，她揣想着再见这男人要怎样去打他咬他杀了他，但最后她只有想他爱他思念他……

法斯塔不久便离开夜市，产下女孩后，受到政府救济有了食宿保证，连医疗保险也一应俱全了，母女俩生活得倒无忧无愁。

米鲁杳无音讯，她想继续找他。她要找他是她喜欢他，而他也喜欢自己，她不能就此失去他；她要找他也因为她有了他的孩子，他是父亲，女儿需要这个爸爸；她要找他是不死心，如果他真的故意躲着她，她不能放过他，她要向他讨还公道……一千个理由支撑着她，她的目光扫射了所有黄色出租车，检视了眼角范围所及每个司机。女儿慢慢长大了，后来她带了女儿又去找，有人看了她女儿的脸，说似乎有个朋友很像她。原来就在那个晚上，米鲁从她家出来后便出车祸，这个晚上出了多起恶性车祸，米鲁在洪水中毙了命。

法斯塔不再寻找米鲁了，她在刚听到这个结果时觉得自己似乎也随他在洪水中毙命了，颓丧地躺了几天后觉得心头一个结解开了，她答应一个在美国捷运公司开长途的司机的求婚，愿意跟他走。

而那一夜暴雨中酿造出来的爱与恨、生与死的纠缠，正如墨西哥的辣椒，那样的刚烈而缠绵，恰如这墨西哥女人的一生。

吴玲瑶

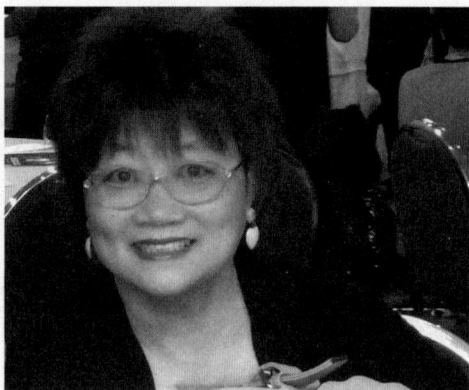

西洋文学硕士,海外华文女作家协会第十届会长,北美华文作家协会创会副会长。文笔以机智幽默见长,其作品是研究这一代留学生历史不可或缺的材料。近年来在世界各地"笑里藏道"的幽默演讲甚受佳评,给人带来快乐与正面能量。著有《女人的幽默》《明天会更老》《笑里藏道》等五十几本书。《美国孩子中国娘》曾登上美国中文畅销排行榜第一名。北加州北一女校友会创会理事长,曾主持 KTSF 电视台"文化麻辣烫"节目,极受欢迎。

难忘巴西食缘

那是一次奇妙的机缘,纽约演讲时认识的张丽芬老师,在听了我的演讲后,感动于幽默能带给人们正面能量与省思,计划为我安排一趟带快乐给侨胞的活动,她说:"只要在五个城市各办一场幽默演讲,由当地侨胞招待,您有兴趣走一趟吗?"就这样,我们踏上了二十二天的南美之旅。

对巴西的第一印象是从飞机上鸟瞰,一望无际的绿色大地,真是一个美丽的国家,一个现代和原始的综合体,无论是原始景观,还是风土人情,都独具魅力。欣赏巴西的林木之美是另一种情趣,连国家名字"巴西"原来就是一种红木。如果说奇花异草,这儿最多,叫不出名字的花树多不胜数,边走边学边问,样样东西都奇大无比,松子我见过,却没见过像菱角这么大的巴西松子,吃起来还真像菱角,有股特别的香味。

巴西的水果蔬菜特别好,在这儿吃过比人头还大的热带水果释迦,肥厚多汁又奇甜无比;木瓜是小种,但肉质细,更有木瓜味;番石榴是红色的;日本人种的雪豆像香蕉一样大,但很嫩,可以切成数段再炒;香蕉品种特别多,许多是用来做菜的;柿子也甜脆大粒。

侨领们请我们吃举世闻名的巴西烤肉,巴西的牛吃草不吃饲料,肉质纯美香甜,大块的牛肉带骨架插在长剑似的钢条上,在松木升起的火堆上烧烤或用窑炭火烘烤,洒上薄盐调味,松香伴着炉火烧烤渗进新鲜的肉质里,使肉有原味香甜的口感,和一般加了太多酱料的烤法不同,吃的时候沾点他们特制的酥粉,佐以醋腌洋葱、色拉、炸香蕉等,风味十足。

我也爱上这儿的黑豆饭,Feijoada 是巴西的国菜,将黑豆和熏肉炖成丰盛的大餐,通常在周末时才享用,因为他们说吃完这道菜后就没法再回去上班了。据说它原是工人吃的,用猪尾巴、猪皮、猪耳朵、猪脚、猪内脏等加上白豆、花豆、黑豆、大豆等熬煮而成。有一天,主人食欲不佳又身体多病,闻到工人们在煮什么好香的玩意儿,要求给他一碗,主人一吃不但称赞是美味,连病也好了,因此这菜上了台面,煮上一大锅配上白饭,能叫人多吃好几碗饭。我更喜欢一种用树薯根磨成粉,加起司做成的小泡芙(Puff),名字叫 Pão de Queijo,咸咸的很好吃,我还特意到超市买了混合的粉,带回美国试做分享亲友。

亚马逊河流域内的广大雨林是物种宝库,超过十万种的动植物在此繁衍,导游随手一指,尽是奇花、异草、神木、树獭、猿猴、鹦鹉、大嘴鸟,处处都是惊喜。都说亚马逊河的鱼好吃,我们参加了钓食人鱼的活动,用牛肉随意挂在树枝鱼钩上,就能引出这有整排牙齿会吃肉的鱼来,虽然钓的只有巴掌大,带回旅馆,大厨为我们整条在火上烤,当晚餐的佳馔。

我喜欢的巴西饮料很特别,是一种亚马逊河特产的野生植物,叫Guarana,红色小果实做成的汽水,有特别的风味,我原以为是一般果汁,但据说咖啡因很强。这儿的水果多汁,非常的好,每天早餐有七八种果汁可以选择,他们著名的甘蔗酒更是令人惊艳。

巴西牛群多,相关的经济产品也不少,起司就有数十种,有一种没有怪味,中国人特别喜欢的是辫子起司,形状像辫子编好盘起来,有烟熏味,可以撕成一丝丝吃,有点像台湾腌制过的墨鱼小卷,但算是素食的一种。

咖啡是巴西的国饮,他们叫 Cafezinho,是小杯的意思,只有美国咖啡杯的三分之一,泡得很浓,有时不加奶只加糖。配合咖啡的小点心、小面包、糕饼、布丁,既精致又有独特风味。可可豆做的巧克力糖也精彩,这儿的糖果非常好吃,不但个头大,各种口味实在花俏,花样繁多得令人惊艳。

这趟旅程前后坐了十四趟飞机,去了巴西、巴拉圭、智利、阿根廷四个国家,五场演讲场场客满,我看了难得一去的亚马逊河丛林,从三个国家看伊瓜苏瀑布,参观建筑宏伟的如来寺,每到一处就有当地事业成功的侨领热情接待,一路美食相伴,还介绍每样食物背后的特殊文化背景,是一趟好玩好吃又印象深刻的行程。

张棠

浙江永嘉(现青田)人,生于四川重庆海棠溪。台湾大学商学系国际贸
易组毕业,美国洛杉矶南加州大学工商管理硕士(MBA)。曾任美国联邦
人口普查局洛杉矶分局主任。著有散文集《蝴蝶之歌》,诗集《海棠集》《在
夏日炎炎中写诗》《在秋风瑟瑟时写诗》(合集)。2009 年为父亲张毓中整
理出版自传《沧海拾笔》,由台湾传记文学出版。在《世界日报》博客上连载
的"张棠随笔"于 2011 年被"台湾本土网络文学暨新文学主义时代"选中,
其人被提名成为首批优秀"台湾本土网络散文作家"。2013 年,《蝴蝶之
歌》获华文著述散文类佳作奖。

南美"仙草"玛黛茶

我平日只爱两种饮料——浓郁的咖啡与清香的绿茶。想不到我去南美洲
旅游,又发现了与咖啡、茶鼎立的第三种饮料——玛黛茶(Yerba Mate)。

我第一次见人喝玛黛茶,是在巴拉圭(Paraguay)的首都亚松森。我有眼
不识泰山,以为那人是当地土著,在路边吸水烟筒。后来我才知道,南美洲人
的喝茶方式和我们不一样:他们的茶不是"喝"的,而是"吸"的。

玛黛茶是一种叫"巴拉圭冬青"(Ilex Paraguariensis)的"草药茶"。这种
冬青(Ilex)只生长在南美洲伊瓜苏大瀑布附近的热带雨林里。据说这茶有提
神安眠、通便减肥、降血脂、抗氧化等等神奇功效,所以南美洲人称它为"仙
草",认为是上天恩赐给他们的神秘礼物。

南美洲人喝茶的历史十分悠久,远在西班牙人到南美洲之前,巴拉圭土著
"瓜拉尼人"(Guaraní)就以玛黛茶待客。他们传统的喝法是将茶叶放进干葫

芦(gourd)杯中,用热水冲泡,然后与亲友们一面聊天,一面把"葫芦杯"传来传去,用同一根吸管"吸"茶。

现在的南美人喜欢用热水(非滚水)冲泡玛黛茶的碎叶与叶梗。冲泡之后,碎叶与叶梗浮在水面上,像洒了一层厚厚的碎木屑,所以还要借助"吸匙"滤叶去渣。这吸匙的西班牙语叫 bombilla,上半部有点像中国水烟筒的吸管,由银或不锈钢等金属打造,吸管的底端则有一个半球形的茶匙,茶匙上的一些小孔,就是吸茶滤渣的工具。

巴拉圭人嗜茶,茶具也很讲究。在亚松森街头,提着"茶筒"招摇过市的茶客到处可见,卖玛黛茶具的商店更如雨后春笋,无所不在。茶具中昂贵的,金装银制,宝石镶嵌;一般用的,以金属、木竹、葫芦、牛角等制作。其中我以为最特别、最具南美风味的,莫过于牛蹄或羊蹄制作的茶杯。

玛黛茶在世界各地的健康食品店多能买得到。现在世界上生产玛黛茶最多、最有名的国家是阿根廷。在阿根廷,玛黛茶被视为国宝,与足球、探戈、烤肉齐名。

初喝玛黛茶,略带苦味,多喝几次,就可闻到一股茶叶的清香,久而久之,就好像在喝绿茶或红茶了。跟喝其他品种的茶一样,我认为对从未喝过玛黛茶的人来说,最好循序渐进,由少而多,慢慢适应。我现在每天只用一小撮茶叶,就已经感觉到玛黛茶的清肠作用,至于以后会不会达到所谓的"轻体瘦身,美容养颜"的终极效果,则有待长期观察。

玛黛茶既有提神,又有安眠的效果。远在 19 世纪,年轻的达尔文随着英国海军勘探船小猎犬号(Beagle)四处采集动植物标本时,就在南美洲发现玛黛茶的神奇。1836 年,他在出版的《小猎犬号之旅》(*The Voyage of the Beagle*)一书中写道:"营帐之外天寒地冻、风势强劲,我喝了玛黛茶以后,就睡了一个从未有过的好觉。"

就在达尔文喝了玛黛茶约二百年后的某一天,我也喝了玛黛茶。我的经验和达尔文差不多,晚上喝了茶,非但不失眠,而且还睡了一个好觉。不过玛黛茶不是安眠药,不会催我入眠,只是一旦睡着了,我就睡得十分香甜。

玛黛茶是南美洲男女老少都爱喝的饮料,据近代科学家分析,玛黛茶含有 196 种天然元素,比中国绿茶所含的 144 种活性物质还多了 52 种,其中抗氧化成分占 50％以上,超过法国红酒与中国绿茶。

玛黛茶真有那样神奇吗?有没有什么禁忌或副作用呢?我衷心地希望医学界的学者专家们能提供更多更好的科学信息,供我们参考。

当今之世,美国婴儿潮的人们已经开始步入老年,在血压、血糖、胆固醇"三高"当道,谈"肥"色变的二十一世纪,谁不想无病无痛、身轻如燕、青春永驻呢?

翠轩

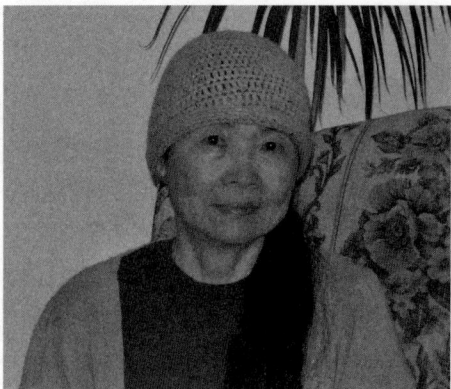

本名沈珍妮,爱种植,喜尝鲜,乐做菜。台大历史系毕业。先后于旧金山市立学院与迪安萨市立学院选修幼儿教育。著有《山脚下的农夫》系列:《我的农场梦》《酒与醋》《菜也疯狂》《山风吹过田野》,著有《王姥姥农场童话故事》手绘本1—4与《农场小故事》。

荷赛爱钓鱼

天还蒙蒙亮,荷赛出门钓鱼去了。

荷赛的老家在墨西哥湾旁边。年轻的时候,他常和朋友到墨西哥湾浅滩,几个人合力拉网捕鱼。一网捞上来的鱼,数也数不清。小的扔海里,大的各人分了带回家,可以吃好几顿。

移居加州,荷赛攒下了钱,不能决定要买船海钓,或买地河钓。最后的决定是弃船买地。他总共在乡下买了四十亩地。先后卖掉十亩地,剩三十亩,和两个儿子每家分得十亩。地上架设活动屋(Mobile Home)。生活安定了,闲暇就去钓鱼。

荷赛钓鱼的地方在他家附近的一个大牧场内,山泉流过的水塘有鳟鱼(Trout)。好心的牧场主人开放水塘给人钓鱼。鳟鱼的嘴小,胆子也小,又多疑,很不容易上钩。不能说完全让人绝望,失望是必定的。

鱼塘吸引不少人,前来试身手。这些人,对自己有信心。尤其荷赛,从墨西哥到美国,钓鱼经验丰富,信心十足。他一试再试,一再来而又来,属于常客。

清早的水塘，十分平静。水面雾气缭绕，有如披了薄纱的朦胧。穿透薄纱，荷赛看见克力司，手握钓竿，稳稳地坐在枯树根上，已经开始钓鱼了。克力司是钓鱼老手。荷赛隔了鱼塘招呼克力司："老婆不在家？"

"去医院了。"克力司的老婆在城里医院做护士长，天天加班，天天早出晚归，不管克力司。克力司可以天天来钓鱼。时间早一点，晚一点罢了。

荷赛接着问："有收获吗？"

克力司摇摇头。他的眼睛不离开水面，嘴里回答着："还没动静呢！"

荷赛用蚯蚓作饵。将鱼钩装好鱼饵，立刻挥竿钓鱼。今天荷赛的运气特别，一来就有鳟鱼上钩。此后，水面浮标载浮载沉，没静止过。看得出来，有鱼在试探，小口小口地啃啮着饵。

钓鱼讲求的是老僧入定的潜沉，最忌大声嚷嚷，惹人嫌。荷赛早练得真本事。他平静地甩竿，左甩右甩，甩得手酸，也没出一声大气。曾经好几次，眼看浮标沉得深入，荷赛收竿的手加快一把劲儿，转得比风火轮更火速，还是给溜掉了。愿意上钩的鱼，扳了手指头也可以数得出来，尽是些猫鱼和杂鱼。中午不到，带来的蚯蚓用完了。

阿黛拉规定，蚯蚓用完必须收竿，立刻回家。否则，吃不了兜着走！好戏还在后头呢！就着塘水，荷赛把鱼清洗干净。向克力司挥挥手，拎着一条一磅多的鳟鱼回家了。

阿黛拉知道荷赛去钓鱼。荷赛一走，立刻起来烙饼。她烙的饼，不论玉米烙饼（Tortilla）或面粉烙饼（Flour Tortilla），松软不黏牙。吃过的都说赞，比餐厅大厨的还要好。世上没人能比。

烙完饼，阿黛拉去菜园摘下那个最大的红西红柿，顺手在香草区掐点新绿的芫荽。走到屋角取一颗朋友给的自家种的洋葱，冰箱还有小半个用剩的高丽菜和她自己做的农家羊奶酪，切丁的切丁，切丝的切丝，展开一天的忙碌。

荷赛回家，鱼扔水槽，就没事儿了。

阿黛拉打开水龙头，用水淋过鱼，片下鱼排（Fish Fillet），抹点胡椒、盐，两面煎黄了，放大盘切块。大盘上面有切好的西红柿丁、洋葱丁、高丽菜丝、芫荽丝、奶酪丝。早晨烙的饼装篮子，用干净布条裹着保暖。

阿黛拉取一片烙饼摊平锅上。在五颜六色的菜堆里，颇有秩序地舀起一些鱼块放饼半边儿，撒一把彩色菜丁，再铺下厚厚一层奶酪丝，最后将另半边儿盖过来成半圆，炉火幽幽地烘到奶酪融化，盛了给荷赛趁热吃。

荷赛在厨房小圆桌边专心观看阿黛拉，一忽儿煎，一忽儿烘，正经八百地做"皇家"鱼烙饼。他的肚子饿得咕咕乱叫，口水也不知吞了多少斤？不敢说话，怕打扰了神圣的"御厨"。两眼正要昏花，阿黛拉赏给他一个热乎乎的鱼烙饼。他用手抓住饼，快递送进张开天大的嘴里。哇！烙饼爽口，奶酪香软，鳟鱼鲜嫩,菜蔬清脆。嘴边想说句"谢谢",恰和烙饼一起在唇齿间,滑入肠胃,吐不出来。

　　荷赛一口接一口,塞了满嘴的烙饼。

　　他的意兴高昂,嘴里咕哝着:"喇天偶们垛船,出海挑旗鱼(Marlin)!"阿黛拉听不清楚他在说些什么,瞄了他一眼,送他一对白果。

莫非

原名陈惠琬。曾任银行会计经理、计算机工程师。现任"创世纪文字培训书苑"主任，推广基督教文学书写。曾荣获台湾《联合报》文学散文奖、梁实秋文学奖、大陆冰心文学奖等十多奖项。著有散文、小说等著作十余本。

冷冻的龙虾

巴哈·加利福尼亚，是美国边境向南延伸八百哩的墨西哥不规则半岛。去，是为了它"度假胜地"的宣传诱惑。老美同事鼓吹它有夏威夷式的风景，却没有夏威夷的昂贵。海产出名又价宜，而且离加州近，跨过一个边界就到，连手续文件都免办，怎不吸引着我们，逮到个机会便驱车沿着海岸线一路南下？

我们直驱巴哈·加利福尼亚半岛上的第三大港——恩基娜答市。照旅游指南上写着，它是个繁荣热闹的观光胜地。

到了那里，发现繁荣热闹倒是不错，但同时兼具拥挤和脏乱。工厂切割的腹地面对着海港，污染的空气把蓝天涂抹成灰色。是谁说的？在墨西哥大城里只要待一天，就形同吸了三包烟。

我们迎着海风行走，却不敢做深呼吸。只敢像鱼般一小口、一小口地喘着气。且完全不闻鱼腥或海港味，一点没有身在海边的感觉。

天色已暗，急着觅处打尖。待放好行李，才发现窗户正濒临全市最热闹的一条街。车来车往，加上狂啸的南美热门音乐，衬着楼上阳台满座的看热闹的人，很像嘉年华会。

饥肠辘辘，街边有许多类似台湾的露天摊。有冒着热气，裹着肉馅、豆子的墨西哥包饼；也有现开的蚌蚝，沾杯内的当地佐料可以就地生吃。引人垂涎，却鉴于墨西哥的卫生条件而不敢尝试。

终见一家小馆，看来明亮干净，便欣然入座。外子点了道炸全鱼，是石斑全鱼，炸得酥酥脆脆，味算鲜美。倒是我点的龙虾可惜了，被烤得失去了弹性，而且吃来还特别腥，心中有些许失望。但价钱却好，多少弥补了一些心情。

饭后徒步夜游。一家家店里挤满了各式各样的手工艺品，由印第安民族的淳朴至西班牙文化余风的细致都有。印象深刻的是毯子挂饰，颜色不同于其他印第安和拉丁美洲民族的鲜艳，放眼望去，尽是些灰蓝灰粉、灰扑扑。这恐怕和当地的景观有关，到处缺花草树木，除了沙漠便是海洋，他们的天地是蒙了层灰的世界。

"砰"的一声，酒吧门忽被撞开，三两醉汉喧闹忘形地走出，里面的霓虹灯影斜迤，闪过坐卧街头乞食的一对母子。酩酊的脚步，漫不经心地走过阴影笼罩下的贫穷，我捕捉到黑暗中的几道目光，炯炯追随。不禁想到法国梭维斯特曾提过这世纪所患两个最可悲的秘密：痛苦者含恨的嫉妒，享受者自私的遗忘。

晚上累极，我们很早就入睡了。深夜两三点却又被吵醒，真是个不夜城！车声、喇叭声不减，此时尚多了醉客闹酒与妓女的招揽。淫声浪笑，魑魅般由对街浮现，又侵犯到门口。躺在床上，霎时想起过去看过的西部电影，不管是谁，只要犯了法没处可逃，便上墨西哥！至今是否还如此呢？

次晨爬起，却不见半个人影，不夜城终于入睡了。四下开车逛城，触目皆是开着天窗的住屋，不知是盖了一半，还是拆了一半？木板、泥砖堆摊在地，左一堆右一堆，可又不像新兴区正发展中。好屋烂屋杂陈，街牌缺失，道路褴褛，实不像是每年招待上百万观光客的城市。

不禁自忖，和多金的美国比邻，不知是好还是坏？贫富悬殊，引诱了大批墨西哥居民偷渡美国，成为美国经济上的沉重负担。然后大批美国观光客带进口的美国文化——度假的生活方式和挥金如土的花钱态度，又在在种下了"人生当如是"的深刻印象。

狂欢、时髦，种在贫瘠的沙土上，使当地人对游客怀着又妒又有所求的复杂情怀。难怪所至处，难得见到一张真诚的笑脸。只有交易，交易，再交易！

回程时，特别在吃龙虾著名的新港市暂停尝鲜。这次，可记得了叮嘱："龙虾请用蒸的，不要用烤的！"

等食物送上桌，满怀希望地尝了一口，绵绵的，且淡而无味！灵光一现，我喊出："这是冷冻的龙虾！"

和外子一下面面相觑。在这以海鲜著名的地方，他们竟用冷冻海产鱼目混珠？老美习惯炸、烤式，对这中间的微妙差别，自是吃不出来了。

　　掷了餐巾，我微叹。这美墨战争历史下产生的孤儿，在饮酒赌博上，提供了美国一个纵欲的天堂；但同时，美国也养大了它生活的胃口。表面上，游客似乎被宠为上宾，深底里，恐怕就像奉上那冷冻的龙虾一般，虚伪下没有一点诚意。

　　不！这里一点不像夏威夷。没有阳光，也没有干净怡人的海滩。它有的，只是外子口中的"满目疮痍"，虽然它已多年未经战乱。

云
霞

本名银代霞,毕业于台湾大学外文系。于银行界服务三十年。著有
《我家赵子》和《人生画卷》。文字亲切朴实,笔触细腻温馨。现以"情"为经
纬,将《联合报》博客与世界博客编织成一幅真、善、美的有情天地。曾被
"台湾本土网络文学暨新文学主义时代"提选为首批优秀"台湾本土网络散
文作家",亦蒙其推荐《人生画卷》一书为值得收藏的优质作品。新近出版
散文集《天地吟》。

秘鲁饮馔——美食界的新宠

2012 年,在印度新德里举行的世界美食国评选中,秘鲁竟然拔得头筹,击
败颇负盛名的中、法、日等国。无可置疑地,秘鲁菜成了饮食界的焦点与新宠!

2013 年 10 月底,我们前往秘鲁旅游。十九天的自由行里,不只寻幽访
胜,欣赏了神奇的大自然景观,更踩遍大街小巷,品味了舌尖上的秘鲁。

16 世纪西班牙殖民统治时期,秘鲁的饮食文化融合土著印第安人和西班
牙人的烹调方式。1821 年独立后,逐渐有英、法、德、意等欧洲移民来定居,后
又有中、日、非与阿拉伯等国人移入,生活饮食习惯受到影响,形成今日丰盛可
口且种类繁多的秘鲁美食。

其菜肴根据地形区域分为高原、海岸沙漠与丛林三个大系。以利马
(Lima)为代表的沿岸沙漠以海鲜料理出名,以库斯克(Cusco)为代表的高原
地形以马铃薯、玉米以及鸡羊牛肉的料理出名,以伊基托斯(Iquitos)为代表的
亚马逊丛林区以香蕉、河鱼和各种热带蔬果料理出名。

当我们来到西濒太平洋的利马,沿岸有强大的秘鲁洋流经过,在长年南风

和东南风的吹拂下,造成沿岸表层海水离岸而去,下层冷水上泛,此现象带来海底丰盛的营养盐类,大量繁殖浮游生物,为鱼虾提供了充足的饵料,使它成为世界四大渔场之一。沿岸城市的海鲜料理因而丰富,其中最具特色的就是塞维切(Ceviche),我们一尝倾倒不已,在几个滨海城市,几乎顿顿吃它。

塞维切是将生鱼浸入柠檬汁内,用其酸味改变生鱼的蛋白质性,除了消毒外并创出类似煮熟的口感。通常是用海鲈(Sea Bass)或比目鱼(Flounder)来做。入口鲜腴滑嫩,真是人间美味。将它和煮熟的海鲜拌在一起,再加上生洋葱和辣椒粉,旁边放一片番薯和安第斯山种的白色玉米,就成了色香味俱全的综合海鲜拼盘。

天竺鼠(Cuy):久闻其大名,很多人都说值得一试。在库斯克大教堂的《耶稣最后的晚餐》一画中,桌上就有天竺鼠这道菜,可见其重要性。通常在假日或节庆的时候,他们才会吃。我们走访马丘皮丘,直登 Wayna Picchu 山峰后,为犒劳筋疲力尽的自己,就在山下小镇 Aguas Calientes 点了这道家喻户晓的美食。点的是烤的,端上来却是炸的,想想他们营生不易,就没计较。皮很酥脆,薄薄的一层肉紧贴着骨头,味道像鸡肉。至于头,当然没人敢吃,我甚至没大敢瞧。

串烧(Anticuchos):将各种不同腌肉串起来,淋上蒜味酱汁来烤。据说殖民时代,西班牙人把牛排部分吃完,剩下内脏才给秘鲁人吃,牛心久而久之在秘鲁人中流行起来。有蒜香,没腥味,且口感弹性十足。这道美食,不一定在餐馆吃,路边摊都有得卖,相当大众化。

炒牛腰肉(Lomo Saltado):牛腰加上西红柿、青椒、洋葱和薯条一起炒。受早期中国移民的影响,这道菜就像是中餐馆的炒牛肉,不过牛腰肉油脂少,咬起来很硬,没中餐馆的好吃。另外,经常看到餐馆招牌挂着 Chifa,原来就是"吃饭"的发音。菜单上还有 Chaufa,就是"炒饭"。有几顿思念家乡味时,点上香喷喷的它,小小满足了中国胃(编按:19 世纪中叶,秘鲁引进中国劳工。1949 年国共易帜,引起中国移民潮进入秘鲁。今天有中国血统的秘鲁人超过400 万,占总人口 15%。深深影响秘鲁饮食)。

藜麦汤(Sopa de Quinoa):藜麦被印加人称为五谷之母,有"印加黄金"之称。煮时加上蔬菜熬成的汤,十分清香。因不含麸质(Gluten),近年在欧美甚为流行。它能供给人体维持生命最完美的营养价值,美国太空总署指定其为太空食品,联合国也定今年为国际藜麦年。

Pisco Sour 酒:是以葡萄去皮去核榨汁发酵,然后蒸馏出来。酒精含量高达 40%,用它调上青柠檬、苦艾酒、糖浆,再加蛋白摇出一层泡沫,成了非常好喝的鸡尾酒。

印加可乐(Inca Kola):黄澄澄的颜色,在阳光下亮灿灿,喝进嘴里甜甜的,有点菠萝香味,很受欢迎,堪称国饮。美国的可口可乐竞争不过,只好将它收入旗下,但仍用其原名。

古柯碱茶(Mate de Coca):古柯碱叶有咖啡因的效果,除了提神、镇痛,也有降低高山症不适的功用。库斯可的旅馆与餐厅都有供应,随你喝。在高地里爬上爬下,累一整天,一杯热腾腾的古柯碱茶在手,好舒服!

秘鲁美食融合了世界各地的烹调技术,又突出本地的传统特色,创自成一格的混搭风。那未曾尝过的,成了心中的悬念,给了自己日后再重游的借口。

陈少聪

生于大陆，在台湾成长。东海大学外文系毕业。在美国获得英美文学及临床心理工作硕士学位，服务于临床心理治疗多年。出版有《水莲》《有一种候鸟》《永远的外乡人》等。曾获时报散文奖、吴鲁芹散文奖以及 2012 年侨联文教基金会散文著述首奖。

寻找鹭鸶饭店

时光如梭，三十多年匆匆而过。我邀珍妮和詹姆同游墨西哥那年，正值他俩的新婚蜜月期，那年珍妮四十九，詹姆四十六。他们俩大我十几岁。那时候我刚才转变身份，一夕之间成了单身贵族，宇宙似乎在向我招手，崭新的人生旅程方才起锚，我满怀憧憬。好友珍妮，虽然前度婚姻生了四个孩子，却依旧天真烂漫，天生一对像大海一般泛蓝的眼睛，时时闪烁着慧黠的光辉。她有种天生的禀赋——能即席赋诗，出口成韵，令我好不羡慕。缘分让我们逾越了文化和年龄的差距，成了忘年之交。许多年来我们始终保持着真挚深厚的友谊。

詹姆和珍妮两人都是第一次出国旅行，他们对墨西哥都城的拥挤喧嚣不太能适应，我们于是提早脱离了大城，转往小城。从墨西哥市乘坐火车，一个钟头之后，便来到小有名气的珂那娃卡（Cuernavaca）。据说有不少名人政要在此拥有别墅。这个城镇很有一股古典的墨西哥风情，许多建筑物基本上是早期西班牙式的，但不时又会暴露出阿兹塔克（墨西哥印第安人祖先）文明的蛛丝马迹，譬如，在天主教大教堂的十字架边上，往往会装置一个白骨骷髅头。

骷髅在阿兹塔克的人生哲学里占有很重要的象征地位,他们把生与死看得同等重要。墨西哥人的节庆中有一个叫"死者之日"(Day of the Dead)的节日。在这一天,墨西哥人一家子带着酒菜到死去的家人的坟墓旁边,与死者一同志庆。

在珂那娃卡逛到天黑,三个人都疲倦了。朋友曾推荐过一个名叫"鹭鸶"的本地饭店,可是我们三人在街巷里转进转出,偏偏就是找不到它在哪里,最后不得不向本地人求救,这才发现原来我们正傻头傻脑地站在饭店大门外头。我们之所以会糊涂到这个地步,倒并非没有理由:他们的墙壁又高又厚,密不通风,连一扇小窗户都没有,也没见到门灯或稍微显著的招牌什么的。我们压根儿也想不到,这么个黑阗阗像仓库的地方就是饭店所在。后来发现这正是墨西哥建筑物的特色:黑黢的高墙里,深藏着幽秘的深宅大院与亭台水榭,路人若好奇,不妨偶尔从半开的小门缝隙里往内张望几眼,便可以窥见其中想象不到的妙境了。

进了"鹭鸶"以后的那截时光,至今回想起来犹似梦境。侍者领我们经过一个回廊,走进一个小花园,灯光半明半黢,借着月色和烛光,才看出来花园里有很多亚热带的花木,散发出醉人的香气。花园的墙角,有个小小的池塘。坐定后,侍者端出一块黑板,上面写满各种酒的名字和今日菜单,全是西班牙文。我不会喝酒,但为了不扫朋友的兴,也随着他们点了墨西哥最为人称道的龙舌兰酒(Tequila),半杯之后就有点醉意了。忽然,我们听见两声略微怪异的叫声,是鸟叫,没错。抬头看天空,却不见有飞鸟的影子。珍妮眼快,叫了起来:"看那边,有两只鹭鸶!"果然,水塘那头,一对白鹭正迈着缓慢优雅的步子,从容走过,好似舞台上一对低眉敛目的芭蕾舞伶。仅仅是惊鸿一瞥,随即消失得无影无踪,它们的情影更为此情此景增添了一分幽秘的氛围与美感。我们这才恍然大悟这饭店名字的由来。但是,究竟它是先有名字才有鹭鸶的呢,还是先来了鹭鸶才有店名的呢? 这,颇耐人寻味。

酒酣耳热之后,侍者又将我们转移到回廊的亭子间里去用餐。记得我点的是鳕鱼,鱼肉非常鲜嫩,上头淋了一层白色的汁液,洒了翠绿色的芫荽,色泽清新,这下子,色、香、味俱全了。这个鹭鸶饭店,不仅是地方有品位,视觉上尤其赏心悦目,连厨子的手艺也属一流。整个晚餐的过程,在我们心里留下的是一次完整的美感经验,终生难忘。不过真正最难忘的还是这段和珍妮、詹姆一起度过的可贵时光和美丽的记忆。

对酒当歌,人生几何?

譬如朝露,去日苦多。

如今,当年英姿勃勃的詹姆已经离开人世好几年了,珍妮日夜守护床侧,依旧无法挽回。今年已过八旬的珍妮,却不幸在一次意外中丧失一只眼睛。

回忆当年三人畅怀遨游，那时谁又曾想到，在阳光花香的笑靥里，早已隐藏着日后凝重的创伤与别离呢？

然而，或许正因为明知人世这一切美好事物之短暂吧，我们才会如此这般地恋绻这瞬间的美与欢笑？

林淑丽

海外女作家的 人间烟火

台湾大学化工学士,美国罗杰斯大学化工硕士;曾任光纤通讯半导体组件研究工程师,获杂质活化技术专利一项。美国专业写作训练学校 Long Ridge Writers Group 结业,作品曾刊于美国及台湾各大华文报及美国英文报;2005 年出版《普林斯顿散记》,曾受多位美国汉学者肯定及华文名家、读者热烈反响。于台湾工研院化工信息与商情杂志 TAITA 专栏发表技术专文,多次于美国主流小区及台湾人小区演讲及主持讨论会。曾任北美台湾工程师协会大纽约分会会长,现任该会理事及大纽约台大校友会理事。其他小区服务履历:大纽约区海外台湾人笔会共同创始人及前理事,美国妇女会 Cranbury 分会理事;引介美国汉学界人士至侨社;引介英译台湾文学作品至美国小区等。目前写作以英文短评及回忆录为主。

萍水相逢共享天竺鼠

　　科学家用天竺鼠做动物实验,有些人把它们当宠物饲养,然而它们服务人类的功用还不止此。孤陋寡闻如我,一直要等到 2010 年 9 月的秘鲁之旅才有所知。那时行程已近尾声,这天团员乘皮筏遨游 Urubamba 河谷,上岸后在一农家歇息用午餐。导游宣布要给大家一个惊喜。于是,等用过了开胃菜,人人眼前端来一只烤得光光亮亮、赤褐色的天竺鼠。才几天前,在一民宅看到这小动物挤成一团,无忧无虑地嬉戏。这个记忆无助于胃口。导游倒是兴致勃勃地在队友前瞄准,一一拍照留证。大家乐呵呵地边吃边打趣,如今回想起来,已说不准它的滋味。倒是相簿中和天竺鼠合照的一个个脸孔,引来会心的微笑,也勾起丝丝的回忆。

　　家中另一半一向不善适应旅游的节奏,通常我参加校友会的旅游比较容易找到室友。2010年全球尚在金融海啸的余威中喘息,那时刚好注意到OAT(Overseas Adventure Travel)提供单身房客免加价的优惠,当下就订了9月中启程、为时十天的秘鲁之游。

秘鲁这一团共15人,在一群西洋朋友中,我是一枝独秀的亚洲人。团员中有一位职业飞行员罗德,曾长期在日本驻军。韩战期间他肩负训练宝岛飞行人员的责任,屡次将待整修的战斗机千里迢迢地从日本开到台南的军事基地。在台前后三年期间,曾多次参加本地的大型酒席,显然相当入境随俗。他说台湾在来米在美国亲友中颇受欢迎,每次回家度假都会带几包当礼物。罗德的外形和印象中的飞行员非常吻合,既英俊又敏捷,炯炯有神的蓝眼珠道出他的阅历。和他如影随形的太太琼,长得有点像已故的老牌影星凯瑟琳·赫本,是个护士,在军用医院中跟罗德结缘。那时男方已过四十,女方才二十余岁,琼的父母对这中年人带着怀疑。琼轻描淡写地告诉我,原来罗德在德国驻军期间曾和一位金发美女热恋,可惜男方要回美国,女方却放不下在德的事业基础,两人明智地走上天涯断肠人的道路。

团员中的静和戴尔,也有一段迂回的姻缘。两人也是在医院相识的,当年双方的另一半刚好都患了血癌,后来相继过世,两人从患难中的惺惺相惜到今日的同舟共济,听了令人动容。静的前夫跟团员中的道格和鲍伯是明尼苏达大学时代的好友,号称"三大寇",三对夫妇一起出游的传统一直保存着。道格目前在威斯康星州某市执律师业,鲍伯则是老牌英国保险公司Lloyd's的美国代理商;前者和台侨企业"许氏参业集团"的老板是熟交,后者目前正在试探中国的市场,从这么一点点地缘的"关系"出发,也可生出一些交谈的话题。

和我最熟稔的该是静的双胞姐姐,她和罗德的太太同名,也叫琼。当我看到"雅言雅语"一辞,总会想到她。年轻时,琼对教师生涯失去兴趣,辞职后曾到英国游学一阵子,回国后在医院里找到临时职员的工作。渐渐的,她温煦的领导风格受到注目,后来晋升至护士主管。琼跟先生狄克住在南卡罗来纳州的Callawassi岛,在大自然的熏陶下,过着名士般的生活;一个热衷于摄影,一个在木雕上精益求精。狄克是已退休的计算器工程师,已经当了祖父的他,却还是一副英俊大男孩的模样,有时冒出些孩子气的话;他喜欢跟我开玩笑,当然我也得找机会回敬一下。琼未曾生儿育女,她似乎坦然处之,常和悦地提起两次婚姻带来的继儿女及孙儿女们。对于我这个单枪匹马闯阵的异数,也很体贴照顾。回家后,我先生接到她和狄克寄来的一张明信片,纸面印着隐约的秘鲁安第斯山为背景,工整的字迹写着:"你的妻子是极佳的旅伴,她加入我们的行列成为新的朋友。她能独自跨入外面这个神奇无比的世界,相信你一定引以为荣。"

我非常珍惜这段友谊,它是人生中一个甜蜜的意外。

刘慧琴

笔名阿木。曾任加拿大华裔作家协会会长、海外华文女作家协会第12届秘书长。2008年获加拿大卑诗省政府"庆祝卑诗省建省一百五十周年：表彰有影响的妇女、耆英及长者项目"拨款，以英语摄制个人专题纪录片《为子女的成长和成就做出奉献》。移民前已在大陆发表译作，移民后著有《胡蝶回忆录》(有多个版本)《寻梦的人》《被遗忘的角落》和译著及影视剧翻译《白求恩》《宋庆龄的儿童》等。曾主编多种文集。

原汁原味的巴西烤肉

今年秋天在南加州千橡市小住，有机会去文友张棠家欢聚，品尝巴拉圭的玛黛茶，这是南美人爱喝的带苦涩味的友谊茶，马上令我想起在阿根廷见到的那种圆筒带吸管的杯子。导游说喝玛黛茶时如果多于一人，其中一人就会担当侍茶者(cebador)，用热水(不是滚水)泡茶后，把杯递给右边的人；这个人必须喝完整杯茶，再把同一只杯递还给侍茶者，再泡满茶，给顺时针方向的下一个人；侍茶者是最后喝的一人，喝完后，便依方才的"轮饮"次序再开始。你不想再喝的话，就说声"谢谢"，别说"no"，这是没有礼貌的。所以，"分享"就是喝玛黛茶的意义，也因此我称它为"友谊茶"。

因为这杯茶，引出了我一段旅游的回忆……

2009年12月下旬，我和女儿去南美旅游，在里约热内卢，旅行团安排到当地一家有名的餐厅吃烤肉午餐，到达时餐厅高挂满座牌，据说要不是预定，是轮候不上的。

"你们可要少吃点色拉，留着肚子吃烤肉，这里的烤肉是世界闻名的呀！"

导游不停地招呼团友，可是，各种蔬菜青翠碧绿，还挂着晶莹透亮的水珠，红红黄黄的柿子椒色彩鲜艳，加上南美特有的各色果酱调料清香扑鼻，鱼虾海鲜更是不同一般，保持原色原味，不由得你不馋涎欲滴。我的食量不大，不敢大快朵颐，每样撷取少许就已装满一大盘。

餐厅的座位是西式长条桌，两边各可坐二十人，雪白的桌布上摆放整齐的餐巾餐具，团友们一个个依次坐下，每人端上桌的冷盘色彩缤纷、花团锦簇，后上座的团友有的看呆了，竟忘了坐下。

不久，只见十来个穿灯笼袖白衬衣、红领结、黑灯笼裤、长筒靴的小伙子上场，他们这一身"高乔"（Gauchos，拉丁美洲民族）牛仔打扮带来一股草原气息。只见他们个个左手拿着叉有一大块牛肉的铁钎，右手持一把长长的尖刀来到你身边，轻声告诉你这是牛身上哪一部位的肉，问你要不要，你只要点头，他会立即将那根叉着肉的铁钎竖在你面前，轻轻地从肉块上削下几片放在你盘内；几分钟后，又有另外几名同样打扮的侍者为你送上其他部位的牛肉。我向来认为西餐的牛排远不如中餐的牛肉烹饪美味，但这次一尝，竟让我完全改观。只见牛肉色泽焦黄，香气扑鼻。

导游戴维来时在旅游车上就向团友介绍过巴西的烤肉，说巴西的烤肉主要是牛肉。牛肉蛋白质含量高，脂肪含量低，所以味道鲜美，享有"肉中骄子"的美称。巴西牛肉质量高，烤牛肉享誉世界。巴西人将一头完整的牛分成21个部分，肉质最好的部分叫Picanha，接下来是Lagartooutatu和牛排（Contra-file）。巴西烤肉的特点是原汁原味，因为不同部位有不同的滋味，所以在烤肉时只放盐来调味。烤肉有专用的盐，这种盐颗粒粗大。将肉穿在一个长约一米带凹槽的扁平铁棍上，放在炭火上慢慢烧烤，至两面金黄，撒上粗盐，让盐熔化渗透。肉表层熟时，拍去盐粒，再用利刃切割表层食用。这次一尝，果然所言不虚。不只是烤牛肉精彩，间中上来的烤鸡心、香肠、排骨也同样令你啧啧叫绝。午餐时间有限，但送牛肉上桌的小伙子似乎像不停止的车轮还在转动，直到导游再三催促，团友们才万般不舍地离开餐桌，大家说再来巴西一定要再吃一次巴西烤肉。

导游戴维介绍，巴西烤肉源自18世纪末，巴西潘帕斯草原的牛仔们闲暇时经常以长剑串肉，在篝火上烧烤。沿袭至今，经过几代名厨不断精研改良，形成风味独特的巴西烤肉。巴西烤肉需用松木烧烤，故而在鲜美粗犷的味道中还有一股松木的芬芳。就是这种充满原始味道的滋味，让巴西烤肉名闻天下，而且形成巴西独特的"牛的文化"。

巴西不仅有烤肉连锁店，还有烤肉俱乐部，研究牛肉的各个部位不同的刀功、烤法。后来我到阿根廷，见到烤肉店在红通通的炉火上不停转动烤全羊，看来不仅在巴西，而且在南美，已形成独有的"烤肉文化"。

来巴西原是观赏浩荡的伊瓜苏瀑布、里约热内卢迷人的自然风光、多姿多彩的嘉年华会、桑巴舞，没想到我这个对"吃"从不讲究的人，竟会对巴西的烤肉念念不忘。

罗思凯

原籍湖南衡山，父亲罗书廷，字光亨，是位深具道德修养，饱读诗书的大儒兼书法家，有圣人之称，现在南岳许多寺庙中仍悬留他的墨宝。罗思凯毕业于上海东亚体专，以短跑取胜群伦。在台湾任教二十年，后迁居巴西，再迁美国。著有《巴西无处不飞花》《七彩阳光》《永远有新鲜》《更在斜阳外》与《海隅有云起》等书。

跨族裔的里约"佛跳墙"

里约热内卢是巴西第二大城，也是世界五大名港之一，是富人的人间乐园，穷人的自由天堂。海湾曲折悠长，海滩阔广辽远，不少艳女、明星、俊男擦身而过；也有踟蹰一隅叫卖椰汁，兜售"柯汀尼甘酿"（类似水果鸡尾酒）的小贩，甚至流浪汉。绚烂旖旎的风光，原本就受之于上帝的恩赐，人来人往，不分贫富，互不干犯，其乐融融。里约人普遍豁达而乐观。

宏伟的耶稣塑像，面海站立于山峰顶端，双臂平展，象征平安与拥抱和拯救世人的大爱，是里约鲜明巨大的地标。载客登山的小火车，宛若深山中的小蚯蚓，蠕蠕爬行，蜿蜒穿越茂林，方能攀登上豁然开朗的嵩岭，一览太平洋的浩瀚风貌，我禁不住赞叹创世主的万能深爱。

下山坐进缆车厢，一游对面的面包山也不错，缆车一直往下滑，滑到终点出口处，竟曲折旋回又回到海之滨。清晨登山正好看日出，黄昏回程正可以眺望临海的晚霞，落日与灿烂缤纷的奇异景色，一天全收入眼帘。

沿海大道，气象万千，高级公寓、夜总会、五星级旅馆林立。外貌设计艺术壮观；室内装潢富丽堂皇。住户包括国内外的大亨巨贾以及高层官员；可是，数街之隔的山底下，就是里约最大的贫民窟。依山傍谷的违章建筑小木屋，一屋接连一屋，几乎没有空隙。那里隐藏着三教九流、各色各样的苦难小民，还有三只手、流浪汉、乞丐、盗贼，既赶不尽也杀不绝，今天犁平了"小木屋"，明天马上又堆砌起来"小石窟"。穷人需要生存的空间，政客更需要他们的选票。想彻底取缔吗？并不那么简单呢！贫富虽然如此强烈显著地对比着，但也只好睁只眼、闭只眼。因此里约的治安一直欠佳，犯罪率高居巴西之首，是当下观光业者最头痛棘手的桎梏。

醉人热情的桑巴舞，是巴西嘉年华会狂欢的主轴。桑巴舞曲音律狂野激动，舞步简单而疯狂。鼓声一响，带动了整个躯体：心脑臀腰、手脚腹背，扭转摇摆，精神抖擞。原本只是黑奴争取到的些微享乐庆典，岂料后来竟演变成为举国上下的重要节日，现在更成全球最醒目的狂欢嘉年华会（Carnival）。

里约既成了嘉年华会的表演重镇，不得不尽心竭力地筹划准备，为了这一年一度的嘉年华会，里约人不惜任何牺牲代价，卖力地献上精彩的演出。既能让国人欢欣鼓舞，还能给国家带来相当可观的外汇财富，因此他们必须绞尽脑汁，挖空心思，制作翻新节目，来吸引观众的青睐与赞赏。

嘉年华会必有化装游行。舞队在诱人的桑巴舞曲催迫下进行，个个奇装异服，怪模怪样地踩着音乐的旋律，载歌载舞达旦通宵，放浪形骸。表演的内容有神话、历史故事、社会讽刺短剧、街头闹剧等。扮相有国王、后妃、英雄豪杰、勇士美女、狮、龙、牛、象、虎等，无不栩栩如生。美女仅三点不露，火辣辣，赤裸裸，不足为奇。唯独三天三夜桑巴舞比赛的重头戏才叫人紧张非常，夺得冠冕，才是真正的赢家。

巴西的黑豆餐（Feijoada）亦很有来头，现在也变成国宴不可缺少的佳肴，殊不知这道菜由来有自，除了残酷被欺压的历史背景之外，更包含着无尽的辛酸血泪与种族歧视的屈辱。

虽说黑豆餐又香又迷人，却是以往白人不屑一顾的粗糙低劣食物。黑豆价廉物美，营养很丰富。白人除了用来喂猪，就是赏给黑奴当主食。附带的配料，也都是白人丢弃的废物，最低级的家畜五脏内腑，诸如猪头、猪尾、猪耳朵、牛舌、猪舌、猪牛蹄筋、腊肉、腊肠……白人连尝都不敢尝，如今却变成端上国宴的佳肴。黑奴把所有废弃之物通通置入一口大砂锅里，加入各种植物香料、树叶、树皮搅至匀和，再用慢火烹煨，煨到烂熟为止。一掀开锅盖，香气四溢，白人竟跟着闻香起舞。从此这道佳肴便进入富贵之家，登上大雅之堂。巴西餐馆亦藉它来招徕生意，渐渐发展到开设专卖的连锁店。

招牌响亮的"宝琳娜"（Feijoada da Paulina）在圣保罗、里约以及较大城市都有分店，生意兴隆，不乏慕名向往的外来客。当地老华侨将Feijoada翻译成"佛跳墙"，十分幽默传神。怎料黑豆餐的魅力是那么广大强烈，竟悄悄地打败"牢不可破"的种族歧视，成为美食打破种族藩篱的又一证例。

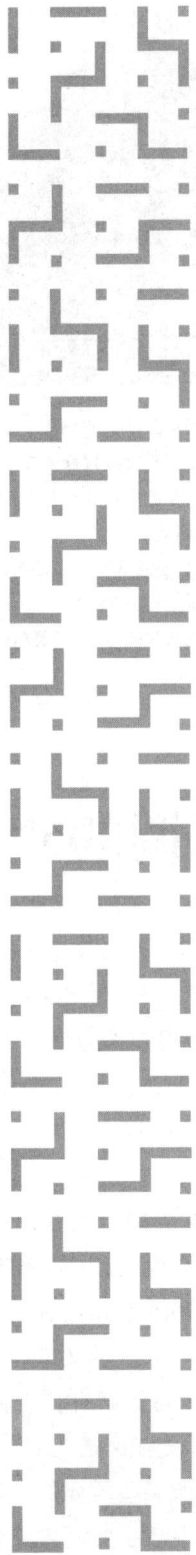

中东

王育梅

以王育梅、王婕等名在美国《国际日报》《星岛日报》,香港《澳门日报》
《妇女杂志》,台湾《青年日报》《台湾日报》《吾爱吾家》《国语日报》上开设专
栏。又以王胜璋本名写新闻及报道。现为《世界日报》驻德州圣安东尼奥
特约记者,洛杉矶佳音社派尚园地主编。2000 年在洛杉矶成立音乐艺术
关怀协会,每个月举办类似文艺沙龙活动。在国内外报纸写养生专栏。从
未进艺术学校与拜师学画的她,于 1999、2001、2010 年分别在台湾、北加
州、纽约举办个人作品展。出版《智能与人生》及《在异域的生活》。

沙乌地军官烹调的鸡饭

当我住在德州圣安东尼奥市时,与儿子、媳妇参与该市列克兰(Lackland)
空军基地国防语言学校 DLI(The Defense Language Institute)的义工组织
AMIGO(American Members of International Goodwill to Others),AMIGO
是西班牙语"朋友"之意。

当初,该基地成立 AMIGO,除了帮助在美国受训的国际军人交友外,也
让基地的美国军人与他国军人能相互学习,交换彼此的工作经验,促进文化交
流。参加该计划的 AMIGO 义工,常会接到基地通知:"有朋自远方来,你是否
愿意接待?"并会将对方的名字、背景与电话等都告诉义工们。

当我们接了电话后,即开始做关怀工作,问他们有什么需要帮助的,由于
他们来此受训吃住都在基地里,所以大半都没有交通工具。AMIGO 义工们
就必须抽空,利用周末时间陪这些学员们逛街买些需要的日用品或食物等,并
可接学员们到家里度周末,使学员们从日常生活了解西方文化,减轻离家在外

的乡愁。

当时我们在圣市的家,几乎每个周末,都接待来自各个不同国家和地区的军人,包括台湾、老挝、越南、蒙古、法国与沙特阿拉伯等官兵。当我们接待各国和地区的军人时,从语言到桌上佳肴,我们家像是小型联合国俱乐部。也因各国各地文化习俗及礼节不同,为了避免误会或不愉悦,准备菜肴、饮料时,我们都会花点心思。在 DLI 受训的各国各地军人,有一半来自中东国家,因此我们有机会接待伊拉克、伊朗及沙特阿拉伯国家的军人。

自沙特阿拉伯到 DLI 接受语言训练的陆军中尉 Mojeb,为了感谢该基地的接待家庭,特别在感恩节前,亲自下厨烹饪沙乌地鸡饭,招待我们全家及友人。

24 岁的 Mojeb,有位官拜少将的父亲。他说,舅舅与父亲都曾到中国旅行,十分喜爱那儿的食物。讲究美食的 Mojeb 说,在圣市除了墨西哥食物外,吃不到够味的异国美食。因他喜欢下厨做家乡食物,他体贴的母亲不但为他准备了一套简易厨具,还常寄中东调味品给他。

年轻有礼的 Mojeb,就像一般的沙特阿拉伯人那样热情好客。当日他带了一盒沙乌地甜点特滋,作为见面礼。这像枣一样的果子,是椰子树的一种"枣椰子"的果实,但不是椰子。晒干的特滋含有很多的糖分,可以保存很久,是沙漠旅人的必备品。它深受沙乌地人喜爱,常看到路边小孩津津有味地吃特滋。

Mojeb 的沙乌地鸡饭,用快锅烹煮,除了节省时间外,保留香味是主要原因。主要材料是童子鸡,配料是红洋葱、番茄(番茄罐头亦可)、香料(姜、干柠檬、月桂叶、丁香、小豆蔻、肉豆蔻、小茴香⋯⋯)、油、盐等。橄榄油烧热,将洋葱末、姜末、3/4 小汤匙的黑胡椒粗粉,与所有混合香料微炒后,加上鸡肉和淹盖的水、盐、调味品等煮。大约一小时半后,再将洗净并泡过水的印度香米(Basmati)放进一起煮。有点像西班牙烩饭(Paella)的沙乌地鸡饭,特色是以番茄、Kabsa 香料代替番红花,整个饭看起来橘黄色,充满清香味。喜清淡的口味的 Mojeb,在分享沙特阿拉伯佳肴时,强调烹调的食品一定要保持鲜嫩,菜肴的色彩一定要悦目。

不抽烟、不饮酒的 Mojeb,当天在厨房从切、煮到洗,全都自己动手。用餐时,他也是等大家将菜饭夹到各人碗盘,开始享用后,他才为自己夹菜;大家都极喜爱很有礼貌的 Mojeb。

与会的台湾军人与 AMIGO 义工,都藉由接待与聚会,分享彼此生长环境与习俗饮食,学习尊重生活习惯的差异;这也是一个很好的民间外交。因是感恩节,所以我到专卖野生肉品店买了产于西非的珠鸡。我将大约两磅重的珠鸡,洗净后将内脏全取出,以盐腌一小时后,垂吊自然风干。将去皮熬煮的橙子汁加两汤匙的芥末、一汤匙的蔓越莓酱、一汤匙的白兰地齐煮的调味料,塞进已风干的珠鸡肉。塞满后以针线串紧、封口,再以酒加蜂蜜、一点果醋煮成的浓汁涂抹鸡的外皮。放进温度350度的烤箱烤。约十分钟后再翻面继续涂抹,重复两三次。

甜点是媳妇的家乡点心老挝糯米芒果与泰国茶等。当晚首次品尝沙乌地鸡饭的客人都说:"美味!"中东客人则称赞我的另类烤珠鸡胜过美国火鸡,甜点超好;他们与当晚参加的台湾军人齐声都说"赞"。

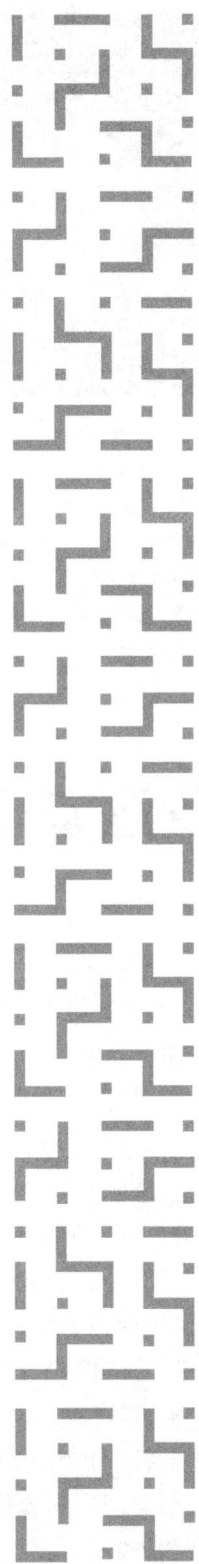

美国、加拿大

余国英

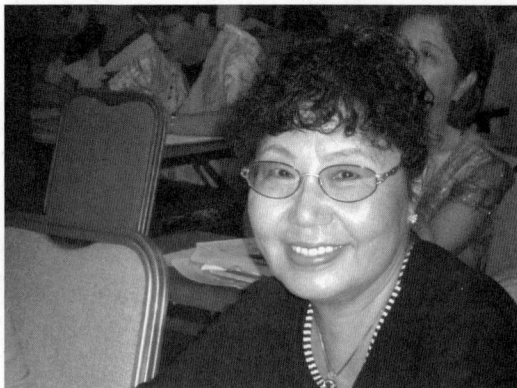

祖籍江苏兴化,生于湖南长沙,长于台湾嘉义。台湾大学毕业,以全额奖学金赴美深造,先后取得美国大学农业经济硕士、生物统计硕士。在纽约州长岛工作,退休后住美国佛罗里达州。著有《家有六千金》《移民家庭纽约洋过招》《我爱棕榈,我爱棕榈》《飞越安全窝》《柿子红了》及《爱好和平的大朋友——诺贝尔》等书。曾得《联合文学》小说组新人奖、世界华文优秀小说奖、小说组盘房杯奖、老人文学一等奖。现专事写作。

佛罗里达水乡渔家乐

因为在佛罗里达州水边早买了地,我们一退休就搬了过来,趁等候工人们造房、砌私家船坞的那段时间,我们在佛州公园做义工。

公园边河中乌鱼(Mullet)一来就是一大群,它们不吃活饵,公园管理员教我们撒网,用渔网捕捞的乌鱼又大又多又新鲜,烧烤、烟熏、油炸,吃都吃不完。当地人就想出一种娱乐,叫作"抛乌鱼",把泥土地划上很多格子,按远近标价,近的10元,最远的150元,众人兴高采烈地抬来一大桶两磅左右的新鲜乌鱼,只要出3元就可买一条来丢,丢中了大家欢呼鼓掌,幸好收到的钱捐作佛州教育基金,不然真是暴殄天物呀!难怪曾有台湾的收购商派人来教当地人用特制小刀破开肚皮采收乌鱼子,冷冻后运回台湾。我们将网来的乌鱼清理后,无论清蒸、红烧、油煎,怎么都好吃,尤其是切块氽汤,将锅中的清水放入姜丝、蒜瓣、酱油,滚后把鱼块丢入,加上青葱,盖上锅盖焖一下,吃的时候,碗中浮着点点鱼油,真是世间绝味!可惜不能与外国朋友们分享,因为他们不吃鱼头,管我们最爱喝的清汤叫作 Broth,是拿来做汤底用的。

一天，公园管理员汤姆抬了一巨型海锅，里面有胡萝卜、西红柿、洋葱、洋芋等各种作料，熬成浓浓稠稠的鳖鱼羹来与大家分享。这种大只切块的鳖（Snapping Turtle），一般都是由力大身壮的男士来清理烹调。汤姆分给每人一大碗，又香又鲜，那真叫好吃！胶质的鳖裙柔软而肥美，鳖肉含有一般食物中少有的蛋基酸，具有鸡、鹿、牛、羊、猪五种肉的美味，故有"美食五味肉"的美称，口感比较接近牛肉，却比牛肉鲜美得多，可惜吃不完的放在冰箱中两天之后，鱼腥味就出来了！

房子造好以后，我们又添加了一大一小两艘渔船，这下，真是"如鱼得水"了！开了小船在后院河中钓鱼玩水，夏天在落日的余晖里观看海豚游水嬉戏，冬天则与来此避寒的海牛共泳，比赛泳技。佛州湾贝开放给民众采收的时候，我们呼朋唤友组织的采贝船与其他的船队在青天白云下、碧浪中行驶，各船上红白色的旗帜同时迎风招展，非常醒目，每条船的四周都有人在潜水，驶过的船只一定要小心注意，否则会伤害到正在水中的采贝人。

把船锚抛入海中后，我们腰系采贝网，一一跳下水去，只见一只只湾贝开合着它的双壳，在水草中靠着吐出海水的推力迅速地向前游动，我们伸手快捷地摸到硬硬的湾贝，高举手中的捕获物示众，在船上的队员们立刻高声欢呼。然后我们用小刀将连着贝壳的二粒小小肌肉挖出来，每磅40个到60个不等。新鲜的清蒸湾贝，鲜嫩无比，有豆腐的柔嫩，兼有海产的鲜美，炸成喷香的金黄色美食，外脆内软，送饭下酒都是上品。

这里也盛产蓝蟹，河中的水面上漂浮着点点美丽彩色的捕蟹笼浮标，随波浮沉，成为一道亮丽的水上风景。随便用什么腐鱼烂虾、鸡脖子放在捕蟹笼内，前晚丢入水中，次晨捞起一笼蓝蟹，两个人无论油炸、清蒸、红烧，怎么也吃不完。

"怎么办呢？螃蟹留在笼中，自相残杀，把别的蟹活生生吃掉了！"你看，如何是好？

"有了！送人如何？"灵光一闪，计上心来！

两人正相商议，只见邻居笑嘻嘻地带了一大篓活蟹过来送给我们！

真是！

现在年事已高，虽然放弃钓鱼采贝捕蟹，但沿河不远处的水边，有一个乡村酒吧，兼卖下酒新鲜美食，美金12元就可以买一打用南方卡真（Cajun）式烹调得又辣又香，只只肥大的螃蟹。说是一打，却常常故意多送两只，每打加附一盒生菜、西式海鲜酱，另加一盒用来沾蟹肉的奶油，红滟滟的一大盆，供人细品慢尝。

卡真是十七世纪的时候，殖民到加拿大Acadia的法国人所用的烹调方式，其后裔又移居美国南部纽奥良等地，佛州也深受其影响。这种调味料使用的香料计有小茴香籽、干百里香、莞荽籽、甜椒、辣椒、干奥里根、芥末、胡椒、洋葱、蒜等,混合研磨,香香辣辣的十分惹味,煮出来的螃蟹、鲜虾及蛤蜊,不但发出诱人的香气,使人垂涎欲滴,而且看起来油红光亮,令人食指大动。

住在佛州的水乡,最有幸福食缘,智者乐水,岂此之谓乎!

陈漱意

纽约市立大学艺术系学士。作品有长篇小说《无法超越的浪漫》(台湾皇冠出版社)、《上帝是我们的主宰》(台湾皇冠出版社)、《蝴蝶自由飞》(台湾皇冠出版社)、《背叛婚姻之后》(台湾九歌出版社)等。长篇小说曾获第一届《中国时报》百万小说佳作奖和《皇冠》杂志百万小说佳作奖。

那家比萨店

　　我无论搬家到哪里,都跟最靠近家的比萨店很熟,原因是我从不一片一片地买比萨,而是买一整个比萨回家放在冰箱里,随时拿一片出来放两条沙丁鱼在上面,或白水煮蛋、火腿肉,或草菇、鸡胸肉丁,然后,再撒一点番茄丁和洋葱丁,或者甜椒、花菜、橄榄,都好,最后放入烤箱热十分钟后,端出来搭配咖啡,或一大杯冰啤酒,也许白酒,就是最快速的早餐和晚餐。

　　然而,味蕾是再娇贵不过的细胞,它同时耽溺于又厌腻于熟悉的食物,我总是狠狠连吃三个月比萨后,发誓至少三个月不再碰它。那种时候,我最想念菜肉包,心里总盘算着,只要辛苦一天包它一百个菜肉包出来,就可以一劳永逸了。

　　七十年代初,在纽约的超市里多半还买不到葱,偶尔去郊外摘到野葱,就赶着回家把猪排剁成碎肉拌葱花,再打开一罐面团做包子。那种面团,老外用来烤晚餐桌上的小面包,有浓厚的奶油味,除了吃起来味道不对。大概发酵的过程也不同,蒸出来的菜肉包表面坑坑洼洼,看起来十分艰苦,而且接头虽然捏得很紧,却过分发酵得一个个张开大口,卖相实在难看。

我那时住在东城九十六街,横向走过一条街可以去中央公园,却走不到西城的地下车站,中国城虽然不算远,可也不容易去。有一天,我在一家德国人开的鱼铺里买到小银鱼,出国好多年了,这是第一次看到银鱼。我吃过的银鱼都是蒸的,而我最擅长清蒸,只要把鱼用锡箔纸包好放入烤箱,烤十五分钟就跟蒸的一样,如果把蒸过的银鱼铺在比萨上面,一定有不同于沙丁鱼的风味。

我一路想象那种美味,提着银鱼来到那家比萨店。老板是三个希腊兄弟,只有大哥已婚,新娘劳拉刚从雅典郊区来,内向寂寞,有一次很突兀地请我去他们的公寓喝下午茶。后来我感冒,她为我煮了一锅鸡汤,鸡汤里有芹菜、胡萝卜、稀饭,还特别挤了柠檬汁,那种效果,就像在煎鱼上挤柠檬汁,奇异的鲜美。

我告诉劳拉买到稀奇的小银鱼,劳拉从柜台后出来,打开小银鱼,说在他们希腊,像这样的银鱼又新鲜又便宜,问我准备怎么烧?我告诉她要跟比萨一起吃,三兄弟里的二哥这时好奇地出来看银鱼,兴高采烈地说要替我烧,但是,烧完要分他们一半,我立刻答应了。

过了两个钟头,我回去拿银鱼,原来他们用炸的,把银鱼炸得香脆酥软,我当场就吃起来。我虽然是他们的老顾客,却未曾在他们店里坐下,这时见他们各自忙碌着,我的眼睛忽然落在那位三弟身上,他正埋头在揉面,好大一块面团被他揉得白白胖胖,我跳起来问:"可不可以给我一块面团?拜托!"

那位二哥在旁边反问我,要多大一块?我随意比画一下,他切下一大块用锡箔纸包好了给我,又来附带条件:"不论用这面团做什么,你都要送我一点尝尝,只要一点就可以。"

我欣然允诺,欢欢喜喜地捧回面团。第二天把猪排和包心菜剁好,包了十多个折花漂亮的大包,用大锅蒸上。过三十分钟掀盖,天啊,怎么还是坑坑疤疤惨不忍睹?试吃一口,味道其实不错,只是鬼头鬼脑的模样,不知就里的老外一定看它脏兮兮,这样的东西怎么能送人?如果不送,岂不像骗了他们的面团?

左思右想了几天,只好在周末跑一趟中国城,各买了一小袋豆沙包和小笼包,惭愧啊就假装是我做的吧,可是蒸出来一看,小笼包未免漂亮得太离谱了,只好包两个小豆沙包去比萨店,那位二哥打开包纸,顿时张嘴说不出话。原来以为豆沙包只是圆圆的小面团,然而它此时却展现出我从未注意过的风采,它小小的洁白的面身上一点娇俏的红,美得让我惊慌失措。"这就是用那天给你的面团做的?"他惊讶不止地问。

我微弱地点头,他这下毫不犹豫地大声宣布:"以后不管你要多少面团,我通通给你!"

"好啊。"对着围拢过来看豆沙包的顾客,我强撑应着,却那敢再跟他要面团?

陈永秀

生于上海,长于台湾,成功大学化工系毕业,获伊利诺大学化学硕士。著有儿童文学《猫咪的歌》《雪花飘》《面人的故事》《蘑菇乡》《大白奇遇记》《花鸟虫鱼》《马可波罗》《塞尚》《柴可夫斯基》《鲁索》等书;喜画石,为自画石头配以小品文,上网编成书,和田原合作出版石头画册《饭牛画石与磊磊石》;喜设计,和孙女合著出版用袜子做成袜娃娃的书籍;喜摄影,现用photo shop 把照片设计成抽象画,自娱娱人。最近十年为美国《世界日报》家园版、副刊、周刊写稿。

胖苹果、蓝莓派、杰克·伦敦

　　每年七月,柏克莱一家老字号餐馆胖苹果(Fat Apple)就推出它超新鲜口感极佳的蓝莓派,想念了九个月,粉丝们忙不迭去买个来大快朵颐。在揉和得恰恰好的酥皮上涂一层加了料的干酪,倒入一颗颗在紫红色果酱中打着滚儿,圆乎乎的蓝莓,上面再加一圈搅打过的乳脂(Whipped Cream),一个诱人的派就呈现眼前。切一块,送入口中,甜甜酸酸的蓝莓,配以酥松的派皮和提味的干酪乳脂,一嘴紫红,口齿顿时留香。

　　不就一个蓝莓派罢了,何足以如此唠叨,但我,不能不表扬,胖苹果的蓝莓派在诸派中的确鹤立鸡群,连它的苹果派、南瓜派、樱桃派都望尘莫及。蓝莓派一年只在七八九月出现,吊足胃口后,就悄悄地从众派中消失,任凭我这馋姐望穿秋水地等!

　　并不是所有的蓝莓派都这般好吃,我曾在波士顿住过七年,遍地蓝莓的东部诸州,蓝莓派家喻户晓,是很普通、连我都会做的派。我多半买个现成的派皮,把小小的蓝莓加糖煮成果酱,倒入派皮,烤三十分钟……好吃吗?不特别好吃但也不难吃,最多 60 分。到了柏克莱,自从发现了胖苹果的蓝莓派,才知它原来可以如此挑战人的味觉和食欲,此派彼派,是不可同日而语的!

胖苹果的店主和太太后来离婚了,店主到邻城爱尔色里多(El Cerrito)开了一家,也叫胖苹果,老店则由太太经营。两家店并不分庭抗礼,而是互助合作,老店文艺气息浓,新店宽敞舒适。新店有烘焙厂,做的派用车送到老店。我只吃蓝莓派,季节来时,两边都光顾,绝不厚此薄彼。

我和朋友到胖苹果老字号吃蓝莓派,看见墙上满是相片,人物似曾相识。学生侍者回答了我们的疑问:"是杰克·伦敦。""店主是不是很崇拜杰克·伦敦?"我问。"胖苹果餐馆最早开在杰克·伦敦广场,后来才搬到马丁·路德街的。"他说。我语重"声"长地"哦"了一声。店主一定崇拜杰克·伦敦,否则他不会把杰克·伦敦的生活、社交和写作照挂满两面墙。

相片下有一小排字,我走过去看,原来是杰克·伦敦的座右铭:"我不愿做一颗沉睡的永恒行星,情愿做一颗亮光光划过天空的超级流星。人来到这世界,不是为了存在,而是为了活着。每分每秒我都要好好利用,绝不为苟活而虚度了光阴。"

他生在旧金山,生父是流浪的天文学家,不愿负起养育责任,弃他们母子出走,母亲忙着教音乐养家,忙降神会,对他疏于照顾,后来改嫁,搬到奥克兰(Oakland)贫民区。杰克从小在奥克兰码头混,学做船员水手。15 岁辍学,从加州流浪到华盛顿,尝尽人间疾苦,看尽低阶层人的生活百态。19 岁时,忽然醒悟,万般皆下品,唯有读书高,于是回到奥克兰,昼夜读书,终于考上加州柏克莱大学。

但只念一学期就又辍学,因他想要成为一个作家的意愿胜过他想要接受教育的志愿。他又开始打工,后响应淘金的号召,和上万人到阿拉斯加圆淘金梦,金没淘到,却因接触各式各样的人物和适应冬天冰天雪地的恶劣环境,成了他日后取之不尽的写作题材。他写了许多以阿拉斯加为背景的长短篇小说,最著名的是《野性的呼唤》。他自称"野狼",住屋叫"狼屋"。

他是天生的作家,天生的说故事者,有梦想、幻想和理想,是位极具天分才气的人。笔耕从小不断,退稿不断,锲而不舍,金石可镂,终于在 24 岁那年成名。他结过两次婚,第一次婚姻有两个女儿,第二次婚姻,他想要生个儿子长大陪他航海,却没如愿。他因很小就做苦工,长大爱喝酒,生活喜流浪冒险,长期打字写作伤了肩膀弯了背脊,因此积劳成疾,终于英年早逝,死时才 41 岁。

奥克兰为纪念这位伟大作家,在遥望旧金山的码头建了杰克·伦敦广场(Jack London Square),把他写《野性的呼唤》的低矮小茅屋放在那儿,旁边还有只铜制的狼,仰天呼嗥。

小小一块蓝莓派让我认识一位 1880—1910 年左右在奥克兰和彼得蒙（Piedmont，杰克婚后曾住）成长成名结婚生女的伟大作家，而我在这二城住了三十多年，与有荣焉！

周典乐

食品营养系硕士,任职工业界二十余年,2009 年退休,同年 8 月出版
第一本书《书窗外》。作品散见《侨报》《世界日报》《世界周刊》《美华文学》,
也是《品》杂志特约作家,曾获《世界日报》三十五周年征文佳作,2012 年
《美华文学》征文一等奖。

做个水果蛋糕过圣诞

每当天气转凉,超级市场就开始摆出一盒盒染得红黄橙绿的混合水果。一看到那些五色斑斓的西洋蜜饯,我就想到又该是做圣诞果子糕(Fruit Cake)的时候了。

还记得初到美国的第一年,圣诞节将至,看到超级市场中摆上了一盒盒的圣诞果子糕。蛋糕中红得透亮的樱桃、绿如凝翠的蜜瓜、嫩黄的菠萝、橙黄的橘皮,美得就像童话故事中的糕点。

那宝石的红、翡翠的绿,也让我想到台湾千层糕上的青红丝。幼年时,随父亲去某长辈家作客,吃过一次千层糕。当年物资缺乏,当我看到那一层又一层黄白相间蒸得高高胖胖,上面撒着青红丝的千层糕,立刻被它吸引得垂涎三尺。在那个年代吃到一块千层糕,真是既稀奇又珍贵。再次吃到千层糕时,是念了大专以后在台北的茶楼里,却再也找不回儿时吃过的味道,连上面的青红丝也不对了。以前的青红丝是实实在在的蜜饯水果丝,而且糕上撒得密密实实,茶楼里的只是象征似的撒几根红的绿的也不知是啥做的细丝。好不容易竟然在圣诞果子糕上看到我思念中的殷红翠绿,真有他乡遇故知之感。但果子糕价钱昂贵,与我一起搭伙的同学及学长们都说它中看不中吃,当年大家都是阮囊羞涩的穷学生,谁也舍不得买。我拿起果子糕,欣赏它丰富的色彩,买不下手却不无遗憾,心想哪一天总得背着同学们偷买一块来尝尝看。

圣诞节时,美国接待家庭请我去吃圣诞大餐,饭后甜点赫然是魂牵梦绕的圣诞果子糕。入口之后,发现那果子糕真的不太好吃,除了有些硬,果子的味道更远不如台湾蜜饯的甜蜜甘香,相对的是甜得发腻的口感,吃着颇为失望。

我在德州落城待了四年,我的美国接待妈妈妮娜年年接我去过节。她自己有两个儿子,我是她唯一的接待女儿,故而对我十分疼爱。她为了要让我多了解美国文化,曾带着我与他们一家在圣诞夜走访亲戚好友一家家地去送礼物。她说在圣诞夜的风雪中,开着车子互送礼物是她们的传统。那一夜,走遍城中大街小巷,看遍四处的火树银花。飘舞在夜空中的雪花与灯光辉映成七彩落花,挡风玻璃上雨刷来回的晃动声与寒风中报佳音的歌声形成梦幻交响曲,我的心情既新奇亦满怀感恩。

离开德州后我结婚成家,辗转来到加州买房定居。每逢圣诞节,亲朋好友必有聚餐,我怀念小城浓厚的过节气氛,总觉得过圣诞节除了烤火鸡等大鱼大肉外,总该备上应节甜点,想起那中看不中吃的圣诞果子糕自然不能忘情。既然外面卖的难吃,何不自己动手做?在德州攻读食品营养学时,接触过食物制备原理,也设计过蛋糕食谱。于是参考各种水果蛋糕食谱,减少彩色干果(Mixed Fruits)的用量,加入新鲜苹果与菠萝,如此做出来的蛋糕就不会太硬。怕甜怕腻,不如把糖与奶油的比例减小。改良出来的彩色水果蛋糕,滋味竟然不错。为了增加美观,自己可随意装饰,涂上薄薄的奶油权当白雪,上面摆些彩色干果,如此既寻回我孩提时吃千层糕的惊喜,也重温与妮娜共度圣诞节的旧梦。那年圣诞节与朋友聚餐,带上自己烘焙的水果蛋糕,竟然大受好评。此后我于圣诞节前总会烘几个水果蛋糕分送好友,直到二女儿出世,就再没空备材料筛面粉了。

三年前,好友玉梅送我一个传统的圣诞果子糕,说是教会里神父定做的。没想到,这糕真材实料精心制作,比超市的好吃,不甜腻但终究稍硬了点,于是又勾起我再做果子糕的念头。好奇上网查数据,才知果子糕的历史悠久。古罗马时期,人们就开始用石榴子、松子、葡萄干等加入大麦中做糕饼。到了中古世纪开始加入各类果干、蜂蜜及肉桂等。古时,樱桃与各类莓果收成后多用糖腌渍以便保存,也顺理成章地成为冬天作糕饼的材料。圣诞节的代表颜色是红与绿,十六世纪后,腌渍水果多半染成红绿两色以做果子糕。果子糕便渐渐发展成庆祝圣诞节的节令糕点。在美国与加拿大,甚至一些欧洲国家如德国等,都只有在圣诞节时才吃果子糕。

又是一年将尽，我们翻出家中的灯饰，准备装饰庭院，用那七彩灯光迎接圣诞节。凉风起，我开始打蛋削苹果，调理混合水果时，仿佛又看见妮娜妈妈牵着小义弟寇帝斯的手，笑眯眯地来到女生宿舍接我去过圣诞节。

朱小燕

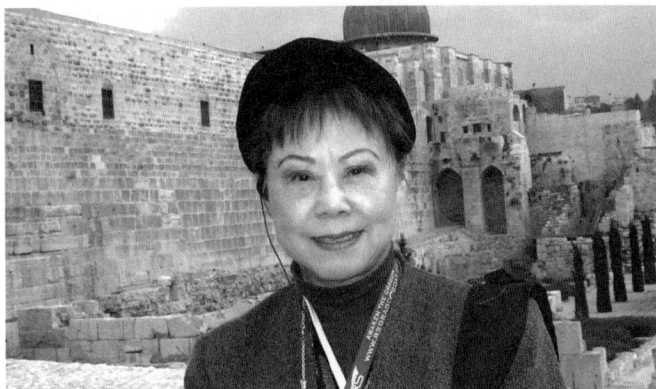

台湾政大新闻系毕业,曾任记者及电视节目主持人。1969 年移民加拿大,获注册会计师资格,曾任加拿大国税部爱门顿分局资深稽核,国际反避税与反逃漏税主管,加拿大多元文化部顾问,埃布尔达省移民定居委员会委员及第八届海外华文女作家协会会长。1991—2000 年数度为中国与各国地税局做国际税务讲座,获加拿大建国 125 周年总督奖章,表彰对国人、社会及国家的贡献,获 2000 年台湾文艺写作协会海外文学工作奖。

抓到熊再说

　　加拿大原住民的美味干肉(Pemmican)有些像中国的肉松,但比肉松的保存期更长,又因含高脂肪与蛋白质,是冬日补充体力的圣品,加上便于携带,制作方法简单而吃法又多元,不仅成了原住民的最爱,还是当年北极探险家和猎人们不可或缺的食物,干肉因而在历史上占了一席之地。

　　万余年前,当偌大的美洲尚无人烟,而现今的白令海峡还是陆桥(Bering Land Bridge)时,居住在亚洲的土著们为了猎食,就随着驼鹿、野牛与麋鹿等大型动物群迁徙。他们跨越了白令陆桥,来到西伯利亚西北部的阿拉斯加,因为当时那里降雪量低,人与动物都能存活,倒是加拿大等地被冰原覆盖,阻止他们南下;直到又过了一万六千五百年,冰原融化了,土著们与那些大型动物才南下来北美,有些继续前进,经落基山山脉东侧走廊,落脚南美洲。

　　来到加拿大的土著,后来就成了"第一民族"(First Nation Peoples)的印第安人。虽然他们都来自同一祖先,却逐渐分立门户,各自成立不同部落,例如英属哥伦比亚省的库图纳哈族(Ktunaxa),就有考古学家判定是亚洲最早迁来加拿大的移民,还认为他们若非中国商代子孙,就是蒙古族后裔,因为这些人不但肤色棕黄,还长了对杏仁眼,另加高颧骨和扁鼻梁,并且都是大圆脸和浅棕至黑色之间的头发,配以矮小的个子,他们与蒙古族绝对同源同种,不然不会长得那么像!

那年代,落基山山脉尽是丛林与草原,满山遍野都是些比棕熊(Grizzly Bear)还厉害的野牛(Bison),因此野牛就成了第一民族的主食,也成了制作干肉的材料;不过,现在因射猎过多,野牛已近绝迹,原住民们也用鹿或麋鹿的瘦肉取代,作法虽是大同小异,但使用的作料却逐渐多元,终究人类早已远离了茹毛饮血的年代。

无论古今,干肉的做法都是先将瘦野牛肉切成条状薄片,用盐、胡椒或其他香料等抹匀,根据个人口味与喜爱,腌制片刻或放进冰箱过夜,再放进锅中或烤箱以小火慢烤至酥脆;在这同时,也可将蓝莓和草莓等野生浆果放进烤箱干燥,待瘦肉烤成了肉干容易折断时,就用石块或搅碎机将肉干击打或搓磨成粉,并将干透的浆果加入,再以同样的方法击打,搅匀,最后才将备好已熔化并过滤了的野牛脂肪,加到肉与浆果混合的粉末中搅拌均匀,脂肪会被完全吸收,这就大功告成。

虽然一般人家只用一种野味,但《地球母亲新闻》(Mother Earth News)上的"现代干肉饼"的做法却比较考究,至少用两种不同的野味。他们的材料是三分之一瘦熊肉和三分之一瘦驼鹿肉,另加三分之一瘦猪肉,再加盐、胡椒、鼠尾草、各种浆果与熔化了的熊脂等,他们将干肉的名称改为"抓到熊再说",而不称它为"干肉食谱",因为这食谱讲究的是熊肉。

有了熊肉后,他们先将各色肉类以碎肉机搅碎,加作料,再以少量水蒸熟(切记,水不能多),待肉熟后,掀开锅盖让水汽蒸发,只剩稠浓的肉汁(另做他用),再将热腾腾的野味与果肉装进一只布袋里,接着将熊脂熔化,趁热倒入,大约每二十磅肉需加四杯熔化了的熊脂。作干肉的最大禁忌,是千万不可用猪油或菜油,因为熊脂不但能立即被蒸透的碎肉与浆果吸收,还能密封布袋,待它凉后,可保存十年。

干肉虽是当年北美印第安人的创意美食,由于后来欧洲毛皮贸易商们也入主落基山山脉,才将它发扬光大,成为北极探险家们的口粮,这些天不怕地不怕的好汉们长途跋涉于天寒地冻的气温中,若不是有这高热量又美味的干粮,可能支撑不住。

上万年来,加拿大落基山山脉的原住民,随着植物的生长期,根据狩猎及钓鱼的需要而做季节性迁徙,因为大地是他们的母亲,广大的森林与各种野生动物不仅为他们提供了食物与草药,还给了他们衣着与住行的材料,因此,他们敬天畏地，懂得惜福又善于储存，做起干肉来，家家户户都全体动员。干肉的英文原意是"瘦肉与油脂的组合"，除营养丰富外，还能长期保存，成了他们与探险家的最爱。

器,让人不由自主地兴奋快乐起来。

更少不了的是美食。我们总是去中国城,那儿选择多:鸡鸭鱼肉菜蔬都新鲜美味。还去过知名的巧克力店,遍尝各种巧克力糖。

然而,唯一不曾试过,也从未向往过的是旧金山闻名于世的特产——酸面包。

据说酸面包不用一般的发粉发面,而是用天然酵母菌。由此做成的面包有韧性,且营养价值高。渔人码头上的 Boudin 酸面包店打出的广告显示他们的酵母菌是自 1849 年延续下来,再加上旧金山的特殊环境和气候,烘烤出来的酸面包独树一帜,是别人永远无法复制的。

既知其优点甚多,为何我却敬而远之呢?原来它的外观欠佳,表皮极为粗糙,呈黄褐色,高低不平。触及时又坚硬如石,很像树皮,并无诱人之处。所以,数十年过去,不曾尝过旧金山的酸面包。

九年前迁居北加州,无意间察觉近处的小商场中,有一家旧金山 Boudin 的分店,卖的是酸面包三明治、色拉和海鲜浓汤。人来人往,很受欢迎。室内仅有几张木桌椅,室外安置不少黑铁网状的桌椅,坐在那里,抬头可见云天。我好奇地进去,点了一客火鸡生菜涂蔓越莓甜酱的三明治。一吃之下,口感极好。皮虽硬,里面白白香香柔软弹牙。再啜饮一杯浓黑的咖啡,真个是酸甜苦具备,只欠辣椒了。

这次心满意足的后果是,从此常抱本书,驻足该处。去多了才知道,顾客最爱点的是酸面包海鲜浓汤。

侍者送来的白盘中垫着绿叶,其上盛着一个大碗状的圆面包,中间挖了一个大洞,挖出来的皮连着心就是盖子了。洞内装着乳白色浓郁的海鲜汤,隐约可见突出的蛤蜊和洋芋,白乳汁上又洒了一些翠绿碎叶。经过时香气四溢。

大碗似的圆面包带给我由衷的微笑。有位年轻孕妇,穿紧身运动衫,她的圆形大肚与面包对比组成圆之美。另有个小女孩,圆脸配两颗又圆又大的蓝眼睛,端着圆面包,更是一副表扬圆的图案。还有一次看见一位秀丽的东方女郎,不用汤匙,翘起白晰兰花指,将盖上的面包心细细撕开,沾了浓汤送入口中。态度如此优雅,使我忘了礼貌,呆视不已。也似乎领受到飘来的浓汤滋味。

"为什么不选酸面包海鲜浓汤?"你一定会这样问。

"因为我对海鲜敏感!"为避免麻烦,这十年来所有海鲜都不敢碰,它们早已是我的拒绝往来户了。

但是,请记得,十年前的我,并无敏感症状。住在新英格兰区四十二年之久,对世界有名的新英格兰海鲜浓汤实在太熟悉了,喝过的次数数之不尽。那

葛逸凡

一顿野味晚餐

生于河北乐亭，毕业于台北女师，1965 年移民加拿大。新诗曾发表在台北的《蓝星诗页》上，六十年代初期获台湾文坛杂志第一届文学奖短篇小说第一名。1982 年完成长篇小说《金山华工沧桑录》，1989 年得台湾海华杂志第一届文学奖第一名，1991 年出版《加拿大的花果山》，2007 年发行简体字版。《他乡风雨》被收录于冰心奖获奖作家书系。著有《欣欣向荣》《时代命运人生》，音乐剧《金山华工沧桑歌》已完稿。喜爱歌剧及旅行。

一顿野味晚餐

1968 年夏天，在温哥华的医院工作了三年的丈夫，计划开业行医，需要寻找一个安家立业的地方。我们发现卑诗省奥堪那根湖区的小镇柔特兰（Rutland），漫山遍野的果树林和葡萄园令人想到世外桃源，人口三四千。在唯一有红绿灯信号的十字路口咖啡店里，丈夫遇见了一位治疗过的病人，他恳切表示当地居民期望医生来定居，丈夫深受感动，深思熟虑之后，在十月下旬搬来小镇。

乡民热诚好客，我们常被邀请用餐。丈夫觉得吃一顿饭必然消耗一个晚上，同时他认为医生应该和病人保持距离："你若是和他们老三老四地混在一起，你讲的话他们就不听了！"

某天接到温妮电话，语气诚挚热烈："王太太，你们一定要来吃这顿晚饭啊！杰弗瑞这次山区狩猎，收获实在太丰富了！在打到野牛、小鹿和野鸭子回来的路上，竟然见到溪流中的鱼，随意地钓了很多条！你们一定要来尝新鲜啊！我做鹿肉的手艺大家都夸呢！草莓饼人人都喜欢……"谁能够拒绝这般的诚意？同时想到放弃这样的晚饭实在可惜，我还不知道鹿肉是什么滋味呢！满怀欣喜与好奇，没和丈夫商量，就爽朗地答应赴约。

他们家是典型的小镇中型家园，庭院花木有序，室内整洁可观。丈夫自从开业行医，做过一些出诊，他发现小乡镇人家无论多么穷，甚至病得厉害，都不脏不乱。杰弗瑞、温妮家的饭厅橱柜中展示着整套的精致英国瓷器，招待我们吃饭就用上了。

渔猎的收获已在餐桌上了，野牛肉的味道十分强烈，我只取了野鸭和鹿腿肉，在盘中切成小块的时候，心中突然闪现着在公路边张望的小鹿脸孔和转身灵巧地跑回山林的身影，立刻觉得很不自在，吞咽着盘中熟肉，真正食不知味。鲑鱼非常鲜美，没有丝毫腥味，因为在胡椒粉水中浸过八小时再放入烤箱。我非常喜欢甜点草莓饼，由衷地赞美女主人的手艺。

饭后两人热情地带我们参观地下一间没有暖气，光溜溜黄土地面的小室。女主人解释不曾铺地板或水泥，因为在黄土地上放置马铃薯（土豆）可以久存不变质。三面墙的木架上摆满了贴着制作日期的果汁、果酱、菜类和水果的自制瓶装罐头，还条理分明地置放各式工具和一个大号冰柜，车房里还有个小一号的。里面除了渔猎的收获，还有冷冻的蔬菜。原来他们将后园的收成在滚水中烫过，放在袋子里保存。丈夫感叹道："你们不用担心闹饥荒和打第三次世界大战了！"

男女主人都很健谈，亲切地拿出相册，展示他们三个孩子每家的照片。大儿子住在美国费城，娶了加拿大人，只生了一个孩子。杰弗瑞说："我这儿子从小就喜欢读书，自己赚学费。在温哥华的大学念了两年就去了美国的大学。媳妇在大学里教书，两个人的工作都很忙。我们去看过他们两次，厨房的橱柜中堆着一些罐头，八岁的孩子竟然会自己开罐头，吃那些带铁味的东西，怪可怜的！"他俩的第二个儿子住在奥湖北端的小城稳宁市，是位做屋顶的建筑工人，刚刚自己建好新房子，下月就可以搬进去住了。媳妇在地毯公司工作，收入很好，两个女儿都上小学了。两人说起了女儿眉开眼笑。她住在二十多英里外的桃源镇，开了间理发店，生意兴旺。温妮非常满意女儿给她烫的头发。

我感到了不同文化背景的差异，这样的情况，若在华人家中，父母一定会吹捧大儿子如何优秀，但我看不出三个孩子的职业在他们心中的分量高低。他们没有"万般皆下品，唯有读书高"的状元情怀，也没有荣宗耀祖的观念。同时发现了杰弗瑞焕发的神采是对他自己的肯定：十三岁从欧洲来到加拿大，和家人在大平原开垦耕种。温妮是他家的邻居，两人结婚后搬到卑诗省北部居住，他做艰苦却高薪的伐木工人，她养育儿女，许多年后找到了世界上最好的居住地方柔特兰，自己挑选木材盖了房子，建造一个完全合乎两人心意的家园，过着自己要过的生活。他曾努力工作，从锯木场退休后过着出外钓鱼打猎,在小区教堂做义工,在活动中心跳舞玩牌的日子。温妮的眼光充满了幸福的神采,称赞丈夫能干,还会帮忙做家务。道别的时候,我有很深的感触,因为从未见过这么神气的蓝领人。

　　我懂得了,对自己努力的肯定,就拥有了自尊,滋生了荣耀感,幸福亦源源而来。

王世清

上海出生，曾任中学教师，1989 年赴比利时留学，1992 年来美。曾于《星岛日报》"阳光地带"撰写专栏，著有散文《中国城风情》集，获台湾华侨救国总会散文佳作奖。洛杉矶华文作家协会会员。

牛油果传递友情

　　第一次见到牛油果（Avocado）是在比利时。二十四年前的一九八九年，我尚在那儿留学，一次去先生的三弟家，见到三弟媳正在冲洗一个拳头大小绿中泛黑的东西，出于好奇，我问三弟媳它是什么，三弟媳说，这叫牛油果，营养很好。说完，拿起一个叫我尝尝，我不知如何吃。后来见三弟媳用刀对分挑出中间的圆核，再撒点盐拌和后，用匙喂给侄女吃，看那小女孩吃得有滋有味，我想，那一定是人间美味了。我照做后，尝了一口，哪知刚入嘴，一股生涩怪味直冲舌尖味蕾，似乎还带点榴梿的臭味，我从没吃过如此怪味的东西，想吐出，又怕拂了三弟媳的一番好意，只得强忍恶心吞下，自此和牛油果绝缘。

　　来美国后，见超市的货架上也有牛油果，想到比利时的那次品尝，就一直不敢问津。直到今年年初，一个偶然的机会，我才重新认识牛油果并和它结了缘。今年二月份，弟弟、弟媳来美国过年，朋友米歇尔（Michelle）和她先生知道我弟弟来洛杉矶后，再三提出要请我弟弟吃饭。盛情难却，终于在弟弟回国前两天，安排了个时间。

　　那天傍晚赴宴前，我们先去米歇尔新买的房屋参观。暮色苍茫中隐约可见后院高大的树上挂着一只只似灯泡的果实。"这是什么？水果吗？"弟弟指着树上的"灯泡"发问,我说这是牛油果,二十多年前我吃过,味道特怪,很难吃。一旁的米歇尔朝我笑笑说:"你的吃法可能和我们不同,我们调制出来的牛油果酱,味道一流。"她先生也证实说:"确实是好吃,可惜天太暗了,没办法摘,明天爬梯子上去,摘了给你们送去。"想到二十四年来还残留在脑际的那股挥之不去的怪味,我赶紧谢绝。

第二天晚上,将近十点,忽听门铃响,开门一看,竟是拎着两袋东西的米歇尔夫妇,他们一进门就连连道歉,说这么晚了,还来打搅我们,实在不好意思,因知道我们第二天要去弟弟处,所以再晚也得赶来,让我们看看怎么制作牛油果酱,同时也可带去给弟弟他们尝尝。听了他俩充满歉意的解释,一股深深的负疚感涌上心间,其实该自责及说抱歉的应当是我呀!

我和米歇尔相识于二十年前,在洛杉矶学车时,因都是上海人,大家一见如故,之后你来我往,友谊一直持续多年。可是近几年,我就像得了自闭症似的,疏于和朋友来往,米歇尔夫妇多次邀请我吃饭,我总是推托。这次米歇尔夫妇藉口要和我弟弟认识,其实是邀我出来,大家再续前缘。他俩对人是如此热忱,对友情又是如此看重,现在已经这么晚了,还大老远地赶来,向我传授制作牛油果的诀窍,对比他们,我深为自己这几年来的冷漠而自责。

我忍着内心的不安,和先生站在流理台旁,静静看他俩操作。他们先切开牛油果,取出果肉捣碎、然后榨出红葱头的汁,再放入盐、糖一起拌匀,最后将这些果酱夹在墨西哥玉米片(Corn Chip)中,叫我们尝尝。我接过玉米片,想到他们在公司辛苦工作了一天后急急忙忙赶回家,不顾危险,在加长的梯子上爬上爬下摘取成熟的牛油果,再匆匆吃完晚饭赶去墨西哥超市,买玉米片及小红葱头,最后赶来我家。想到这些,我顿时感到手中的这块夹牛油果酱的玉米片变得沉甸甸了,这上面满载着朋友间的深情厚谊啊。我将之送入口中,那香脆鲜腴的口感,充塞着味蕾的每一个细胞,刺激着味觉的美好享受,记忆中的那种生腥怪异的味道,已经荡然无存了。

自那以后,我竟爱吃牛油果了,这中间一个很大的原因可能就是米歇尔夫妇深夜授技予我的感动吧。那晚,他俩对人的真诚犹如春风吹进我心田,激活了我死气沉沉的心湖,现在我和他们重新有了互动,也更懂得要珍惜在异国他乡的这份情谊。

任安荪

海外女作家的 人间烟火

东吴大学中文系毕业,获加拿大麦基尔大学英文证书、卡格利大学商资处理证书、密歇根卡谷社大学计算机学位。旅居北美三十八年,芝加哥华文写作协会会员。曾任国中教师、卡格利大学图书馆员、密州 Triple S 厂计算机程序员、卡城大学中文教师学会执行助理、卡城中文学校教师等职。喜好登山、摄影、太极拳、阅读、书法、散文写作。着有《北美情长》《以诚交心》二书。《以诚交心》荣获 2010 年海外华文著述奖散文类首奖。

与纽沃夫妇共餐今昔

　　“盖尔昨午紧急进医院,开心脏动脉绕道手术。”系里秘书传来这么一则撼人的电邮。八年前的事了,却印象深刻。当时,外子大吃一惊地向我转述,而我的惊讶,恐怕还在外子之上。

　　怎么会呢?体材适中,生活规律,不烟、少酒,喜欢散步、钓鱼,一个时常安步当车到学校教课的人哪!难道这是西式饮食里的牛排、烤肉、奶酪、奶油,在年过六十以后,隐忧不幸转变成的事实?

　　二十多年前,刚从加拿大艾省搬下密州卡城时,凯希和盖尔·纽沃,是我们最先交往的系上教授夫妇。那时,年近五十、中等身量的两人,大学成婚,育有三子,以典型基督徒的热心和友善,最先招待我们到他们家进早午餐。

　　就在两家交谈融洽时,盖尔打趣地告诉我们:首次和我们在旅馆餐厅茶聚时,凯希前一天晚上才得知也被邀请,惊叫:“我还没去做头发欸!”她原以为接聘这个教职的教授,年岁应属德高望重之辈。噢,人生经历丰富的他们,绰绰有余可以当我们的兄长学姐,也许,该这么说,中壮年以后,外表的修饰、装扮,乃是对社交礼仪的尊重,尤其初次会面,总不好简慢吧。

迁居安定之后,曾多次家宴外子同事夫妇,举办女眷的"午餐俱乐部",有来有往的互邀互动里,友谊渐熟渐添温,个性相类、平易近人的盖尔和凯希,更是每回聚首时,我们最乐于倾谈的对象。

有鉴于盖尔不怎么习惯中国菜,我学食谱做西式砂锅菜(casserole):芹菜切小块、洋葱和青椒切碎,少油略炒,加入牛奶、面粉、一罐蘑菇鸡汤,以小火煨翻均匀后,拌入嫩熟鸡肉方块和韧熟的意大利短宽面片,装入大康宁器皿加盖,放进华氏375度的烤箱烤30分钟,便成这道招待他们夫妇俩的"周末鸡"砂锅(Saturday Night Chicken Casserole)。

有趣的是,凯希赞美它可口美味,多年以后不仅成为她家的空巢期周末特餐,也是她两个成了家的儿子和单身小儿子最简单、最拿手又百吃不厌的一道主食,还向我要了这道荤素俱全、主副皆备,有若"一锅香"砂锅的食谱哩!

盖尔出院三星期后,外子和我择日预约到他家探候。

满面和煦笑容的盖尔,自道胸口留下六七吋长的刀痕,又捞起裤管让我们看他由左腿内侧撷取静脉血管的伤痕,闲闲说来,不忘感谢凯希前前后后有如特别护士般照料他、侍候他,凯希则幽他一默:当国王的日子,滋味应当很不错的。

几十年的少年夫妻老来伴,早就磨成合拍的调侃搭档,两人明显清瘦,足见这对同林鸟的有难同厮磨、相照应的珍贵感情,较诸多离异婚变的西洋配偶,算是比较东方式的传统吧。

盖尔完全康复后,有礼的凯希,专诚邀我们上她家共进午餐。

鲜花加烛光摆设的餐桌,雅洁如昔,我们两对夫妇,谈得有趣、吃得津津有味的菜点,虽平常,却绝对健康营养:菊苣和绿船色拉、嫩烤鸡片、全麦小面包,另以低脂冰淇淋加新鲜樱桃当甜点。

这道悦目的大小"色拉船",黄、白、绿相间,很能呈现凯希喜欢精巧餐点的特色:"菊苣色拉船",轻巧如两指间的一叶轻舟,乃有机菊苣(endive)一片,满载着由切成小丁的苹果、葡萄干、芹菜、煮蛋、核桃组成的色拉,以酸奶(yogurt)拌匀而成。船身稍大的"绿船色拉",则以小片嫩罗曼尼(Romaine lettuce)生菜叶的凹槽盛放色拉,爽口清脆,能依各人喜好取食的设想,怎不周到?

盖尔开过刀后,凯希下功夫研究食品营养,还注册参加医院为动过心脏手术病人开设的餐饮讲习班,注重饮食调摄,也规律相伴散步,两年后,盖尔拿了优退,提早从杏坛抽身了。

八年前的往事历历,我们因公或私,仍有机会交谊。他们的大儿子,史提夫·纽沃博士,在盖尔退休前一年,也进入同一所大学任教,子继父业,演成不落日的"纽沃王朝",只不知,这么多年来,"纽沃王朝"家族的"周末鸡"晚餐,因成员增加,别有不同风味否? 至少,"菊苣色拉"在我家,已多添入鸡丁一味,改葡萄干为新鲜葡萄丁,避开略带苦味的菊苣,全以罗曼尼生菜包食啦。

小
郎

本名郎太碧。祖籍中国重庆,读书十年。曾在军中管理图书和工厂任业务主管,直到退休。1990 年移民美国,五十多岁开始写作,作品散见各大华文报刊。已在中国文联出版《三代美洲移民剪影》、台湾秀威出版《情缘聊斋》小说集。曾任北美洛杉矶华文作家协会秘书长,现任该会理事,美国德维文学协会永久会员。《情缘聊斋》获 2013 年华文著述小说类佳作奖。

牛排情缘

"朝耕及露下,暮耕连月出,身无一毛利,主有千箱实",是宋代诗人王安石写牛的诗句,现在人们也常称誉踏实肯干的人为"老黄牛"。

我出生川东山区,从小看到牛整天耕田,长年累月只是以草料果腹。主人总是把牛视为祖宗,老牛无力工作了,不会杀牛卖钱,而是低价交给牛贩子处理。县城里一个叫大巷口的地方可以杀牛。上刑场的老牛,接近巷口,知道死期已到,再不肯往前走,还流泪声嘶力竭地嚎叫。想着牛一生辛苦耕耘,老了如此凄惨可怜,在国内几十年,餐桌上的牛肉我从没动过筷子,当然就不知其滋味了。

美国不用牛耕田,牛排是餐馆的高档佳肴。

一九八九年后我来美国时,中国还很少有自助餐。到美国住在儿子就读的堪萨斯州立大学城,初次听他说起美国的自助餐馆,鸡、鱼、肉、蟹、虾……各式各样的点心、蔬菜水果让人各取所需,任人吃个够,我顿时觉得像是天方夜谭。

刚来时,我住在儿子租的留学生宿舍,有厨房,自己买菜做饭,生活也挺方便。有天儿子一定要带我上馆子,而且振振有词地说,不是为了吃,而是接风和体验美国生活。我也顾不得给他省钱了,抱着百闻不如一试的心情,答应跟他去自助餐厅开洋荤。

去餐馆之前,儿子给我上了一堂礼仪课:他说西方人重视吃相,吃东西时不能发出声音,不能张大嘴,用刀子一块块慢慢锯肉,再用叉子一点点送进口中。坐姿需四平八稳,身子不能随便摇晃,拿菜必须排队……听了儿子一大堆西餐经,想着在中国几十年走南闯北,参加过不少大小宴会,吃遍了"东甜""西辣""北咸""南鲜",看惯了举杯大声嚷嚷,你碰我饮,你奉我食的热闹场面。眼下,去西餐馆要守那么多规矩,不是花钱买罪受吗?

本想对儿子说"不",又想着他自十六岁到广州上大学,回上海教了五年书,加上在美两年,离家整整十一年,他一片孝心让我体验美国生活,怎可让他扫兴?

美国人的餐馆装修典雅,服务人员各守岗位,热情礼貌。儿子带我边选菜,边说:"妈妈,不要吃得太饱,这家餐馆的招牌菜还在后头呢,待会服务员送来。"

鸡、鱼、虾、蟹、肉、芹菜、生菜、豆芽、炒面、酸辣汤……我已吃得口齿留香,正想打一个"饱嗝",硬是被儿子所提示的吃食礼仪所约束,强忍了回去。

"主角"终于登场了,热情的服务员,将那盛着血肉的盘子,放在我面前时,要不是座椅有靠背,真会吓得昏倒在地。儿子见状,以为我受了啥刺激,急着问:"妈妈,怎么啦?"

我指着盘子里的血肉说:"这是啥?"

"主餐,牛排呀!"

听到"牛排"二字,我想到了中国人在餐桌上杀猴吃脑的往事,以为那肉是刚从牛身上割下来的,于是说:"这有血的牛肉也可以吃吗?"

儿子说那是八成熟的牛排,很嫩很香的,快吃吧。经不起他的游说,我终于咬紧牙根,以豁出去的决心,接受了儿子送到嘴边的第一块牛排,细嚼慢品,确实不错。看着儿子吃得津津有味的样子,知道他已不但喜欢美国,也喜欢西餐,是不可能回国了。想着我们一家三口,夫君脑溢血匆匆离世,我们母子俩再也不可能分开,看来我们家的历史要改了。

人说万事皆是缘,毓超是见辣不吃的广东人,我则是无辣饭菜不香的川妹子。只因命运弄人,与毓超共同创业,相濡以沫的妻子也突然驾鹤西去。也许是我们都受着"悲莫悲兮生别离"的伤痛;也许我们都热爱文学,鸿雁传书,在异国他乡,在儿女们的支持下,终于结成老来伴。

毓超有八个儿女,七个已完婚,媳妇、女婿中一半是美国、日本人,全家人说英文,吃西餐或广东菜,是典型的联合国家庭。妻子在世时他没进过厨房,妻子离世后，他照样坚持每周一聚，继续亡妻在世时的家风，而且很多时候都吃牛排大餐。每次牛排餐，都是小儿子掌刀，几十人排队，全家对我这位空降的"外邦人"，总是特别照顾，那又香又脆的第一刀，一定是我的专利。十八个寒暑过去，在我心目中，牛排已不仅是美食、吃食艺术和文化，而是一大家子人其乐融融的情缘了。

杨美玲

笔名万羚,淡江大学中文系毕业,从事儿童文学创作多年,并为《国语日报》儿童版、青少年版以及基督教传播机构"佳音社"撰写专栏。曾荣获小太阳奖、九歌儿童文学奖、年度最佳少年儿童读物奖等多项儿童文学奖。旅居海外期间,热心推广中文教育并积极参与及策划艺文活动。喜欢摄影,热爱大自然及旅游,经常将摄影搭配在文字中,使文章融合美感、情味、理趣和知识。

温哥华的山珍海味
——黑莓、生蚝与蛤蜊

表妹静如住在温哥华岛的那乃摩(Nanaimo),一直想去探访,终于下定决心,今年八月去度假一星期。岛上美丽的景致、天然的资源和浓厚的人文气息,让我毕生难忘。

行经高速公路,两旁油绿的叶片中,结满串串如黑钻的果实,静如告诉我那是野生黑莓。"都没人要吗?""是的,都没人要。黑莓是此地原生植物,成熟的果实汁多香甜,也适合做派,但黑莓刺太多,采起来费劲,大家都懒得摘。邻近公园有许多,我们去摘。"回到家,静如给我一双手套,我们带了梯子,就逛到公园当起临时采莓工。约两小时,静如、妹婿文政、世沦及我,就摘了足足五公斤,当晚,泡了一坛黑莓酒。晚餐,静如秀出她去年酿的黑莓酒,味道香醇浓郁。

文政说饮黑莓酒应当搭配生蚝及蛤蜊,于是,我们隔天就到海边挖蛤蜊及捡生蚝。

挖蛤蜊、捡生蚝,可不是说去,随时就能行动,必须有一张咸水钓鱼执照

(Tidal Waters Sport Fishing License)，还要观潮汐，了解涨落的时辰。

加拿大政府对大自然的生态保育，能从钓鱼执照的执行方式看出端倪，每张执照对海产的捕获量有限制，除了限制各类鲑鱼的钓量，一张执照每天只能捡 15 个生蚝，挖 75 个蛤蜊，捕 4 只大螃蟹等等。

文政对潮汐的涨落了如指掌，他虽是经济学教授，但喜爱大自然，热衷于海岸的生态保育。他告诉我，潮水每天涨上海岸，经过一段时间退下，通常每天有两次潮，早潮名"潮"，夜潮名"汐"，潮汐的涨退极有规律，每天的涨退时间也不同。文政有一张潮汐表，记载附近水域每日的涨潮、退潮时间。我们将要前往捡生蚝、挖蛤蜊的地点 Nanoose 海湾，是一处潮滩。潮滩是水位时常改变的海岸，退潮后，会露出大片泥地或沙地，也是生蚝、蛤蜊生存的地方。

捡生蚝的安全时间大约有两个小时，就是在最低潮的前后约一小时，当日的低潮时间是上午八点半。出发前，我以为生蚝是黏在岩石间，问静如需要带什么工具吗？她说退潮后，生蚝满地都是，就像捡石头一样，用手捡啦！我还以为她在开玩笑呢。

潮汐有如海洋的脉搏，带给大海无限的活力，海洋真是奇妙，不同的海域，给动植物提供各种不同的生活环境，Nanoose 海湾仿佛注定就是生蚝与蛤蜊的天堂。

Nanoose 海湾与我以往在台湾所熟悉的潮间区截然不同。台湾的潮间带，退潮后，布满沙、泥，踩上去，满脚泥泞。Nanoose 海湾的地质为细小石砾，踩踏其间，不会弄脏双脚，只感觉有一种细微韵律，是一曲隐隐的回声，响应藏躲其间小生物的呼吸声响。

沿着细石砾往前走，呈现在浅水处的，是一颗颗白玉似的石块，静如说这就是生蚝了。我不敢相信我的双眼所见，一大片美丽的白石，安安静静躺在大自然的怀抱中，这就是生蚝？真是大开眼界。

文政说别急着捡，我们先去挖蛤蜊，回头再来挑生蚝。

挖蛤蜊是有窍门的，文政教我找烧酒螺多的地方，往下扒，就能挖到。照着他的方法，我用铁扒往下扒两公分，就感觉到铁扒有一股阻力，像被小石块压抑般，我将铁扒往上拉，果然，一颗超大的蛤蜊就到手了。不到半个小时，我们就挖了一百多个。我们只有一张执照，今天只能带 75 个回家，其余的都要放回大海。

捡生蚝一点都不费劲，我们只要弯下腰，挑个特大的往桶子一丢就成了，得来全不费工夫。浅水洼处，有些海草，静如说这是好吃的珊瑚菜，我们捡些回去做凉拌。

回程，我们又去摘黑莓及野生苹果，为当日的晚餐增添食材。

傍晚，文政架起烤肉架，袅袅炊烟中，隐约可闻到 15 个大生蚝与 75 颗蛤蛳的味道,静如捧出凉拌珊瑚菜,搭配我们刚从庭院中采摘的蔬菜。切一盘野苹果,开一瓶黑莓酒,称得上是地道的"山珍海味"了。

　　我最爱珊瑚菜,尝起来很像在台湾吃的鹿角菜,但味道更鲜嫩,静如将珊瑚菜汆烫后,滴几滴鱼露,做成泰式口味的凉拌。细细咀嚼珊瑚菜,仿佛有一阵清凉海风,拂面而过。远处夕阳西下,天边柔美的霞光,正为我们的海陆大餐,揭开序幕。

陈苏云

写作十年,出版长篇小说《冰雨》和《寂静的声音》,发表六十多篇文学作品,有多篇作品获奖。曾参与《华章》编辑工作。现工作之余,潜心创作第三本长篇小说,为《加拿大国家旅游与生活》和《北京青年报·副刊》撰稿。

野菜的诱惑

今夏的温哥华少了雨,多了阳光。天好人勤,蔬菜疯长。从邻居到朋友,从同事到亲戚,都成为我有机蔬菜的享用者,而我则获得他们赠予的"优秀农民"光荣称号。带着"优秀农民"称呼的骄傲,以业余植物研究者的姿态,缓行于三千呎菜园。每次巡视,心存愧疚:蔬菜苗壮成长,野草也不示弱,与蔬菜对垒。

为保"优秀农民"声誉,清除菜园子杂草势在必行。用巴掌大的小锄头开工,有点儿耍花拳绣腿般的心虚,幸好无人窥视。大蒜地里那一米高的野苋菜特别招眼,自然成为首要清除对象。我用小时候在学校农场学来的本事,锄松根部泥土后,用手抓住茎,连根拔起,而后得意地欣赏战果。顺着叶茎往下看,那白中带粉红色的根,露着胖身子,像传说中穿肚兜的人参娃娃,张着迷人的眼睛,等待我的判决。熟悉的根茎让我的手微微颤抖。小时候拉肚子时,妈妈会到外面挖大野苋菜的根茎回来,煮水,加少许糖,哄我喝。或许是一种思乡,又或许追忆母爱,我决定把它的根晒干备用,叶子留下,带回厨房。

用广东焯青菜的方法:清水加几滴油,煮滚,把野苋菜叶子和嫩茎放进滚水,而后倒出网筛,滤水,上碟,爆香蒜油,加上两匙羹生抽,淋到碟上的野苋菜,一碟油绿而散发着特殊芳香的菜便显现在眼前。我迫不及待地下箸,不一会儿便一扫而光。或许是第一碟野苋菜太好吃,我决定摘采水灵灵的马齿苋。用同样的方法焯,于是,绿中带红的菜,在白色背景碟子衬托下,张扬地登上我的餐桌,让我尝到不同风味、微酸带甘的野菜餐。

七十年代在国内读小学时,为了迎合政治需要,学校不定时把瘦弱野菜与发霉米糠混合煮成"忆苦思甜餐"给我们吃。青草味与霉味混杂,半湿半干地在碗里等着,犹如槽里的猪食,永世难忘。从此,野菜在我脑海里打下"难吃"的烙印,也记住了这几种野菜的名字:野苋菜和马齿苋。十四年前,一对加拿大老夫妇带我们去落基山山脉低处行山,教我们辨认野花和野菜,于是,我的"野菜目录"里增加了一种:灰苋菜(lamb's quarters)。他们教我用嫩灰苋菜做色拉,后来,我用粤菜方式烹煮,自名为"蚝油浸灰苋菜"和"姜葱蒜茸拌灰苋菜",有时又会心血来潮,自创灰苋菜牛肉包子,让加拿大野菜与中国包子结缘。

整个夏天,园子里二十多种蔬菜陆续登场。没菜可采的间隙,野菜自然成为主角,餐桌依旧丰富,香气缭绕。野菜不仅好吃,还具有药用价值。据上海科学技术出版社的《中药大辞典》记载,野苋菜富含维生素 C。我采摘的是常见品种,根和种子也可以入药,主治"赤白痢疾,二便不通"。据百度百科介绍,马齿苋"全草供药用,有清热利湿、解毒消肿、消炎、止渴、利尿作用;种子明目",而灰苋菜具有"清热利湿、止痒、解毒"的作用。

我小时候体弱多病,大病看医生,小病喝妈妈熬的草药。有时跟妈妈到宿舍附近找草药,把野苋菜和马齿苋挖回家晒干备用。野菜已不是单纯的"菜",是儿时回忆和回味的导线,充满温情与魅力,诱惑我给予额外关注。看着晒干的野菜(草药)和餐桌上的野菜,自然想起儿时的情景。给菜园除草时,我会小心翼翼,不伤这三种野菜的根,让它们拥有与白菜、南瓜等同的权利,享有同样的阳光、肥料和水,一起成长,一起坦然登上餐桌。

野菜,我今夏餐桌上的副主角,菜园子中的意外收获;野菜,刻记母亲爱的密码,写满中国民间智能。在异国的天空下,我甘陷于野菜的诱惑,品味自然赐予的礼物。"一箸野菜,满齿留香",如此说,不为过。

陈玉琳

祖籍浙江余姚，1952 年出生于台湾。台湾师范大学国文系毕业，曾任高中教师，移居美国后从商。业余爱好写作，1996 年加入北德州文友社，现任社长。2010 年加入海外华文女作家协会。常有散文游记与家居抒怀之作发表于《达拉斯华文报》及《世界日报》，作品有《静墨斋文集》等。

"三味一体"的火鸭鸡

　　1996 年暑假，我们从俄亥俄州搬来德州达拉斯，由于是买下老朋友的旧宅，倚仗着这层"老"关系，我们立刻享受到左邻右舍们的关爱。其中以右舍戴维与珊蒂夫妇对我们照顾最周到，这对白人夫妻，年过半百膝下虚无，对我的女儿疼爱有加，知道她初中毕业才移民来美，没享受过美国传统节日中属于孩童的风俗情趣，珊蒂就一一介绍，包括万圣节教女儿雕刻南瓜脸谱，圣诞节前与女儿一起烘焙制作姜饼屋，更与我们约定，每年的感恩节到她家共度。

　　那年的感恩节是我第一次尝试美式家庭的烤火鸡，也是首次见识烤火鸡的过程。珊蒂来自俄亥俄州乡下，平日以素食为主，偶尔吃些鸡肉。为了让我们认识美国传统感恩节的饮食，特别开荤，准备了一只足够十人吃的大火鸡，从早开始忙碌，我与女儿都赶来帮忙。初次见到如此庞大的火鸡，感到十分新奇，只见珊蒂熟练地准备好待烤的火鸡，我与女儿都觉得好有趣，在台湾，一般住家厨房里没烤箱，用烤箱烤食物是我最感兴趣的厨事。

　　等待烤鸡的空当，珊蒂忙着做蔓越莓酱（Cranberry Sauce）及酱汁（Gravy），移民来美后我逐渐了解美国饮食文化，许多食物多是以酱汁相佐，味道来自于外，不同于中式美食的鲜美味道取决于烹调时的火候与之前的调料腌泡,使美好滋味和食物融为一体。

我在达拉斯吃到的第一顿感恩节大餐,虽有着浓浓的人情味,但食物本身却并不适合我这中国胃,也许因为火鸡太大,肉质不如体积较小的鸡肉滑嫩多汁,吃起来缺乏鲜味,以蔓越莓酱相配的吃法更是我较无法接受的"甜咸配"。

酸酸甜甜的蔓越莓酱,倒是使我想到儿时家中自制的李子酱,我拿起面包抹上蔓越莓酱,边吃边忆儿时,此举引来珊蒂夫妇开怀大笑,这顿感恩节大餐,我吃下的不仅是一份异国情谊,更是无限的怀乡之情。

自此以后数年,每逢感恩节我们全家就成为珊蒂夫妇的嘉宾,感恩节对我而言,不仅是吃顿大餐,也是享受好邻居热情关怀的日子。

没多久,珊蒂夫妇退休搬回俄亥俄州乡下,我们开始自家过感恩节。第一次自己准备感恩大餐,我决定以烟熏火鸡(Smoked Turkey)为感恩节主餐。烟熏火鸡经过腌制,本身已有味道,食用时不蘸酱汁,吃进我这中国老饕的胃中,竟想起过中国年时的年菜——香肠与腊肉,一口口吃入嘴里的烟熏火鸡,却咀嚼出万般滋味,既有着中国年节的欢庆回忆,又不免想起珊蒂夫妇,回忆与他们共度第一次感恩节的欢乐点滴,回忆起珊蒂对女儿与我无微不至的照顾,烟熏火鸡的滋味竟化做对老友无限的思念。

女儿大学毕业就业后,每逢感恩节一定赶回家团聚,她公司同事们在感恩节前的热门话题,总是谈论如何变化感恩节大餐的菜色。女儿由同事口中得知,办公大楼附近有家商店,出售特殊口味的火鸭鸡(Turducken):一只完全去骨的火鸡,肚内塞满好料,包括一大片鸭肉及鲜嫩鸡肉与特制填充食材。一只火鸡包括三种口味,爱追求新鲜美食的我,欣然接受女儿建议的"革新感恩大餐",从此我家感恩节餐桌上的火鸡大餐更为精彩。据说这种去骨填肉的火鸭鸡,源自于路易斯安那州南部的卡真(Cajun)烹调方式,我偏爱辣味,所以对这种正宗卡真风味的烤火鸡很有认同感。

我真佩服这道美食的发明者,火鸡肚内塞入的鸭肉滑嫩爽口,鸡肉鲜嫩多汁,填充食材本身香软可口,其中的香料味更渗入火鸡肉中,使火鸡与鸡、鸭三种肉质都通透着一股幽香,细嚼慢咽品味美食的同时,齿颊间飘散着淡淡芳香与卡真口味的辛辣,再度刺激食欲,一口接一口地享受这"三味一体"的火鸭鸡,真是感恩大餐中最难忘的滋味。

我将这改变告诉珊蒂,她很好奇,急忙问我火鸭鸡的滋味如何?我说:"相当神奇美味。"

不忍独享这种美食,次年我邀珊蒂夫妇来家过感恩节,她欣然应约,与老友再相聚的喜乐,使感恩大餐更多滋多味。看着从烤箱中取出烤得黄澄油亮的"三味一体"火鸭鸡,想起当年我向珊蒂学习使用烤箱烘焙糕点的种种情景,感恩节餐桌上的美食,永远散发着浓郁的友情。

孟丝

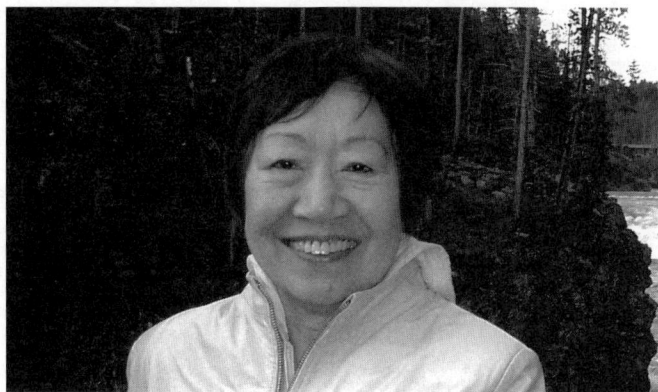

原名薛兴霞,获文学士、图书馆硕士学位。作品多为中短篇小说、散文,散见海内外各报刊及网站。出版多部小说集、传记及游记。现为汉新月刊专栏作家、好读网专栏作家。

第一顿火鸡大餐

到美国许多年了,每逢年尾,空气里总跳跃着第一顿火鸡大餐的影子。六零年中,我们住的大学城逢到第一个年度美国大节。外州来的学生纷纷回家,平时校园里熙熙攘攘,这时变得十分冷清。餐厅、商店、图书馆通通关门,许多外国学生无处可去,只有留在大学城里。中国学生多半和自己圈内人来往,倒也不太觉得寂寞。这天,数学系的老莫开了他那辆雪弗兰老爷车来找我们,说要到乡下去兜风。我们正闷得慌,立刻跟他出游。

中西部的乡下实在非常单调,大都是一望无际的农田,而深冬季节,灰秃秃的大地、宽阔的四线道公路、暗灰的天幕,真是无景可看。这样开了一段时间,突见一家仓库样的建筑物前停了许多车,而且门前竖立了一块大招牌,上面写着"跳蚤市场大甩卖",令我们十分兴奋。入场券上有号码,用来抽奖。里面座位像体育场,一层层成梯形,坐满了人。见我们进来,许多观众都对我们行注目礼。乡下地方,我们的黑发黄肤招来许多好奇的目光……

此时,台上排列着许多编好号码的东西,花样很多。一位拍卖专业高手,正专心地念念有词。乍听含混不清,细听原来全是数字。"五元、五元、十元、十元、十五、十五……"观众中有人举手,台上的男人就用手指着那人,一会儿东,一会儿西。另一只手握着一支木捶。如果没人再竞价,手中木捶就用力捶下。这便是"Going,going,gone(加价,加价,成交)!"了。突然间我看见一张书桌,左边有三层抽屉,抽屉前有铜环,书桌有一份古朴,也刻满岁月,玲珑可爱。我立刻举手竞标。我们是唯一竞标人。很快以最低价五元买得这张书桌。

过了好一段时辰,该是离开的时候了,主办人请大家留下,立刻开奖。第一大奖是一只二十磅重的火鸡。大家屏息静气,主持人宣布中奖号码!不偏不倚,正是我们的三个号码之一!主办人生怕我们的数字有误,特派助手来身边查对,没错!我们的号码中奖!

回到家里,对着这样大的火鸡,禁不住发起愁来。怎么办?次晨决定学美国传统,过节!把火鸡放入烤箱,一面通知留守小城的各路英雄豪杰,请大家中午来吃这只中奖得来的好运火鸡。人们全兴冲冲地赶到。午餐时间到来,大家围着餐桌,把火鸡端出来,啊,要命!除了表皮,里面鸡肉全是半生不熟!

打电话向罗莎求救。她是学校指定给我们外国学生接待家庭的女主人。她的丈夫是当地农夫,全家住得离大学城不远,有二子一女,耕种五百亩农田。冬天罗莎在附近一家餐馆做大厨,一家人朴实而和乐。听完我的火鸡故事,罗莎差点笑掉门牙。别动,马上就到。

大约半小时,她和丈夫匆匆赶到。两人高头大马。把火鸡连烤盘一把抱起,装入他们的中型货运车,叫所有人到她家去过节。大家开了四辆老爷车,浩浩荡荡跟着前去。半小时后到达他们的农庄。一座白色小屋,坐落在大片光秃秃的农田中,不远处是高高的谷仓。谷仓前面有各样的拖拉机、播种机、卡车,还有些不知名的操作农具。离谷仓不远,有马厩,里面养着两匹马。屋前一条狼狗对大家汪汪地叫着。

这时,全家都闻声纷纷出来,和我们笑嘻嘻地打招呼,显然都已知道了火鸡的故事。罗莎的儿女带大家去参观。儿子表演如何使用拖拉机,女儿教大家如何挤牛奶。五百亩农田,一望无际。夕阳带丝残红,白色小屋顶冒着淡淡炊烟。这份农家人的生活写照,真是美如世外桃源。

天色渐渐暗去,罗莎叫大家进去晚餐。壁炉冒着熊熊火光,整栋屋子散发着食物香喷喷的气味。餐厅雪白的桌布上放置着外黄内白的火鸡,另有刚出炉的小面包卷、绿油油的色拉、绛红色蔓越莓、珠粒般苹果派、似玛瑙的透明蜂蜜、乳黄色奶油……那是来美国后的第一顿火鸡大餐,真是一顿最美也最值得怀念的火鸡大餐。每逢火鸡季节到来,思念起这件往事,我总感到无限温馨。

毕业以后,每当感恩季节来临,我们都会互寄卡片问候,述说家中琐事。但渐渐通信越来越少,从一些零星信息中,知道他们仍接待外国学生,尤以中国学生居多。岁月催人老,我们终于失去联络。无论如何,罗莎一家留给我们无限温馨,每逢这样的季节,他们全家人的身影都会在记忆深处缓缓浮现。

龚
则
韫

祖籍福建晋江,生长在台湾。美国柏克莱加州大学环境卫生科学与毒
理学博士。现任美国国防医科大学医科和辐射生物科终身职正教授及混
伤部资深研究员。获 2005 年辅仁大学校友学术杰出奖、2006 年美国防陆
军部科研成果奖等多项奖章,拥有发明专利。业余喜写作、音乐、戏剧及拉
大提琴,获 2002 年海外华文著述奖、2004 年《美华商报》小说二等奖,共出
版六本中文书。

感恩节思亲谢友

近年来,每到 11 月初,阿里总不会忘记来电邮,邀请我们去他家过感恩
节,共享火鸡大餐。今年也不例外,他还特别声明他的岳父母会来共过佳节。
我们以前尝过他岳母的火鸡手艺,肉嫩汁多,十分可口。

我小时候的隔壁邻居养了十来只火鸡,领头的是一只公火鸡,后面跟着一
群母火鸡,逍遥自在地在街头漫步闲逛。火鸡其貌不扬,其形不威,其声不亮,
比起其他鸟禽,实在相去甚远,故不倾心赏之,亦从未尝之。

美国有感恩节,不起眼的火鸡竟是主角,一旦节日来临,美国总统还要隆
重放生一只大火鸡,表示仁慈、德政。我来美留学的第一个感恩节,那时任职
助教,美国学生请我去她家的农场过节,吃火鸡肉,品尝水果派,有苹果、桃子、
樱桃、蓝莓、覆盆子等口味,我只是应景吃一些,当时还没能入乡随俗,融入美
国文化中,吃不出其中的美味与深长意义来。

结婚生子后,每逢感恩节,孩子一定从学校带回火鸡图画或手工艺品,我
爱屋及乌,开始学习过节种种,也拟好菜单开始采买。有一位同事每到此节之

前,一定不停赞美他母亲的火鸡如何美味,十分期待着回家过节团圆。他说:"我妈妈烤火鸡的秘诀是先在烤盆里加一罐鸡汤、一罐清水、一杯碎洋葱垫底,然后置10磅的火鸡于上,放入烤箱,以华氏350度烤4个半小时后,拿出来涂蜜糖,再进烤箱烤半小时,即告完工。金黄色的火鸡,油亮亮的,肉白而嫩,恰到好处。"我又问他:"蔓越莓酱(Cranberry Sauce)怎么做?"他说:"那很容易,用一包蔓越莓,加一杯清水、一杯糖,煮滚,然后用调羹压扁蔓越莓就成了。火鸡肉蘸着新鲜做的蔓越莓酱,哇!那真是人间美味啊!"听他描述着,我的舌尖似乎都尝到那丝丝的甜香鲜美,使我有满满的信心去烤火鸡,果不其然,我依样画葫芦地做出了一道美味火鸡和一碗蔓越莓酱来。

在敞亮的水晶灯下,用最好的盘子,我们将美食摆满一桌,感恩节大餐一定包括烤全火鸡、马铃薯泥、蔓越莓酱、大虾色拉、烤红薯、面包、南瓜派等等美食。家人团聚,手拉手祷告完毕,举起倒满苹果西打的酒杯,大声彼此祝贺,然后开怀大吃。孩子喜悦的眼睛,鼓鼓的腮帮子,忙碌的双手,伴着锵锵的刀叉声,那是幸福的铃声,响了又响,一遍又一遍,一直到长大离家,二十多年的传统,终于因为孩子不再回家过节吃火鸡大餐而画上休止符。如此丰盈饱满的美食、美具、美境永藏脑海!

当我们的孩子不再回家过感恩节之后,阿里必定邀我们一起上他们家去同乐。阿里是我们的好朋友,他是伊朗人,妻子是美国人,他们的三个孩子年纪小,自然还得隆重对待感恩节。有时阿里的父母从伊朗来,那么做的火鸡大餐是伊朗味,除了上述的那些菜之外,还有伊朗锅巴、石榴炖鸡块、橄榄油茄子泥等;如果是岳父母从密苏里州来,那么做的大餐是美式火鸡,还有不同口味的水果派。不管是伊朗味或美国味,我们都满怀愉快,高兴用餐,必是吃得好饱,宾主尽欢才罢休。今年也不例外。

家父于两年前的感恩节安息主怀,所以我的感恩节多了一丝哀伤与神伤,在吃火鸡,喝苹果西打,与朋友笑谈自若之外,怀念他的音容笑貌,怀念他的身教言教,为自己所有的,不管是有形的或无形的,明白皆是父母所赐予,心怀感恩,永远感恩。

阿里了解我的心情,所以他劝我多吃火鸡肉时,总是好声好语,多体贴的主人啊!多温暖的人情味啊!不是都说,伤疤有淡化的时候,绝望有停止的时候,花会谢,浪会退,光会黯,月有阴晴圆缺,人有悲欢离合,我的伤心也会隐退。父亲不会愿意看我一直忧郁,我也不想在沮丧中红颜老去,我打起精神跟阿里说:"很好吃,一定多吃。"我自备蔓越莓红酱,红宝石般,斑灿剔透,很吸睛,很开胃。

如今,火鸡是亲情与友谊的符号,我迷上了火鸡,一年一度的火鸡大餐多吃一些,吃撑了胃,也没关系,我愿意明天起早多走路烧掉多吃的卡路里,那是一种另样的幸福,好像父亲又在身边关爱我一样。

蔡岱安

笔名南瓜、安言、丽云等。台湾东海大学中文系学士,美国密苏里大学
计算机工程与电机工程学士。1999年以《问情》获《基督教论坛报》雅歌文
学奖短篇小说佳作。1999年以《母与子》获芝加哥华文写作协会与北美
《世界日报·副刊》合办的极短篇征文比赛佳作。2003年以《未竟之旅》再
获散文征文比赛第三名。2006年,短篇小说《错爱》收录于海外华文女作
家协会女性文学选集《旅缘》一书。

我便是这样被"同化"的

没想到我居住美国的时间竟然比在台湾更长久了。

出国后,除台湾的亲朋外,最想念的就是台湾的美食了。刚来美时,很不
习惯此地的食物,尤其起司,记得在密苏里州念大学时,有位同学为我的生日
特地做了一个起司蛋糕,我一口都不敢吃,真是罪过。

因为怀念中菜,毕业新婚到加拿大说法语的魁北克蜜月旅行时,本应吃法
国菜的,但我第一晚仍选中餐馆。装潢虽中式,背景音乐乃中文歌曲,菜色却
完全杂碎式,是给"老外"吃的,让我们几乎无法动箸。另一次去科罗拉多州旅
游,在中餐馆点了四道菜,很快上桌来,除青菜外,其他三种,不管海鲜或肉类,
都同个味道,应是同一种酱汁炒出来的,真教人失望。

然而,美国毕竟国土广袤,海鲜与肉类兼备,最重要的是"民族大熔炉",我
们随着时光流逝,慢慢累积饮食经验,懂得必须慎选餐馆。

所以,终于在加州吃到整口爆出香甜汁液的大汤包和鲜美蟹汁炒出来的
可口台湾意面,吃到裹着咸蛋黄去炸或放许多大蒜窑烤,比新英格兰龙虾贵却

更为甜美的太平洋大蟹（Dungeness Crab）。还在内华达州赌城拉斯维加斯狂吃阿拉斯加的国王蟹脚；在新罕布什尔州惊喜地发现竟也有入口即化的神户牛排；缅因州除了饕餮闻名的双龙虾大餐外，法国餐厅亦不乏以苏联芭蕾舞娘帕芙洛娃舞姿命名的"Pavlova"新西兰甜点（焗蛋白内馅奶冻外加鲜果），美味到我和老公每次都各点一份，拒绝分享；罗得岛州海边则囊括我们认为最为真材实料的龙虾色拉与菲力汉堡；在纽约更是多次品尝到美食铁人（Iron Chef）Morimoto、Batali、Flay 等著名餐厅的精致料理飨宴。

事实上，不一定必须往他州朝圣，单我们居住的麻州住家附近，只要 15 分钟车程就可到一家餐厅 Skipjack's，将东、西方的美食一网打尽。先点个放了虾蟹的海鲜蔬菜汤或酒香扑鼻的龙虾汤，再上蟹肉块煎炸的蟹肉饼（Crab Cake），或来一大盘竟放有中式榨菜的新鲜淡菜（Mussels），主菜则品尝香嫩多汁的旗鱼，或油而不腻的味噌智利海鲈（Chilean Sea Bass），配三色椒和荞麦（Soba）面。这是一家美国餐厅，却附设日本寿司吧台，提供我所吃过的最美味，热热的，由炸虾、鳗鱼、蟹肉、酪梨、黄瓜、鱼卵、芝麻做成形似鳄鱼的"鳄鱼寿司"（Alligator Maki）。

住家附近另有一家俄国餐厅 Odessa，提供吃到饱的自助餐（Buffet），样样精致，从各种渍菜到菜叶包裹蒸煮的各式肉卷，还有一种状如棒球却一咬即碎让我痴迷不已的极品甜点！可惜突然关门大吉，多次上网以谷歌查询，开车寻迹追踪，就是不见了！但给予我们的味觉感动，绝不会消失！

美国处处都有来自各国的美食外，因其饮食文化极其注重卫生和顾客的感觉，使我们外食的经验更是赞叹再三。在红龙虾（Red Lobster）餐厅的鸡尾酒中发现一根头发，服务生随即道歉，另换一杯，饮料免费。Bertucci's 餐厅送上来的比萨外缘有点烤焦，其实只一点点，我们并不介意，侍者竟说比萨免费。在 Cheese Cake Factory 餐厅，正聊得尽兴，经理突然出来说鱼烤得太熟必须重做，将耽误我们用餐，给免费的色拉先行食用，或可选择餐后免费甜点！

最窝心的一次是随老公加州出差，在一家意大利餐厅坐下，发现我们桌子的颜色跟其他桌都不同，是鲜红的。不久侍者来，说我们乃餐厅当晚随机选出来享受惊喜礼物的客人，饮料、前菜、甜点都免费，还拿出红丝绒料的本子让我们签名与写上感言。回来后，每年都收到他们的卡片，细数餐厅的新闻，例如厨师如何前往意大利寻求新食材与菜色等。

来美二十多年，便是不断地享受远近不同餐馆的食趣与食缘，终究满足了我的口腹之欲，逐渐被"同化"，可以把异地当家乡，快快乐乐地生活下去。

1976 年到美国攻读英国文学硕士学位,2004 年获美国普林斯顿大学博士学位,获聘为该校客座教授。曾任美国加州蒙特利公园市文化艺术委员、加州河滨华人作家协会会长、美国新文化运动协会会长、美国亚裔美术家协会荣誉会长。出版有《香车美人》《美国小酒馆的百态人生》《美国女子监狱纪实》《一位美籍华人与她的一百多只猫》等书,2005 年登上中国大陆连锁书店周排行前十大。

免费招待火鸡大餐

依照美国传统,每年感恩节都有人捐献丰盛的火鸡大餐免费招待穷人或无家可归者,让他们有尊严地坐下来好好地享用一餐,感受到过节的气氛。我非常钦佩美国人的博爱精神,希望有朝一日自己也可以行善事让"天下寒士皆欢颜"。

买下圣塔菲餐厅,开张三周年纪念时,我扪心自问:"我整天忙碌,到底为社会做了什么?"我计划在当地的英文报上登一个小广告,宣布在感恩节这一天,我们餐厅中午将提供免费火鸡大餐。

当我向员工宣布这个计划时,每个人都大吃一惊,只有两个女儿举双手赞成。外子在加州州政府的一个监狱中的医院上班,下班后还要到餐厅来帮忙,平时就够他累的;况且他的父亲年高八十,健康状况日衰,身为人子,他坚持一定要回去陪父母过节。

其次,三位美国女侍都要陪家人过节。调酒师乔治和娜拉也不行,看样子只有我的两个小家伙客串女侍,我调酒,幸好黑人厨师汤姆心软,他说:"我是孤儿,反正无家可归,不如来上班还热闹一些。"除了准备烤两只二十磅以上的火鸡,他还计划准备栗子色拉酱、洋芋泥(土豆泥)、棕色调味酱、烤蜜糖红薯及蔓越莓酱。当然,他也会做两大烤盘最拿手的桃子甜饼。他说得如醉如痴,黑色的脸庞上充满兴奋的神情,我们听得口水都快流出来了。"对了,我还会亲手擀鸡蛋面炖鸡汤。"汤姆又补充了一句。

二厨杰瑞也不能来,幸好打杂工荷西愿做大厨副手,打杂、洗碗都能胜任。当然大厨汤姆及荷西,我都要依法付双倍的工资给他们。

当地报纸披露了我们餐厅要在感恩节免费招待火鸡大餐的消息,许多新顾客前来"瞻仰"我这个来自台湾的神秘东方女人,有人说我是一个肯做善事的大富豪。我们一家每天老远开车来辛苦工作,只为赚一点蝇头小利,连孩子们读书的时间都被剥夺了,我像是个大富豪吗?

终于盼到感恩节,单身的几位老顾客卡西、玛莉等人陆续走进餐馆,还有我们顺路去接的梅斯。虽然食物是免费的,他们却毫不吝啬地花钱喝酒,我心里也有数,他们心地善良,想帮助我们,让我们有一些进账。

时间在我和老朋友们的说笑中溜走,将近中午时座上只有两桌四个客人,大厨不断从厨房探头看。那时,我多么希望客人像潮水一样涌进来享用我们的美食哟!我们用心良苦准备了这么多食物,如果这个小餐厅坐满了人,大家吃得香喷喷热烘烘的,该是多美的画面!

将近一点时,比尔带着女儿、女婿来,莫利夫妇和邻居的一家三口也满面笑容地进来,尚有五六个从没见过面的老先生、老太太由儿孙们陪着来……有的要喝酒,有的要咖啡,年轻人要喝汽水、可乐。这时,在酒吧喝酒的几位老主顾也准备用餐了。霎时,厨房内乒乒乓乓地忙乱起来,两个小女侍快速地迈着她们细长的腿往返厨房,将冒着热气的佳肴端出,我也跟在后面挨桌把用过的汤碗、色拉钵收拾起来送回厨房,顺便和客人们寒暄,祝他们佳节愉快。

每位客人都问我,为什么我们烤的火鸡那么鲜嫩?我把秘诀告诉他们,传统式的烤法是背朝下浸在肉汁内,胸朝上;而我们是鸡胸肉朝下,几个小时一直浸在肉汁内烤,所以背上的皮肉香脆,而胸前的厚肉却鲜嫩丰腴。他们又夸奖大厨的手擀鸡蛋面汤别处吃不到,新鲜桃子饼甜而不腻入口即化。总之,餐厅里的热闹气氛很有过节的味道。

这时小女儿小声问我:"有位老太太想把食物带回去,当晚餐吃,可不可以给她一个盒子?"我注意到一位七十多岁瘦小的老太太,正用餐巾纸颤抖着手包起她面前的小面包,她的胃口小,吃不下,给她一个盒子带回去又何妨?

将近两点时,又有七八个人进来,他们都是来自于附近的住宅区,是衣着整洁的中产阶级,没有一个人是流浪汉或真正的穷人,我想他们已有慈善机构在照顾了。我的本意是做件好事,如今变成了敦亲睦邻的活动虽非初衷,但也让美国社会了解我们东方人热情善良的一面。

　　两点半左右，大厨告诉我厨房的食物已经给完了，可以告一段落了，于是我就邀那几位单身的老主顾到酒吧喝一些酒，由我请客。虽然忙了半天，打银机内只有几十元，可是胸膛中那份坦然、无私、开朗、轻快，是我今生从没有过的体验。真是"施比受有福"！

海外女作家的人间烟火

杨慰亲

1939年生。河南省商城县人。台湾政治大学西语系毕业，美国碧宝德大学图书馆系硕士，佐治亚州立大学教育系结业。曾任大学图书馆员、中文教师等职。应薇薇夫人邀约为《世界日报》(家园版)撰写"异国感怀"专栏前后约十年。著作有散文集《异国感怀》《树上的小木屋》《珍妮的忧郁》，小说《人间有梦》《不平行的爱》，传记《电学之父——法拉第》。

西菜中吃烤火鸡

　　七零年代亚特兰大还是一个半睡眠状态的城市。中国人很少，来往的几家朋友，都是在大学执教或做研究的。那时这里不只没有像样的中国馆子，连一些基本的中国食材，也很难找到。

　　但中国人适应力强，那时大家年轻，能就地取材，变化出各种可口的中国菜肴。后来又组织起来，轮流做东，每月聚会一次。不只可以分享烹调手艺，更能联络感情。

　　第一次轮到我们做东，是初到那年的十一月。尝到那么多家的拿手好菜，倍感压力。玉书知我为此事犯愁，笑我太过紧张，顺口说："烤只火鸡吧！"见我惊讶不已的样子又说："应节嘛，十一月过感恩节，没见到处都是火鸡广告？前天安琪还问我，怎么同学家都吃火鸡，我们中国人就不吃？"我正在踌躇，她又加上一句："几年前我在一个朋友家吃过一次火鸡，他用中国食材处理，做出来跟烤鸭的味道差不多。"

　　这话引起我的好奇，也挑起我的兴趣。但如何把火鸡做得类似烤鸭，玉书只能凭记忆略述一二。我原是不挑食也不善厨艺的人，但真能做点不同的东西，或许可以为自己藏拙。何况玉书是这些新交的朋友中最古道热肠的人。她早到此地几年又大我几岁，我视她如长姐，也很愿言听计从。

于是凭着她的记忆，再参考美国烤火鸡的食谱，我俩设计的步骤如下：把解冻后的火鸡用炒过的盐巴及花椒，擦抹里外；再将火鸡用塑料袋装好，放入冰箱，腌三天，其间上下翻动一次；腌好的火鸡拿出，用纸巾把火鸡全身擦干净。再以酱油、蜂蜜及油的混合汁液刷满全身，放进烤箱。十二磅左右的火鸡，用华氏350度，大约需烤四小时，或以小刀戳入大腿肉厚的地方不见血则可。

等火鸡入了烤箱，我仍十分不安。因为在美国朋友家吃火鸡的经验，大多是干燥而无味。丈夫见我不住地嘀咕，就建议在烤盘中注入清水："有水蒸气就不会干燥了。"于是照他的建议行事，不时查看，随时加涂油蜜酱汁。果然看见火鸡皮油亮光滑，且有烤鸭的酱色。

双层圆饼 Pita Bread，流行在中东及地中海一带。现在市场上买到的大多是希腊式用发面做成的。虽不能跟中国的薄饼相比，但勉强可以代用。我把饼从中剖成两半，类似一个口袋，擦上海鲜酱或甜面酱，加些葱丝包上火鸡肉，吃起来，倒真有些北京烤鸭的感觉。

那天朋友一下子就到齐了。深秋天气，寒意侵人，而室内却和暖如春。出乎意料的是，烤火鸡竟然是非常受欢迎的一道菜，心中的疑虑终于随谈笑声飞出窗外。饭后当我端出水果时，小安琪忽然跑到我的面前，仰头对我说："杨阿姨，你是世界上最好的厨师。"望着她闪烁的眼睛，一脸的崇敬，我忍不住搂着她说："你是世界上最可爱的小天使。"

七零年代的亚特兰大开始快速发展，随之而来的是各国的移民潮。我们那个家庭聚餐，人数增加，不久就移到发展如雨后春笋般的中国餐馆。不在家里聚餐，我不再需为做菜费心思，所以厨艺依然没有什么进步。

可是烤火鸡的信心却大增，每年我还是会烤一只火鸡。因为外子在大学执教，到了十一月下旬，都会请国内来的留学生到家过感恩节。一只中式的烤火鸡，对初到异乡的年轻学生来说，无疑新鲜又合时宜。多少年来这几乎成了我们家的惯例。学生们来来往往，大多已失去联络，但偶尔碰面，他们经常都会提到那只大火鸡。每次都让我感到无比温馨。

一眨眼进入了二十一世纪，亚特兰大早已成为美国的东南重镇，到处都是东方面孔。当年那些老朋友，也因各种原因，相继飘零离散。年初玉书跟丈夫也被安琪接到加州养老。当年那个天真的小女孩，已是两个中学生的母亲。

前天玉书来电话，说今年感恩节要烤火鸡："安琪平常太忙，很少在家做饭，第一次在加州过节，我想烤只火鸡。"然后她叙述一些加州生活，不难看出安琪孝顺，二老生活愉快。我为他们高兴，也很是羡慕。

　　一通电话，不禁勾起许多如云往事。人与人之间的因缘聚散，总是那么无可解释，难以琢磨。但我可确定的是，一只只火鸡让我结交了不少朋友，也为我的人生留下许多美好的回忆。

陈美琪

台湾大学商学系毕业，休斯敦大学企业管理硕士，北卡罗来纳州认证会计师，一方面在红尘滚滚中与金钱银行账本纠缠，一方面陶醉在文学园地的清风明月之中。清醒的时候阅读欣赏别人的作品，头脑发热的时候，也提笔写两行自娱。现在生活重心基本已进入"宜醉宜游宜睡"的阶段，在"管竹管山管水"之余，也管管老公。

吃洋餐出洋相

那年六月大学毕业，九月就到了美国。好笑的是老妈不担心我的学业，倒是担心我的饮食，一直说没时间教我做几个菜，一再问我："外国菜你能习惯吗？"我毫不犹豫地回答："求之不得。"当时在台北吃西餐是很时尚的享受，我的回答很真实，并不是安慰她的。后来搬进美国接待家庭，才发现我的留学生活必须从饮食开始。

第一天，为了庆祝我正式成为他们家的一员，女主人艾伦烤了上好的牛排，我把那块可怜的牛排切开，看见鲜血流了满盘，实在想吐，这就是"茹毛饮血"嘛！面对他们殷切的眼光，我只好硬着头皮把牛排放进嘴里……知女莫若母，不得不佩服老妈的先见之明，饮食是我必须学习的要务。我一直觉得自己挺喜欢外国菜的，出了国才知道台北的"外国菜并不外国"。

不久以后，我的机会来了，发现接待家庭爱吃中国菜！哇！这可是天大的好消息，于是就带他们到旧金山的中国餐馆吃中国菜。点了一桌子都是我很熟悉的菜。菜上来后，我可傻眼了，没有一样菜像台北餐馆做的。连忙找来侍者，告诉他上错了菜，我指着一碗炸的干面条，问他那是什么，我绝对没叫这一样东西。最后在国语、广东话、英语和比手画脚的辛苦沟通下,才知道这是所谓的炒面,老天爷!如果这是炒面,那我前二十年吃的不知是什么?还没等我从炒面的噩梦中醒来,另一样东西又出现在餐桌上了,这次我的接待家庭替我解惑,告诉我这是幸运签饼(Fortune Cookie),太没面子了!没想到自己需要老美来介绍中国餐馆的食物。我又发现美国的"中国菜也不中国"。

为了学做菜,不知闹了多少笑话。那时暗想,若能嫁一个会烧饭的老公就万事大吉了。不幸的是,老公比我还好吃懒做。我每天上班,回来还要洗洗切切,又炒又煮的,真烦死人。终于有一天,灵光乍现,我调整方向,开始学做西餐。想着只需把生菜用水冲干净,撒上色拉酱,再把鸡或肉丢进烤箱就行了。

就在我改变方向走西餐路线的同时,老公告知要请老板吃饭,据说此人在饮食上十分保守,换言之,不吃中国菜。我只好四处请教同事。菜单订好,同事把每一步都详细说清楚了,连如何削红萝卜的皮都画了图,我做了满满几页的笔记,同事告诉我,这是"用脚趾头想想都能明白"的食谱,绝对万无一失。是日也,天朗气清,依照食谱,开车到犹太人的肉店,买了肉,又杀向超市,买了一堆食谱上的调味料、蔬菜等等,又洗又切,虽然忙得团团转,一切还算顺利进行。等准备就绪,打开烤箱,放进这盘大菜,不多时,香气四溢,很有温暖的家的感觉。就在我得意的唱起《世界多美丽》的时候,肉香变成焦味,打开烤箱一看,差点昏倒在地,原来烤箱转到烧炙(Broil)档,肉外面焦了,里面还是生的,而老板大人马上就要出现在门口了。同事没听完我的叙述,"砰"的一声,电话就掉在地上了,在她上气不接下气的笑声和咳嗽声中,告诉我解决之道:赶快打电话叫比萨外卖。好在老板还挺有人情味,老公并不因此丢掉工作。

不但食有学问,饮也有名堂。刚来美国的第一个月,我和朋友两个土包子进饮料店,饮料单拿来,完全看不懂,正好旁边一桌也在点饮料,我们就告诉侍者和旁边桌一样就行了。饮料上来,我们惊喜不已,水晶高脚杯、玫瑰红的饮料,上面还插了一把纸做的小花伞,非常漂亮,连忙咕咚咕咚地喝了几大口。身子开始暖和,几分钟后,开始觉得头昏昏的。推开店门,冷风一吹,我马上失去平衡,就像走在海浪上一样,只能紧紧抱住路灯柱子才勉强站住。完全顾不得中国闺秀的仪态,当街呕吐起来……

一晃数十年,三分之二的生命都在国外度过,以为自己炼成了金刚不坏身,对五花八门的饮食,都能和平相处。但是偶尔还会有出乎意料的情况。例如几年前在尼罗河游船上,发现所有的蔬菜都是生的,怕生菜色拉不干净,吃了会泻肚子,每天都在"吃与不吃间,妾身千万难"中度日。又有一年在土耳其旅游,我有两天是靠吃白煮蛋和面包充饥,不是旅行团伙食不好,是我不吃羊肉、奶酪。那时若有团友高价出售泡面,我会毫不手软地买下。老公笑我闯荡江湖这么多年,没想到还保留着有"义和团精神"的胃。

宋
晶
宜

资深媒体人、心灵励志作家、广播主持人。曾任《民生报》总编辑、美国旧金山《世界日报》社长。作品《雅量》入选国文课本第一课长达二十年。著有《就这样，幸福快乐到老》《活出每分每秒的精彩》《我和春天有约》十余本散文集。获美国主流社团美华协会票选为全美杰出亚裔人士。旧金山市长纽森并将 2008 年 12 月 17 日定为宋晶宜日(Ginny Soong Day)。

温馨购食情

在旅游途中，我并不会特意依循观光指南去寻找食物，我喜爱的常不是食物本身，而是饮食带来的愉悦。

在旧金山居住的十年岁月里，虽然担任《世界日报》社长的工作，责任十分繁重，但我并不降低自己和家人的饮食质量，因为我有一套秘籍，让我无论是外食或自煮，都能怡然自在。

一般人喜欢在假日外出用餐，而通常我会反其道而行，我多在假日大量采买，回家煮饭；上班日则常常外带外食。

在当时，我家住在 Hillsborough，我的办公室在 Millbrae，中间的城市是 Burlingame，开车都是等距，六七分钟，因此 Burlingame 的餐厅和超级市场，我了如指掌。

我喜欢到 Burlingame 的 Burlingame 大道，坐在露天的西餐厅吃美国色拉，喝咖啡，我也到 Burlingame 火车站旁的甜甜圈店买甜甜圈。这家小小的甜甜圈店，卖各式各样的甜甜圈，因为开在火车站前，因此生意很好。人们赶车之前，总会带上几个甜甜圈，配上一杯咖啡或热茶，就觉得百吃不厌，吃着吃着,把烦恼都抛到脑后了。

至于报社对面的香满楼(5 Flower),则是当地极负盛名的广东餐馆,古色古香的建筑,阳台上供奉四面佛,里面的海鲜和广东点心,即使换了几个大厨和老板之后,仍能维持一定水平,是宴客的好地方。

大宴小酌都不如自家食物健康美味,我尤爱在加州的 Whole Foods、Safeway、Trader Joe's 这类的生鲜超市采买,他们不但把生鲜食品整理得井然有序,许多上班族还可在这儿买到色拉、汤及烤鸡,随时可以在旁边的长椅坐下解决一餐。

有项问卷调查显示,多数华人新移民,最向往的打工地方是 Safeway。它是加州大型超市,二十四小时营业,就在你住家的附近,生活上的日用品,尤其是生鲜蔬菜、水果、海鲜、肉类,甚至卡片、笔记本、维他命,一应俱全。清晨或夜半,它灯火通明,就在那儿等着你光临。

我喜欢去 Safeway,不单是因为方便,而是我喜欢收款机前的服务人员总是笑容可掬,先问上一声:"你好吗? 要用塑料袋还是纸袋?"然后熟练地将东西包好,结账的同时,还体贴地问上一句:"要人帮你拿上车吗?"

保守的东方人多会客气地婉谢,年长或行动不便的美国人则会欣然接受,服务人员一边轻松推车卸货,一边和客人寒暄聊天,这片刻的交流,对双方都是一个绝佳的放松时刻(break)。

我并不清楚那份问卷的详细内容,但是 Safeway 会成为新移民的打工首选,想必不单是福利和工资,而是能与人快乐互动的工作职场吧!

到近在咫尺的 Safeway 买东西真是再轻松不过了! 对很多现代人来说,能在不拥挤的地方买菜;能在想吃冰淇淋时,就立刻买上一盒;能在想吃三明治时,就立刻挑上一个,是多幸福的事啊!

有些独居的人,在夜半时披衣起身至 Safeway,听听那亲切的招呼声,也就敲碎那离群索居的孤寂感吧! 怎能不感恩? 幸福,就像二十四小时不打烊的便利商店一样,唾手可得。

偶尔有朋友来,少不了开车到旧金山市区去。在市区正中的那条街上,有一间小小的糖果店,狭长的店面,却有一个悬高的屋顶,店主是位妙龄女郎,总是闪着洁白的牙齿,笑对老老小小的客人。

那儿的糖果,色彩缤纷,十分诱人,如果顾客举棋不定,店主就会笑吟吟地问上一句:"要不要先试吃一粒?"客人多半惊喜点头:"可以试两种吗?""当然,三种也没问题!"宾主皆欢时,她还会贴心提示,黑色巧克力适合老人,那会黏牙的方块软糖,是橘子味道,可以送朋友,别家没有这种新款。

听说我们开了一小时的车程前来,她开心地对我说:"我可以为你免费包装。"然后用熟练的巧手选了一条我喜爱的黄色丝带,把一盒橘子软糖妆扮上蝴蝶结,美上加美。

"这弟弟要买一盒糖送祖母,太好了! 我加送一根棒棒糖!"

我望着那高屋顶,满是彩球,再听到店主欢乐地接待下一位小客人,那胖嘟嘟的小朋友,正用他发亮的眼睛,扫射透明的糖果罐。

我想起遥远的童年,也总是爱在糖果店里流连,就像所有的小孩一样,希望长大以后可以开一家糖果店,真的爱吃糖吗? 倒也不尽然,贩卖糖果,就像贩卖快乐一样,把欢喜处处传递。

台湾台南人。台大中文系学士,纽约大学表演文化研究所硕士。曾任杂志社编辑、报社记者等,旅居美国多年,现居上海。曾获《联合文学》小说奖、《联合报》文学奖、"中央日报"文学奖等。作品入选尔雅年度小说选三十年精编、中副小说精选、台湾笔会文集、《联合文学》二十年短篇小说选、九歌年度小说选、中国《新华文摘》等。著有短篇小说合集《更衣室的女人》《大水之夜》《擦肩而过》《越界》《双人探戈》,长篇小说《疫》《旧爱》,随笔《当张爱玲的邻居:台湾留美客的京沪生活记》。

贝果香

贝果(Bagel)抹上奶油奶酪(Cream Cheese)和一杯热咖啡,这就是我们家最理想的美国周末早餐。先生吃一个管饱了,我只吃得下半个。

周六早晨,先生总是带上儿子,到我们所住的茶颈镇贝果店,买上几个洋葱、葡萄干和综合口味的新鲜贝果,店员常会送个迷你贝果给稚龄的儿子。这家店的贝果有嚼劲,弹性十足,越吃越香。这也难怪,茶颈镇本来就是犹太人聚居的小镇,犹太人代表食物之一的贝果,当然做得正宗又美味了。

一到美国,我们便落脚曼哈顿,之后迁移也不出大纽约地区。未到美国前对西餐的接触仅止于比萨、生菜色拉和牛排,来到纽约才认识贝果——这种最常见的早餐面包。说它是面包,紧密的质地跟台湾面包的松软天差地别;环状中空的形状有如甜甜圈,两者味道更是南辕北辙。在朴实木讷的贝果先生面前,中式面包是腰杆不够挺的男人,甜甜圈则是涂脂抹粉的美眉。

贝果的外貌一点也不起眼,除了原来的面香,几乎是无味的,只在外皮上洒着芝麻、罂粟种子、洋葱等提味点缀。然而，一个好贝果，就像世上所有的好男人，当你适当地涂上奶油奶酪，甚至奢侈地夹上一两片烟熏鲑鱼，它那厚实的内涵立刻把食物的美味完美衬托出来。吃的时候，它要求你使劲咀嚼，吃毕你感到十分饱足，也不容易饿。如果说它有什么缺点，就是一定要有杯咖啡，或是一杯热茶，才易入口。

虽然贝果对牙口的要求比较高，然而一旦尝出它那越嚼越香的底蕴，便不得不加入犹太人，将贝果视为最理想的早餐了。

纽约可说是贝果在美国的原乡。十九世纪末，许多东欧犹太人来到美国，聚居于纽约和芝加哥一带。纽约的贝果是以发酵麦面制成，先水煮再烘烤，形成别具一格的嚼劲。它是跟平民生活贴近的食物，中空环状可以串起带着走，存放时间也比较久。据说当年纽约还有一个贝果师傅公会，严格管制制作和贩卖。随着时代的演进，贝果慢慢传遍美国其他地区，也出现了不经水煮或蒸汽烤制的贝果，它因为低脂低发酵，广受重视养生的人们欢迎。1920 年奶油奶酪出现后，更成了贝果的最佳拍档。买贝果时，如果不马上食用，店家会把奶油奶酪装盒让顾客带走。

今天美国的超市里都可以买到贝果，它已经混入了主流，跟面包吐司做伴，也一样可以做成各种三明治，是移民文化进入主流的成功典范。然而好食贝果的人都知道，好的贝果给人一种其他面包无法给予的满足感，它来自用力的嚼食和下肚后的饱足。

自从离开美国后，再难尝到正宗的贝果。台湾的麦当劳一度有贝果早餐，后来也停售了。台北信义路有家"好丘"贝果专卖店，吸引不少白领阶层和海归。在大陆，贝果还是新鲜事物，在"巴黎贝甜"这样的韩国连锁面包店里有得卖，然而是不给力的山寨版，失去了贝果的弹性和嚼劲。在外国人聚居消费的上海旧法租界一带，有不少附带面包坊的西餐厅，倒是可以买到好吃的贝果，只是价格偏高。平价朴实的贝果，就这样成为一种新奇时尚的食品，远离了平民。

有一次去新疆旅游，吃到当地人在坑里烤制的馕饼。馕饼旧称胡饼，从中亚传来，是维吾尔族最普遍的食物，样子像个圆盘，一般用发酵的麦面加盐做成饼坯，直接在火坑里烤成，这是基本款，也可以加芝麻、洋葱、羊肉或羊奶等作各种变化。馕饼易于制作，便于携带且久存不坏，非常适合长途旅行。骑马和骆驼在沙漠上跋涉的旅人，行囊里总要塞几张馕饼，就着奶茶一起下肚。啃着刚出炉的馕饼，它的朴实无华和越嚼越香，让我不禁想起了纽约的贝果。

离开美国快十年了，在西餐普及且美食处处的上海和台北，我们怀念的竟然是朴实无华的贝果。好容易有一年终于能抽空带儿子回大纽约寻访故旧，特地重访茶颈镇那家贝果店。店面没变，店里依然弥漫着熟悉的贝果香，时光仿佛在这里驻足了，然而，儿子已经长大。

江岚

中国古典文学博士,祖籍福建永定。现任美国新泽西州威廉·柏特森大学人文学院"关键语言研究中心"主任,从事对外汉语教学与中国古典文学跨文化传播研究。业余时间从事文学创作,已发表各类体裁作品逾两百万字,曾多次获得文学奖项,代表作品被收录于华裔作家文集 32 种。出版有短篇小说专辑《故事中的女人》,学术专著《唐诗西传史论:以唐诗在英美的传播为中心》,主编报告文学专辑《旅美生涯:讲述华裔》。

深酌葡萄香寻觅

又到加州纳帕(Napa)谷,正是仲春时节,而且下着雨。隔着雨幕远远望去,车窗外大片大片的葡萄园,用苍劲虬结的黑色藤蔓撑出水灵灵连绵的嫩绿,令人的视线心情都春意盎然起来。

葡萄酒之于纳帕谷,恰如岩茶红茶之于武夷山,一方土地上特有的物产,尽是大自然令人惊艳的造化之功。当地人对这些物产珍视、认识与利用的智能,往往充盈着令人叹服的魅力。与酿酒人把酒论酒,与制茶人品茶说茶,都是赏心乐事,也都是人生际遇里难得的机缘。

打量 Stonehedge 酒庄偌大的品酒室里,Dawson Creek 是我过去没见过的,米色底子上姜黄和黑色的图案字体,质朴简洁。我先挑了一瓶梅洛红(Merlot)打开。

梅洛葡萄的可塑性很强,其酒受酿造方法的影响,风格可淡约可厚重,可轻灵可丰盈。这款酒不够香,看着颜色也略嫌浅淡,喝一口,我对 Shahin 摇头:"总的来说比较单薄,后续的涩味也偏重。"

"试试看这个系列的希瑞红(Syrah)。"他另开一款倒出来递给我。

走过加州这么多酒庄，深知每一家的每个系列每款酒都千差万别。对个中短长的品鉴，与个人的口味直接相关，其实难以用"好"或"不好"简单论断。我含一口希瑞红，在嘴里品了品，然后吐出来。

酒保杰克看见，在吧台后面笑起来："教过你多少回，终于学会了。"其实我只是仗着和他们很熟，觉得不必拘礼了。否则一口酒喝进嘴里，无论如何也要咽下去，尤其当着主人的面。尽管他们教过我很多次，说在纳帕品酒大可不必如此"中国式"，我在别的酒庄也还是做不到。

杰克拿过来一瓶琼瑶浆(Gewürztraminer)："冰镇好了，慢慢喝！"

这是 Stonehedge 酒庄珍藏系列里我最喜欢的酒款，其酒色比其他的白葡萄酒略深，喝一口，那独有的甜香便破空而来，缭绕起一种华清池边、长生殿前，杨玉环用丰润的双手，款款剥开一颗颗新鲜荔枝的幻觉。后续几缕玫瑰花的芬芳相伴随，清冽的酒体，液态的柔滑，让舌尖在这个微雨的早晨惬意得又精致又玲珑。

"下周要开始剪枝了，到秋天还要摘掉一部分果实，琼瑶浆的产量很有限。"Shahin 说。

制茶人都说，若想出好茶必须先有好茶叶；酿酒人也都认为，若想出好酒必须先有好葡萄。而在天时地利的自然赋予之外，他们对植株四时相继的精心呵护，制作过程中经年累月的反复摸索，难道不也是成就所有好酒好茶的必要条件?!

"试试这个。"Shahin 又打开另外一瓶："你去年来时还没装瓶。"

这酒瓶拿在手上特别厚实沉手。酒标是一匹黑马，在墨绿色底子上昂首奋蹄，嘶鸣出烫金的几个字母"Tistrya"。那是波斯神话里的水源之神，是对抗黑暗、死亡、邪魔战无不胜的化身。这一款威风凛凛的珍稀梅洛红，在杯中泛着石榴石的光色，沉着滋润而不肯透明。崎岖山顶上的岩质土壤所赋予的樱桃味道坚实稳定，点缀着黑莓和巧克力香味的隐约，口感严密而柔顺丰满，比寻常梅洛红层次更丰富，结构更丰满，机理更严密。最后那一点点水果甜，更充满晚熟的、丰腴而醇厚的回味，入口入心。

"天马的骁勇高贵，融入生命的酣畅淋漓，"我抬头对 Shahin 说："不得了，好酒！个性鲜明。"

"质量，从来都不是一个偶然，而是坚定意志、不懈努力、明确目标和卓越技能的综合结果，是无数次明智选择以后的最终呈现。"Shahin 从容地总结。

这位早已年过不惑的犹太人后裔，秉承祖业造酒酿酒之余，喜欢诗歌。我给他解释"天若不爱酒，酒星不在天。地若不爱酒，地应无酒泉。天地既爱酒，爱酒不愧天"之际，他惊喜得恨不能穿越到唐代去和李太白"会须一饮三百杯"。此时看着他站在自己酒庄里的品酒桌前,那姿势里有种生命的顽强与骄傲,历久弥坚,令人不由得低头、无语,而心生感佩。

    带着整整一箱葡萄酒,我离开纳帕时还是细雨天。看着一望无际的葡萄园在车窗外渐行渐远,我心里知道,行囊里满满地有纳帕谷的审美趣味与人文风貌的积淀。我答应 Shahin,来年春天要带他去武夷山品茶。相信当纳帕谷的酒意遭遇武夷山的茶情,必然又有许多耐人寻味的话题。

施
天
权

毕业于复旦大学新闻系,曾从事新闻记者等工作,后回复旦大学教书,任广播电视系主任,主编中国大学广播电视教材,撰写了《广播电视概论》《当代世界广播电视》《时代的明星——漫谈电视节目主持人》等著作。1990年赴美,在加州大学北岭分校、俄勒冈大学做访问学者。之后在洛杉矶中文报纸工作。现居住上海,从事小说影视创作,为电影《今年一定要嫁出去》原创编剧。

萝丝玛丽的"辣嫂尼亚"

  1990年年初,我孤身只影,提了两个箱子到美国做访问学者。在举目无亲的美国,我感到自己像掉进茫茫无际的汪洋大海中,不知道狂风巨浪会把我卷到哪个角落,心里七上八下的,没有一点归属感。

  尤金市的俄勒冈大学国际部可以替外国学生、学者联络美国接待家庭,我到那里去登了记。过了几天,我正在学校图书馆看书,一位高高的白人老太太走了进来,手里捏着一张纸条,她照着纸条一边念一边慢慢地走,轻轻地呼唤着:"天,天——"我心里咯噔一下,似乎有第六感直觉是在找我,于是站起来答应了她。她卷着舌头,吃力地尽量想把音发准:"Tian Kuan Shi。"我笑着点头,她开心地拉起我的手,把我带到她的家里。

  这是一个典型的美国中产阶级家庭,舒适、富足,一个人住着一套带前后花园的独立屋。她告诉我,她名叫萝丝玛丽(Rosemary),丈夫原来是俄勒冈大学的总工程师,前不久刚刚去世,她正想找一个女伴一起住,学校向她推荐了我。我们俩似乎是一见钟情,谈得非常投缘,她建议我马上搬过来跟她同住,我反倒犹豫起来,告诉她说等这学期课程结束后再说,眼下我先来过周末。于是,每个周末萝丝玛丽都开车来把我接到家里去。

每次她都会准备丰盛的饭食款待我。她在厨房忙碌,我就站在她身旁陪她说话。她说她有过一个儿子,在二十多岁的时候出车祸死了,当时她真觉得这辈子再也不会笑了。她还有女儿、女婿、两个外孙、一个外孙女,就住在离她家一个半小时车程的地方,但他们很少来看她,而且女婿还不准她接近孩子,说是生怕她的旧思想会带坏下一代。她噙着眼泪说着,我心中一阵阵唏嘘,美国老人物质富庶,生活可真是孤单啊!

到了感恩节那天,她早早地来学校接我,眼中闪烁着神秘而又快乐的光彩,郑重其事地说:"天,这可是你在美国过的第一个感恩节呀!"

她像个魔术师变戏法那样,把精心准备的道具一样样亮出来,摆到陈设得富丽堂皇的餐桌上。那些镶着金边的瓷盘、银光闪闪的刀叉自不必说,每端一道食品出来,她都要解释一通,说是第一批来到美洲大陆的英国移民,遇到寒冬和食品匮乏的困窘,土著印第安人给他们送去土豆、地瓜和火鸡,使他们渡过难关。第二年,丰收的英国移民就用这些食品答谢印第安人,这些食品也就成了美国感恩节的典型食物。突然,她不好意思地笑笑说:"哦,你是大学教师,这些你都知道。"然后,她话锋一转,表情也变得自豪起来:"有一样东西,你肯定没吃过,这是一道意大利菜,我也是从餐馆里学来的。"

哇,好戏压台,萝丝玛丽似乎很懂得心理学呢! 她款款地走到烤箱前面,小心翼翼地从烤箱里端出一个大瓷盆,里面是一个冒着腾腾热气的乳白色湿润大方饼,用刀子徐徐切割成一个个小方块,她分了一小块到我的盘子里,笑眯眯地看着我说:"你尝尝看!"

端到眼前一看,我愣住了,这是个千层饼呢! 饼里可是花样繁多,我挑起一小块往嘴里送,哎呀呀,有菠菜的清冽、肉末的鲜美、起司的奶香、面饼的糯软,混合在一起,好像在嘴里开了个满汉全席,可真是第一回吃这种东西呢!

看着我从惊讶到满意到享受的表情,萝丝玛丽得意地大笑不止:"哈哈,知道你们中国人讲究饮食,不做点别出心裁的东西镇不住你呀!"我赶快虚心向她请教,她还是掩饰不住的兴奋,说这叫辣嫂尼亚(Lasagna),要用一层薄面铺底,上面放菠菜末和肉丁拌成的馅料,再洒一层起司粒,然后又铺上一层薄面,再放上馅料和起司,再铺上薄饼,如此这般要四五层,当然还要放黄油、香料等等,最后送到烤箱里烤熟。哎哟喂,这可真是个功夫活呀!

学校放寒假我就搬来与萝丝玛丽同住了。这一住就是四年多,萝丝玛丽成了我的美国妈咪,她教了我许多东西,包括美国的风土人情、政治体制、美国人的思维方式等等,也让我在美国找到了家的感觉。萝丝玛丽的家成了大陆和台湾学生、学者聚餐的好地方，我的许多朋友都在她家接受过亲切的招待，后来成为台湾畅销书作家的戴晨志，当时在俄勒冈大学读书，也随我到萝丝玛丽家作客，回台湾后还与她通信联络呢！

张燕风

台湾政治大学统计系学士，美国 Johns Hopkins 大学数理统计系硕士。北京中央美术学院美术史系进修。出版著作包括《老月份牌广告画》《布牌子》《画中有话》《红风筝和蓝帽子》《Cloud Weavers》等。现居加州、台北、上海三地。

火鸡在哪里？

我在美国的第一份工作，是在波士顿一家著名的计算机公司上班。公司依惯例，感恩节前会发给每位员工一只约十五磅重的冰冻火鸡。那时我对美国感恩节的火鸡文化感受不深，又不谙烹饪，真不知该如何处理。

邻居一位留学生太太，建议我把火鸡送去中国城的港式餐馆，请大师傅代为烧烤。这个主意不错，感恩节前夕，老公和我在风雪中开了将近一个半小时的车程才到达城内，对师傅千叮万嘱："火鸡肚子里一定要放很多好吃的填料啊！"我想象的是八宝鸭肚内香喷喷的糯米饭。

第二天，在满怀兴奋中，再次冒着风雪去取回烤好之物，准备当晚与邻居共享。

啊啊，原来肥白饱满的大火鸡，经过广式料理后，怎么变成干巴挂炉小烤鸭啦？还有，它肚内空空，师傅一口答应的填料呢？他用筷子在火鸡腹中翻掏出几根葱、几片姜，不悦地答道："这不就是塞在肚里的填料吗？"

在美国住了几年后，我们越来越融入美式生活中，加上儿子上了小学，同学们家中过什么节日庆典，我们也一样不能马虎。情人节送卡片，国庆节烤肉,万圣节发糖果,感恩节烤火鸡,圣诞节交换礼物……

感恩节在美国是一家团圆的日子。美国民俗画家 Norman Rockwell 的一幅名画《感恩节大餐》描绘了那种典型场面:一家大小在欢声笑语中围桌而坐,老祖母将刚烤好的、热腾腾的大火鸡端上桌,老祖父随即带领全家人祈祷谢恩后用餐。

每年感恩节,妹妹一家都会带着两个小女儿,老远的从纽约上州雪城开车来波士顿与我们相聚。老公平日不会做菜煮饭,但烤火鸡却非常在行,色香味俱全,成品直可比美 Norman Rockwell 画中那只金澄澄的大火鸡了。有一年感恩节,妹妹和我商量好,大胆建议那年烤火鸡改为红烧火鸡块,由我们姐妹主厨就好。姐妹俩使出浑身解数,红烧火鸡块、白菜狮子头、卤味大拼盘、珍珠丸子等等。喝啤酒的男士们闻香步入饭厅,看见满满的一桌子中菜,个个眉开眼笑。

我扯开喉咙,朝着正在楼上玩耍的孩子们喊着:"下来吃饭喽!"

"咚咚咚"急促的下楼脚步声,却忽然停止,三个孩子依着梯栏向下望着饭桌,儿子首先发难:"食物在哪里?"两个小表妹像三重唱似的和着,"食物在哪里""食物在哪里"?

"你什么意思?你看不见吗?满桌子都是食物!"妹妹怒斥三个刁钻的孩子。

"但是,没有火鸡!"三重唱又响起"没有火鸡""没有火鸡!"

我和妹妹面面相觑,有些尴尬。孩子们没有错,他们生长在美国,感恩节的"食物"就是"烤火鸡",这是应当尊重的传统文化,孩子给我们上了宝贵的一课!

后来,老公外调去北京。九十年代初,老北京尚未西化。搬去那里的第一个感恩节前,忽然"思乡病"大发,想念起烤火鸡时烤箱内散发出的阵阵肉香,想念起用电动刀切下来的肉片,涂上蔓越莓酱,配着松软的填料是多么可口。

但是,偌大的北京城啊,哪里去找一只火鸡?朋友告之,可去飞机场附近的丽都大楼,那儿住的美国人很多,楼下超市可能买得到冰冻火鸡。我欣然前往,冰柜中果然还剩一只未卖,但价格却是美国的数倍,犹豫间,竟被一老美买走。

朋友安慰着说:"你去长安街上的国际商场吧,没准儿那里有卖的。"商场的师傅说店里没有现货,但他拍着胸脯,保证三天内到货。第三天一到,我匆匆前去,期待师傅交给我一袋像超市内包装的冰冻火鸡。找到师傅,我问:"火鸡在哪里?""我给您拿去。"一会儿,师傅拎着一只噗噗拍翅的"火鸡"出来。

噢,不,不,这绝不是火鸡,那么艳丽的红冠蓝羽,该是什么珍禽类吧?而且我要的是杀好冰冻的,不是这活蹦乱跳的!"大姐,您听我说,这山鸡绝对比

239

您要的火鸡名贵！干嘛要冰冻的啊？您拿回去，请阿姨给杀了，比冰冻的新鲜！什么？不要了？那可不行，您订的货，我专门找人去山上捉来的，您怎么也得拿回去、拿回去……"

我只记得当时急得涨红了脸，却记不起怎么从商场中逃脱出来。

二十年过去了，现在中国的大城市里，洋节日个个都庆祝，感恩节时，各处大饭店中都有火鸡自助餐供应。保温灯下，有切好的火鸡片、红薯泥、煮玉米、南瓜派……火鸡餐应有的元素样样不缺，却样样不似记忆中那个味儿！

站在菜式琳琅满目的自助餐柜前，回想以前在美国过节时家人围坐的温馨情景，我不禁问自己："火鸡在哪里？"

梓
樱

八十年代初毕业于医学院校,行医十余载。现居美国新泽西州,任州立大学生化系教学实验室主管。自幼喜爱阅读,不惑之年开始学习写作、编辑。作品散见于北美、大陆、台湾二十余种报刊及十余种书籍。曾任网刊《找到了我的家》主编。著有专题集《自在跨越更年期》《婆媳互动有门径》,诗词集《舞步点》,散文集《另一种情书》《天外有天》。担任文心社理事。

美国的"锅运气"

　　漂洋过海,饮食文化的不同,加重了思乡之情。于是,越发想念在中国,上下十几口,一围圆桌,亲情浓浓;或是朋友间,一瓶好酒,几碟小炒,掏心掏肺。直到有一天,认识并加入 Potluck,才感觉回到人群,找到亲情。

　　记得刚到美国不久,赶上感恩节。邻居邀请我们某年某月某日,带上一份食物,随他们去教会聚餐。多么奇怪,聚会还得带菜肴? 当我们带着自己的"江西粉蒸五花肉"来到聚会大厅时,近十张长型折叠桌已经分区排列,分别标着火鸡区、主食区、菜肴区、汤煲粥区、糕点水果区。三只烤得油光发亮的火鸡卧在烤盘上;主食区有大江南北的饭面——凉拌面,葱油饼、烤番薯等。菜肴更是五花八门,鸡鸭鱼肉在各种手艺的烹饪下,色香味俱全,许多叫不上名字。台湾的酸辣汤、广东的鱼肉粥最令人难忘。糕点则让几位就近大学食品科学系的学生占了鳌头。

　　聚会负责人谢饭祷告后,大家自觉地排起队,手拿一次性碗盘刀叉,依次取食物。切火鸡的弟兄,挽着袖子,很有经验地下刀,还边切边问:"谁要红肉?

谁要白肉?"近二百人有条不紊。人们的微笑是真诚的,气氛是祥和的,让人有归家般的温馨与感动。

几个月后,小区大学学期结束,老师号召:一人带一个菜聚餐!那可真叫五花八门。参加英文补习班的同学,多是刚到美国不久的移民,自己的家乡菜正宗地道。聚餐菜式有印度菜、墨西哥菜、西班牙菜、中国菜、韩国菜、日本菜等等。我第一次尝到印度带辣的咖喱鸡、墨西哥的蔬菜卷饼和韩国的糯米糕点。

还有一次参加美国教会的"点心晚餐"妇女聚会,那真是糕点烘焙大比拼。数十种糕点红蓝黄绿样样有,甜咸酸辣都不少。有用模具铸成的小人、小动物;有苹果派、香蕉面包、巧克力饼干、椰丝糕等等。

来美一段时间,发现大家对这种一家一菜的聚餐形式都习以为常,乐此不疲。聚会规模大到上百人的团体,小到几位好友的聚集。看来,这是美国饮食文化的组成部分了,它的名字叫 Potluck,翻译过来便是"锅运气",或者是"运气锅"。

据称,Potluck 这个名词出现在 16 世纪的英格兰,由一位名叫汤马斯·纳舍的人首先使用。它原来的意思是:如果某些食物被意料之外的朋友碰上并食用了,煮这个食物的锅便是幸运的。19 世纪末至 20 世纪初,这种聚餐形式被教会的聚会发扬光大,称为"自带食物的公共餐"。参加聚会的人,或小团体,或大团体,都可以采用这种形式,不仅节省时间与金钱,同时使得人人都有参与感。

在这种共品食物的聚餐会熏陶下,不爱"煮"的会变得"煮兴大发",会"煮"的则变得"煮艺精湛"。望着桌上色香味俱全的佳肴,既羡慕他人的手艺,又惭愧自己的欠缺。听着姊妹们彼此讨教,交换菜谱,自己的心和手也痒起来,忍不住要试上一试。因着有机会展现、切磋,还有高人指点,"苦差事"渐渐变得不那么苦了,进而有意思起来,甚至有重回童年"创意办家家酒"的感觉。如今我也知道了,凉拌猪蹄是整个蹄膀煮好后,剔去骨头,用线扎好,冻成型后再切薄片;粉蒸肉要先用配料将肉腌半个小时后再蒸;莲藕要放在不锈钢的锅中烹调才不会变色;炒蔬菜不能盖锅盖;炒瓜类要快起锅时再放盐;汤要熬好之后再放盐;自制八宝饭放凉后,再扣在另一个盘中才能保有形状;削皮切片的苹果或梨,浸在淡盐水中几分钟,可以保持不变色……

一次又一次参加 Potluck,收获的不仅仅是厨艺,更是友谊,不少好朋友就是在这种聚餐会中认识的。同时,餐会的主办人也不用花几天时间辛劳准备并被厨房劳作困住,而可以享受朋友间的聊天沟通。每次聚会,不仅有享受美味佳肴的满足,更有享受亲情友情,心灵得到滋润的饱足。

我爱"锅运气"!

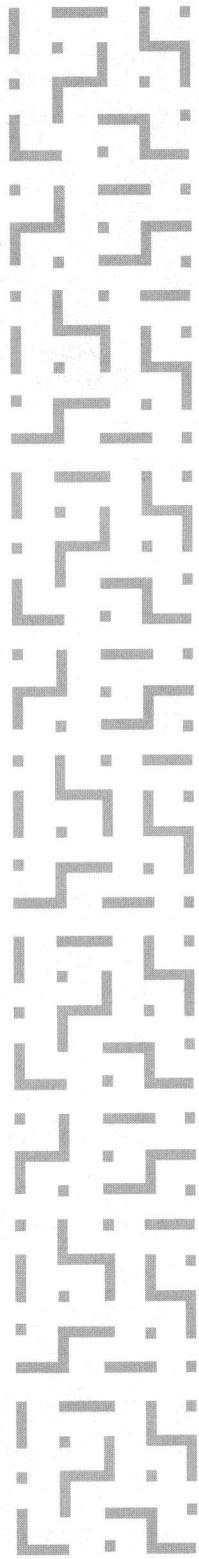

综 论

融融

《星岛日报》《厦门日报》专栏作家。文章发表于《世界日报》《侨报》《星岛日报》。著有《素素的美国恋情》《开着房车走北美》《感恩情歌》,编写《一代飞鸿——北美中国大陆新移民作家精选和点评》。

色拉之魂

刚来美国的时候,我只知道土豆(马铃薯)色拉:把土豆煮熟以后,切成小块,用色拉酱拌入洋葱和芹菜粒,再加一个白煮鸡蛋,不停地拌,搞得像厚粥一样。土豆色拉是美国的主食,代替中国的米饭和面条。类似的色拉还有意大利空心粉做的,配方和土豆色拉差不多。

真正的色拉,是指新鲜的菜叶,未经过加温而上桌。色拉娇生惯养,在商场的货架上要不停地浇水,买回来以后,马上放进冰箱保鲜,一分钟都舍不得耽搁。洗菜时,先将菜叶一片片放在自来水下冲。冲干净以后,把水甩掉,平放在干毛巾上吸干水迹,然后用手撕成小片,放在一个容量大三倍的容器内。再"化妆""穿衣裳",所以色拉酱的英文叫"Dressing"。

村姑娘的衣服最简单,只要拌入醋和橄榄油组成的色拉酱就成了。醋和橄榄油的比例一般是一比三,必须先将两者像打鸡蛋一样打得油醋不分,然后淋在菜叶上。色拉菜叶就是女人的命运,只需要一件薄薄的衣服。三小匙油醋组成的色拉酱大概可以拌一颗中型卷心色拉菜。多放也没有用,都留在盆底浪费。少了,色香味都差一截。

二是奶油酱(Cream)。奶油使色拉酱变厚变浓,好像一件冬天的羊毛衣,色拉变得愈加富贵和鲜美。

三是特色酱。即在以上两种色拉酱里再加一些调味料,可谓锦上添花。比如,加入切碎的各种香草(Herb),就叫香草色拉酱。加入蜂蜜和芥末粉,就叫蜜糖芥末酱。大部分的特色色拉酱犹如一件印花染色漂亮的衣裙。

色拉姑娘梳妆打扮,往往是用两个长柄塑料或者木制勺子(中国人可一手拿筷,一手拿勺,效果更好),左右两面从底部往上提,像提面条似的,然后松开勺子,让叶片落到盆里,重复几遍,直到每一片叶子都蘸上了香汁。拌上色拉酱以后,必须立刻上桌,否则叶片迅速出水干瘪,失去色拉生机盎然的面目。色拉必须随吃随做,按量而做,从来不能过夜,吃不完就倒掉,从这个意义上说,色拉真是一道高贵的菜肴。色拉菜一直是餐桌上的配角,盘也小,量也少,就像中国的冷盘,拱手低眉,没大戏唱。随着时代的发展,男女平等,女人甚至爬到男人头上去了。色拉姑娘也是异军突起,从开胃菜、配套菜,一直到主食和点心,什么都有它的份儿。色拉扬起头,高昂地加入减肥大军,大声宣布:我们,除了新鲜还是新鲜,清爽滑脆,一口嚼下去,"嚓嚓"作响,汁水汪汪。水汪汪是青春的生命,含有大量的维他命、矿物质、纤维素和我们未知的一些神秘物质。

当配角的色拉,有单种叶片的,也有各种叶片混合的,被装在小盘子里。现在有了当主角的机会。当配角时已经价格不菲,当主食的色拉更贵。菜叶垫在底部,上面加荤腥。色拉理直气壮地说:"鸡肉大姐,您好! 大马哈鱼大哥,久违了! 火腿叔叔,祝你长命百岁! 白煮蛋妹妹和起司弟弟,让我抱抱你们。"荤色拉价格,把便宜鸡肉和火腿都抬到了高贵的地位。

美国的商人在色拉上动足了赚钱的脑筋。超市里,除了供应整颗的生菜,还供应各种洗干净吸去了水分的色拉菜片,价格要比自己动手做的"原始"菜贵三倍,就像出售巧克力一样,透明的口袋中,五彩缤纷,销路很好,因为省去了许多麻烦,吃的时候打开塑料袋,淋上色拉酱就行了。

色拉姑娘对中国人投媚眼送情波,常常不得好报。中国的生菜不穿漂亮的衣裳,而是用盐巴进行虐待,把那水汪汪的营养拧出以后再吃,葬送了青春,吞下的是骨瘦如柴的老太太。色拉更为大批煮熟的蔬菜姐妹哭泣,维他命在加温以后大半流失,蔬菜里的矿物质和微量元素离开菜叶,跑到汤里,最后把菜汁倒掉,多么可惜! 中国人不知色拉是有灵魂的。色拉姑娘离开母体,灵魂不死。酶就是所有蔬果的灵魂。有酶就有生命,水果摘下以后继续成熟,色拉也不例外。饭前吃生菜,能帮助消化,减轻胃酸倒流,酶是人体的免疫大军。但是,理论知识犹如耳边风,人们跟着嘴巴走。

喻丽清

祖籍浙江杭州,台湾长大,台北医学大学毕业。创办北极星诗社,曾任
耕莘写作班总干事。先后任职于水牛城纽约州立大学及柏克莱加州大学
脊椎动物学博物馆,业余写作。出版著作数十种,其中以散文为多。作品
经常入选国内外各种选集及教科书中。曾获文艺奖章、优良著作金鼎奖、
儿童文学小太阳奖、最佳少儿著作奖等。

异族风味的羊肉盖被

　　农业社会的人过年吃什么,我们大都耳熟能详。但是,游牧民族不知吃些
什么? 如果天天都能吃到烤羊肉,那么过年也吃烤全羊就不怎么稀奇吧?

　　我曾为美国青树教育基金会去了青海、甘肃一带,在那儿的清真饭馆里吃
到一道"羊肉盖被",真是好吃。

　　羊,大概是在一万年前就被驯养了,它是游牧民族的活动食物。牧民在草
原歇脚,好像也不是为了自己,倒像是为了羊群。据说人类成长中跨出最大的
一步就是自游牧生活改变为农居。小麦与水,因此取代羊群。

　　《圣经》上把人与上帝的关系一再地用羊和牧羊人来比,因为那是个游牧
的时代,还没进化到农村生活,用文学的角度来看《圣经》,和用演化的角度来
看《圣经》,感受会很不一样。近来我常想:耶稣也许当时的意思就是要人在定
居或游牧中做个选择,像今天这个时代也有人叫大家要回到"原始"一点的生
活中去,游牧起来"不动产"当然愈少愈好,一切都听凭天意,没有个人只有团
体,直到现在教会生活中最接近天主子民条件的不也还是如此吗? 人一开始
定居就有了私心,本来大地是属于上帝的,人跟着羊群吃苦受罪是为了衣食住

都必须靠羊所付的代价。要爱自己还是爱上帝,那个抉择真不容易做。可是眼看种田养牛比跟着羊群逐水草而居省心多了,谁还要"放弃所有跟随上帝走"?

在唐鲁孙的《中国吃》一书里讲到北京人吃涮羊肉时,把羊肉的部位分成黄瓜条(肋条肉)、上脑(上腹肉)、下脑(下腹肉)、唐裆(后腿肉)、三叉儿(脖颈肉)。他说:外省人初到北京,甫说吃,一听这些名词已经头晕脑涨了,可不是吗?我在青海塔儿寺附近的饭店吃羊肉水饺,只咬了一口就腥得往外吐,陪同者却吃得不亦乐乎,想来自己到底也是"外省人"之故。不过,唐鲁孙是清朝皇族,不知道那些羊身上的"昵称"是否出自满文或蒙古文?有趣的是他笑不会吃羊肉的是外省人,殊不知对汉人而言,满人才是外人。

那道"羊肉盖被"不知何人发明,每个由丝绸之路旅行回来的人都大谈其手抓肉或羊肉串什么的,却没有人提过它。那道菜有点像欧美国家吃的有肉馅的那种"派"(Pie)。中间是红烧羊肉,上面盖了一个"锅盔"(吃牛羊肉泡馍时,沾着汤汁吃的一种硬得像石头一样的大饼,也有人叫它火烧)。每人一个大碗,端上来时,只看见一块大饼盖在上头,把饼掀开了,热气蒸腾,里头的红烧羊肉还带饼香,肉嫩汁浓,一点都不腥气。想想天寒地冻的时候,窗上结着冰花,外头白茫茫一片,进门先拍掉衣帽上的雪星子,羊肉盖被一碗,在店小二的呼喊中身子已暖和一半,再把这饼盖一掀就着浓汁厚饼肉香吃起来,吃得身子冒汗不知心里谁是客,可有多么的热暖舒服啊。

《中国吃》里还说到,羊群要翻过多少崇山峻岭,要喝过多少湖泉清霖,才能没有羊膻味儿。对于羊肉盖被中所用的材料究竟是羊身上的哪个部位,我既然没有半点概念,只好感谢那位带领羊群行过千山万水的牧羊人了。

羊肉盖被,使我想及游牧与农居的终于统一。包在面皮盖子里的,总是从前的"好日子"吧?以前有肉吃的日子就是"好日子",如今大鱼大肉天天都有,又讲起素食养生来。

每次想到最味美的菜,以前我们大都从记忆中着眼,如今走遍地球村,不知日后我们舌尖上的代表菜会是什么?八宝野菜吗?那可是我们老祖宗吃荤之前的山珍海味呢。如今亿万富翁要上太空去旅游才过瘾,有一天说不定我们的孙子会对他的孙子说:来一包太空有机草料吧。

黄美之 /

本名黄正,原籍湖南沅江,南京金陵女大历史系肄业,1949 年来台升学,开学前去军中工作,后因孙立人将军之政治事件,1950 年起被幽禁十年。1960 年获释。婚后长居海外,开始从事写作。作品有游记《八千里路云和月》,散文集《伤痕》《不与红尘结怨》《欢喜》《深情》及《马丁尼酒与野火》等,小说集《沉沙》《烽火俪人》等。以 2001 年政府给的冤狱补偿金组织德维文学会,赞助海外华文文学活动。

三家难忘的餐馆

我东西南北吃过很多餐馆,至今不忘的有三家,并无一家是豪华之处,定是因为这三家有其特点吧。

一家是马来餐馆。我们住在吉隆坡时从未上过马来餐馆,顶多上夜市吃沙嗲牛肉串。只因听到首相东姑拿曼的夫人新开了餐馆,卖的是正宗马来菜,我和安定两家人共十口,便跑去尝正宗的马来菜,相信首相夫人不是闹着玩的,虽然那餐馆的样子十分普通。马来菜以辛辣出名,除我和安定两湖南人嗜辣以外,小孩们和两位老爷都不能忍受辛辣,便一再叮嘱不要辣的菜,菜上来果真不辣,却十分可口,尤其是小鱼干、空心菜。我和安定却深有不辣的遗憾,就相约下次只我和她两人来,不带这些西西(西西即 Sissy,美国德州人叫那些不敢吃辣的人 Sissy)来碍事。

一日,我和安定兴高采烈地再去东姑夫人的餐馆,神气十足地要他们给我们真正的马来菜,我们湖南人是不怕辣的,英语、马来语夹杂着放连珠炮,唯恐他们不懂我们的意思。菜一口气都上来了,盘盘辣得我俩七窍生烟,呼天抢地地大叫冰、冰、冰水,恨不得在地上跳,旁边一位胖胖的马来女人,很温柔地看着我们微笑,我们付了钱落荒而逃。

当我们在非洲时,除了去希尔顿、大洲等大饭店外,便是去那家绝无仅有的中国饭店;若在外旅行,则总可找到英国人留下的客舍吃宿。那日在迦纳国向北行至一小镇名 Temele,肚子实在饿了,便问一位行人,何处可以吃午饭,那人用手向镇尾一指,真是牧童遥指杏花村。礼士朝那方向开车去,真见到一白色的两层楼木屋,屋檐下大大写着"老人餐屋"(Old Man's Chop House),便踏着咯吱响的楼梯上楼,只有三张木桌,倒也干净,老半天来了位店小二,他不老,却十分江湖。问他有何可吃,他笑道这儿是法式餐馆,牛排就很不错,我们便点了牛排。牛排上来,只是盘中有三块黑炭,用刀割开,幸好里面是肉色,勉强吃一块就很饱了,在那样荒远的小镇,的确令人不忍心埋怨,只是长记心头。

早几年和礼士去看盐湖,加州沿海一带人烟稠密,而腹地却是地广人稀。那日来到一个名叫威士莫南的小镇,正是午餐时刻,便在那镇上拐角处唯一的咖啡店停下,我们坐在柜台前,先喝咖啡,礼士午餐总吃三明治,我看灶上炖了一锅牛肉,便要了一碗牛肉,觉得很是可口。那妈妈桑又忙着张罗招待别的客人,一个二十岁左右的女孩,相信是店东的女儿,揭开灶上的一锅盖,尝了一口牛肉,向里面喊道:"爹地,你怎么忘了在炖牛肉里放盐?"说着,她就仙女散花似地撒了很多盐在锅内,就走开了。约莫半分钟,里面走出一位中年男子,大概是那女孩的父亲吧,来到炖牛肉锅前,拿起盐瓶又朝炖牛肉锅里大大撒盐,用木匙猛搅,而后便理直气壮地去店外搬东西去了。我庆幸自己的那碗牛肉是妈妈桑给我的,这父女俩尚未来乱搞。但不知为什么,我常常想回那儿去看看,再尝尝他们家的炖牛肉,我不会计较是否太咸,在我记忆中,那父女二人是撒了一锅家的自在和温馨,使过客难忘。

张让

原名卢慧贞。台湾大学法律系毕业，美国密西根大学教育心理学硕士。曾获首届《联合文学》中篇小说新人奖、《联合报》长篇小说推荐奖、《中国时报》散文奖，多次入选各家年度散文或小说选集。著作包括长短篇小说集、散文集、儿童传记和译作多种。现定居美国新泽西州。

不必是酒神的信徒

怎么形容气味？

我一度沉迷于怎么给颜色命名，一转身发现形容气味几乎更加好玩。

味觉至少分酸甜咸苦辣麻涩甘（不同人有不同分法），传达气味的语汇似乎就是香和臭，实在不够。此外，形容词的功能也有限，不管代表的是生理或是心理的价值判断，形容词常见的譬如清香、异香、幽香，不常见的如寡静，本身便抽象，以抽象来捕捉不知，就像辞典里以生字解释生字，不下于原地打转。说玫瑰、玉兰，说血腥、土腥、鱼腥、奶腥，我们鼻里马上便召来了那气味。而沉香是怎么香法呢？

真要具体描摹气味，只好攀附花果、草木、土石等实物，也就是借助名词。正如不管"大珠小珠落玉盘"写音乐，还是"白水银里镶了两丸黑水银"写形象，传意的关键都是名词。《气味皇帝》里作者形容印度 Oudh 木的香气浓郁深远，集合了"蜂蜜、新鲜烟草、香料、琥珀和鲜奶油"的味。

其实一种气味里通常包含一组气味，像音乐。因此香水设计师谈到香水，常以交响乐来比喻，有高音低音有衬托有对比，就像品酒专家以气味花束来品评葡萄酒。我对气味的联想是空间的,当然,还带了色彩和质感。有位女士嗅觉失灵,等诊断出病源对症下药,嗅觉恢复后第一次闻见食物正常气味时,她感到:"空间闪烁,简直像放大了……"

有位钻研昆虫化学的生态历史学家托马斯·艾斯纳,天生好鼻子,小时能从衣橱气味嗅出祖母是不是来过,拿这本事放到昆虫研究上,正好从昆虫的气味辨认品种。他父亲也有只灵鼻,退休后自己研制香水和乳液。

形容气味又快又准、精彩传神,大概没人比得上意大利人杜林。他不但是个精研气味的生化物理学家,而且鼻子超灵。他喜欢气味,受不了美国消毒有如医院的漂白空间,一到印度就高兴得发狂了:"老天,我真爱这里!我讨厌干净豪华。我前生一定是细菌。"杜林可称气味之徒,更难得的是他擅长把气味转化为形象和声音,其《香水指南》三言两语便把握精华,譬如赞美某香水:"清心寡欲又且谨慎素朴,只求孤芳自赏。香气恍惚却清晰可闻,务必点到为止,绝不能任芳香及于亲吻的距离以外。"换成典雅中文就是:"孤高淡远,仿佛在若有若无间。"又如给某香水五颗星:"美得几乎让人无法消受。"也就是"一闻销魂"。他以"抽象"形容某些现代香水,如香奈儿 5 号,引人玄思但难解奥妙。我的理解是:那些香水气味不唤起名词的联想。他又悲叹现代香水工业以化学合成香味取代天然动植物香精,气味单薄划一,失去了神秘和美感。

连谈吃的文章,碰到气味一样大而化之带过(大多写吃的文字,都没有形容气味或味道的功力)。大概除了香水专家,只有葡萄酒徒敬重鼻子。因此要找有关气味的描写,最好去读"酒经"——我指的是葡萄酒评鉴或买酒指南之类的书。这种文章虽然有趣,读多了难免要觉得作者诸君小题大做或装腔作势,这些酒人想必不会浪费笔墨去写所爱的人,对其他食物大概也不致这样大做文章,却不厌其烦地大谈葡萄酒的色泽(清还是浊)、气味(浓还是薄)、口感(中和还是过酸过甜、温润还是扎嘴、清爽还是黏滞)等,所以才有"装模作样的葡萄酒徒"(wine snob)之称。我问:"若酒不醉人,这些葡萄酒徒还会对这酒那酒痴痴拜倒吗?"B 和朋友马上就答:"当然!"

喝葡萄酒和喝茶一样,第一在香,其次是味。认真喝葡萄酒的人拿起葡萄酒杯,先轻摇酒杯让酒环杯打几个旋,酒气升腾杯中,然后鼻子凑近,深深一吸,品那芳香。于是有这样的评鉴,如"满鼻的熏香草、融化的甘草糖和肉桂酱香味"或"具摩卡、香草和咖啡香"。我曾在书店拿起美国品酒权威罗柏特·帕克的《葡萄酒指南》来看,那书厚如桥墩,里面尽是成串成串好吃的名词:紫罗兰、百合、桂花、覆盆子、苹果、蜂蜜……尽管我不是酒人,还是读得入迷,真想买下来。且看这段落,让人在满天飞的坏新闻里觉得快乐毕竟还是可能:"这红酒色泽深紫,入鼻满是熏肉、肉桂、巧克力和香草的香气。入口芳醇,酸度、丹宁酸和木味巧妙搭配交融无间,味道一层又一层丰美惊人,醇度和纯度都绝佳。"

假若以这样文字来品评文学："这散文不疾不徐,不浓也不淡,介于惆怅和嘲讽之间,既不自怜,也不刻薄,文字本身清亮如晨光,言外之意却悠远如雾,一读而心旷神怡,再读而恨不得据为己有……"不对,就是没有酒评那种堆栈食物名词的饱足幸福之感。如果书评如酒评,"介于惆怅和嘲讽之间"变成"介于莲雾和杨桃之间","文字本身清亮如晨光,言外之意却悠远如雾"变成"文字本身爽脆如凉拌藕片,言外之意却似窗外的迷迭香",就比较可口了。

然而真的吗?这些人真能尝出那些精微气味吗?老实说我并不信。恐怕三分真七分假,唬人的成分居多,比广告词稍强一点。

意外读到一本英国人奥斯柏恩写的酒经《无心品酒人》,里面处处是写气味的句子,正是我兴趣所在,赶快狼吞起来,那许多有关近代葡萄酒进化史的部分,也就顺便瞄瞄了。作者写在意大利乡下喝到一瓶极糟的农家自酿葡萄酒,酒一倒进杯里他马上就闻到:"菌类、干草和腾腾的疯癫气。"还写到有的酒喝起来有泥巴味或石头味。

我不是美食家,更不是美酒家,对吃和饮只有偏好,没有研究,至于品味更绝对可疑(曾喝到一瓶昂贵的白酒 Saturne,我说味如指甲油,主人不禁大觉糟蹋)。在家做菜是我,买酒的事归 B,我从不过问。我喝也只几口的量,说声喜不喜欢,连葡萄品种、年代、产地、酒厂和酒瓶、商标都不清楚。真煞有介事评一下,会说"满醇的,有樱桃味""又苦又涩"或"好扎嘴,太生,太薄了",不然是"Yikky"相当中文的"呃——"我喜欢"干"葡萄酒,也就是不甜的那种,甜葡萄酒也不例外,小小一两口,闻香品味就够了。

气味的化学成分是科学,品味却是艺术。读酒经是间接品酒,既不会脸红,又不至头晕呕吐,正合我这种欲醉不能的酒国门外人。不过,闻闻倒可以。做客碰到饭后喝烈酒时,我总要求闻香,是真正的过干瘾。反正,不是有化学家认为葡萄酒只是"淡而无味却极香的水"吗?但对我还是不如读书,无论如何,文字里也有气味的。

美国诗人戴安·艾克门在《官感的自然史》论《嗅觉》一章里,拿"满桶的光"来形容传达气味的文字。她甚至以描写气味为文人,尤其是诗人,笔下功力的真正考验:"如果他们无能形容教堂的神圣,你能信任他们对内心郊区的描写吗?"

确是有些道理。

章瑛

美国印第安那大学微生物学学士，天主教大学微生物学硕士。从小酷爱文学艺术，曾创办华美艺术推广中心，主办音乐会、唐诗宋词班，参与读书会。现为旧金山亚洲博物馆导览，第二春爱心基金会理事，中国侨联海外顾问，帮助中国发展捐建爱心小学、爱心图书室，参与"捡回珍珠"扶贫助学计划。曾为儿童文学丛书撰写《莫内和他的水莲世界》。

食牵世代情

许多往事，总是和吃联在一块儿。

上周和女儿们聊天，缅怀父亲，突然，她们很兴奋地提到幼年时，返台参加女童军夏令营，周末常去公公、婆婆家。记忆中的公公，特别喜欢吃炸酱面，非但自己亲自做，还要用脸盆盛着吃才过瘾。我则想起在北方长大却是苏州人的父亲，南人北相做出的桂花糯米藕（糯米塞在藕中蒸），那好吃可真不是盖的。至今每次到江浙馆吃饭，只要有，我一定会叫这道菜，吃时使我想起父亲。

在台北念书时，爱吃信义路"鼎泰丰"的小笼包。每次返台探亲，舅舅和舅妈一定开车接我们早上去吃，避免排长龙。还有那垂涎三尺的老张牛肉面！有次返美前，四弟宏林为了买老张牛肉面给我们吃，乘坐的出租车突然刹车，一锅辣红油烫洒了一裤子，我难忘他哭笑不得的尴尬表情。

夏天返台，能去"小美"吃刨冰和冰沙更是一大享受，还可以泡在店中和好友们天南地北尽情聊，直到全身清凉才回家。初中在一女中念书时，若晚上开夜车，门外有叩，叩，叩竹片敲卖的云吞面，味道之好，现在回想到还会吞口水。更想到在一女中读书时，参加炊事比赛之兴奋。能够在操场上和同学们一起切洗、炒菜,不用念书,品尝一起七手八脚做出的"美"食,太有意思了。其实做了什么菜,有没有得奖,完全记不得,也不重要。

初二那年全家搬到越南。同学们介绍了好吃的粉面,上面浇了鱼露(绝对不要联想鱼露是怎么做出来的)。周末一到,兴奋得和父母亲及他们在越南的朋友一起去吃牛肉粉、鸡粉、牛肉七味、甘蔗虾等,因言语不通,父亲指手画脚,学鸡、牛叫的点菜法,我想到仍会忍俊不禁。直到今天,越南的牛肉粉仍是我们全家的最爱。母亲在越南时,对我多次下了课和同学们去吃咖喱粉(Mun),回家吃不下饭之坏习惯极其不满,但也无可奈何。我们抵挡不住越南菜之诱惑,常常为了贪吃,惹了不少麻烦。如趁父母不在家,不顾街头食品不干净,让工人买越南粉回家吃,听到父母回来的开门声,匆忙将越南粉往垃圾桶中扔。到现在,女儿们和我谈心时仍常常选择去越南餐馆。连孙子恩赐也爱上了越南的红豆冰、鳄梨冰。他特别喜欢和婆婆一起出去吃饭,因为婆婆说的:"可以先吃冰再吃饭。"每次他一听到要去越南馆吃饭,他便会自动来牵我的手,因为又可以吃冰了。

大三那年,父母亲因联合国工作迁至东非坦桑尼亚,那里地广人稀,母亲以愚公移山精神,一沙一石开始了她的菜园和果园。种了各种不同的中国蔬菜,更种了芒果、凤梨等水果,不时还送给台湾农耕队的好友们解馋。母亲在非洲住了八年,因在户外长年久晒,雪白的皮肤亦成了古铜色,可以和当地人比美。

父母在搬去非洲之前,我由越南得到全额两年制大学奖学金,独自来到美国求学,读的是肯塔基的教会学校。学校的伙食非常简单,常常晚餐主食为培根炒蛋。若有机会进城,为了吃一碗云吞汤得走一小时的路。自认为替父母省钱,从来不舍得在福利社买零食的我,居然曾因营养不良而住进医院。

有一次学校的国际日,我被选上为学校做二百人吃的亚洲餐,介绍给不同的国际学生。我选做了我爱吃的咖喱鸡。当时忙着找食谱,选材料,斩十五只鸡,还需要站在椅子上搅动大锅内之咖喱鸡。辛劳之结果,大家都喜爱,非常欣慰。回想许多同学来自马来西亚、泰国、南美、印度等地,大多嗜食咖喱。

半个世纪之后,好吃的咖喱鸡还是我最钟情的美餐。每次旅行,不论去伊斯坦堡、印度、马来西亚、新加坡、葡萄牙等地,我都会到处吃咖喱,还会特地买咖喱粉回来慢慢享用。如今我们全家祖孙三代全爱吃咖喱。最近得知咖喱可防老人痴呆症,那更非吃不可了。现在,我人在华盛顿,为女儿坐月子,仍做了一锅咖喱鸡,用的咖喱粉还是多年前由土耳其带回来的呢!不等晚餐,中午便被一扫而空。不禁莞尔,心中有无限之满足,可见,美食当前不但能勾起美好回忆,增加亲友感情,甚至在异国更可暂充文化大使,到处交友,亦能为生活带出许多情趣,何乐而不为呢?!

唐润钿

笔名金田、雨耕。台大法律系毕业。曾任律师事务所助理。受两次图书馆专业训练，入"中央图书馆"工作，三十三年后退休，职称编纂，时任参考咨询。后居住美国十余年，专事写作。现住台北。著有《书僮书话》及《文学家的故事》等十余种。曾编电视剧与广播剧本。写过"好书引介"和"生活与法律"专栏。《罗兰的笑谈》入选隐地主编的《九歌 101 年(2012)散文选》。

人间美味

相识半世纪的老同学见面，谈的老话题大半是吃或穿。一天相聚，文湘说她的儿子跟朋友在一家招牌响叮当的中国餐厅午餐，吃到一样"人间美味"！文湘是烹饪高手，想如法炮制儿子口中的美味，好一展她的手艺。

她和先生都好客，她善烹饪，每有美食她会邀请亲友同学分享。可是儿子只说味道奇美，生平从来也没吃过。既不是清炒、蒸煮、红烧，也不是家禽肉类、鱼虾或蔬菜。她讲着儿子赞不绝口的"人间美味"的故事，大家都好奇地听着。

文湘也好奇，于是要儿子陪她去见识一番。家里的人也都有兴趣。因此儿子带领全家人到那家餐厅，都在期待着那人间美味。然而怎会想到，是一样小菜——小碟豆腐乳！老同学们听后，都哈哈大笑。

大家异口同声地说："那些腌菜、豆腐乳之类的小菜怎会在营养专家又是烹饪高手家的餐桌上出现呢?！所以成了从未见过的奇珍美味！"

像我出生在大陆江南，上海西郊的松江，当时隶属于江苏省，现为上海市松江区。常吃鱼虾、猪肉、鸡鸭，没吃过羊肉。在我童年时，去外婆家吃大表哥的喜酒。第一次吃到红烧羊肉，我好喜欢。那时交通不便，出门总是坐船，所以外出吃喜酒，我们要住上三天。

第二天，我又吃到羊肉，那是羊肉与洋菜煮成。冷冻后，切成一片片晶莹剔透的，叫做羊糕，排列在盘里。这冷盘羊糕也是我的最爱！第三天也有羊肉，又是不同的烧法，我也喜欢。羊肉在我印象中也是"人间美味"！

长大后，平时在家不常吃羊肉，在台湾也很少吃羊肉。但三年前我在密苏里州的圣路易参加一餐聚，在一家墨西哥餐厅吃到焖烧羊腱（Mexican Slow-roasted Lamb Shanks）。是带骨的羊肉，盘中配以大红的番茄块（西红柿块）、黄色的彩椒，又点缀上香菜般的绿叶。这焖烧羊腱真是五彩缤纷！

我本来不太喜欢墨西哥食物，因为通常有特殊的香料及带有辣味，但这美色勾引起我的食欲。我就吃了起来，味道好极了，也不觉得有异味，因为它加入红辣椒粉、小茴香、香菜、大蒜、牛至等多种香料，消除了羊肉的膻气，先在油锅里爆香，再放进慢锅中焖烧数小时到皮软筋烂，像我第一次吃到的红烧羊肉一模一样！那不但是我最喜爱的人间美味，也迫使我回想起遥远的故乡！那时我耳际响起儿歌：

摇摇摇，摇到外婆桥，外婆叫我好宝宝。
问我妈妈好不好，我说好。
问我爸爸好不好，我说好。
外婆听了哈哈笑，给我糖一包，
又给我果一包，我也哈哈笑！

那儿歌是我、姐姐及比我小五岁的妹妹，我们三姐妹坐在船上一起唱的。歌词现已记忆不清，但是那小船上的父母、河流两岸的青翠景色和水中的游鱼，为我们摇船的邻居郑叔叔……都清晰地映现于我眼帘，以致当时的我品味着羊肉美味，竟不知身在何处？在外婆家，在墨西哥，在松江，在台北，还是在美国？

现在我想，我为什么那么喜爱羊肉，是因为很少吃？或是由于第一印象的美好而留下深刻的记忆？还是我的先祖来自羊儿成群的大漠？或是回教徒？对羊有所偏爱！

我在台北吃小火锅时，总是要点羊肉。一般人不喜欢羊肉特有的味道，说是羊骚臭！我说没有啊，而且口颊留香，回味无穷，就像我老同学儿子口中的"人间美味——豆腐乳"！

我想：只要各自喜爱，情有独钟，那便是每个人所独享的人间美味吧！

　　一天文湘在网络上的"世界美食"中发现墨西哥焖烧羊腱的食谱,还有图片。她传给我,并写着"你在墨西哥餐厅中吃过的焖烧羊肉,是不是像这个样子?"我说:"外貌差不多,但我吃了才会知道那是不是我心中的'人间美味'。"

　　后来老同学文湘如法炮制,邀请我们品尝她的手艺成果。我觉得就像我以前吃过的那味道! 所以文湘非常高兴,因为喜欢吃羊肉的同学也都爱吃,都说好吃。她自夸着:"我今天能让你们共享了'人间美味'?!"哈哈!

　　我们大家在大快朵颐之余,又开始了我们的笑谈——人生的乐事趣事!

黄雅纯

笔名玄黄,生于台湾省台北市,政治大学中文系毕业,美国纽约圣约翰大学东亚历史硕士,纽约哥伦比亚大学教育硕士。2010 年出版长篇小说《南宁旧事》,获广西南宁文联 2010 年长篇小说成果奖。2011 年作品有《寻找玉兰花》《红白罂粟花》《鸽城》,并以繁体字版登载于皇冠 2013 年七月和八月刊物,其中,《寻找玉兰花》获 2011 年中国《小说选刊》全国笔会中篇小说一等奖。最新作品《那年,蝶年》。写作与绘画并行,是广西南宁文联、全球海外华文女作家协会、世界女画家协会(INWAC)、北加州华人作家协会、美国美华艺术学会、旧金山中华艺术学会等文化组织会员。

北京的"意大利饺"

　　附近开了一家墨西哥犹太人的杂货店,因为健康食品多,生意非常好,我于是也经常光顾。有一天,看见他们大冰柜里居然放了模样和饺子一样的东西,以为是哪家中国家庭寄卖的。仔细看了上面的说明,才发现其实和中国饺子是两码事,里面包马铃薯、奶酪等等,是纯粹洋货,它叫 Perogies(中国译为"波兰饺子"),是苏联和东欧的食品。原来这老板是上世纪 70 年代从苏联移民到墨西哥,再从墨西哥到美国的犹太移民,难怪犹太食品是这店的特色。

　　我不禁想起 1980 年在北京吃到的"饺子",那简直和这店里的"饺子"一样,都有些让人意外。

　　1980 年,我进入纽约教育局,为了不辜负只有那职业才有的"特殊待遇"——两个月长的暑假,我选择进入中国——这自小只从照片上相认的故乡,我成了"背包客",独自闯荡共产江湖。

到了北京,那文化脑震荡真是叫我瞠目结舌,不胜枚举。光说吃的,一进到餐馆,心想,来北京当然该吃有北方特色的味儿吧,于是叫了水饺。

"几斤?"

第一句话就教我愣住了,好不容易回过神来,回了一句傻话:"几斤有几个饺子?"服务员一听就知道我是外来客,不多说,只自言自语地替我做了主:"来一斤!"我心想一斤可是相当大的分量啊,但我能怎么说得明白,我们度量衡的观念不一致,简直就是鸡同鸭讲。

等了半天,终于来了,开心得等不及要看看正宗的北京水饺模样,不看不知道,一看吓一跳:"吓,是意大利的 Ravioli(中国译为"意大利饺")!"那四四方方,两片薄皮上下压在一起的怎能叫"饺子"?

算了,已经苦苦等了快一个小时,饥肠辘辘,先喂饱再说。一吃,里面没什么东西,舌头实在不承认这就是水饺。但一想,入乡随俗是作客之道,我只有慢慢适应着。付账时,又一个震撼,我问道:"多少钱?"

"两张粮票!"

我又蒙了,什么是粮票?何况,我哪来的粮票?幸好陪我的北京朋友立即掏出两张小小貌不惊人的"粮票",才解决了问题。

我这么多年来一直在困惑,为何 1980 年,北京没有水饺,只有意大利的 Ravioli?或许那是从苏联进口的"改造饺子"?

1989 年 5 月,我第一次陪我的婆婆,台大中文系张敬教授,回到她离开四十年的家乡"北平"。飞机还未降落,她就成了泪人,近乡情怯又悲喜交错。

然而,我们停留在北京直到月底,她都没吃上她最喜欢的饺子,这个她最怀念的家乡口味,她竟然连问都没问,这让九年前曾受到北京水饺震撼的我十分好奇,难道她早就知道,北京水饺已经变了样?

她回家后,写了一首以三十韵组成的长篇诗,名"返乡曲",曾登载在《联合报》和《国语日报》的"古今文选"上。一开头就是:"盼到还乡不见乡,还乡事事断人肠,城郭人民皆非是,饮食起居少旧章……"

她一定是从舌尖上体会到北京的陌生味道,饺子一定也不再是记忆中那手工精心包裹出来,带着传统香味、余韵不尽的饺子,或许也是因为整个北京城正闹哄哄地"请愿",使她因焦虑失去了胃口。

如今站在二十多年后回首看中国,我才恍然有悟:1980 年,中国面粉供应从缺,面包只有在友谊商店才买得到,杂粮多是玉黍粉做出的窝窝头,哪能浪费资源做圆形皮的饺子?二十年间浪淘沙,中国历经翻天覆地的改革开放,北京的今天,如果你叫一盘水饺,绝不会给你四四方方机器压出来的 Ravioli 小兄弟了,水饺甚至于名声远播,征服了美国纽约白人的胃。

今天，即使在北京我再吃到"意大利饺子"，我也不会介意。只要它有意大利传统味儿的浓郁大胆，可以吃出什么意大利风味，换言之，一个真正的Ravioli！

中国在二十一世纪已经有了"舌尖上的中国"美誉，可惜我的婆婆已经去世了十五年，如果她今天还在，她的"还乡曲"一定还有第二篇续曲。

吕
红

毕业于武汉大学中文系,华中师大文学院博士,美国俄亥俄大学研究员。现任美国红杉林杂志美洲华人文艺总编,美华文艺协会会长,中国侨联文协顾问。著有长篇小说《美国情人》《尘缘》,散文集《女人的白宫》,小说集《午夜兰桂坊》《红颜沧桑》,长篇传记《智者的博弈》等。作品选入《美文》《北美新移民小说精选》《世界华语文学作品精选》《海外文学读本》等。主编《女人的天涯》。获海内外多项文学奖及传媒奖。

品海鲜怡亲情

龙年的父亲节餐叙雅集,是在美国加州帝力市的日式自助海鲜馆。敏华及曹棣华医师约我们携亲带友,进入灯火辉煌的佳肴汇聚之家,有鲑鱼、象拔蚌、龙虾、大小海虾、生熟海蚝、鲔(Tuna)、鱿、鲶、鳖、鲷、鲳、海星、海鳅、海胆、党参红枣乌鸡汤、鱼翅等各类高汤,有水果冰淇淋,还有本人最爱——特别炮制的海蟹和阿拉斯加的皇帝蟹,吃着碗里瞧着锅里,个个都只恨肠胃太小!

朋友们频频举杯,为在座和不在座的劳苦功高的父亲们祝福。

老父虽人在彼岸,已接到儿女衷心的祝福。我一早打越洋长途问候老父,当时他正在上楼,气喘吁吁的,原来去了江边的华联超市买菜。小妹为他网上买衣服就像量身定做,把老人开心得,声音朗朗。老人健康不仅是老人之福,连儿女们亦有福。

似水流年,经历了生活磨砺,方能品味其中的丝丝缕缕。想起父亲多年为一家老少操办年夜饭与红烧肉,香极了!还有除夕包饺子的温馨,一人擀面,其他人七手八脚帮忙或包或烧水或运输……记忆的味道,一点一滴都值得再三品味。

而今在太平洋彼岸,文人墨客还以节日名义来"祭五脏庙"呢。上乘小笼包、云吞、水饺粉面、国际食品,一应俱全,大快朵颐,盍兴乎来!见我吃蟹不得要领(别看我是资深"蟹粉"),敏华姐还教我如何掐头去尾,抽出长条完整的蟹腿肉,果然,姜还是老的辣!

徐耀兄文采斐然完成一速写:佳肴汇聚、气氛鼎沸成一景;客于餐者,各显其能,各表其态;或斯文或狂放或尔雅。常言道:君子动口不动手。此时此处君子还是小人难以分辨。更有边走边吃,边排队边吃,可谓既动手又动脚还动口,当不为难,也不为过。快哉!饱也!乐哉!壮哉!思哉谢也!忆哉笑也!古人云"宰相肚里能撑船",今吾等将大海之多物均纳入腹中(除乌龟王八之外),与之比,岂不小巫见大巫耳!肚大兮腹大?

一番调侃,让在座的华裔、西裔、拉美裔、非裔及墨裔的食客开怀一乐。

旅居海外,无论在哪,若有三五知己好友,平日各忙各的,总是彼此记挂,逢年过节或返乡回美,就要电话相约,好去聚一聚,品美食美文,看美景美影,乃人生幸事。所谓品味生活,就是品读文化,品读人性,品读历史,修身养性,关爱他人,平凡中见高贵,平淡中显真诚。生活里有鲜花掌声与祝福,也有泪水忧愁与孤独。有真善美,亦有假恶丑。友情如清茶,亲情似良药,为你荡涤所有的伤痛和烦恼。珍惜缘分,珍惜亲情爱情友情。每一次相见都是缘分,每读一本好书都有感悟,有如故友重逢,千言万语诉不尽那份心情。

将生活视为有深度有内涵的浓缩的艺术。"至理一言,点凡成圣",我觉得品味生活,就是既能披荆斩棘吃苦受累承受挫折,也能享受成熟的丰富甘美。既感受斗酒诗百篇的豪放,也能体验荷塘月色独自幽思的淡雅……非淡泊无以明志,非宁静无以致远。源远流长,醇正芳香。

有缘千里来相会,前不久与深圳亲友餐叙,新开张的海鲜自助餐,各国美食琳琅满目应有尽有,吃吃聊聊,不觉已十分饱。对于自助餐飨宴,有人说好有人说怕,为啥?任你千方百计想苗条节食的人,一进入那色香味美俱全的地方估计也经受不住诱惑,怎么也要吃个撑。难怪有人形容:扶着墙进去,扶着墙出来;进去是太饿,出来是太饱。可见一场欢宴,留下余味无穷,以致念念不忘。可知味觉细胞储存了多少难忘的记忆喔。

怀着一颗感恩的心去生活,让彼此学会了品味幸福。正所谓人生在世或波澜壮阔或平平淡淡,平凡有平凡的快乐,富贵有富贵的烦恼。人生自己把握,快乐自己创造,把握住了自己,就把握住了命运。

邻座向我推介鹅肝,浅尝中,那舌尖上的美妙,令人想起江城亲友小聚品蟹;在新疆大巴扎品民族风情;旧金山品法式西餐;佛光山灵修品斋;在上海红房子西餐馆,与来自五大洲的作家采风团因缘际会……噢,这已不是品味舌尖上的中国,确是在品味世界了!

李
笠

原名李淑兰，圣路易华文作家协会会长。获耕莘文学奖、台湾文学奖、海外华文著述奖。出版有短篇小说《回溯的鱼》《后三十女人》；散文《老鹰之歌》《天心微光》《穆罕默德传》少年版及青少年版。

邂逅起司

邂逅起司，是复杂有趣的经验。

初抵美国，和朋友去中餐馆吃饭。先端上来的是热腾腾的炸馄饨。

"最好趁热吃，皮脆馅香，嗯，好吃！"朋友连连吃了三个。

见他满嘴脆渣，好像真的挺好吃的，张嘴就咬了一口。谁知，梦魇方始。酥炸馄饨皮，很漂亮的油亮金黄色。从两端尖翘处逐次咬噬，酥皮喀嚓喀嚓。初试入口，感觉不错，上下两排牙齿以白蚁啃咬木柴的速度前进。

当在蟹角饱圆的肚中央咬下时，满嘴白浆涌冒，一股乳酸臭尾随着香酥味冲鼻而来，那味，实在像极了婴孩呕吐的奶臭味。坏掉的酸臭蟹角怎么可以拿来招待人呢?!

时日稍久，才发现原来每家中餐馆，都有这种包得美美的酥炸奶油起司。肚圆饱，两头尖尖这么大个，还真神似螃蟹外形。

第一次参加美国人聚会，请帖时间写的是晚上七点，依照中国人思维，是吃晚餐的时间。谁知入了会场，只见满桌上多盘冷食，首入眼帘的是排在银盘里，方方正正黄白蓝交错，像过年时丢在碗里玩乐吆喝的骰子的不明食物。颜色诱人，中间还摆着晶亮的樱桃和葱碎饼干。

眼看别人一根牙签插一个，放入嘴里嚼，一口接一口，煞是好吃。入境随俗，有样学样拿起牙签插了就往嘴中送。哎呀！厚厚一方块，岂止味同嚼蜡，简直就像咬了一块固体的肥猪油，腻得很。

到朋友家吃饭。只见朋友忙进忙出，端出一盘盘美食。忙过一阵，她才悠闲与众同坐，身上丝毫未闻油烟味。

满桌美馔，中西热食皆俱，大多从烤箱端出。冷食则大多是西式。其中有一色如虎纹的长方物，切好一片片放在碟子里。既有前车之鉴，初识此君，不敢大意。观察了许久，见吃过的人都意犹未尽，回头再拿。回味速率频频，想必此味不差。

尝试拿了一块，放在嘴里细嚼。有点油腻，有烤焦的感觉，不失美味。轻声问，这虎色斑斑者是何物？

邻座者舔舔手指，回说："是豆干。"

哦，是豆干。外表还蛮像的。如果再有点五香味，那就太美妙了。实在好吃，我手又伸长，再取一块，嚼的速度也加快了些。

盘碟见底，朋友嚷声问大家："这烟熏起司不错吧，还要不要再来一盘？"我张眼咋舌，不敢言语。

久居美国后，已练就百功，犹如久入鲍鱼之肆而不闻其臭。不仅习惯成自然，还迷恋上加了鹊德起司（Cheddar Cheese）的土司片。加热后融化的鹊德起司，溢出浓厚的奶香味；也喜爱饼干起司串和白酒在嘴里融合的肥腻香味。

大部分起司来自乳牛，也有来自山羊、绵羊、骆驼、牦牛和美国野牛。有种蓝起司，外皮还带有灰色或黄棕色的霉，味道辛呛，像加了辣椒似的。还有橘红色的起司，外皮红艳，中间还加了像果冻的小方块，诱惑力颇强。

带有白色洞洞的玛佐耶拉起司（Mozzarella Cheese），很像小时候穿的洞洞小洋装，大大小小圆圈圈，可爱又好看。这种起司最常用在比萨上，厚厚一层似雪白浆，咬入嘴里，剪不断理还乱，在口中绵长纠缠，滋味甚美。

懒得下厨，拿起电话向店里订购时，还特别指明要双倍起司，比萨好吃与否，就在玛佐耶拉的质量与数量。

吃比萨有人爱在上面撒辣椒粉，我则爱撒上厚厚一层帕美桑起司（Parmesan Cheese），这种源于意大利地名的起司，据说是在铜制容器里加热，经过多道手续再放置两天后，取出加盐，在潮湿处摆上至少两年才能出现市面。

蟹角里头的白馅，就是奶油起司（Cream Cheese），它也是烘烤起司蛋糕不可或缺的原料。来美后最先学会的西点就是起司蛋糕，好做易学又好吃，对缺乏厨房炒作信心者，是最好的入门点心。

起司好吃与否，与大众口味无关；只关乎一民族的饮食习惯，只要味蕾与嗅觉能接受，甚而喜爱，就是好食物。

人间有大美。如同对人、对物、对艺术的陌生，只要多接触，愿意拉近距离，臭就不再是臭，而是意外认识的好友、好物、好美食。

午后倚窗，捧书吟读，鸟唱风鸣，一片蓝莓起司蛋糕和一杯热腾腾的卡布奇诺咖啡，就是人间至上的无忧寄怀。

海外女作家的
人间烟火

焦明

成长于台湾，七零年代赴美。纽约州立大学信息管理硕士。任职美国电话电报公司(AT&T)计算机软件设计，2002年退休。曾获芝加哥作家协会及《世界日报·副刊》合办的旅行文学奖。2003年出书《大步走天下》，被当代散文家王鼎钧先生誉为"旅行文学的异数"。

妖果、腰果

有人爱吃，贪吃，塞吃，我不属于这种人。我是另类的好吃者。

看到诱人的植物，我会不自禁地摘来吃，年轻时尤为如此。游伴常常拉住我说："不要吃呀，要吃死人的！"放心，我不会吃下去，只在舌尖上尝尝罢了。

那年在西伯利亚，跟地球观察组织去做调查研究，趁着休闲，在野地采了一小桶野菇，兴冲冲去见领导，被当场狠泼冷水制止。可是在后来的旅途中，我雇的司机和翻译却在路旁买了一桶野菇。做饭时我帮忙洗，见上面飘着无数扭动的虫，还不是煮来吃了？人家当地人都稀里呼噜吃下去了，我能怎么着？

对食材作料发生兴趣，要推十多年前到东非的香料岛(Zanzibar)，我在那里看到了胡椒、肉桂、丁香(Clove)、肉蔻(Nutmeg)、豆蔻(Cardamon)、茴香、咖喱等的原貌。平日没想过这些厨房餐桌上的成品，它们原来是根？是果？是花？是叶？是枝干？是树皮？还是种子？记得第一次看到肉蔻果的时候，为它那黑红交织的美艳，惊赞不已。

这些年我旅行所到之处，总注意花花草草，喜欢逛农人市场和各种植物园。举最熟悉的香草（Vanilla）来说吧，我以前从没见过它长什么模样，可就在马达加斯加买到一包香草豆，它们已晒得黑干。打开豆荚，里面密密麻麻有上百的小籽，像沙滩的沙粒，要用放大镜才看得见豆豆，多么神奇！后来到中美洲，在一座植物园里看到香草的本尊，兰花科的它，厚厚的叶片，藤上结着四季豆一样细细长长的香草豆！

至于咖啡和巧克力，更是现代人普遍喜爱的食品。你想看新鲜的咖啡豆或咖啡庄园，机会不难得到，但想看做巧克力的可可亚果，就不那么容易了。我印象最深，看得最仔细的一次在苏门答腊。其貌不扬的可可亚果，实在令人瞧不上眼。想当初看上螃蟹"好吃"的人又有几个呢？殊不知可可亚果经过某种秘方提炼，能变出人间美味。人不可貌相，"果"也是不能貌相的！

我家对面有两棵海棠树（Crabapple），每年秋天果子成熟，鸟儿成群飞来啄食，满地掉落的烂海棠令清扫工人十分头大。自从大妹见到这一树红果子，大喊"仙果"之后，我在脸书上大事招揽采撷者，结果来了朋友两位，爬上梯子开洋荤，摘了一袋一袋又一袋，直到脖子酸痛手膀不举才喊停。飞快上网找食谱，制海棠汁，酿海棠醋。左右邻居相见欢，个个赞好喝，那就明年再来啰。

话说有一天，我在哥斯达黎加的市场闲逛，看到一种稀奇的水果，颜色张扬，形状古怪，尤其那弯弯的果蒂，带着嘲讽的笑。于是我捧着它回旅馆，进行研究。一刀切下，整个果肉一团稀软。出乎意外，里面没有核，味道远不如外表。浆液吸完后，留下一撮胡子般的纤维，吊在弯弯的果蒂下。奇怪，它的种子在哪儿呢？回家以后我问过好些人，也把照片给人看了，人人称奇却没人知道那是啥。朋友说，你为什么当时不问问他们是什么，回来查字典啊。说得简单，事实上，去哥斯达黎加之前，我还练了一点西班牙语，随身的 iPod Touch 装有英西字典，但就是派不上用场。谷歌的语音翻译机尚未发展成熟，我缺了一个"外语秘书"。因此，这果子成了一个谜。

没料到今年夏天，这谜居然解了！和女儿在普罗旺斯住了两个礼拜，跟小孙子参观一个牛轧糖（Nougat Candy）博物馆。该馆详细展示法国牛轧糖上百年的传统制作过程。主要原料有蜂蜜、蛋白、坚果。展厅打造巨型蜂巢，人可巨细靡遗观察蜜蜂酿蜜的细节。另一边展示各种坚果——杏仁、开心果、腰果等的来龙去脉，从原生植物到人们手中香脆的各种坚果。当我看到腰果时，大为震动，原来那笑弯弯的果蒂，就是果仁"腰果"哟！

真是不按牌理出牌的家伙，果核长在果肉外面！好吧，现在让我的想象力驰骋一下。当腰果收成时节，我来到洪都拉斯一处果园，坐看一片鲜艳的腰果果实，吊在高大的腰果树上，既像莲雾，又像苹果，诡异极了。

简学舜

台湾台北人,曾任大学讲师与研究员。随夫旅居五个国家——美国、瑞典、拉脱维亚、英国、巴布亚纽几内亚。多年来致力海外中华文化的推广,先后在纽约长岛创办中文学校,在洛杉矶长滩小学成立华语社,为美国伯利兹语言学院编写三十余首中文童谣,为洛杉矶托伦斯中文学校编导"龙的传人"舞蹈。目前旅居巴纽,除了写作,尚兼任舞蹈老师。著有《中国的饮食艺术》(英文)、《品格与王冠》、《在大自然中读书》等。

业余老饕走天下

由于外子从事外交工作,我有幸旅居过美、欧、大洋三大洲的五个国家。在经历了不同的风土人情和文化之余,顺便享受当地美食,自是四海搬迁、到处筑巢所附带的乐趣。

住在纽约时,因中国超市、餐馆林立,常常忘了自己离乡背井。从饮食上感觉到人在异乡,是在迁居瑞典首都斯德哥尔摩之后。

瑞典人不喜欢花时间在烹饪上,因此冷鱼、冷肉外加生菜色拉的瑞典式自助餐(smorgasbord)是典型的国民餐。熏鲑鱼和北极甜虾是瑞典自助餐中两道最经典,也是我最爱的主食。甜虾体型小,滋润鲜美;熏鲑鱼则肉质嫩滑,入口即化。偶尔,我会去逛传统市场,购买刚捕获的新鲜鲑鱼,回家自行处理、切片,做成可口的生鱼片。此外,瑞典人不习惯吃鱼头,一个鲑鱼头往往只花5克朗(约美金一元)就买得到。如此物美价廉,砂锅鱼头汤自然成为我们一家时常享用的美味。瑞典的鱼子酱也很好吃。它是橘红色的,包装呈牙膏状,挤出涂抹在吐司上,香甜软滑,即使是挑食的孩子,也会连吃好几片。

拉脱维亚的首府里加(Riga)是一个临海的都市,但是当地市场却少见新鲜鱼虾,反而烟熏或腌制的肉类和海产充斥,其中各式各样调了味的香肠最具特色。刚搬到里加时,我也迷上了这些别具风味的香肠,尤其是那种添加起司和香料的香肠,甘香润口,越吃越好吃,竟连续食用了好几个月。

住在里加时,当地的国际妇女会有烹饪社,喜欢美食的我,自是不会错过这品尝各国佳肴的好机会。当时的烹饪社一共有12位成员,除了我和一位拉脱维亚女士,其他社员分别来自芬兰、德国、法国、瑞典、挪威、丹麦、英国、意大利、印度和俄国。我们每两个星期轮流在社员家中的厨房,学做各家的私房菜,品尝过的美食包括:芬兰鲱鱼、德国猪脚、法国馅饼(Quiche)、瑞典肉丸、挪威烤鲑鱼、丹麦酥饼、意大利千层宽面条(Lasagna)、印度色拉、俄国罗宋汤、拉脱维亚香肠、中国狮子头等等。其中,印象最深刻的是一锅可口的石头汤。汤的材料很普通,只是几块排骨和一些蔬菜。比较特别的是,煮汤时加了一块拳头大小的石头一起熬煮。或许是石头的缘故,汤的味道,竟然十分鲜美,喝过后齿颊留香。掌厨的英国友人说,该石头传自其母亲,她自己也用了快十年。她又说,石头的成分和其中的细孔,在炖煮时,会和汤中的食材起作用,改善汤的鲜度。如果没有这块石头,熬出来的汤,味道会差了一大截。

在里加时,我还参加了一次 Radisson 旅馆举办的烹饪课,由捷克籍的餐馆主厨亲自授课,记得当时料理的是一道烤鱼。先用粗海盐将鲜鱼从头到尾满满盖住,再用铝箔纸包起,放入烤箱,以160度烤10分钟,接着改用200度烤15分钟。鱼的鲜味,被海盐做成的屏障"锁"在肉里,味道极为甘甜,且鲜嫩多汁,入口即化,至今难忘。

三年前搬到位于南太平洋的巴布亚纽几内亚(Papua New Guinea,简称巴纽)。这里空气新鲜,海水蔚蓝,是现今地球上少数仅存的净土之一。

巴纽最值得夸耀的是它丰沛的渔产。不论是龙虾、明虾、乌贼、海胆,或是各种大小鱼类(如鲔鱼、黄鳍、石斑、苍鱼),皆肉质肥美。为了方便享用,我家冰箱的冻柜和一个中型冰柜,经常都储备着各式鱼虾,想吃海鲜,就能大快朵颐。

巴纽的农业生产,也全是有机栽培,不使用化肥或农药。来到这里后,或许是持续食用有机蔬果和天然海鲜,跟着我们多年的过敏症状竟然全都不药而愈。

巴纽因为远离文明,反而使它免于受到先进科技带来的各种污染,也让许多天然资源得以完好保存。在资源耗竭、地球暖化的今日,巴纽的现状正是"人类文明发展引发负面效应"的一个鲜明对照和提醒,值得我们省思。

尔
雅

本名张晓敏。长在四川雅安青衣江边,知水之柔;嫁入成都浣花溪畔,
而知诗之贵。随机缘而来美,相其夫,教其子,有志创业;凭雅兴而动笔,抒
其情,述其志,无意成名。散文诗歌早有发表,若干选集也曾收录。著有散
文集《青衣江的女儿》,编有文论集《程宝林诗文论》。

君子远庖厨

多年前,我在《为文人妻》中写道:"文人之为文人,大都有一些怪僻,确切
地说,是有别于常人的思维和行为方式,不为世俗所累,洒脱不羁。所以文人
大都不会洗衣,不会做饭。如果世上有人发明一种营养丸,以代替一日三餐,
肯定是文人的最佳选择。"

不料斗转星移,风水轮流转。待我一家三口辗转到美国,事情却发生了意
想不到的变化。首先是我和老公的位置倒错,现实打碎了我淡泊的思想。我
是一个在传统的家庭中长大的人,我外公养家,外婆一生相夫教子,从未踏入
社会,所以本人观念中,女人被男人养活是天经地义的。"沦"为家庭妇女,一
直是我的梦想。

可惜这梦想一直没有实现。我成了一只早出晚归为家里觅食的母鸟,老
公反沦落为"家庭妇男"。

老公心有不甘但也无奈。他一边兢兢业业为我和儿子做饭做菜,一边感
叹莫名:"可惜我一肚子文才大略,胸中自有雄兵百万,具有治国安邦之才,却
不得不天天埋首厨房!"大有虎落平阳之感。

虽然孟子曰君子远庖厨，但民以食为天，老公也不得不做着这西西弗斯（编注）推石头上山的工作。遇上我休息的时候，我往往会打开计算机，开始"写作"。当他看见我凝神苦思，好像倒吊三天都倒不出一滴墨水的样子，便感慨："我们家真是奇怪，该写作的作家在做饭，该做饭的家庭妇女却在写作！"每当这时，他向我讨教做某种菜需要放哪些作料时，为了防止他的打扰，我总是说："你把橱柜里看得见的作料统统放一遍就好了。"

而当他做饭时，我与他谈论文学："你那篇美文——三月的时候，所有的桃花都怀了身孕，所有的梨花都有了私情。我记不清你写的是桃花还是梨花有了身孕。"他不耐烦地说："管它谁有了身孕，只要不是你就好！"我又故意与他打趣："人家都说我嫁给你，真是鲜花插到牛粪上了。"他却很高兴，说："幸好配过了，配不过才憋屈呢！"

老公的厨艺确实不敢恭维，他把写诗的风格带入厨房，既无章法，也无刀法。东西是什么形状，切出来也是什么形状。比如，萝卜是圆的，切出来必是圆的（他不懂切滚刀）；菠菜有多长，盛在盘里便有多长。空心菜更是不得了，不仅长，而且硬，老梗也不知扔掉，吃到一半咽下去，另一半还在嘴里。

虽然如此，我也不挑剔，心想只要不是自己做，倒乐得清闲，而且东西难吃，也正好减肥。为了鼓励他做饭的积极性，还不时加以表扬与赞赏。受到表扬，心里一高兴，他就顺手把碗洗了。

时间一长，连他自己也悟出孔夫子所谓"食不厌精，脍不厌细"的道理，对烹调越来越有兴趣，专心在超市寻找各种各样的作料，结果做出的菜越来越好吃。不仅寻常的麻婆豆腐、回锅肉等不在话下，竟连鱼香肉丝、水煮肉片、粉蒸肉等也会做。

有天他一边做菜一边颇有兴致地向我炫耀："现在本大厨做菜可以说又快又好。"只见他拿出各种调料包，上面有"中华老字号——食在四川、味在蜀香"系列产品，其中有"陈麻婆豆腐""麻辣鸡丝""洞子口凉粉"等大小几十包作料袋。

作家老公接着叹道："看来本人的厨艺不仅赶上了哈金，而且直追李安了。"

前者是世界著名的华人英语作家，后者是世界著名导演。他们在成名前，都曾窝在家里六七年之久，练出了一流的厨艺。

编注：西西弗斯是希腊神话中的人物，曾经绑架死神，使世间没有死亡。他得罪众神，被惩罚推动巨石到山顶，巨石总是滚落下坡，西西弗斯遂周而复始做着徒劳无功的事。

附记:

　　我先生程宝林,毕业于北京中国人民大学新闻系,是中国八十年代学院派诗歌的重要代表诗人之一。

　　1998年我们一家三口移民美国。2001年我开始在旧金山经营一小型商业,凡事亲力亲为,生意经营不错,足以养家。在这种情况下,为了家庭与个人长远更好的发展,我家召开了一小型家庭会议(仅二人),决定派一个最能读书的人去攻读美国学位,结果非他莫属。他辞掉了在《世界日报》的工作,当全职学生与兼职家庭妇男,约三年半取得英文写作的硕士学位,又花了约两年半找到目前美国国防语言学院的工作。本文就是写他找到工作之前的趣事。

蓝晶

本名曾璧容，1948 年生，台北市人。台湾大学文学院人类学系毕业。1972 年婚后赴美，育有一子三女。家事余暇，零星写作。十多年来，长期投稿《世界日报》及《亚城》数种华文报刊。2000 年 8 月获乔治亚州华文作协举办之海华文艺季短篇散文征文比赛首奖。历任亚城艺文社社长、北美华文作家协会乔州分会会长、美东南区北一女校友会会刊主编，现任亚城书香社社长，执教中华文化学校。著有散文集《听听夜籁》《春语》《春风伴我行》及诗集《诗窗小语》。

中国胃与万国舌

一晃，来美已四十多年，深深领受到老美的安分守法，自己在行事举止上，难免受到潜移默化。唯独饮食方面，却仍固守传统，至今不碰绕着老美团团转的奶酪、优格、牛排、汉堡等洋食。有句西谚说："童年的食谱是一辈子的菜单。"没错！至今仍爱翻炒蒸煮，甚少去动烤箱，学弄洋菜。

一向习惯清淡口味，对于偶尔"不慎"接触到的洋食，不管是汤、三明治，或任何主菜，总震慑于它们味道之咸，往往难以入口。有时长途开车得中途歇息时，我爱去赛百味三明治店（Subway），因为可吩咐一声："请免盐！"（No salt, please!）结果味道非常美妙。真奇怪，老美个个是盐罐子吗？另一方面，他们的甜点都甜得腻过头。我喜欢他们的苹果派，可惜还是太甜了些。于是自己买苹果和派皮，自己动手做。依着食谱，只放一半的糖，结果味道非常美妙，正是中庸之道呵！虽说洋食难得让我赞赏，却有一桩，至今难忘……

记得在 2002 年春天，小女儿艾梅 14 岁那年，我带着她与另一对老美母子同车东征佐治亚州海岸的名城萨瓦纳市（Savannah），参加全州青少年管弦乐团的演出。两天勤练，第三天音乐会后，当晚为犒赏他们，齐赴当地享有盛名的海盗海鲜餐厅（The Pirates'House）大快朵颐一番。老美注重布置，一进去暗幽幽的，餐桌零落分布在一间又一间贴壁的角落。其间零星散缀着海盗、船只和财宝等物，仿如苏格兰小说《金银岛》中的布局，蛮恐怖诡异的，孩子们倒兴奋着呢！白衣的侍应生先送上一大条搁在砧板上柔软温热的美味面包，真好！不咸啊，还有点微甜。就那口感甚佳的新鲜面包，我已爱上这家餐厅。色拉之后，正宗的海鲜大餐上桌，天啊！是偌大一盘无比丰盛的各样缤纷海鲜！老美料理海产不外是"炸"，哪有我们的红烧、醋熘、清蒸、烩炒等多种灵巧烹调？但那一大盘海鲜倒都炸得恰到好处，真好！不太咸呵！除了好多明虾和鱼片外，还有肥大的川贝，调理得鲜嫩可口，又缀着不少蚌和牡蛎，分量之丰，足以使一般多菜少肉的华人吓昏，更别提节制寡食的日本人，可以养一家子了。

我们畅享之余，还能打包。带回亚城后，竟又足足享用了两天。天呵！老美的阔气，能不敬畏乎？是为记。

虽说我和外子都一贯是"中国胃"，但我们的四个子女，在这泱泱大熔炉的美国出生长大，他们所接触领受的各地食物，远比我们漂洋过海而来的一代多彩多姿。且不提大儿子对所有美国饮食的来者不拒，他下面三个妹妹都能欣赏老美的奶酪耶！尤其是外向的大女儿珍妮，讲究饮食，喜爱烹调，高中时代起，就和同窗好友到处游逛、餐饮聚聊，她们游遍泰餐店、印度餐店、希腊餐店、韩国店、越南店……好像世界各地的奇珍异食都能接纳。

华盛顿大学毕业后，即从西雅图越洋去日本教英文，前后九年，除了一口流利日语，还学会东瀛料理，加上原就钟情的地中海及中东饮食，厨艺精湛。今秋倦鸟归巢，开始展露身手，让我们初尝一些异地美食。她灵活运用农夫市场购回的20多种香料，陆续推出有着北非摩洛哥口味的青椒洋葱烤鲑鱼、中东食材再加欧洲口味的香肠蔬菜浓汤、意大利式香料杂烩面等，都滋味不赖，还有一些是她融会贯通后自创的菜肴。家中冷落的烤箱再受重用，冰箱的抽屉中不只是芹菜、芫荽，还多挤入九层塔（Basil）、山艾（Sage）、迷迭香（Rosemary）、百里香（Thyme）、莳萝（Dill）、茴香（Fennel）等等，让我见识了诸多罕买的香草，从前少用的橄榄油也成为厨中新宠。她使我们从华食的"牢笼"中走出来透气，看到更为宽广的世界。今午，她在餐桌上把玩着散步拣来的橡子，笑对我说："妈，我昨天和朋友去一家韩国餐馆，他们的面还是橡子做的呢！"她是如此兴致勃勃地不断在增添食经，明年初就要去巴黎半年读摄影，不知回来还要玩出多少花样？

平
路

本名路平。出生于台湾高雄。小说家、专栏作家。关心面向及于社
会、文化、人权、性别等议题。台湾大学心理系毕业，美国爱荷华大学数理
统计学硕士。居住美国期间，任职统计专业多年。后曾任《中时晚报·副
刊》主编、《中国时报》主笔，曾在台湾大学新闻研究所与台北艺术大学艺术
管理研究所任教。曾任"中华民国"无任所大使，2003—2009 年出任香港
光华文化新闻中心主任。重要著作包括长篇小说《行道天涯》《东方之东》
《何日君再来》《椿哥》，短篇小说集《蒙妮卡日记》《百龄笺》《凝脂温泉》《玉
米田之死》《五印封缄》《禁书启示录》等，散文集《浪漫不浪漫?》《读心之书》
《我凝视》《巫婆の七味汤》《香港已成往事》等，评论集《女人权利》《爱情女
人》《非沙文主义》等。最新作品为长篇小说《婆娑之岛》。本文原载《联合
报》名人堂博客。

感恩节还是火鸡节

十一月，台湾各餐厅竞相以"感恩节大餐"作为号召，媒体上大做广告。金
黄色的烤火鸡，淋上香桔枫糖蔓越莓酱，广告词是"清爽滋味搭配多汁的胸肉"
等，图面勾画出一场视觉盛宴。

感恩节进高级餐厅吃火鸡大餐？对我，这本身是矛盾语法！在北美洲那
具有感恩节传统的地方，少见餐厅推出这样的生意经。与饭店推出大餐恰恰
相反，源自清教徒传统的感恩节，原来是北美洲最纯朴、温暖、富有浓郁人情的
节日。做过留学生的我这辈人，或者也有一些人与我一样，曾经由于接待家庭
的善意或指导教授的邀约，坐在感恩节餐桌上，体认到美国小城的真诚与
好客。

感恩节的起源说法略有不同,大抵是十七世纪初,欧洲清教徒踏上美洲大陆,由于印第安原住民的帮助,度过了移民初期的饥荒难关,1621 年第一次丰收,清教徒与印第安人共享感恩佳肴。两百多年后,美国林肯总统将感恩节定为国定假日。在美国是十一月最后一个星期四。加拿大入冬较早,感恩节在十月。

感恩与分享既是主旨,相关的食材也深具文化意义。譬如餐桌上的玉米、南瓜,属于当年北美原住民分享的蔬果,印第安人除了慷慨赠予,还教导新移民种植作物。至于火鸡做感恩节主菜的传统,据说也源自 1621 年第一个感恩节。毕竟火鸡用途多元,当晚吃不完,加进色拉与三明治适于冷食,类似一些外省家庭过年时的如意菜,可以随时拿出来给家人闲下来聊天,看美式足球时吃。总之,感恩节意味着惜福与知恩,同时把自己有的分给需要的人。如今在北美洲,感恩节前后,小区排满了慈善活动,义工们轮流到福利机构烹煮感恩节大餐。

诡异的是,在我们台湾,因为儿童双语教育风行?或者台湾人对美式文化特别有感觉?近年来,由星级饭店渐次蔓延,许多餐厅也开始推销感恩节礼盒与火鸡大餐。移植来的节日极端世俗化,与分享、感恩等概念无关,火鸡餐纯粹成了价目不低的感官飨宴。

商业大潮的推涌下,西方的习俗传布到亚洲,亚洲的消费趋势又回去影响西方吗?感恩节源自的美国社会,不知不觉也产生某种质变。近年在美国,感恩节后一天称作"黑色星期五"。仿佛我们百货公司周年庆,商场与零售店提早开店的时间,门口,顾客熬夜排长队,等着进门礼、加值券、特卖商品等,为了备办下个月的圣诞礼物?美国人缩短感恩节夜晚家庭团聚的时间,冒雨雪冲出门,冲进商店抢削价商品。这股由"黑色星期五"带动的买气,美国传到加拿大,已经传播到其他英语系国家。

正好像物欲可以刺激出来,节日也可以应运制造出来!在亚洲,包括五颜六色的"情人节",包括感恩节火鸡餐,还加上近来红火的十一月十一"光棍节",多些节日不是坏事,只可惜,欠缺文化的脉络(有的还空洞化原先的内涵),节日仅止于刺激消费的功能!

商业大潮中,阿里巴巴创办人马云的发言尤其企图心强旺。他说,零售结合电子商务,要将"双十一"打造成"东方感恩节"。"感恩"?马云的说法是商家要对消费者感恩!看起来,顾客刷卡消费,辛苦支付,原是在欣然接受商家的感恩奉献。听到这语词的巧妙挪用,想着"东方感恩节"于兹诞生,只能说消费者怎么都输,反正是败给他了。

黄鹤峰

福建作家协会会员。在国内的《青年文学》《海峡》《绿洲》等报刊上发表中短篇小说和散文,出版《最后的浪漫》《西雅图酋长的谶语》两部长篇小说。作品选入北美中国大陆新移民作家短篇小说精选述评《一代飞鸿》。

美酒香茗话中外

  记得小时候,妈妈说起哪个典型败家子形象,挂在嘴边的就是那人吃喝嫖赌瘾五毒俱全。在我最初的观念里,那五毒就是世界上最坏的事了。

  长大以后,从文学作品、报刊和电影图片中,看到国外各种聚会和烛光晚餐,人手一高脚酒杯,里面盛着或深或浅的液体,伴着美妙的轻音乐品尝,如同想象中的天堂一样,别提多浪漫了。香槟、白兰地等等洋酒,很快风靡起来,成为人们耳熟能详的奢侈品。

  时尚的美和传统观念的反差交织于心中:勤俭持家是美德,那奢靡享受是罪恶吗?为什么天南地北有无数美食,李白斗酒诗百篇又是怎么回事?

  在条件许可的情况下,适当满足人的私欲,古今中外都是一样的。比如平时节俭的人家,逢年过节,人人都可以名正言顺地大吃一顿。平日里大吃大喝,人觉得你不对;过年想节约,就该遭人耻笑了。小时候,我们住在福建前线。传言蒋介石反攻大陆最紧张的时候,我们家"走反"撤到山区。正值困难时期,哥哥一顿饭配了两块手指粗的咸带鱼,全村都轰动了,被人诟病了很长时间。

  现在想起来才明白,历经外辱内乱百年后的国人,穷困挨饿的记忆过于深重,就把古人亡国败家的故事全掏出来教育下一代,在几代人心里打下深深的烙印。

先生是美国人,在国内正热衷洋酒时,他来到中国。他对国人所欣赏的、挂历中手擎酒杯大特写的洋人图片觉得好奇怪,说我们拿着酒杯,就像你们拿着筷子吃饭一样平常,为什么放在挂历上?我先是一惊,接着就羞得无地自容——我们以为挺高级的东西,却原来是别人的家常便饭。

生活在美国,自然对曾有的美酒情结倍加关注。西方人的葡萄酒与中国人柴米油盐酱醋茶的茶一样,是生活中的常用品,然后升格到文化层面。无怪乎当法国人见识到中国精致的品茗程序后,惊呼这就像他们的品酒一样,在乎酒的成色、盛酒的器皿,闻香气,尝味道。唯一不同的是,西方人觉得美酒让眼鼻口都享受了,耳朵怎么办?所以就有了碰杯,那声音清脆悦耳,使耳朵也加入其中而不被冷落。

欧洲人信奉基督教,基督教徒把面包和葡萄酒看作上帝的血和肉,于是葡萄酒被视为生命中不可或缺的饮料酒。欧洲葡萄酒占世界总产量80%以上,也是人们平均消费葡萄酒最多的几个国家。法国、意大利和西班牙被称为当今世界葡萄酒的"湖泊"。

葡萄酒,数法国产的最有名。香槟就是法国的地名,因为那个地区气候和水土条件种出的葡萄酿造的酒好,成了气酒的代名词而名闻天下,这和中国南方的高山茶同一个道理。法国人把经营和管理酒庄变成一项事业、一门艺术,力求精益求精。一个酒庄酿酒,是从种植葡萄开始,然后采摘、压榨、酿酒、窖藏,一直到装瓶,完成全过程,每个程序都在自己掌控之中,保证质量和信誉。葡萄的品种、产地、树龄、年景,橡木桶的来源,都会影响葡萄酒的品味。西方人品尝美酒的微醺中,形容那美味"于顷刻间绽放出北欧冰清玉洁的纯情,犹如身心飞过挪威的森林、覆盖着冰川的海岸线……"

中国古人对名茶伴美水也很有讲究,有一对联"扬子江中水 蒙山顶上茶"为证。宋代有一则与王安石有关的茶故事:他要苏东坡给他带回长江三峡的瞿塘峡之水泡茶,而苏轼因沉浸在山水美景之中,竟给忘了,直至下峡才猛然想起,只好将就取了一瓮。没想到当王安石泡茶后,对东坡说那是下峡水。今人从茶中,可以品出茶的哲理:第一道茶苦味如生命,第二道茶芳香如爱情,第三道茶恬淡若清风,如同人生的三种体验和境界。

随着年岁的增长,思索着这五彩缤纷不断变幻的世界,我渐渐明白了真理的相对性:评价一件事的是非对错,全凭当时的环境和背景。解决了温饱之后,大多数人就会去追求具有个人喜好的生活情调,喝那么一口,那不是错。讲究饮馔如琴棋诗书画,人各取之,精道的都能成为艺术,可谓条条大路通罗马。只是当一种爱好没了节制,量变引起质变,才成了罪恶。这就是所谓真理与谬误仅一步之遥的道理:条件不允许的情况下,肚子填不饱,还穷讲究,或竟把享乐当职业,那闲情逸致就变成不可原谅的丑事。

李民安

毕业于台湾辅仁大学经济系,师范大学教育硕士,在台时期曾任大学讲师,杂志社特约撰述,《青年日报》《国语日报》专栏执笔;赴美后在私立高中教授中文十余年,曾在九歌、三民等出版社出版《一道打球去》《解剖大侦探》《寻佛启示》《石头不见了》等多本童书。

盘子里的悲悯

在还没有出国以前,我是以嗜吃海产在朋友的圈子中闻名的,尤其是虾子和螃蟹这两样,更是我的最爱。记得出国以后第一次回台湾去探亲的时候,小姑的公公,还特地做了他那拿手的凉拌螃蟹脚请我吃。台湾从北到南,从东到西的海边小镇,甚至澎湖和金门离岛,多多少少都留下过我寻吃赏鲜的足迹。

还没结婚时在家最被姐姐们抱怨的,就是在餐桌上吃虾子的速度,常常不知不觉中,面前的虾壳就堆得半山高,惹得她们一直嚷嚷:"妈,你看老三啦,我们还没有吃多少,半盘虾子都已经被她吃掉了。"她们还描述我夹虾子时,手肘抵在桌面上,完全就是利用"杠杆原理"的省力原则,横扫全场,三姐妹抢虾子吃的情景,也是全家人脑海中美好的回忆。

二十几年前刚到美国的时候,先生还是学生,我们两个人每个月就靠他为数不多的奖学金过日子,手头并不宽裕,他对我表达关怀最具体的方式,就是找到打折的地方,买一包冷冻的阿拉斯加螃蟹脚来给我解馋;而我呢,也不忘记按照食谱操作,给他煮过一两次他最爱吃的炒鳝糊。

第一次跟朋友去海产店的时候,看到那些并不生鲜蹦跶的虾子,个头也就一般，一磅居然要卖到六块多美金，真是贵得买不下手。同行的朋友一边交代老板娘秤两磅，一边笑着对我说："刚来的时候我也跟你一样，不过我跟你打赌，你以后一定会舍得买的。"

日子就这样无声无息地过到先生毕业找到事情，两个女儿依序出生，果然我也舍得买六块美金一磅的虾子回来吃的若干年后。有一年全家和来访的公公，到华府去访友，当天就落脚在公公的朋友家，那天朋友在上西点军校的儿子，还邀了几个同学回家，他们带了两大桶当季的螃蟹。孩子睡了之后，大家就一人一把木槌，据案大嚼起来，我还不忘跟他们分享我在澎湖外岛，午夜退潮时分，在海滩上捉螃蟹回来放在锅里清蒸的经验，那叫一个齿颊留香啊！觉得那两大桶美国螃蟹，虽然不够热腾腾，虽然牛油不如姜汁，但也聊胜于无了。

我虽然从来就不是合格的厨娘，也从来没有过雄心壮志，妄想靠美食来拴住另一半的心，但好歹也有一两样拿得出手的招牌菜：一样是王妈妈教的芹菜炒螃蟹，另外一道就是红烧鱼。记得刚要结婚的时候，准公公很慎重地告诉我，要嫁入他们家的媳妇，有两样菜一定要会烧，一样是干丝，一样就是鱼，原因无他，因为身为一家之主的他，每天饭桌上一定要有这两道菜。虽然结婚以后，从来没有跟公婆同住的经验，但是我向来是一个好学生，"上面"交代下来的事情，一定确实做好，所以烧鱼的手艺慢慢培养锻炼，多年下来，也略有一些程度。

如果二十年前，我和先生没有听那一场演讲，我们饭桌上的光景大概就会这样一直延续下去。但是那一天，刚开始学佛的我们，听了一场关于因缘果报的佛学演讲，大概有一只看不见的手，透过演讲者的话，触动了我们心里的某一根弦，先生对我说："太太，以后我们不要吃虾子、鳝糊了，因为一个盘子里有太多条命。"

像我们这些从五千年文化大国来到美国的华夏子民，最常挂在口头上批评"番邦"人士的就是他们不懂得吃，吃得粗糙，吃得低俗，绝大多数的美国人，一辈子没有在餐桌上看过有头有尾的水产和飞禽。但是这种"眼不见"的态度，就跟"君子远庖厨"的道理一样，你或许可以讥笑他们鸵鸟，但也不要忽略这种"不忍"背后的慈悲心肠。

出国二十多年，我的异国"食"缘中最值得记忆的一笔，就是把餐桌上血腥的"杀戮战场"变成今天祥和的"清净天地"，这也是跌破众家亲朋好友们眼镜的一件事。

吴唯唯

笔名唯唯。生于山东青岛，后在内蒙古生活多年。医学院本科毕业。1987 年赴美留学，毕业后定居加州，从事生物医学研究。写作诗歌、小说、散文随笔。出版诗集《柔软的金刚钻》，在《香港文学》《今天》《时代文学》《世界诗人》《女友》《美文》及《世界日报》等海内外报刊发表作品，作品被收入《中国诗歌选》《海外华文女作家作品集》等。

我不会做饭的理由

有一本描写美食美酒的杂志《品》曾向我约稿，但我只是满脸堆笑，以表惭愧。其实极想写关于吃喝的文章，这主题植根在我无论心灵还是肉体的深处，我对美味佳肴在情感上的亲和何止文字可以说清！

我最初读美食杂志只是纯精神享受，久了会在字里行间寻找烹饪技巧和原料来源，再久了不免双手开始发痒。但经历一次次烹饪的经验后，不由得又回到精神享受的层面上，这就是厨子和吃货的区别。

在我观念里，写美食的人起码是出色的厨子，否则谁会相信并欣赏你写出的东西？但这是偏见，"就像你不一定在品酒方面已训练得能准确说出 20 瓶葡萄酒不同的生产年份，但照样能品尝葡萄酒的美味一样"（《毛姆读书笔记》），就像喜欢看芭蕾舞不一定自己会跳，或亲自跳。但也有例外，如果在美容院看到满脸黑斑和皱纹的美容师，会想到，做还是不做？

每说到厨艺，一个问题会萦回脑际：会做饭到底是天生还是后天，是否有"善于厨艺"的基因存在？我多归之于时间、兴趣、机会、勤懒、需要、原料等。如没时间，或吃的人没兴趣，或因忙和没兴趣而没机会练习，或仅仅懒，或完全不需要(比如天天上餐馆),或打开冰箱原料残缺,其中任何一个理由,都可以作为最终不会做饭的理由。

所有不会做饭的理由中最令人信服的是我的家庭结构。老公是美国人,而且来自美国中部的堪萨斯,那里的人食谱比较局限,牛排、马铃薯、玉米、西红柿、面包,大概就是这样了。婆婆除了圣诞节拿手好戏烤牛排之外,还做一种烤烩菜,把罐头装四季豆、蘑菇、冷冻马铃薯丝、起司、奶油和罐装酱汁(Gravy)倒入烤盘里搅拌,然后放入烤箱,华氏375度烤30分钟。因为在加州吃惯新鲜蔬菜,每次拜访堪萨斯的婆婆,我会到超市买几种常见的蔬菜放在冰箱,不能否认这里多少有点显摆我们加州人讲究健康食品的意思。但因为婆婆做饭,我毫无机会烹制这些新鲜蔬菜,于是上飞机前,婆婆就把我的新鲜蔬菜连同酱油大米统统塞到我的箱子里,说带回加州吃吧。而且每次一进门,婆婆还都会打开橱柜,一样样点着提醒我:"这是你前年买的酱油,这是你去年买的茶叶,这个小圆粒不记得是什么,好像你们结婚那年买的。"我看了一眼瓶子,里面是花椒。二十年前,我在堪萨斯只找到一家亚洲杂货店,不到100平方米,里面印度、越南的作料居多,黑压压堆在架子上。所以,每当我说不会做饭,是因为老公从堪萨斯来,所有听众都微笑着点头同情,说难怪难怪。

要知道决定一个人最喜欢吃什么,不是在饥饿时,而是在吃饱后,或生病时。比如我生病在床老公问想吃什么?我会想到鸡汤挂面,必须是细细雪白的富强粉北京挂面。但如果老公病在床上,则会提出想吃Chili,一种罐头装的墨西哥辣味道的牛肉末和豆子糊在一起,是我连健康时都不要吃的。如果我胃部不适,会要一杯热茶。老公胃部不适,却一定要喝冰凉的可口可乐。我充满疑惑不可思议地递给他可口可乐时,心里不免因他的愚蠢选择而有点幸灾乐祸,认为不到三分钟他就会吐出来。

这就引出美食的哲学思考,美食的定义到底来自客观的标准,还是因为不同的社会和文化背景、不同的经历、不同的生理构造和味觉而赋予它?正如,人生本来就有意义,还是我们必须赋予它某种意义?如果是客观标准,人类会公认某食物是永久不衰放之四海而兼美的美味。世上有这样一种美味吗?当享受某种公认的美食时,如果能有人讲解其美在何处,这种暗示对初涉美食者还是很有用的。

最后,让我以一个真实的故事来作为此文的结尾。一个雨天的下午,两个流浪汉坐在一家书店里温暖的长凳上,一页页翻看着一本印刷精致华美的食谱,他们头发肮脏蓬乱,像盖在头上的毡帽,其中一个光脚穿一双看不出颜色的旧皮鞋。而他们的脸上却带着无法用语言形容的幸福微笑。其中一个嘴巴张着,脏得发黑的手指在美味佳肴精致的图片上戳戳点点,大声宣布他喜欢几乎每一个菜,另一个不断点头同意,我突然意识到什么是定义美食的标尺。这个情景不正表现出美食这个定义所赋有的最基本最经典的美吗?!

蓬
丹

毕业于台湾师范大学社教系，后赴加拿大留学，现居美国，历任采购经理、出版公司总编辑、英语教学主任等职。积极从事文化教育工作并投入写作事业。至今共有《花中岁月》等十二部文学著作，获多种文学奖项。

甜甜的回忆

初抵国外头几年，品尝了一些家乡不曾见过的甜食，现在看来当然寻常不过，但伴随这些甜品的记忆，至今犹让人齿颊生津，打心底回味无穷！

嗜喝咖啡的习惯养成于出国工作之后，由于任职公司都有上下午各十五分钟的咖啡时间，清晨我总赶不及吃早点，便在十点咖啡时间去餐厅排队，叫杯咖啡和一个多娜。

多娜是英文 Donut 直译，中文叫圈饼（又叫甜甜圈），因它像个中心有洞的圈圈，实际上有许多种多娜是实心的。谈不上好吃，只是新奇，最主要是十分便宜。那时极俭省，出国读书已花了家里大部分积蓄。多娜的甜和咖啡的香，仿佛稀释了那段孤军奋战生涯的苦味。

办公室有个来自荷兰的老太太，人还算和气，但对原籍德国的上司巴结备至，常向他进贡礼品。她做事没什么效率，上司却也帮她说话。有次上司把她送的蛋糕与大家分享，我们才知老太太手艺不差，纷纷向她要食谱。她印了多张得意扬扬分发给每个同事。

我那张复本居然保留至今，上面已是油渍斑斑。瑞士蛋糕的材料：半杯糖、半杯牛奶、一杯面粉、三个蛋黄、四个蛋白、四匙牛油、一匙烤面包粉。成分很简单,我也如法炮制好几次,滋味总不如老太太做的。或许是她的慢动作,在这里发挥了功效吧。

有年回台经过日本,和朋友在银座见一家看来气氛不错的餐厅,进去点了咖啡和一款名字颇好的点心。不久侍者端来锅铲瓢盆,还有一大盘盛在不同容器内的材料——没想到这道点心是现场表演的。

只见他做化学实验似的,把容器内的固体液体搅拌综合,先煎出一张春卷般的薄饼,然后慢条斯理挤榨橘汁,调入柠檬水、月桂粉、白兰地和其他七荤八素的不知名作料,待一大锅汤汁慢慢收干,再放进薄饼翻动半天,如此这般折腾下来,已是三四十分钟过去了。

无法用日语探询实际烹调时间,又见侍者专心卖力似在进行一项神圣工作,只好耐心等待。当他露出笑容,显然为终于完工而舒了一口气,并且恭敬端上一碟黄澄澄的、直径不过六七寸的"法式甜酒薄饼",我们也舒了一口气——一口逐渐上升的怨气。

至于好不好吃呢?我们认为,一辈子试这么一回足够了。

银座的甜酒薄饼,是唬人的视觉经验。奥地利维也纳的莎赫蛋糕,却是迷人的味觉享受。

维也纳人常说,如果巴黎是爱情之城,新奥尔良是爵士乐之都,那么维也纳就一定是甜蜜之乡了,可见维也纳人是如何以他们的甜点为傲。

莎赫蛋糕外观并不出色,也无声势夺人的装饰,看来是极平凡的巧克力蛋糕。但芳香的味道,入口即化的质地果真不同凡响。据说此种蛋糕是1832年由宫廷厨师莎赫首创,至今莎赫餐馆及旅店仍由其后代经营。

已入秋凉的维也纳在淡烟疏雨之中,而我们拥有伞下一方小小的温暖角落。品味着往昔只有贵族才能享用的糕点,甜而不腻的余味在喉头,浓而不苦的咖啡香沉于杯底。这一刹那,我们觉得贵族不见得能体会这市井的满足吧。

张爱玲在一篇名为"谈吃与画饼充饥"的饮馔文章中,提到一种叫"司空"的小型甜面包。"比蛋糕都细润,面粉颗粒小些,轻清而不甜腻。"她遗憾地写道:"美国都买不到……"

但我初尝司空就是在美国,有次去到旧金山一家著名的费尔蒙旅社(Fairmont Hotel,电视影集 Hotel 即在此拍摄),旅馆大厅最敞亮的一角,设置了几张欧洲宫廷式软椅,矮几上一枝长梗红玫瑰,与华艳大花地毯相互辉映。这样的氛围正是所有故事的开端,难怪被电视公司看中,也使我们决定在这儿享用下午茶。

婀娜多姿的服务小姐从厨房推出精致餐车,上面排着琳琅满目的小三明治和甜点。甜点中有一件像是 Biscuit,亦即肯德基炸鸡店可买到的小餐包,但这形状更为玲珑巧致，吃起来正是张爱玲形容的那样。原来它就是英国所谓的 Scone（司空），在英国 Biscuit 专指饼干，在美国是小甜面包之意。

也许因着叫法不同，张爱玲没有吃到她极想念的、大学时每次上城，都要去香港中环青鸟咖啡馆买半打的"司空"吧！

回忆至此戛然而止，因蛀牙开始进行抗议了！

聂崇彬

海外女作家的人间烟火

祖籍湖南,出生上海,因脚疾被拒上大学。移居香港后,曾任酒店和广告公司经理,香港理工大学管理专业毕业。移民美国后进入著名中文媒体当记者,做编辑,后成为杂志总编与专栏作家。中国美术学院岩彩画研究创作班毕业。2011年8月至10月获旧金山市立总图书馆赞助为期两个月的个人岩彩画展。曾经出过《梦寻曼哈顿》和《美国都市报》两书,陈香梅女士为后者写序。2013年10月,出版写实小说《年华若水》。现为美国香橙出版社策划人及顾问。

餐桌上的统战

在餐桌上打仗?那不是连吃顿饭都无安宁?当然不是,战争有很多种,这里指的是中美家庭的食物文化统战。统战工作并不是在婚姻一开始就展开的,初时,大家都沉醉于尝鲜,像发现新大陆似的相互品尝对方族群食物的特色。尤其是我,觉得很幸运,因为德裔的老公居然喜欢吃米饭。主食,通常是不同地区人们差别最大的食物了,例如同是中国人,也会为主食吃面或吃饭而起矛盾。我不怎么喜欢面包,干乎乎的好难下咽,如果让我每天啃面包当饭,我会很严肃地重新考虑这桩婚姻的实在性。也听过其他的中美夫妻在主食挑选上的矛盾,他们的解决办法就是基本保持各自的饮食习惯,可是有时候总想和另一半分享自己的最爱,食物的统战工作也就是从这儿开始的。

作为家庭主妇,有时候也难免会有不想烧饭的时候,尤其是有段时间,我们有六张口,六张口背后的地区文化都不同,真所谓众口难调。如果在家乡,我会号召吃火锅,操作简单省事,吃时又热闹丰富,我颇为老祖宗的这一创举自豪。可是洋老公怎么办呢？老外的吃文化最明显的特征是分餐，即使他们爱吃中餐，接受了中餐的食物集中制，也必须使用公筷，而火锅众筷一锅，而且是生熟不分。不过这些困难难不倒我阖家团圆吃火锅的决心。我决定从他最爱吃的食物下手。

洋夫最爱吃鸡翅膀中段，被他称为手抓食物（finger food），是美国人看电视球赛时的热门食物。曾有次，老公跟我去采访餐厅，那位厨师做的干烹鸡翅让他喜出望外，连连建议对方关了餐厅，专门制作鸡翅，他担保说，美国人一定会排长龙来抢购。可惜这位厨师的志向不在于此，洋夫的愿望落空。我曾经成功地让他爱上广东小菜"北菇焖鸡翅"。我的计划是把鸡翅膀当做火锅涮食材的一种，再加上用他喜欢的酱料相佐，引诱他向火锅入筷。洋夫懂什么是火锅（hot pot），虽然英文说法一样，但和我们的火锅吃法完全不同，那只是一锅热的干锅烧而已。我精心设计了川味火锅，味浓，还可以放入酱料，除非奶油汤，洋人不太喜欢没有颜色的食物和汤水。然后用花生酱再加辣酱调稀后，把在火锅中煮熟的鸡翅膀薄薄搭匀了，送进他嘴里，等到他喜形于色的时候，才告诉他这是火锅产品，从此以后，我们一说吃火锅，他就连忙点头说："我喜欢，我喜欢。"

人说，音乐无国界，其实口味也不分国界，例如某人喜欢吃酸的，即便是某种食材、某种饮食习惯他不认同，但为了他所喜爱的口味，他会去尝试，会去妥协。如果掌握了这个秘诀，那么我们的食物统战工作可以不费吹灰之力地获得成功。

我的祖籍是湖南，有味家乡小炒——辣椒酸豆蔻。小时候还是祖母依照风俗让我们尝过鲜，多少年没吃上了。没想到这两年，包装的酸豆蔻竟然出现在中国超市里了。正好我老爸从香港来美探亲，我忙不迭地买了酸豆蔻加肉末和红辣椒爆炒，看老爸吃得喜滋滋，却忽略了旁边还有一位吃得欣喜若狂，那就是洋夫。原来德国人有吃酸菜的习惯，德国酸菜（Sauerkraut）是德国的传统食品，由大白菜或大头菜腌制。在美国的普通超市有很多种类，罐装、袋装都有。从此，这味家乡小炒就成为洋夫饭桌上的保留节目了。

芜华

本名吴淑华,曾为中国黑龙江省作协、文学院第三届签约作家。迄今发表文学作品三百余万字,著有《芜华中篇小说选》《托起一山情》《魔界》《空城》等中长篇小说。长篇小说《魔界》受到美国国会议员希拉杰克森·李的嘉奖状。作品列入中国《现代汉语概论》(留学生版)、《汉语修辞教案》、《广告学》等高等教材。现任美国休斯敦《新华人报》总编辑。

我的生命之根

　　一个人对某种食物的钟爱,是与生俱来的,是老早就候在娘胎里,出世后,就别在意识上,每餐都记着它的好,它的魔咒,就永远成为你的最爱。因此,我的土豆(马铃薯)缘,也是从母亲孕育我开始的,之后,便一发不可收拾,先天使然,造就了我的后天土豆性情,敦厚诚实。由此,我相信,我与土豆构建的某些神秘信息,已然根植于我的骨髓里,乃至肌肤的每个角落里。

　　钟爱某种食物,一定是那种食物的特质吸引着你,即便是在胚胎里,那个隐藏的强烈属性符号,似乎就告诫着未出世的婴孩,你将来是属于我的。否则,来到世上怎么会一眼就盯牢了让这种食物伴随一生呢? 食物中的某种强悍的神秘信号,完全能改变孕妇对食物性质的理性。比如,肉食主义的母亲,孕育我却改为素食,见荤即呕;素食的我,孕育我的儿子却一改素食为肉食者,食肉拒素。仅从母女孕育胚胎时所改变的食性而言,人的食缘,是浑然天成,非后天积习。也就是说,人的性情温文或易躁,一定具有你偏爱的食物特性,这是后天无法改变的。食物的磁性,对吃者个性的影响,亦展现得淋漓尽致:素食者,便会拒绝肉食,肉食者也会断然拒绝素食。一个人对食物的贪笃,便有理由判断个性是否性急或温和。

　　一个人能拥有自己喜爱的食物,是快乐的,不为美味佳肴所惑,只痴迷自己钟情的食物,这一定是他的生命之根。这个根,绝不会因烹饪口味不佳,半生不熟而改弦易辙,或因了性情改变而悬崖勒马,委实堪比爱情之"不离不弃"了。

　　通常形容命贱的人为"土豆命",是因为土豆种植广泛,价格低廉,殊不知它是救命之物,而我宁愿与它为伍,做一个命贱之人。这样,我的细胞、神经、思维以及整个人就都属于土豆了,属于被掩埋于地下的土豆,那里可是养分丰厚,矿物质颇多。由此,朋友们认为我肌肤细腻,我宁愿这贪天之功非土豆莫属。这让我想起某些津津有味咀嚼煤炭、泥土、盐块为美食的人,似乎一日不吃如隔三秋,四肢乏力,那种百吃不厌,的确为常人费解。

　　我妹曾说过,她一不吃肉就心烦躁,而我一不食土豆就少力气。这样,就好解释 1998 年 10 月,在赴俄罗斯布拉格维申斯克参加中俄诗歌学术交流活动中,我对食物的要求并非荒诞了。

　　在俄罗斯的餐桌上,还念念不忘是否有土豆这道菜时,曾被人讥笑道:"难道你不知'土豆炖牛肉共产主义生活'这句话吗"? 我释然了,有土豆我就安心了。果然,第一顿餐饮,中国人都知道的俄罗斯那个为共产主义奋斗终生的标志性的菜端上了餐桌,试想:一个国家能把土豆与牛肉放到一起,作为生存奋斗目标,可想而知土豆对生命存在有多重要了! 这让我欣喜若狂,俄罗斯人与在另一国度里的我,如此的不谋而合,的确,令我庆幸,在异国他乡可以不必忍受饥肠辘辘了。尽管我随身携带一堆的杂食,但这不是我喜欢吃的食物,我是准备用这些食物来兑换属于我的生命元素,这完全不是偏好,这是受我肌体之根的指引,可见我对于自己的生命元素有多了解了。我身边的朋友常对我说:"你不妨尝试一下其他美食,不要到哪里都是你的土豆,有那么多好吃的,你却只捡土豆吃,好好的一顿大餐都让你给毁掉了,实在让人无法理解。"

　　可叹的是,俄罗斯的那餐土豆炖牛肉,竟让我这个素食主义者,连荤菜里的土豆也不放弃,可见一个人对属于他生命的食物之根有多钟爱了。

　　最后的一餐,俄罗斯作家马斯洛夫特意为我做了一道水煮土豆,端上桌子,人家要放奶油,被我急忙阻拦住,搞得大家莫名其妙不解我的举动,我说只要一点咸菜就好了。天啊,这怎么咽得下去呢? 看着我饥渴得连皮都吞咽下去,顿时,惊爆了一桌子目光。

　　如今,生活在美国多年的我,仍旧年吃五百磅土豆。每次去商场,我推车里的那几袋土豆,都颇引人注目。也许因了土豆的营养价值百利无一害,有"地下苹果"之美誉,以及隐藏于我生命之中的那个神秘符号,都让我理直气壮,霸气得目不斜视。

陈中禧

祖籍广东恩平,生于香港。早年毕业于香港浸信会学院中文系。八零年代移民加拿大,后返回香港工作并进修,获香港科技大学文学硕士学位。诗文曾发表在香港的《明报月刊》《突破》《抉择》《星岛晚报》《香港文学》《城市文艺》《时代论坛》《当代文学》《香港文学报》等报刊上及温哥华的《世界日报》《星岛日报》《大汉公报》等。诗集有《移民族》《刮风的日子》及《陈中禧短诗选》等。歌词创作方面,早年有《给孩子们》《假如没有基督》(廖炳权先生曲)。后与著名作曲家黄安伦合作《母亲与女儿》及圣诗《教会:荣耀的基督新妇》。其他曾合作的作曲家有陈明志博士及谢倩文等。

母亲谈吃

"老人家最重要的是有肉吃",这是母亲退休后的口头禅。其实对居住在盛产海鲜的温哥华的她来说,岂止吃到猪牛羊鸡鸭鹅,有的更是美加西岸的鲭鱼、象拔蚌、石斑、生蚝、龙虾、长脚蟹……到了人生最后的日子,因为有脑退化症引致食欲不振等问题,烹调手艺了得的家三姊即亲自炖制冬虫夏草鸡汤给母亲补身。但她反而安慰我们说:"不用吃那么昂贵的美食。"我猜她的意思还是,老人家只要有点肉吃便心满意足了。

母亲早年在粤港生活时最爱吃的几味,即使在温哥华也得嗜,例如清蒸石斑、白灼虾、姜葱焗蚝或炸生蚝。白灼象拔蚌、起司(奶酪)焗龙虾则是温市著名的粤菜,"新鲜的食材不用加什么酱料,故白灼虾和白灼象拔蚌,是经得起考验的粤菜馆必备菜式"。懂吃的她道出了粤菜的真髓。加国盛产的巨型螃蟹清蒸也不错,可惜母亲怕剥壳麻烦,故不是所好。然而最特别的,是一向少尝牛肉的老人家,竟爱上牛肉。她曾因牛肉"韧"而难嚼,故少吃;直到遇上温市的牛肉,不"韧"且肉质鲜美,故不再怕。有几年,她从友人那儿学会用粗盐自腌咸鸭蛋。我们吃后觉得也许没有买回来的"入味",但有一种"他乡遇腌蛋"的好感觉。西菜方面,母亲始终不大欣赏,在外面只吃 fish and chip(炸鱼柳配薯条)。其实温市除了各类中华南北食馆林立外,其他西菜馆与亚洲美食如越南菜、韩国菜、星洲菜、泰国菜、日本鱼生或寿司馆子等也不少且水平颇高。可见温哥华这个旅游及美食之都,实在是爱吃人士的天堂。

老人家晚年住在西人管理的养老院,很难吃到中菜,母亲最爱的虾饺,当然没法沾唇。虾饺,必须由鲜虾制成,胜在皮薄馅靓。除虾饺外,她也爱其他精美点心,如包着碎牛肉、虾、叉烧或油条的肠粉(俗称炸两),还有烧卖和山竹牛肉(蒸牛肉球)等。十多年来,在温哥华或多伦多的不少粤菜馆都可吃到且水平不错,有些甚至冠绝北美。大家不妨一试。

母亲重视吃的质量,与她经历抗战有关。三零年代她从广州省立第一女子师范学院毕业后几年,抗战即爆发。父亲从军加入黄埔军校,她便在大后方的教养院工作。"教养院是战时为前方抢救回来的孤儿而设的寄宿学校。其中体质较差的孩子,多因长期营养不良而生病,甚至性命不保。"母亲和我闲谈时屡屡提及那段日子:"当时学童的饭菜质量不佳,常吃的只有白饭和猪𦟘菜(莙荙菜),甚少有机会吃肉。每次教养院的学童夭折,都由我在木条上写墓碑,眼泪直流,像自己孩子死了一样。"

另一母亲不愿多谈,只在不经意间提及她初期在香港生活时曾患肺结核。"在还没有避孕丸的年代,女人虽患病或身体差也无法不生育。我在患肺病期间生下你三兄,因为患病所以产后大量出血,几乎丧命。到你出生时由于病已痊愈,情况也好转了。"她不胜唏嘘地说。而当时只有十二三岁的我只管静静地听,不敢问她生病之缘由。直到长大后才明白,她是积劳成疾与营养不足才会有肺结核的。故后来她注重食肉以摄取营养,可谓不言而喻。

双亲那一代人,不少是经历战乱的,艰苦的日子较安稳的时候多,然他们安贫乐道,专心抚养众多子女,培育他们有一技之长,且不偏不倚,立足社会,造福社群。他们在吃方面并不太讲究,更不会浪费,这是我们过分注重美食、食尚的一代必须常反思的。

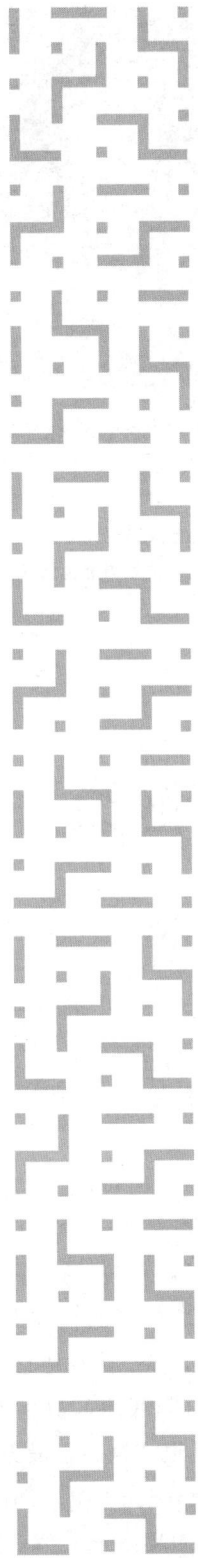

异国思乡

陈瑞琳

1962年生于西安,13岁开始发表作品,15岁考入西北大学中文系,获文学硕士学位,曾任教陕西师范大学中文系,教授中国当代文学及港台文学。现任美国休斯敦《新华人报》社长,国际新移民华文作家笔会会长,兼任国内多家大学客座教授。已发表多部散文专集及评论专著,曾多次荣获海内外文学创作及评论界大奖。被学界誉为当代海外新移民华文文学研究的开拓者。

来碗"羊肉泡馍"

日本,半圆的空港一角,正打算闭眼休息,前方传来一声男人的大哈欠,尾音后还有话:"这美国实在是不美,世界上最美的事就是能喋上一碗羊肉那个泡馍!"说话的人竟带地道的陕西关中腔,瞠目望去,前排真就坐着几个西北模样的汉子,那侧脸的轮廓确似兵马俑的憨直粗犷。

一句"羊肉泡馍"蓦然刺痛了我。羊肉汤的温暖,涌动成记忆里酸甜苦辣的堤坝,轻轻一挑,胃液里泥浆洞开,轰然飞溅起来。

二十年前的那个中午,我,一个异乡女子,刚刚抖落了一身来自八百里古道秦川的风尘热土,正孤零零地站在美国休斯敦城的百利大道上。身后是一根滚热的水泥电线杆,但是弥漫在身体里的绝望却让我寒意瑟瑟地发抖。

走了太多的路,胃里饿得发痛。那一瞬间,我想起故乡街边的羊肉泡馍、那厚墩墩的大碗、膻腥扑鼻的羊杂汤,心里呼道:"世界上最美的事就是能喋上一碗羊肉泡馍!"眼前若是真有一碗羊肉泡馍,吃完了枪毙都值。可是,我掏掏衣兜里的钱,除了坐车只能买一个一块五毛的越南三明治。看着三明治里薄薄的肉片,干渣渣的法式面包,又想起西安西大街上的樊记肉夹馍。心里发酸,面包也酸得哽咽在喉咙里。

我需要钱,需要做工。那时候百利大道上的餐馆老板崇尚英语或者粤语,偏偏这两种"外语"我都不会,这个一点儿都不"美"的国家显然不想给我一条活路。

一个台湾留学生愿意卖给我旧车。见面那天我钱不够,他仔细瞧我,问:"大陆来的吧?"我说:"西安!"他一乐:"古城啊,难怪你长得像唐代仕女!好了,成交!"有了车子的我首先创下的是"三家餐馆关门大吉"的打工纪录。我总把英语里的"莲花白"(cabbage)说成"垃圾"(garbage)。客人一问:"你们春卷里包的什么?"我就回答"垃圾!"吓得客人每每失色甩手离去。

就在第三家餐馆将要关门的时候,一个拄着拐棍的老华侨忘记给我小费却丢给我一份油腻的中文报纸,报上有一堆招工广告,炒锅、抓码、算账、看仓库,反正七十二行都不要我这种人。沮丧之际发现了"副刊"上的一句话:"提起笔就是作家!"对呀,我还可以提笔,题目都现成,就叫"餐馆心酸"。那年感恩节的前夜,忽然接到一通陌生电话,来自一家华文小报馆:"陈小姐,你不用太心酸,到我们这儿当记者吧!"

某晚月黑风高,为采访春宴走进一家上海餐厅,老板娘的小胖脸很亲切,待开口说话我就傻了:"你是咱陕西人吧?"她立马把我拉进小包间:"娥来给你做碗羊肉泡馍咋样?"正如戏里唱的"盼星星、盼月亮,终于盼来了羊肉泡馍"。一股儿时就熟悉的味道,从舌尖滚到胃里,再穿过肠道,一节一节地滋养着我饥渴已久的身体。我忽然想起了当年的宋太祖赵匡胤,早年穷困潦倒,流落长安街头,身上只剩下两块干馍,遇一羊肉铺,店主见他可怜,给了一勺正在翻滚的羊肉汤,赵匡胤即把碎馍泡在汤中,吃得饥寒全消。此时此刻,在这休斯敦的饭铺里,我可比赵匡胤幸福,主人送上连汤带馍,热气中一举荡尽这漂泊人的凄凉与孤寂。

五月端午过后,周末闲来,电话铃乍响,又是陌生人,绝对的老陕口音,说要请我吃正宗的老孙家羊肉泡馍,地点在中国城对面的一个破旧公寓。

登梯上楼,看到十来个男人,个个脸色黝黑,身上油漆斑斑,待张口说话,恍若回到当年的西安解放路,间杂着还有火车道北的河南口音。他们告诉我,来休斯敦两年,主要从事装修和餐饮。其中一个戴白帽的小伙子正在锅台上忙碌,大家指着他说:"这小子从前在老孙家干过,煮羊肉最地道!但他一年才从外地回来一次,专门给大家露一手,所以叫你这个记者来尝尝,看看咋样?"我不知是心里热还是身体热,汗淋淋地坐下。招呼我的领头班主听说刚从梯子上摔下来伤了腰背,猫着腰急急端给我一大碗,嘴里说:"这羊肉泡馍比啥都管用,吃一顿能熬一年!"他的话音落,我的眼泪珠子滴叭一下落在碗里。

老孙家的伙计每年从外州回来一趟,再吃羊肉泡馍的时候,这群陕西老乡都在中国城里买了自己的大房子,吃饭的人头也翻了几倍,不少汉子的老婆孩子都来团聚。去年正月十五,大家撺弄我成立陕西同乡会,但见有人烙饼,有人运菜,来的人有北大的年轻博士,还有老教授、老同学。乡亲们建议,要做一面大大的锦旗,两边各立一个"秦"字。我的眼前立刻浮现出一道奇妙的风景:待春天将来时,墨西哥湾长长的沙滩上,这面锦旗就在海风中高高飘扬。在那旗子下面,我们支起大锅,煮上羊肉汤,每人手中一个大饼,尽情地掰着尽情地聊,男女老少大碗喝酒,大碗吃肉!那锅里的喷香飘进海湾,也飘进海岸上的千家万户。

"赶紧!赶紧!要登机了!再落地就能吃羊肉泡馍了!"大声喊叫的还是前面的那几位关中汉子。

一个马步蹲,我猝地站起身来,心里也一声吆喝:"嗨,赶紧来碗羊肉泡馍!"

李敏慧

青岛市人,台湾师范大学毕业,曾任台中市小、初、高及专科学校音乐教师。美国德州农工大学主修音乐教育。纽约市立亨特大学中国文学学士,圣约翰大学亚洲研究所硕士。现任亨特学院中文硕士班客座讲师及中文系毕业生实习督导,纽约州教育厅中文教师执照考试审题委员及阅卷评分委员。教师联合总会中文书法教师。纽约华文作家协会会员。作品有《活出真善美的人生》《如何取得纽约州中文教师执照》《与华裔家长及学生谈心》及《唱歌学华语》。

锅贴外交

自幼生活在养尊处优的环境中,从来不知什么是压力、困苦与失望。自从单枪匹马踏上美国寻梦的那年,我才真正开始了解什么是人生,也才真正体会到生活的不易。然而就凭着我乐观与进取的大无畏精神,锲而不舍的信念,我深信我一定会顺利地圆了我自十一岁起就怀抱的"美国梦"。

真的,美梦果然成真!一切都如愿极了。当然是在经过七年的苦心经营之后。我这一生所策划的工作,不论是公私大小,几乎十之八九都是成功的。

归纳起来,除了凡事都交托在神的手中,仰望神,依靠神,说起来可能没人会相信,我在美国的一帆风顺,除了神的大恩大德和我的努力不懈,正面思考之外,我的锅贴外交才真的是功不可没啊!可是那并非我当初计划蓝图的内容,而全是"无心插柳柳成荫"的结果。

当我在亨特大学就读时,同时也在学校采购组兼差当打字员,下班后再去修课。老外喜欢过生日,上自企业、预算到采购组以至于会计室、出纳室、甚至个人、学生服务处，凡有人庆祝生日，大家都可以去欢聚一堂，顺便品尝一下寿星办公室同事们所提供的自制餐点，或借机拖延一下午餐时间去轻松谈笑一番。至于打工的学生，多半要先留在办公室接听电话，等资深员工社交回座后才去周游一下，当然也可不去，如果根本连"寿星"也不认识的话。

每当我们办公室有生日派对时，我都会一早忙着把能供十多人品尝的锅贴准备好，背着书包乘地铁由皇后区赶到曼哈顿去上班，冬天时就得穿得像个大皮球，挤上地铁，又要换车，其状可想而知。

然而老外从未尝过我这台湾来的学生兼职员的杰作，每人都食指飞舞赞不绝口，一传十，十传百地使得男女老少，燕瘦环肥竞相推荐。于是有同事居然要我公布食谱，或带他们去吃有名的中餐馆，顺便给他们上一堂课介绍名菜、筷子用法及由来……突然之间我名声大噪，他们居然对中国饮食产生浓厚的兴趣，我也借机传扬一下中华文化。

我的顶头上司，以及采购、预算、商务等办公室，均因吃了美味的锅贴而对本姑娘另眼看待；甚至逢我生日时，不但收到众老板的卡片，我的顶头上司荷西·维加(Jose Vargas)请我去吃午餐，喝洋酒，同事们也分期分头带我去吃西餐。老板甚至还给我加薪，将钟点费调高一元，那是 1980 年。

最令我意外的是，业务经理吃了美味锅贴，知道我是打工学生后，还告诉学生顾问的女主管让我免缴学费，那一年我两个女儿也在该校就读，于是我们三人真的省了不少开支。对于因锅贴美食而换来的如此好运，真是太令人拍案叫绝，令同事们大呼："啊，太好了，是你应得的，我们爱吃你的锅贴，真是美味！"虽然等学生顾问的主管发觉我两个女儿并未在校打工以后，还得交学费，不过能省一人的学费已颂主隆恩了！

毕业后，在任教的学校遇到特别日子，如校长退休或系主任生日，锅贴一定上桌令洋人们大快朵颐。另外，每逢纽约作协有各种聚会，台北文经处有活动，或圣若望大学亚洲研究所所长，我的恩师李又宁教授举办活动，有时也少不了锅贴；李老师还封了我一个雅号叫"锅贴皇后"，大概我们住在皇后区吧。这雅号令我引以为荣至今。

之后又在周兴立教授推荐下，让我去发达盛镇公所开班授徒，教老外学做锅贴，吃了还打包分享家人。斯时馅子已由猪肉高丽菜进步到虾仁，一只虾切成两三段，鸡柳去筋切小块而非剁碎，香菇、半熟的胡萝卜及氽烫过的高丽菜和切碎的绿花菜。麻油依馅子多寡而半瓶、一瓶倒入，绝不加味精。当两边开口笑的红、黄、白、绿衬托着透明、金黄、底部排列整齐的锅贴呈现在盘中，你举箸翻过来要往口中送时，却是白里透红，晶莹剔透得娇艳欲滴，我见犹怜。此时唯一享受它的方法就是往口中送入，让您享受举世无双，彩色缤纷，香气四溢，香浓可口又营养丰富的皇后锅贴！

李黎

本名鲍利黎，旅美小说、散文、剧本、评论及专栏作家。祖籍安徽，1948年生于南京，毕业于台湾大学历史系；曾就读普渡大学政治研究所。曾任编辑及教职，现专事写作。在中国大陆、台、港出版小说、散文、翻译、电影剧本等逾三十部；获有多项小说奖、电影剧本奖（并摄成影片）。作品多篇被选入台湾中学国文教科书及教材读本；小说及散文多次被选入台湾年度小说选、散文选；代表作被收入《中华现代文学大系》小说卷及散文卷、《廿世纪台湾文学金典》小说卷；并列为《台湾小说二十家》(1978—1998)之一。

日不落餐

古人说"乡音难改"，若真下一番苦功还是能改的；胃却是人身上最难改造的顽固分子，尤其是中国胃。爱旅行的人，每到一处地方尝试当地食物、通过味觉了解文化民情，是不可或缺的经验，然而对食物的了解并不等于接受，更不保证喜爱。有道是从一个人的胃最容易到达他的心，旅人心中的乡愁也正是从胃开始的。

初到美国，先是住学校宿舍，继而租民房，都不能自行开炊，那段日子里，看见水族箱中的热带鱼都会两眼发光，幻想着红烧或是清蒸哪样好。学校小镇上，唯一的中国餐馆北京楼，穷学生吃不起便去打工，他们供应给跑堂吃的中国饭还更地道。可惜只享受了三天，就因为力气不够大而被老板炒鱿鱼——不过那三天的经验，已足够教会我这辈子在馆子吃饭，给小费一定要慷慨。

当然，外国大城若有唐人街，像旧金山、纽约……多半会有水平不比本土差的中国餐馆,就算少许地方化了也不至于太走样。甚至有些新发明非尽属杂碎之流,像餐后附送的幸运签饼(Fortune Cookie),来美国之前从未见过,见识之后我认为是个颇具巧思的发明。

至于华人稀少而当地传统既牢固又保守的国度,中国餐馆的面貌就难说了。丈夫常爱说科学家无国界,可惜他的中国胃并不服从大脑的世界观:到世界上任何地方都要找寻中国餐馆,有时即使明知徒劳也不肯放弃。跟着这样的胃走,倒是不乏奇遇。

带着中国胃旅行,最富挑战性的地区大概要数中东,一来肉类禁忌多,二来蔬果类太贫乏。有一年我陪丈夫去以色列的提伯利亚开会,每天餐桌上都是近旁的加利利海产的圣彼得鱼,烤得干巴巴的,几天下来简直望鱼生畏。逛街偶见一家中国餐馆,不禁大喜过望,想象主人见到乡亲的惊喜,说不定特别为我们炒两盘拿手菜……不料店主竟是两名泰国人,而且表情十分不友善。到了耶路撒冷,我们凭着"有犹太人的地方就有中国餐馆"的坚定信心上街,果然走不多久,丈夫就闻到中国菜香,跟踪气味而去,凭着嗅觉竟找到一家还不错的中国餐馆。

在中东怀念中餐情有可原,到了以美食闻名的国度还要找中餐馆,吃到难吃东西便是活该。有一回我们在巴黎红磨坊附近闲逛,小巷里偶见一家门面还像样的中国馆,便进去了,结果领教到最可怕的中餐经验:每样菜一律放豆粉,弄得一塌糊涂不说(不知谁想出来的主意,给洋人吃的中国菜都要勾芡),更恐怖的是汤也被勾芡成果冻一般,一倒,一整块碗形的"汤"便"噗"的一声被倒出来了。

意大利的中餐经验好得多,可能是拜马可波罗之赐,中意两种文化的烹饪理念颇有相通之处。记得罗马喷泉附近一条小街底有家"中意餐馆",瞥见这双关的名字取得好就决定进去试试,菜色竟也差强人意。在这些地方还要找中国餐馆未免心虚理亏,误入黑店反倒似乎是理所当然的事。

到了英国找中餐馆就理直气壮多了,因为英国菜是世界公认的难吃。伦敦唐人街多半是港式中餐馆,不致差错到哪里去,倒是有一次在爱丁堡郊外的荒凉小镇上,竟然发现一家上海馆,馄饨汤还颇有上海风味呢。

造访西班牙大加纳利岛,住在滨海的旅馆,最后一天心血来潮,沿着海滩一直走,竟碰上一家中国餐馆,顾不得时间对不对就进去点了一碗馄饨汤。那时心中正惦念着找寻故友三毛的旧居,喝汤时忽然想到不知当年她可曾也来过这家店……一时竟食不知味了。

到北极圈里的瑞典小城,朋友请我们去"鉴定"当地唯一的中国餐馆,只记得它的干净,吃的是什么全忘了。偏僻地方的中国餐馆横竖都是那几样菜,特别难吃的印象才最深。在日本旅行比较不会想念中国菜,但吃多了清淡的日本料理,不免嘴里淡出鸟来,就去吃吃中华料理调剂口味,后来发现,连我们的日本朋友不时也有这种需要。

旧金山的一位旅行专栏作家写过他的发现,凡是有麦当劳的地方就没有战争。我想话该这么说,没有战争的地方,麦当劳才会去开。中国餐馆却是到处都有——就算打仗也要吃饭啊。中国菜遍及世上每个角落,比当年大英帝国的版图还广,生着中国胃的旅行者,上路时想着这点,心就踏实了。

卓以定

台湾大学植物学系毕业,赴美改读心理咨询,先后获得维蒙特大学(心理),洛杉矶加州大学(生化)两个硕士学位及德州大学博士学位。在德州休斯敦开设私人诊所三十多年,从事心理辅导咨询,包括婚姻辅导、家庭咨商、亲子和青少年的心理治疗。1991年起,在北美《世界日报》的《世界周刊》担任"诊疗室的春天"与"心灵诊所"专栏特约作家。又自2005年开始,同时在北美《华人》月刊杂志(We Chinese in America)写专栏"以信定心"。现为休斯敦水彩学会的唯一华裔荣誉会员(Signature Elite Member),多次得国际大奖。著有《新世代优质父母手册》《牵手经营婚内情》《离婚?不离婚?》(此三书获台湾侨委会的海外佳作奖状);《三明治中年俱乐部》入选2007《中国时报·副刊》浮世绘好书精选与2009年台湾"行政院卫生局"的好书。其他作品有《养老在海外》和《其实你不懂我的心》。

幸福紫雪糕

父母都喜欢音乐,母亲一直以弹钢琴自娱,父亲更是在中年迷上学习吉他,尤擅长夏威夷的 *Aloha Oe*(《珍重再见》),常在学生面前表演。于是在父母七十岁左右,我特地在他们从美回台时,带着他们同去了一次夏威夷。真正地去体会夏威夷的海滩、音乐和食物。第一天去了波利尼西亚文化中心(Polynesian Cultural Center),当我们三人尝了第一口当地人的 Poi 时,我不觉笑了出来。

Poi 是用芋头煮熟,搅碎,加水成紫色糊状,可以加糖,和入香蕉成甜品;也可加酱油或不加作料,是当地人的淀粉主食。甜的 Poi 颜色和味道都像童年吃的紫雪糕。于是我和父母三人谈起某一个夏天,父女两人吃了一个有生以来最贵的紫雪糕。

父母在台都是公教人员,一生清寒,除了一家有时周末去看场电影、话剧、音乐会,我们很少有机会出去吃馆子。记得有年小学暑假,我和爸妈搭公交车去逛街,走过一家冰店,外面贴了一张大纸,写着新出的产品"紫雪糕"。在那个时代,我们只看过深咖啡色的巧克力冰淇淋、白色的牛奶或香草,或是粉红色的草莓冰淇淋,从没有听过或看过紫色的冰制品。幼小的我好奇又口馋地停下脚步。小小的身躯不禁完全靠在冰店,想看个究竟。疼爱我的父亲就问店员,那个紫雪糕是什么做的?多少钱?迄今,我依然记得是超过台币十多元,当时可以吃一大碗面了。

我一听价钱,就很知趣地主动离开,母亲也赞美我的成熟懂事。又过了几天,暑假接近结束,父亲下班,他自己主动地问我,还想逛街吗?望着台北的烈日,身上长满了痱子的我,还很高兴地说当然好啊。于是父亲牵着我的小手,走着,走着,不知不觉又走到了那家冰店。

父亲主动地去和那家店员问起那个特制的紫雪糕,店员说是纯手工的芋头煮熟做的。我兴奋地看着父亲拿着口袋中的钱,给我买了一枝。我拿到手上,很客气地请父亲先尝,父亲摸着我的头说:"不要,这是爸爸送乖女儿的暑假礼物。"

于是,我就一口气把它吃完了。父亲看着我吃,也传染了我的喜悦,问我是不是芋头的味道?我说是,真的好吃,很好吃,可是不像棒冰,很像冰淇淋。父女两人顶着烈阳,牵着手,一边谈着紫雪糕的味道……那个场景,已经过了五十年,还是十分,十分地清晰和温暖。

父母女三人尝着 Poi,都同意那紫雪糕当时真是太昂贵了。可是在那个夏天,它是一位父亲给予女儿的爱,连自己都不舍得吃的东西都急于让女儿享有,那是多么美好的记忆,美好的幸福味道。

几乎我的每一个小学同学或是少年朋友,迄今一见到我都会问起我的爸妈。他们还记得我爸爸在小学同乐会表演吉他等有趣的节目、我家中的圣诞同乐会,也记得我雍容美丽的妈妈来参加学校母姐会。有位小学女同学二十多岁时因为婚姻家暴成了我家中常客,更是数十年家中的另一女儿……大家都会说起,我有一对这么爱我和同学的父母。

父亲在 2008 年往生,因感冒住院三天,他是 1916 出生,在台六十年,这是第一次住院。母亲是 1918 年出生的,在 2013 年 9 月 7 日回天国,一生没有住过一天医院,而且一生都健康,过了九十岁之后,才不良于行,在自己卧室睡眠中走的,两人都是寿终正寝。

一直到父亲八十多岁时,我还会和父亲提起紫雪糕的往事。他都会很高兴地说,女儿体会父爱,其实是父亲知道女儿的快乐才是最最快乐的事。我的爸妈一生没有多余的钱,但是他们都是知足常乐的人,内心充满善念。如果遇到清寒学生,父亲都会义不反顾地照顾,不只请吃紫雪糕的例子一再重复,母亲也总会在后面支持父亲。

黄安琼

又名乔安妮,是生于湖北的江苏人。曾寄居新加坡与马尼拉近三十年。喜好阅读、绘画及手工编织。深信热爱文艺的人,对众生、对社会应有特别的关怀,这正是提笔为文的原动力,出版散文集《菲岛寄情》。曾任亚华作协菲律宾分会秘书长,菲华文艺协会副秘书长等。现为慈济北加州人文志业组组长,参与北加州作协和海外华文女作协的文艺活动。

炸鸡、馒头和猫耳朵

正准备用中饭,佣人快步跑来告诉我:"蔡太太来访。"她由开着的后门进来,先经过厨房,人还没走进餐厅,就拉着嗓门对我叫:"你家佣人真好命,常常吃炸鸡!"我还没来得及回她的话,她已走到我面前,看到桌上一碗素菜猫耳朵,又大声嚷嚷:"你让佣人吃得那么好,怎么自己就吃这碗没油水的东西?"

这东西看上去真是没有酥脆香嫩的炸鸡好吃,只不过是煮熟的猫耳朵加上蔬菜汤而已。可是它却是我们一家人的最爱;我和外子都算是南方人,却偏爱面食,锅贴、饺子、馒头、葱油饼、炸酱面等,都百吃不厌。

当年我们投资移民菲律宾,外子先到马尼拉,发现买不到馒头,千里修书,嘱咐我快去学做馒头。一年后,我带着孩子到马尼拉与他团聚,发现市面上真是买不到正宗的馒头,菜市里不仅没有豆腐、豆干、雪里蕻,连小黄瓜、青白菜也不见踪影,中式面点除了有像面包一样松软的甜馒头和大肉包外,看不到锅贴、饺子、葱油饼。我就带着三个佣人一起揉馒头,包饺子,擀面片。

我家的大馒头,每个至少要揉一百下,揉好、醒足、再蒸,出笼的馒头,饱满光滑有嚼劲,家人喜欢,尝试过的朋友也赞不绝口,每回都得做上五六十个,自家用也送朋友。馒头帮我结交了不少好朋友,也间接为我建立许多社会关系,我们在菲律宾过的那段风光充实的日子,馒头可算是功臣之一。

做猫耳朵虽然省掉发面的手续和时间,但比揉馒头更花工夫,揉好面团,擀成一大张面片,再切成指甲大小的方块,然后一片片地捏成卷曲像耳朵的样子,我们围站流理台四方,双手齐下,左右开弓捏猫耳朵,总要花上一下午的时间,才能捏出需要的分量。除了当天炒猫耳朵,或是煮猫耳朵汤当晚餐之外,余下的晾干存放冰箱,可随时取出备用。住在马尼拉时,不喜外食的先生经常临时带客户或朋友回家用餐,猫耳朵发挥了应急的最大功效。

日积月累,饺子、馒头、面片、葱油饼,还有猫耳朵,样样难不倒佣人,尤其小个头的主厨,聪慧灵光,可以举一反三,我的一点烹调手艺,她全盘接收。后来都由她主导做面食,任何时候我们想吃任何面点,只要吩咐一声,佣人就为我们准备。

听说有经验的佣人已成老油条,所以我雇请的都是经人介绍,刚由外岛到马尼拉谋生的十六七岁年轻女孩,听话,好教,容易吸收。乖巧的她们帮忙做家务、看孩子,我才能出门学英文、上国画课,放心地跟先生参加社交应酬,迟至深夜回家。

看她们平常有说有笑,但少小离家,孤单在外,与我们寄居异地,应有相同的思亲之情和万般乡愁。为犒赏她们,也心疼她们,我偶尔请她们去看场电影,吃一顿菲律宾人最爱的肯德基炸鸡。后来烧饭的佣人学会加入七喜汽水腌渍鸡块,再沾裹上混有发粉的面糊,炸出的鸡块可媲美肯德基炸鸡,以后请她们看电影,贴心的她们自动取消附加的肯德基炸鸡。我赶紧增加她们每周的菜钱,让她们做自己爱吃的炸鸡,我确信"吃"是可以化解思乡之情的。

住在马尼拉二十五年,请过八九个佣人,每位都持续工作了四五年以上,小个头佣人做了整整八年。她们离职都是因为要回乡结婚,或是家有事故。有两位离开时要求我送她们蒸笼,回家可以做面点生意,我特地跑到中国城为她们买蒸笼。当我们决定移民美国,离开马尼拉时,朋友们都想继续雇用我家的佣人,小个头烧饭佣人还被朋友高薪请回台湾,担任他公司餐厅里的主厨。相信单纯乐天的她们到了别人家,生活工作会和以往一样愉快,唯一让我惦记的是:她们还能常常吃炸鸡吗?

现在住在美国加州,这里中餐馆林立,处处有华人超市,超市里中式面点琳琅满目,俯拾皆是,馒头虽然比不上自己揉的大馒头带劲,但聊胜于无,可是猫耳朵就难以寻觅。当年可以抚慰乡愁的面食,现在似乎已不起作用,是情淡了?还是愁退了?只有吃起来顺口、滑溜、有嚼劲的猫耳朵让我念念不忘,想到菲律宾"有事佣人服其劳"的舒服日子,比起里外家务都得一手包办的现在,禁不住感慨万千!

后记·色香味文学因缘的美丽起点

对一个精于美食文化的民族来说，再没有比"异国食缘"这样的话题更吸引人了。

这本文集收集了海外华文女作家协会来自世界各地117位会员的食缘书写。书中的女作家，虽然侨居异国多年，却一直念念不忘她们家乡的菜肴。同时，在异域生存与适应的岁月中，她们又慢慢地吸取了他乡食物的精华，融入了原乡的味道，进而发展出一套又一套属于自己的独门功夫。

从她们的描述中，我们不但看到了世界各地的山珍海味、奇瓜异果，更能透过当地的饮食，了解到各地的风土人情、历史渊源与饮食文化。例如荆棘（朱立立）的《南非的健康食物——木盘里毛虫》，当我们读到那种满肚绿汁、四处蠕动攀爬的毛虫时，绝对是一种文化的震撼。在吴玲瑶的笔下，巴西一国，植物繁茂、花果硕大、甜美多汁。人在其中，有若置身于伊甸园中。

相较于非洲与中南美洲的自然风貌，欧洲的饮馔就富有浓厚的人文气息。王克难的所以尝食"羊杂布丁"，就是出于她对苏格兰诗人罗拔·朋斯的仰慕。《伊比利亚生火腿》则是欧洲美食的精品：从猪的品种、饲养、到猪肉的腌制与切片，无一不是学有精专的大学问。原来这些经常出现于欧洲影视文学中的火腿，竟是如此高贵的珍馐美味。

到了日本，食物进入了不同的境界，美食禅化了。周芬娜的《日本文学中的京都美食》和郁乃的《日本寿司的禅境》都是食物升华为美学、为艺术、为哲学、为禅学的人生极致。

天下万物最神奇的莫过于一个"缘"字。正如副会长兼执行长张纯瑛在"主编的话"中所说的："生活的轨道是与亲人、朋友、陌生人一再的交集聚散"。在本书中，不止有叫人食指大动、垂涎欲滴的美食,更有围绕着饮食所发生的人情冷暖、悲欢离合、历史纠结与人生沉思。

也就因此,我们可以说,本文集是一群有文缘与食缘的人聚集在一起碰撞出来的火花。由是在本书付梓成书的前夕,我们编辑小组三人要特别感谢本会会员们在百忙之中的写稿寄稿,并且不厌其烦地、一而再、再而三地把最清晰的照片电邮给出版社。

厦门大学出版社的陈福郎编审、王鹭鹏编辑不但审稿细心,更在作者照片的处理上费尽心思。他对每张照片的处理无不务求清晰。

我们也要感谢上届(第十二届)秘书长刘慧琴,在长达一年半的编审过程中,她一直担任顾问的角色,与我们分享她丰富的编辑经验。

《海外女作家的人间烟火》是海外华文女作家协会会员们辛苦努力的成果。我们愿以这本与众不同的文学作品献给世界上热爱文学、精于美食的民族与人民。我们深信,本书的出版,将是海外华文女作家与读者之间色香味文学因缘的一个美丽的起点。

海外华文女作家协会副秘书长张棠
写于 2014 年 10 月 24 日厦门双年会前

图书在版编目(CIP)数据

海外女作家的人间烟火：海外华文女作家协会2014年文选/张纯瑛，余国英，张棠主编. —厦门：厦门大学出版社，2014.10
ISBN 978-7-5615-5196-7

Ⅰ. ①海…　Ⅱ. ①张…　②余…　③张…　Ⅲ. ①世界文学—作品综合集
Ⅳ. ①I11

中国版本图书馆 CIP 数据核字(2014)第 238077 号

厦门大学出版社出版发行

(地址：厦门市软件园二期望海路 39 号　邮编：361008)

http://www.xmupress.com

xmup @ xmupress.com

厦门集大印刷厂印刷

2014 年 10 月第 1 版　2014 年 10 月第 1 次印刷

开本：720×1000　1/16　印张：20　插页：2

字数：370 千字　印数：1~3 000 册

定价：36.00 元

如有印装质量问题请寄本社营销中心调换